Mord im Buckingham-Palast

ECON Unterhaltung

Jane Bee ist eine junge Kanadierin, die nach Europa gekommen ist, um möglichst viele Abenteuer zu erleben. Als sie in London Station macht, ist sie vollkommen pleite. Bleibt ihr nur, irgendwo einen Job anzunehmen, um das Geld für die Rückreise zu verdienen. Ausgerechnet im Buckingham-Palast findet sie Arbeit – als Hausmädchen, zuständig fürs Staubwischen und Teppichsaugen. Doch dann kommt ihr Freund und Landsmann Robin zu Tode. Die Queen stolpert buchstäblich über seine Leiche. Robin war ein ungewöhnlich attraktiver, impulsiver Mann, doch warum sollte er Selbstmord begangen haben, wie die Polizei vermutet? Jane Bee zweifelt an den Ermittlungen von Scotland Yard – und sie weiß die Queen an ihrer Seite.

C. C. Benison ist eine kanadische Autorin. Sie hat für ihren ersten Kriminalroman gründlich im Buckingham-Palast recherchiert.

C. C. Benison

Mord im Buckingham-Palast

Kriminalroman

Aus dem Amerikanischen von Peter Beyer

ECON Taschenbuch Verlag

Veröffentlicht im ECON Taschenbuch Verlag
Deutsche Erstausgabe
Der ECON Taschenbuch Verlag ist ein Unternehmen der
ECON & List Verlagsgesellschaft

First published by Bantam Books
Titel des amerikanischen Originals: Death at Buckingham Palace
Aus dem Amerikanischen übersetzt von Peter Beyer
Umschlaggestaltung: Init GmbH, Bielefeld
Titelabbildung: Image Bank, München
Lektorat: Birgit Förster/RR
Gesetzt aus der Baskerville, Linotype
Satz: Josefine Urban KompetenzCenter, Düsseldorf
Druck und Bindearbeiten: Ebner Ulm
Printed in Germany
ISBN 3-612-27329-9

Nan,
du hättest
Spaß daran gehabt.

ANMERKUNG DES AUTORS

Auch wenn dieser Roman im Buckingham-Palast spielt und die Queen sowie andere Mitglieder der königlichen Hofhaltung darin eine Rolle einnehmen, handelt es sich um eine frei erfundene Geschichte. Mit Ausnahme der Queen entspringen alle Charaktere, ob Hauptfiguren oder Randfiguren in gleichwelchen offiziellen Positionen, der Phantasie des Autors; dasselbe gilt für Handlungsablauf, Motive, Gedanken und Gespräche aller Romanfiguren, die Queen inbegriffen. Darüber hinaus stellen weder die Charaktere noch die für sie entworfenen Situationen tatsächliche Personen oder Ereignisse dar.

Einleitung

Das bin ich:

(Richtiger müßte ich allerdings sagen: »Das ist Ich:«) Und am allerbesten finge ich wohl so an: »Wir sind:«. In dieser Art des Pluralis majestatis redet nämlich die Queen. »Wir möchten meinen, Unsere Pflicht getan zu haben«, so etwa würde sie sich ausdrücken.

Wir sind: Wir heißen Jane Bee. Wir sind zwanzig Jahre alt und Hausmädchen im Buckingham-Palast.

Ach Gott, jetzt reicht es aber mit diesem Wir-Kram!

Geplant war das eigentlich nicht, Hausmädchen im Buckingham-Palast oder sonstwo zu werden. Es hat sich einfach so ergeben. Geboren und aufgewachsen bin ich in Kanada, in Charlottetown auf Prince Edward Island. Mein Vater ist Wachtmeister bei der kanadischen Polizei und meine Mutter Herausgeberin des Charlottetowner *Guardian,* der Morgenzeitung auf der Insel. Sie lernten sich in den sechziger Jahren kennen, nachdem mein Vater seine Ausbildung bei der Polizei beendet hatte und meine Mutter als erste Frau bei der Zeitung als Reporter eingestellt worden war. Sie bekamen drei Töchter. Ich bin die jüngste. Jennifer, meine älteste Schwester, absolviert gerade das erste Jahr ihrer Assistenzzeit im Grace Maternity Hospital in Halifax. Julie, die mittlere, hat auf der Insel einen Kartoffelbauern geheiratet und erwartet jeden Moment das erste Enkelkind meiner Eltern. Meine beiden Schwestern sind wahnsinnig seßhaft.

Ich nicht. Nach der High-School verbrachte ich erst einmal ein Jahr mit fünf verschiedenen McJobs – Verkäuferin, Kellnerin und so weiter –, bevor ich mich für das folgende

Jahr an der Uni in Kunst einschrieb. Aufs neue die Schulbank zu drücken war schon in Ordnung, aber mir begegneten Leute mit Magister, die als Verkäufer und Kellner arbeiteten. So sieht's heute beruflich aus für Leute in meinem Alter. Es machte also in meinen Augen keinen Sinn, die Ausbildung flott durchzuziehen, wenn am anderen Ende des Tunnels gar keine Jobs auf mich warteten. Jennifers Hang zur Wissenschaft besaß ich sowieso nicht. Irgend etwas Technisches anzufangen, das war nicht meine Welt. Und einen Kartoffelbauern zu heiraten und mir eine Horde Kinder ans Bein zu binden, das konnte es auch nicht sein, jedenfalls noch nicht.

Statt dessen faßte ich den Entschluß, im kommenden Jahr durch Europa zu reisen. Ich besaß noch Geld aus meinem Fünf-Jobs-Jahr, hatte während meiner Uni-Zeit zu Hause gewohnt und immer noch dann und wann gearbeitet. Natürlich waren Steve und Ann – meine Alten – nicht gerade begeistert von meinem Vorhaben. Vor allem Steve nicht. Er hielt mir einen Vortrag, in dem er mir die Welt aus der üblichen Bullensicht beschrieb: Europa voller Mörder, Vergewaltiger, Terroristen, Schwindler und Männer *die nur das eine wollen* (mein Vater ist dermaßen drollig). Meine Mutter tat in der gewohnten elterlichen Solidarität, wenn es um uns Kinder ging, das Ihre, war aber ansonsten nicht gänzlich unkooperativ. Schließlich hatten wir den Feminismus schon mit der Muttermilch eingesogen. Bevor ich abreiste, steckte sie mir ein bißchen Geld zu.

Im September machte ich mich dann auf nach Europa. Und fünf Monate später war ich pleite. Wer konnte denn auch ahnen, daß Europa so teuer war? Allerdings war es mir sehr gut ergangen, und ich wollte nicht zurück. Und es war Januar. Januar in Kanada ist nicht besonders angenehm. Griechenland im Januar dagegen ist wunderbar – voll partymäßig –, doch selbst das konnte ich mir nicht leisten, und dabei ist Griechenland billig! Vergleichsweise. Mein Geld reichte nur noch, um nach England zurückzufahren, zu meiner Tante Grace, die angeboten hatte, mich aufzunehmen. Oder es mit mir aufzunehmen, wie sich mein Vater ausdrückte, als ich von Athen aus ein R-Gespräch mit ihm führte.

Tante Grace ist die jüngste Schwester meines Großvaters väterlicherseits, eine Bee wie ich. Sie lebt in Long Marsham, in Buckinghamshire, nordwestlich von London, in einem Häuschen, das im September gemütlich, im Januar jedoch ganz schön eisig ist, weil Tante Grace eine große Vorliebe für frische Luft hegt.

Sie war es, die mich dazu brachte, im Buckingham-Palast zu arbeiten. Eines Tages, als ich wegen Geldmangel und der Vorstellung, nach Hause fahren zu müssen, stöhnte, schlug meine Tante vor, ich solle einen Job annehmen. Ich gebe zu, daß mir diese Idee schon im Kopf herumgegangen war, doch ich saß einfach zu dick in Decken eingepackt auf einem großen, mächtig gepolsterten Sessel im Wohnzimmer, als daß ich wirklich hätte aufstehen und etwas in dieser Richtung hätte unternehmen können.

Tante Grace schaute in die verschiedenen Londoner Zeitungen und las die Stellenangebote laut vor. Für die meisten war ich nicht qualifiziert genug. Die, für die ich qualifiziert genug war, waren – na, was wohl? – Verkäuferin und Kellnerin. Die Bezahlung bei diesen Jobs war aber derart niedrig und die Zimmermiete in London derart hoch, daß die Sache kaum Sinn machte, außer, man wohnte mit jemand zusammen; ich kannte jedoch kaum einen Menschen in London. Zugleich erschien die Vorstellung lächerlich, von Long Marsham aus für einen solchen Job zu pendeln, denn Long Marsham lag außerhalb des U-Bahn-Netzes, und so hätte ich täglich Bahnfahrkarten benötigt, gar nicht erst von der Zeit zu reden, die dabei draufgegangen wäre. Wir antworteten auf ein paar Chiffreanzeigen, die Hoffnung weckten auf Haushaltsarbeiten – das traute ich mir wohl zu – mit Unterkunft, und die erste Antwort trug zu meiner großen Überraschung das Siegel des Büros von Lord Chamberlain im Buckingham-Palast.

»Vielleicht verleihen sie dir einen Verdienstorden«, meinte ich zu Tante Grace, zunächst verwirrt vom cremefarbenen Briefpapier. Wie schon gesagt, Tante Grace ist die jüngste Schwester meines Großvaters. Für ihre Generation bedeutete dies, zu Hause zu bleiben, sich um die alternden Eltern zu kümmern und niemals zu heiraten. Falls sie es bereute, dann sprach sie es nie aus. Sie ist eine forsche Frau mit gesundem Menschenverstand, gutem Humor und großem Interesse an allem, was um sie herum vorgeht. Ich mochte sie sehr. Weil sie ihr ganzes Leben ständig in der einen oder anderen Art und Weise der Gesellschaft gedient hatte, ob es nun beim Organisieren von Essen auf Rädern oder beim Aushelfen in einem Pflegeheim gewesen war, schien es mir nur natürlich, daß sie königliche Anerkennung verdient hatte.

Sie tat die Bemerkung ab. »Recht unwahrscheinlich. Vor vierzehn Tagen ist die Neujahrsliste der Titelverleihungen herausgekommen, und wenn ich dabei wäre, hätte ich es sicher von jemandem erfahren. Außerdem ist der Brief doch an dich adressiert.«

Das war er in der Tat. Jane Bee, c/o Grace Bee. Man stelle sich meine Überraschung darüber vor, daß ich im Brief zu einem Vorstellungsgespräch für die Stellung als Hausmädchen im Buckingham-Palast gebeten wurde.

Das Gespräch verlief unkompliziert. Der Beamte schien im Halbschlaf und stellte mir völlig allgemeine Fragen. Mit meiner Staatsangehörigkeit gab es keinerlei Probleme. Mein Großvater war gebürtiger Brite gewesen, was mir den Weg freimachte, im United Kingdom zu arbeiten. Die Bezahlung war lausig, doch das war mir egal. Es war eine Stellung mit Unterkunft. Sie würde mich mitten ins Herz von London verschlagen, einer Stadt, die ich liebengelernt hatte, als ich im Spätsommer dort gewesen war. Und es war ein Riesenspaß. Bestimmt würde ich noch meinen Enkelkindern davon erzählen können, wie es gewesen war, im Buckingham-Palast zu wohnen und zu arbeiten. Der Mann, der das Einstellungsgespräch mit mir führte, deutete an, daß bei diesen Jobs nur die wenigsten lange blieben. Sicher ging er davon aus, daß auch ich es nicht lange aushalten würde, und es war ihm auch gleich, daß ich als potentielle Studentin wohl wirklich nicht gerade eine Kandidatin für eine Langzeitanstellung abgab. Doch im September war ich noch immer im Palast, weil ich ein weiteres Semester geschmissen hatte, gar nicht zu reden vom Verfall meines Rückflugtickets. Meine Eltern gerieten aus dem Häuschen. Andererseits hatten sie beschlossen, sich in diesem Sommer scheiden zu lassen – das hatte ich geahnt –, sie waren also selbst ganz schön sprunghaft und unsicher. Zum Glück befanden sie sich ja auch sechstausend Meilen entfernt in Charlottetown, Prince Edward Island.

Und so fanden Wir Uns im Buckingham-Palast wieder.

1

Alles fing an einem Freitag Ende Oktober an. Die Queen war ein paar Wochen zuvor aus dem Sommerurlaub im schottischen Balmoral zurückgekehrt. Und der Buckingham-Palast war wieder ganz der alte, eine Art großes Hotel mit einem sehr anspruchsvollen Gast und deren Ehemann.

Es war gegen acht Uhr morgens, und ich war ganz allein mit dem Staubsauger im ehrfurchtgebietend eleganten Grünen Salon beschäftigt, der den Blick auf den Innenhof des Palastes freigibt. Normalerweise arbeiten wir zu zweit, meine Kollegin war jedoch schon gegangen, weil sie sich um ihre Mutter kümmern mußte, die sich gerade von einem Unfall erholte. Es hatte ewig gedauert, bis ich mich halbwegs über diesen Fußballplatz von Axminster-Teppich gearbeitet hatte, und ich stieß gerade mit dem Zeh gegen einen kleinen harten Gegenstand, der wie ein eingetrocknetes Kaugummi aussah, als Nikki Claypole durch die Haupttür der Gemäldegalerie hereinstürzte und meinen Staubsauger ausschaltete, bevor ich überhaupt hätte aufschrecken können.

Nikki wohnt gleich neben mir in der Hausmädchenunterkunft auf dem Dachboden des Palastes, und manchmal frühstücken wir miteinander; an diesem Morgen hatte ich sie jedoch in der Gesindestube vermißt. Nachdem sie am Abend zuvor heftig gefeiert hatte, war Nikki bis zur letzten Minute im Bett geblieben, während ich alleine Kaffee getrunken und zu arbeiten begonnen hatte, bevor sie auch nur aufgestanden war. Ich weiß, das hört sich schon beinahe widerlich tugendhaft von mir an, aber in letzter Zeit wachse ich aus meinen alten Spät-ins-Bett-und-spät-aufstehen-Gewohnheiten heraus. Mit zwanzig ändert sich wohl alles.

»Hast du ’ne Ahnung, wie ich Kaugummi aus dem Teppich rauskriege?« wollte ich von ihr wissen, als das Gejaule des Staubsaugers nachließ.

»Verdammte Touristen«, sagte sie und meinte damit die Horden, die im Sommer hier herumgetrampelt waren.

»Touristen können es nicht gewesen sein. Das hier ist der Originalteppich. Sie haben ihn für den Staatsbesuch wieder ausgelegt.«

Nikki machte eine wegwerfende Geste mit ihrem Staubtuch. Ihr ging ganz offensichtlich etwas anderes durch den Kopf. Das konnte ich an dem Ausdruck boshafter Freude erkennen, der ihr ins sommersprossige Gesicht geschrieben stand. Also ließ ich den Kaugummi Kaugummi sein und wartete auf eine Erklärung.

Wie es schien, war am Abend zuvor, Donnerstagabend, Ihre Majestät, die bei irgendeinem Empfang in London gewesen war, in den Palast zurückgekehrt und aus ihrem privaten Fahrstuhl auf dem Hauptgeschoß (oder zweiten Geschoß) ausgestiegen, um ihr Schlafzimmer zu betreten. M – wie wir gerne abkürzten – hatte gerade das Pagenvestibül passiert, als Robin Tukes, einer der Lakaien, aus der Türe direkt flach vor ihr hinfiel. Bevor sie sich versehen hatte, fand sich die Queen lang ausgestreckt auf ihm wieder.

An dieser Stelle bekam Nikki einen Kicheranfall, und ihre Heiterkeit war so ansteckend, daß auch ich lachen mußte. Das hört sich sicher gemein an – Ihre Majestät ist schließlich eine ältere Mitbürgerin –, doch schon allein die Vorstellung, daß niemand Geringeres als die Königin von England über jemanden stolpert, war, na ja, einfach umwerfend.

Nikki mißbilligt die Verehrung, die alle Mitglieder und Beamte der königlichen Hofhaltung (die beiden Oberschichten der Hierarchie im Palast) und die meisten Mitglieder des Personals (die Unterschicht) dem Königshaus entgegenbringen, und sie drückt dies gelegentlich aus, indem sie Ihre Majestät auf komischste Art nachmacht. Zwischen Losprusten und Luftholen imitiert sie M, wie sie sich an ihre Handtasche klammert, ihr berühmtes altmodisches Stirnrunzeln aufsetzt und verärgert piepst.

»Stehen Sie auf, Mr. Tukes. Stehen Sie auf, sage ich. Ich bin die Königin von England!«

Nikki ließ sich auf einen der vergoldeten und mit grünem Brokat verzierten Sessel fallen und wischte sich mit dem Staubtuch die Tränen aus dem Gesicht, als plötzlich ein scharfer Befehl die Luft durchschnitt.

»Nikki Claypole, heraus aus dem Sessel!« schnauzte eine uns vertraute Person mit einem ebenso vertrauten Klemmbrett. »Sie sind diesem Raum nicht zugeteilt. Und Sie, Jane, machen sich wieder an die Arbeit.«

Nikki rang nach Fassung. Betont langsam erhob sie sich aus dem Sessel. Kaum aber hatte Mrs. Harbottle, die stellvertretende Haushälterin, sich wieder zurückgezogen, streckte meine Freundin die Zunge heraus.

»Olle Schrulle«, murmelte sie vor sich hin. »Wir haben den ganzen Morgen über die Prunkhalle am Hals. Die ganzen verdammten Stufen! Also...«, fuhr sie fort, und ihre Miene hellte sich wieder auf, »... kannst du dir das vorstellen? Robin und Ihre Majestät miteinander auf dem Fußboden?«

»Was ist denn mit Robin?« fragte ich, während sie auf die Türe zur Gemäldegalerie zuging – eher ein kunstüberladener Korridor, der eine Reihe von Staatsgemächern miteinander verbindet. »Was hat er *Ihr* denn gesagt?«

»Ach, gar nichts«, gab Nikki zurück. Vor der verspiegelten Oberfläche der Tür hielt sie inne, um sich ihren kupferroten Zopf zu richten. »Jedenfalls nicht, daß ich wüßte. Robin hat gar nichts mehr mitgekriegt. War stockvoll. Schließlich war's ja auch seine Geburtstagsfeier, oder? Oh, tut mir leid, hatte ich ganz vergessen. Du warst ja gar nicht dabei.«

Nein, ich war nicht dabeigewesen. Ich war noch einmal mit jemand aus der Filmcrew ausgegangen, die eine Dokumentation über die Arbeitsabläufe im Palast drehte. Ich fand es zwar schade, die Geburtstagsparty zu verpassen – es war Robins einundzwanzigster –, aber dieser Bursche vom Film war nicht uninteressant.

»Ach, übrigens...«, Nikki verschwand in der Gemäldegalerie, »...gestern abend auf der Party ist noch etwas Spannendes passiert.«

»Was denn?«

Sie stockte.

»Tut mir leid, die Prunkhalle ruft mich. Du wirst es schon noch früh genug mitkriegen.«

Keine Frage, Tratsch und Klatsch sind das A und O im Buck House. Trotzdem wunderte ich mich darüber, wie schnell die Kunde von der Queen, die über Robin stürzte, sich verbreitet hatte. Robin war ja offensichtlich zu dem Zeitpunkt sternhagelvoll gewesen. Und Ihre Majestät würde doch wohl etwas ihrer so Unwürdiges, wie über einen Lakaien zu stolpern, nicht auch noch weiter verbreiten. Hatte also ihr Aufseher geplappert, ihr allgegenwärtiger Leibwächter vom königlichen und diplomatischen Sicherheitsdienst? Nicht, wenn er nicht vorhatte, in die Provinz versetzt zu werden. Wer also war's?

Der Buckingham-Palast ist voll von Bediensteten – nach letzter Zählung mehr als dreihundert –, und irgendeiner von ihnen könnte es gewesen sein. Auf der anderen Seite hält sich nur eine ganz kleine Elite abends in der Nähe der Privatwohnung der Queen auf. Und diese Leute haben den *Auftrag,* sich dort aufzuhalten. Sie sind diskret. Robin gehörte nicht dazu. Wenn er im Vollrausch durch das Pagenvestibül torkelte, kaum dreißig Meter vom Schlafzimmer Ihrer Majestät entfernt, wieso hatte ihn dann niemand aus dem Verkehr gezogen? Wo waren sie denn alle gewesen?

Den Rest des Morgens verbrachte ich damit, den scharlachrot-goldenen Axminster mit seinem Tudorrosenmuster staubzusaugen und mit einem Staubtuch über den Flügel zu gehen, über die Vitrinen aus dem achtzehnten Jahrhundert und über den riesigen, von drei kitschigen Göttinnenfiguren gestützten Kerzenleuchter. Außerdem gelang es mir, die Potpourri-Vase nicht zu zertrümmern, die einst Madame de Pompadour gehört hatte, wie ein Schiff geformt war und aussah, als ob sie gleich in Richtung Dachboden davonsegeln würde. Wir alle verdoppelten unseren Arbeitseinsatz. Für die kommende Woche war ein Staatsbankett für den RamaLamaDingsBums angesetzt worden, den König eines südostasiatischen Landes, dessen richtigen Namen kein Mensch aussprechen konnte. Das Bankett sollte Schwerpunkt des Dokumentarfilms werden, und das ganze zusätzliche Säubern der Staatsgemächer und Prunkzimmer hatte schon lange vor dem eigentlichen Ereignis begonnen. Wir Hausmädchen verrichteten unsere Arbeiten – fegen, abstauben, Betten machen – meistens an abgelegenen Orten des Palastes, die selbst die Queen nie zu Gesicht bekommt (Buck House hat mehr als vierhundert Räumlichkeiten und beinahe fünf Kilometer lange Galerien), aber das nun anstehende Bankett hatte unserem Dienstplan eine interessante Abwechslung beschert. Nun waren wir häufiger in den großen, wichtigen Räumen und Sälen beschäftigt, inmitten der ganzen Kostbarkeiten. Und wir kamen in den zweifelhaften Genuß des Nervenkitzels, gelegentlich eine Reihe von Scheinwerfern und Tonausrüstung vor uns zu haben, während Cyril Wentworth-Desbourough, der übereifrige Regisseur, seinen Spazierstock umherschwenkte und Anweisungen brüllte.

Die Frage, wer nun den königlichen Sturz mit angesehen hatte, verschwand erst einige Zeit später aus meinem Kopf, als ich nämlich zum Wäscheraum im Keller unterwegs war und mir Freddie, einer der Unterbutler, erzählte, daß Robin Tukes ins Krankenhaus eingeliefert worden war. Man hatte ihn ins Devonshire Hospital gebracht, wo er zumindest ein oder zwei Tage würde bleiben müssen.

»Sie haben ihm den Magen ausgepumpt«, verkündete Freddie und fand offenbar Gefallen an der Vorstellung. »Der muß wirklich einen sitzengehabt haben.«

Gegen Mittag, als ich Nikki und David Pye, einen der anderen Lakaien, in der Gesindestube traf, klang die Geschichte noch sonderbarer. Jetzt war es nicht mehr nur Alkohol. Jetzt waren es Tabletten. Den Gerüchten zufolge hatte Robin am Abend zuvor versucht, sich das Leben zu nehmen.

»Aber das ist doch verrückt«, sagte ich, sortierte die ekelhaften Nieren aus der Steak-und-Nieren-Pastete und schob sie auf einen Haufen. »Also erstens mal: Wenn sich jemand umbringen will, warum sollte er es dann ausgerechnet im Pagenvestibül versuchen?«

»Na ja, Robin besitzt ja nun einmal einen gewissen Hang zum Theatralischen, oder?« meinte Davey. »Vielleicht hat er es mit Absicht getan, damit Ihre Majestät ihn entdeckt.« Er warf sich in Positur. »Könnt ihr euch das denn nicht vorstellen? Mutter beugt sich über ihn, ihre Perlenketten klappern, sein Gesicht aschfahl, seine Augen klimpern. ›Oh, Ihre Majestät, Sie lieben mich, Sie lieben mich wirklich.‹ Unerfüllte Liebe kann einen Mann sehr mitnehmen.«

»Ha, wenn das einer weiß, dann ja wohl du«, versetzte Nikki.

»Du verletzt mich.«

»Hört doch auf, ihr zwei«, sagte ich. »Das hier ist 'ne ernste Sache.«

»Also, ich weiß nicht«, sagte Davey nun ernsthaft. »Wenn es stimmt, dann ist das Pagenvestibül wirklich ein ziemlich komischer Ort, um ... na ja, ihr wißt schon, was ich meine.«

»Sich umzubringen?«

»So ist es. Allerdings hat Robin sich in letzter Zeit merkwürdig verhalten. Findet ihr nicht? Für mich hat er immer schon so eine manische Seite gehabt. Jede Menge Energie, haarsträubende Aktionen und dann plötzlich in Depressionen verfallend. Vor allem in letzter Zeit. Er hat doch den Sommer über in Balmoral mit keinem von uns besonders viel zu tun gehabt. Er hatte keinen Spaß, dabei kann Balmoral doch *so viel* Spaß machen, wenn man sich ein bißchen Mühe gibt! Und dann gestern abend, als er verkündet hat...«

»Aber er ist doch kein Selbstmordkandidat!« gab ich zu bedenken. Ich konnte es einfach nicht glauben. Seit er aus Schottland zurück war, wirkte Robin in der Tat sehr niedergeschlagen. Mir war das besonders aufgefallen, weil mir, als jemand ganz unten an der Fahnenstange, nicht das Privileg zuteil geworden war, meine Kolleginnen und Kollegen nach Balmoral, dem Sommersitz der Königsfamilie, zu begleiten. Aber ein Selbstmordversuch, das war einfach zuviel.

»Ach, ich weiß nicht«, meinte Nikki. »Was erwartet ihr denn? Er ist nun mal ein schräger Vogel. Völlig im Widerspruch mit sich selbst...«

Davey verdrehte übertrieben die Augen. »›Im Widerspruch mit sich selbst‹? So ein Unsinn. Den Quatsch liest du sicher ständig in Frauenzeitschriften.«

»Du kannst mich mal! Ich lese überhaupt keine *Frauenzeitschriften.*« Nikki starrte Davey zornig an, während der sich den Löffel zwischen die Lippen schob. »Du weißt, wovon ich spreche.«

»Nur du weißt nicht, wovon *du* sprichst«, nuschelte er mit vollem Mund. »Mein Gott, ich bin schwul. 'ne Menge Lakaien sind schwul. Und schau dir doch nur mal die Älteren beim Personal an – hier im Bienenstock schwirrt mehr als nur eine Queen herum, das weißt du ganz genau. Schwul zu sein macht jemanden noch lange nicht zum Selbstmordkandidaten.«

Nikki verzog das Gesicht und trank einen Schluck Tee. »Weiß ich doch alles, du Trottel. Du hast mich ja gar nicht ausreden lassen. Was ich sagen wollte: Robin ist schwul, und dann verlobt er sich auf einmal mit Angela Cheatle, dieser blöden Kuh. Das meine ich mit ›innerem Widerspruch‹.«

Geräuschvoll stellte sie ihre Teetasse auf den Unterteller

und verschränkte triumphierend die Arme vor der Brust. Davey gab sich geschlagen und setzte einen Schmollmund auf, wobei er seine pausbäckigen rosigen Wangen in Falten legte. Mir hing der Mund bis zum Boden herab.

»Verlobt? Robin hat sich verlobt?«

»Das wußtest du nicht?« Davey warf Nikki einen kurzen Blick zu. »Was für ein ungewöhnliches Informationsdefizit deinerseits, meine Liebe ... ja, Robin hat es gestern abend auf seiner Party verkündet. Schön, wie du darauf reagierst, Jane. Du siehst genauso verblüfft aus wie wir gestern abend. Als er fertig war, hätte man sprichwörtlich eine Nadel fallen hören können. Zuerst glaubten wir, er macht nur Spaß, aber Robin blickte völlig ernst dabei drein – Angie auch –, so daß wir's eben alle geschluckt haben, nicht wahr, Nikki? Dann hat er sich betrunken, hat sich davongemacht, und das nächste, was wir von ihm hörten, war, daß er ins Krankenhaus eingeliefert wurde.«

»Wirklich verlobt ..., ich meine, er will sie heiraten?«

»Hat dich wohl richtig umgehauen, was?«

»Na ja ..., schon. Ich meine ...« Um ehrlich zu sein, war ich ziemlich sauer. Robin hatte es mir nämlich vom ersten Tag an selbst angetan.

»Vielleicht ist er ja auch die ganze Zeit schon bi«, grübelte Davey, während er mit dem Finger seinen Tee umrührte. »Ich weiß nicht. Ich bin nicht überzeugt davon, daß es so etwas wie Bisexualität gibt. Mir jedenfalls ist so etwas noch nicht passiert.«

»Wird es auch bestimmt nicht«, konnte sich Nikki nicht verkneifen.

Davey schnitt ihr eine Grimasse, bevor er sich den Finger in den Mund schob.

Mir schwirrten noch immer die Neuigkeiten durch den Kopf.

»Ich wußte noch nicht einmal, daß die beiden so viel miteinander zu tun hatten«, sagte ich. »Ich meine ... Robin. Und Angie? Verlobt? Um zu heiraten?«

»Ja, schon merkwürdig, was?« Davey schob seinen Dessertteller beiseite und ließ sich im Stuhl nach hinten kippen. »Das einzige Mal, bei dem ich die beiden wirklich zusammen gesehen habe, war in Balmoral, am Abend des letzten Gillies' Ball. Ich ..., hey Jane, was machst du denn für ein Gesicht?«

»*Wessen* Ball?«

»Gillies'. Ach so, das ist ein altes gälisches Wort für uns Bedienstete. Einen Gillie findest du für gewöhnlich hinter einem großen Gutsherren, wenn der gerade aus Spaß irgendein Tier abschießt. Wie auch immer ...«, fuhr er fort »... der Ball ist für die Landgutarbeiter und die Nachbarn gedacht – und für uns, natürlich. Schade, daß du nicht mit dabei warst, Jane. Du hättest mit dem Prince of Wales tanzen können ...«

»Was war denn mit Robin und Angie?« unterbrach Nikki.

»Ach ja, das Liebespärchen. Wie gesagt, abends beim Gillies' Ball bin ich irgendwann einmal zurück in die Personalunterkunft, und da waren sie, beide total durchnäßt, und sahen ganz schön seltsam aus ...«

»Bestimmt weil einer von euch Ferkeln sie gerade in die Dee geworfen hatte.«

»Nein, meine liebe Nikki. Alle waren artig. An dem Tag hatten wir bereits den Chefberater des Premierministers hineingeworfen, und die Queen war nicht gerade amüsiert darüber. Es stört sie nicht, wenn wir *ihre* Chefberater in den Fluß werfen, aber es macht ihr sehr wohl etwas aus, wenn es die von jemand anderem sind. Außerdem ziehen wir sie traditionellerweise vorher nackt aus.«

»Du meinst also, Robin und Angie waren beim Mondschein ganz romantisch schwimmen?«

»Ich sagte doch ›durchnäßt‹, Nikki. Sie hatten beide ihre Sachen an. Angie behauptete, sie hätten am Ufer herumgeblödelt und wären dann hineingefallen. Mag sein, daß das stimmt.«

»Ich kann mir Angie nicht beim ›Herumblödeln‹ vorstellen«, sagte ich.

»Ich auch nicht.«

Wir verfielen eine Zeitlang in Schweigen. Nikki und Davey verdauten ihr Essen, und ich verdaute die Neuigkeiten.

»Tja«, seufzte ich schließlich über meine kaum angerührte und mittlerweile klumpige Steak-und-Nieren-Pastete hinweg, »dann ist es ja wohl kein Geheimnis, daß Angie *schwanger ist.*«

Angela hatte sich zwar darüber bedeckt gehalten, aber Gerüchte über morgendliche Unpäßlichkeiten und eine kleine, aber doch bemerkbare Gewichtszunahme hatten uns Mädchen vermuten lassen, daß einer von uns in absehbarer Zeit eine Veränderung bevorstand.

»Überhaupt kein Geheimnis«, stimmte Davey zu. »Sie haben es zusammen mit ihrer Verlobung bekanntgegeben. Sie bekommen einen Sohn.«

»Woher wollen sie das denn wissen?«

»Eine dieser Untersuchungen, glaube ich.«

»Wirklich? Igittigitt.« Die Vorstellung von unangenehm aussehenden Nadeln spukte mir im Kopf herum.

»Das muß aber doch nicht heißen, daß Robin auch der Vater ist.«

»Warum sollte er sie denn sonst heiraten?«

»Tja, das weiß ich auch nicht.«

»Und warum sollte er, nachdem er gerade etwas ach so Freudiges verkündet hat, losziehen und versuchen, sich umzubringen, woran ich übrigens keinen Moment lang glaube.«

»Robin sah in letzter Zeit nicht allzu gut aus. Vielleicht war es das, was man einen Hilferuf nennt«, sagte Davey. »Hätte er doch nur Di's Zitronenhobel zur Hand gehabt.«

»Also bitte ...«

»Die Frage ist doch die: Warum heiratet sie ihn? Das

möchte ich gerne wissen.« Nikki hing ganz offensichtlich ihren eigenen Gedanken nach.

»Allerdings. Sie wird ihre tolle Karriere aufgeben müssen. Buck House duldet keine verheirateten Hausmädchen. So sind nun einmal die Regeln ...«

»Das weiß ich ...«

»... obwohl ich mich frage, ob man als Hausmädchen eine ledige Mutter sein dürfte. Das wäre wohl ein Schritt ins zwanzigste Jahrhundert. Sie könnten eine Kindertagesstätte einrichten. Wir haben überhaupt keine Kinder mehr um uns herum, seit die Mami dieser kleinen York-Prinzessinnen sich davongemacht hat.«

»Was ich sagen will, Davey, ist, wenn ich denn auch einmal zu Wort kommen darf: Für so jemand wie Angela Cheatle ist ein Lakai nicht gut genug. Angie hat es auf etwas Besseres abgesehen, glaub mir.«

»Nun erzähl schon«, sagte Davey. »Auf wen denn?«

»Woher soll ich das wissen?« fragte Nikki finster. »Aber die Art, die sie manchmal an den Tag legt ..., ich habe mehr als einmal mitbekommen, wie sie den besseren Leuten hier schöne Augen gemacht hat. Hast du gemerkt, was für Kleider sie manchmal trägt? Wie kann sie sich denn so etwas leisten bei unserem Gehalt?«

»Meine liebe Nikki, viel Zeit verbringe ich nicht damit, weibliche Schönheit zu bemessen. Aber jetzt, wo du davon sprichst: Angie hat in letzter Zeit ein paar entzückende Kleider angehabt. Ich würde sie gerne bitten, mir für den nächsten Kostümwettbewerb im Toodle's eins auszuleihen, aber leider habe ich nicht die gleiche Größe wie sie.«

»Liegt wohl an der bevorstehenden Mutterschaft.« Ich hatte das Bedürfnis, unser Gespräch in eine andere Richtung zu lenken. »Ihr Baby braucht einen Vater, und sie hat jemand gefunden, der diese Rolle einnehmen kann, ob er nun der biologische Vater ist oder nicht.«

Beide schauten mich bedrückt an.

»Warum sollte Robin das tun?« fragte Nikki.

»Ich weiß es nicht.«

»Wenn schon jemand Selbstmordkandidat sein soll, dann doch wohl Karim«, überlegte Davey. »Obwohl...«

»Obwohl was?«

»Na ja, ich wollte sagen, daß Robins Verlobung mit Angie bestimmt ein Schock für Karim gewesen sein muß, aber mittlerweile frage ich mich, ob er nicht doch vorher schon davon gewußt hat. Vielleicht ist das ja der Grund dafür, weshalb Robin und Karim seit Wochen nicht mehr miteinander gesprochen haben.«

»Vorher konntest du sie doch meistens nicht mal mit der Kneifzange auseinanderbringen«, bemerkte Nikki.

»Ich weiß. Schon merkwürdig. Aus Karims Sicht verstehe ich die Anziehung. Aber aus Robins? Karim ist so..., ich weiß nicht..., was ist schon an Karim? Er ist so launisch. Man kann ihm nichts sagen, was er nicht in den falschen Hals bekommt. Für mich hat er noch keinen Schlag getan.«

»Wir wissen doch alle, wer es dir angetan hat«, sagte Nikki verschmitzt.

Geziert hob Davey seine Teetasse an. »*Er* hat mir neulich mal zugeblinzelt. Ich bin mir ganz sicher.«

»Du bist ja verrückt.«

Unter einer Reihe von Kollegen kursierte der Witz, daß eine sehr hohe Persönlichkeit im Palast sich von Davey angezogen fühlte, deren Namen ich hier auf Bitte meiner Tante Grace aber nicht aufschreiben soll. Ich muß noch mal darüber nachdenken.

Vielleicht sollte ich jetzt einmal etwas über Robin erzählen, denn er ist der Mittelpunkt der Geschichte. Robin Tukes ist Kanadier, wie ich. Als ich ankam, war er bereits ein halbes Jahr im Palast. Seine Stellung als Lakai hatte er auf die gleiche Art und Weise bekommen wie ich meine als Hausmädchen: indem er auf eine Stellenanzeige antwortete. Wenn man im Palastleben Bescheid wußte, war es leicht zu erkennen, warum jemand eingestellt wurde, und bei Robin lag es nicht nur einfach daran, daß ihm zufällig eine der Uniformen für Lakaien paßte, was mindestens zur Hälfte den Ausschlag dafür gibt, irgend jemand als Lakaien einzustellen. Robin war gutaussehend im klassischen Sinn, groß, schlank, fein geschnittenes Gesicht – der Typ, den man in einer amerikanischen Seifenoper findet.

Dieser Vergleich läßt ihn allerdings seicht erscheinen, und das war er nicht. Wenn wir beide dreizehn Jahre alt gewesen wären, hätte ich gesagt, Robin ist »tiefsinnig«. Mit solch einem Wort würde man einen Jungen beschreiben wollen, der eine schrecklich anziehende Begabung zum Grübeln hat. Bloß daß der Unterschied zwischen einem Dreizehnjährigen und einem Zwanzigjährigen im großen und ganzen darin besteht, daß letzterer mehr ernsthafte Dinge kennt, über die er ins Grübeln geraten kann.

Auslöser für unsere Freundschaft war etwas Einfaches gewesen: beidseitige Freude darüber, mitten unter Briten einen Kanadier zu treffen. Bald schon konnte man Robin und mich im Bag O'Nails finden, einer Kneipe weiter unten auf der Buckingham Palace Road, wo wir uns auf liebevolle Art über die Engländer lustig machten. Robins Sprüche waren gelegentlich bösartiger. Es stellte sich heraus, daß er mal mit jemand eine unangenehme Beziehung hatte, der dem Ausdruck »englische Gelassenheit« ganz neue Bedeutung verlieh. Die Affäre war der Höhepunkt eines Lebens, das ganz auf jene aussichtslosen Wochenendbeziehungen ausgerichtet war, von denen man in Romanen liest und die dort hochromantisch klingen, in seinem Falle war es jedoch eher »ausschweifend« – ein Wort, das Tante Grace einmal in einem Gespräch über Robin beigesteuert hatte und das auch zu passen schien.

Robin war von seiner Familie nach England geschickt worden, um dort eine »gute Ausbildung« zu bekommen. (Das verkündete er naserümpfend und voller Spott.) Statt dessen nahm er das Schulgeld, verließ Cambridge und zog nach London. Es war wie der Ausbruch aus einem Käfig. Dieses Gefühl kenne ich. Als mein Flugzeug aus Kanada in London aufsetzte, war ich voller Jubel. Doch während ich langsam in diese neue Freiheit eintauchte, sprang Robin voll hinein. Ich kann es nur dem wenigen gegenüberstellen, was er mir von seinem Leben zu Hause in London, Ontario, erzählte, einem Ort, wo auf dem Friedhof noch am meisten los ist, wie Robin sich einmal ausdrückte. Sein Vater war vor ein paar Jahren gestorben, seine Mutter erschüttert vom Tode ihres Mannes, und Herr im Hause war Robins herumkommandierende Schwester, beinahe fünfzehn Jahre älter als er. Robin war auf sämtliche führende Privatschulen verfrachtet worden, zuletzt auf das Upper Canada College in Toronto. Doch er hatte es gehaßt, jedenfalls sagte er das. Seine Jugend erschien ziemlich düster.

Aber London (England) war die Megaparty. Robins besondere Vorliebe galt dem Theater. Ihm gefiel die Schauspielerei, zumindest die Vorstellung zu schauspielern, was gewiß nach Meinung jedes Psychologen, der seine 30 Pfund die Stunde wert ist, eine typische Reaktion auf die unterdrückte Kindheit darstellte. Er knüpfte Kontakte zu verschiedenen avantgardistischen Theatergruppen; die Schauspielerszene überschnitt sich jedoch mit der Schwulenszene, die sich mit der Drogenszene überschnitt, die sich mit dieser und jener Szene überschnitt (das gäbe doch einen schönen Stadtführer ab: London: Die Szenenstadt), so daß Robin eines Morgens ganz ohne Szene aufwachte. Und ganz ohne Geld.

So landete er im Buckingham-Palast. Er brauchte Geld. Er brauchte Arbeit. Er hatte den gleichen Einwanderungsstatus wie ich. Sein Großvater, sogar seine beiden Großväter, waren gebürtige Engländer.

Doch er brauchte noch mehr, einen Fluchtpunkt, einen Ort, wo er wieder auf die richtige Bahn kommen konnte, sich die Wunden lecken und entscheiden konnte, was er mit dem Rest seines Lebens anstellen wollte. Und merkwürdigerweise, so berühmt das Buck House ist und so groß es sein mag, es ist ein idealer Schlupfwinkel für sich vom Leben abwendende Menschen. Es ist wie ein kleines Dorf. Es gibt dort Klubs und Sportvereine, eine Poststelle, eine Bank, eine Cafeteria und ein eigenes Zimmer für jeden. Man könnte dort praktisch leben und sterben, ohne jemals aus dem Portal hinausgegangen zu sein. Wenn man denn wollte.

Den Frühling und Frühsommer über festigten Robin und ich unsere Freundschaft, indem wir gemeinsam Londons Sehenswürdigkeiten besuchten. Dazu hatte keiner sonst Lust, noch nicht einmal Karim. Die anderen Palastbewohner, alles Einheimische, waren der Meinung, sie hätten noch ihr Leben lang Zeit dazu, sich den Londoner Tower anzusehen, genau wie New Yorker, die den Tag des Jüngsten Gerichts erleben, ohne auch nur einmal oben auf dem Empire State Building gestanden zu haben. Wenn Robin also das Bedürfnis hatte, der Dorfatmosphäre im Buck House zu entfliehen, begleitete ich ihn. Ich gehe sehr gerne zur St. Paul's Cathedral, ins British Museum, zur Westminster Abbey oder auch die Themse hoch bis Hampton Court oder hinab bis Greenwich. Bald aber erkannte ich, daß Robin weniger an Geschichte und Gepränge interessiert war, sondern mehr daran, einfach auf Tour zu sein – am liebsten waren ihm Touristentreffpunkte –, wo es unwahrscheinlich war, daß er einem seiner Freunde aus der Zeit vor dem Buck House über den Weg lief. Einmal beförderte er mich unsanft aus der Tate Gallery hinaus, weil er in der Nähe eines der kubistischen Gemälde einen gewissen Jemand erspäht hatte, dem er lieber aus dem Weg gehen wollte. Obwohl er die Sache herunterspielte, spürte ich, daß sie ihm naheging. Und ich hatte ein schlechtes Gewissen, weil ich auf der Tate Gallery bestanden hatte, ein Ort, den die Londoner ebensogern ansteuern wie die Touristen.

Das alles läßt Robin wie einen gutaussehenden Einsiedler erscheinen. Und es stimmt auch, daß er nicht besonders wild darauf war, in andere Kneipen zu gehen als in das vertraute Bag O'Nails. Doch innerhalb des Buck House sah die Sache anders aus. Wie Davey schon sagte, gab es da bei Robin etwas Manisches, eine Art Leichtsinn, der wirklich haarsträubende Verhaltensweisen hervorrufen konnte.

Einmal, noch im Frühling, sah sich eine Gruppe von Lakaien gerade in ihrem Gesellschaftsraum die Übertragung der Filmpreisverleihung an, als ein alter Clip aus den Siebzigern gezeigt wurde, die in jüngster Zeit ja wieder in Mode gekommen sind. Der Clip zeigte irgendeinen Kerl, der nackt auf der Bühne hinter einem älteren Schauspieler herflitzte. Jemand erinnerte sich daran, über diese »Flitzers« gelesen zu haben, und Robin stachelte sie an, dasselbe zu tun. Einigermaßen beschwipst, entkleideten sie sich und flitzten im Palast herum, sogar an den königlichen Gemächern vorbei. Der Haushofmeister, ganz oben in der Hierarchie des Palastes, bekam Wind davon und regte sich riesig auf. Offenbar hatte Ihre Majestät den Lärm gehört, den Kopf aus ihrem Wohnzimmer gesteckt und eine unverhüllte Hinterbacke zu sehen bekommen. Das hatte sie nicht amüsiert, hieß es offiziell. Uns aber, muß ich zugeben. Inoffiziell.

Und dann diese andere Geschichte, eine Party unmittelbar nach der Fahnenparade, der offiziellen Geburtstagsfeier der Queen im Juni, als die persönliche Standarte Ihrer Majestät, die Leibgarde, vor der Monarchin auf der Horse Guards Parade in Whitehall in ihren scharlachroten Uniformröcken und ihren Bärenfellmützen vorbeimarschierten. Wir in den unteren Dienstbereichen feierten heftig, als urplötzlich die Queen auftauchte. Nur daß sie ungefähr dreißig Zentimeter größer war als sonst. Es war Robin, im Frauenfummel. Er gab eine irre Vorstellung ab. Irgendein Kostümverleiher, den Davey kannte, hatte ihn mit so piekfeinen Sachen ausgestattet, wie die Queen sie bei der Eröffnung des Parlaments zu tragen pflegt: ein weißes Kleid mit blauer Schärpe und den Hosenbandorden an die Brust geheftet. Die Perücke saß tadellos, das angegraute Haar war toupiert und locker; er hatte Make-up aufgelegt und trug auch alle zugehörigen Accessoires: die Tiara, die eulenhafte Brille und die Handtasche. Doch war es seine Schauspielkunst, die der Sache den letzten Schliff gab. Robin war derart gut darin, den höflich wißbegierigen Smalltalker zu mimen und verstand es, auf Unverschämtheiten ausgesprochen frostig zu reagieren, daß alle Welt schon seit je »Ma'am« zu ihm sagte und einen Knicks vor ihm machte. Was an seiner Vorführung überraschte, war die Tatsache, daß sie nahezu *respektvoll* war. Er glitt zu keinem Zeitpunkt aus seiner Charakterrolle hinaus. Es war einfach eine Riesennummer – Davey wurde grün vor Neid –, brachte ihn allerdings in Schwierigkeiten. (Er bekam die Schuld zugeschoben und mußte sich eine wahre Standpauke vom Obersten Leibgardisten, dem Chef der Lakaien, anhören.) Zugleich kam hier der Teil von Robin zum Vorschein, den er vor seiner Zeit im Palast ausgelebt hatte: ungestüm, extravagant, kühn. Ob es diese Eigenschaften waren, die zu dieser merkwürdigen Heiratsabsicht geführt hatten? Lag hier eine unbedachte Handlung im Stil seines früheren Lebens vor? Oder vielmehr eine, die ihm helfen sollte, die Ordnung wiederherzustellen, die er sich für sein Leben zu wünschen schien?

Zu diesem Zeitpunkt hatte ich noch keine Antworten parat.

Aber eines wußte ich sicher: Der Robin, der im Oktober aus Schottland zurückkehrte, war nicht der Robin, der im August dorthin gefahren war. In den vergangenen Wochen zog er sich von allen zurück. Er machte einen so traurigen Eindruck, als laste das Gewicht der ganzen Welt auf seinen Schultern. Es war seine Niedergeschlagenheit, die uns auf die Idee mit der Geburtstagsfeier gebracht hatte. Wir alle dachten, das würde ihn auf andere Gedanken bringen.

Ich hatte vor, Robin im Krankenhaus zu besuchen, doch gelang mir nicht, mich davonzuschleichen. Freitags fährt die Queen übers Wochenende nach Windsor, und die Arbeit im Buckingham-Palast erlahmt, sobald sie abreist, doch an diesem Freitag verhielt sich Mrs. Harbottle wie ein Sklaventreiber. Ich freute mich darauf, einen Teil meines Wochenendes in Long Marsham zu verbringen, und hatte Tante Grace bereits angekündigt, daß ich am frühen Freitagabend zu ihr kommen wollte. Deshalb hatte ich an diesem Tag keine Zeit mehr für einen Krankenhausbesuch.

Als ich den Palast durch das Seitenportal auf die Buckingham Palace Road verließ, stieß ich dort auf Karim Agarwal in schwarzem Frack und weißem Hemd, der Berufskleidung eines Lakaien. Zunächst erkannte er mich nicht, deshalb rief ich seinen Namen. Er drehte sich um und schaute mich wenig erfreut an.

»Ja«, sagte er.

»Hast du Robin gesehen? Wie geht es ihm?«

Karim schaute beiseite.

»Es geht hier so ein komisches Gerücht um, er habe versucht, sich umzubringen«, plapperte ich weiter drauflos. Sein Schweigen war mir unangenehm. »Da ist doch nichts dran, oder?«

Er schien mich überhaupt nicht wahrzunehmen. Karim stand wie angewurzelt und starrte auf die ganz gewöhnliche Szenerie vor ihm – der Posten im Wachhäuschen, die hohen Portale, der Straßenverkehr –, während ich, um mich zu beschäftigen, im feuchten Spätoktober mein Marinejackett zuknöpfte.

»Tut mir leid, ich hätte wohl besser nicht fragen sollen...«

»Hör zu, ich habe keine Ahnung, was passiert ist«, wehrte Karim ab und wandte sich mir mit düsterem Blick endlich zu.

»Ich hab' ihn noch nicht gesehen. Vielleicht besuche ich ihn am Wochenende.«

»Okay, dann sag ihm doch schöne Grüße von mir, ich meine, falls du hingehst«, erwiderte ich achselzuckend. »Sag Robin, daß ich Sonntagnachmittag vorbeikomme.«

Ich ließ ihn gehen. Sich mit Karim zu unterhalten war, wie Kaugummi von einem Teppich im Buck House zu entfernen.

Mir ging es wie Davey: Ich konnte nicht nachvollziehen, wieso sich Karim Agarwal und Robin Tukes voneinander angezogen fühlten, einmal abgesehen von der Verlockung, die von Karims dunkelhäutiger Schönheit ausging. Er paßte aber einfach nicht so recht zu den anderen Lakaien. Das lag zum Teil daran, daß er kein Engländer war, jedenfalls kein Angelsachse, obwohl er von klein auf in England gelebt hatte. Seine Eltern waren unter der Herrschaft von Idi Amin aus Uganda vertrieben worden. Einige seiner Kollegen machten hinter seinem Rücken die gehässigsten Bemerkungen über Karim. Andere sagten sie ihm offen ins Gesicht. Soweit man mir erzählt hat, war er der erste Lakai indischer Herkunft, den der Palast je eingestellt hat, und das wurde eben hier und da nicht mit Begeisterung aufgenommen. Unglaublich, wie leichthin rassistisch die Engländer manchmal sein können.

Ein weiterer Grund dafür, daß Karim nicht so recht zu den anderen paßte, lag darin, daß er nicht so ein Hallodri war wie seine Kollegen; an ihren Streichen und Späßen nahm er nur selten teil. Er war kein Kumpeltyp, und seine unverhüllte Hinterbacke würde die Queen niemals an den königlichen Gemächern vorüberflitzen sehen. Die anderen hielten ihn wohl für einen ziemlichen Waschlappen. Für mich war er schlichtweg gewissenhafter bei der Arbeit als die anderen. Man merkte ihm an, daß er andere Ambitionen hatte. Ehrgeizige Leute erregten im Buck House Ärger und stießen auf Mißtrauen. Robin trat allerdings gewöhnlich für ihn ein, obwohl er selber oft Anführer oder aktiver Teilnehmer bei allerlei Faxen war. Für Robin stellte Karim wohl so eine Art Anker dar, etwas vergleichsweise

Stabiles in einem Strudel völlig verrückter Engländer um ihn herum.

An diesem Sonntag verließ ich Tante Grace am frühen Nachmittag, stieg in Marylebone aus dem Zug, lief die Baker Street hoch, vorbei am langweiligen Wachsfigurenmuseum Madame Tussaud's, und steuerte auf das Devonshire Hospital zu, das nur ein paar Blöcke entfernt liegt. Gegen drei Uhr war ich im Krankenzimmer. Zu meiner Überraschung war Karim auch da. Als ich hereinkam, saß er vornübergebeugt auf einem Stuhl gleich neben Robins Bett und unterhielt sich ernst und mit gedämpfter Stimme mit Robin. Das Gespräch der beiden brach in der Sekunde ab, in der ich am Bett erschien.

Es fällt mir schwer, den Ausdruck zu beschreiben, der in Robins Gesicht stand. Er war irgendwie benommen. Es schien, als bräuchte er einen Moment, um mich überhaupt wahrzunehmen. Dann brachte er schnell ein Lächeln hervor, begrüßte mich und schaute Karim scharf an. Es war wie ein Signal. Ohne mich überhaupt zu beachten, nahm Karim eine Plastiktüte in die Hand, die er aufs Bett gelegt hatte, stellte eine orangefarbene Kürbislaterne aus Plastik, die vor Süßigkeiten überquoll – ich hatte ganz vergessen, daß Halloween war –, sorgfältig auf einem Beistelltisch ab und huschte aus dem Zimmer.

Ich war mit einem Mal verlegen, als ob ich Robin gerade erst kennengelernt hätte. Wahrscheinlich lag das an diesem ganzen Selbstmordgerede. Ein unangenehmes Thema. Wie gut man auch jemand zu kennen glaubt (und Robin kannte ich doch wohl so gut wie keiner sonst, außer vielleicht Karim), es kann trotzdem passieren, daß einem dieser Mensch plötzlich wie ein vollkommen Fremder erscheint. Genau das geschah in diesem Moment. Mir wurde bewußt, daß ich Robin überhaupt nicht gut kannte. So angenehm seine Gesellschaft war, so schrecklich distanziert war er. Er verstand es auf charmante Art, sich Fragen, die er nicht beantworten wollte, mit einem Lächeln oder seinem beißenden Humor vom Leib zu halten. Nach unseren Spritztouren durch das London der Touristen wurde mir oft bewußt, daß ich ihm von meinen Hoffnungen, Träumen und Sorgen erzählt hatte und er praktisch gar nichts von sich enthüllt hatte. Als ich jetzt an seinem Bett stand, begriff ich, daß es Bereiche seiner Persönlichkeit, seines Lebens gab, die mir völlig entgangen waren. Dabei dachte ich an die Themen, über die er nicht gerne sprechen wollte (seine Familie) oder einfach überhaupt nicht sprach (Traurigkeit).

Plötzlich fiel mir eine Mitschülerin aus dem neunten Schuljahr ein, die sich umgebracht hatte. Sie hatte völlig normal und fröhlich gewirkt. Und dann hatte ihre Mutter sie im Badezimmer mit aufgeschnittenen Pulsadern gefunden. Als sich diese Tragödie ereignete, nahmen wir anderen in der Klasse uns die Sache sehr zu Herzen. Doch wir fanden nie eine befriedigende Antwort auf die Frage nach den Motiven für ihren Freitod. Jedenfalls hatte ich nicht den Eindruck, daß Robin besonders schlecht aussah für jemand, dem man gerade den Magen ausgepumpt hatte und der schon ein paar Tage im Krankenhaus lag. Eigentlich sah er sogar ganz gut aus. Er wirkte schon ein wenig blaß, was aber vielleicht nur an seinem Dreitagebart lag. Der Bart ließ ihn, mit seinen schwarzen Haaren und den dunklen Augen, irgendwie verwegen erscheinen. Es fehlte bloß der Ohrring, den er für gewöhnlich trug, wenn er keinen Dienst hatte.

Ich machte mich daran, eine der Süßigkeiten aus der Kürbislaterne auszupacken, und stellte Robin die üblichen dämlichen Krankenhausfragen: Wie geht es dir? *Prima.* Wann kommst du raus? *Ich hoffe, bald.* Was Süßes? *Nein, danke.* Ob Karim einfach deshalb mit ihm geflüstert hatte, weil das Zimmer keinerlei Privatsphäre zuließ? Noch zehn weitere Betten mit Patienten darin standen um uns herum. Auch ich ertappte mich jetzt dabei, wie ich mit Robin flüsterte. Doch in Robins Verhalten lag etwas extrem Beunruhigendes. Er war vollkommen einsilbig. Schließlich versiegte unser Small talk. Ich nahm all meinen Mut zusammen und kam auf den Punkt.

»Man redet da so von einem Selbstmordversuch«, sagte ich und vergrub die Zähne in einem zweiten klebrig-weichen Karamelbonbon.

»Ich weiß«, entgegnete er gelassen.

»Stimmt das denn?«

Er zuckte mit den Achseln und blickte auf einen blauen Umschlag, den er die ganze Zeit zwischen Daumen und Zeigefinger geklemmt hatte.

»Ich hatte 'n kleines Tief in letzter Zeit«, sagte er, beugte sich vor und lehnte den Umschlag gegen die Kürbislaterne.

»Und mir haben sie erzählt, du hättest 'n kleines Hoch gehabt, Donnerstagabend. «

Er schnaubte leise. »War mein einundzwanzigster Geburtstag. Vielleicht der letzte Geburtstag.«

»Robin! So etwas darfst du nicht sagen.«

»Okay, schon gut.«

Der Verärgerung in seiner Stimme folgte ein entschuldigender Blick.

»Tut mir leid«, meinte er. »Es ist einfach blöd, hier die ganze Zeit rumzuliegen und nichts zu tun. Wo warst du denn eigentlich an dem Abend?«

Jetzt war es an mir, sich zu entschuldigen. Ich erzählte ihm, daß ich mit Neil ausgewesen war, dem Kameraassistenten der Filmcrew.

»Ich hatte nicht geglaubt, daß du mich vermissen würdest«, sagte ich. »Außerdem hatte ich nicht gerade viele Verabredungen, seit ich im Buck House arbeite.«

»Netter Kerl?«

»Ja, doch, er ist okay. Ich hab' dir schon mal von ihm erzählt.«

Doch Robins Aufmerksamkeit war am Ende. Er starrte bedrückt an die Decke.

»Robin, was ist denn? *Ist* irgend etwas los mit dir?«

Er antwortete nicht.

»Ist es die Sache mit Angie? Nikki hat mir von euren Hochzeitsplänen erzählt. Du willst Angie doch nicht wirklich heiraten, oder? Ich weiß schon, ich bin neugierig, aber ...«

Er lächelte zaghaft und sagte: »Jane, mein Schatz. Angie ist die Liebe meines Lebens.«

»Ach, hör doch auf. Ist sie nicht.«

»Ist sie wohl.«

Plötzlich strahlte er wieder in der guten alten Robin-Art, mit blendenden Zähnen. Die Sonne ging auf. Es war betörend. Ich seufzte innerlich. Schwul. Was für eine Verschwendung. Falls er wirklich schwul war, im strengen Sinne. Was mich wieder auf das Thema seiner bevorstehenden Heirat zu sprechen kommen ließ.

»Was«, wollte ich von ihm wissen, »hast du vor mit Angie?«

»Liebe und Friede. Triebe und Hiebe. Hmmm, hört sich an wie ein Rap. Findest du nicht auch?« Er rutschte, einer imaginären Rapmelodie folgend, im Bett hin und her.

»Kriege ich von dir auch mal eine klare Antwort?«

»Eine *klare* Antwort?«

»Jetzt sag mir doch mal, du Schlauberger«, ließ ich nicht locker, »ob du mitbekommen hast, daß niemand anderes als die Königin von England über dich gestolpert und auf die Nase gefallen ist.«

»Hab' davon gehört, ja.«

»Die Frage ist nur: Was hast du zu dieser späten Stunde an dieser Stelle im Palast gemacht?«

»Wir haben auf der Party beschlossen, eine Schnitzeljagd zu veranstalten. Meine Aufgabe war es, jemanden aus der Königsfamilie aufzutreiben, ihn – oder sie – in einen Sack zu stecken und wieder zum Ausgangspunkt zu bringen.«

»Aha! Du wußtest also nicht, daß sie an diesem Abend ausgegangen war.«

»O doch, das wußte ich wohl. Ich hatte vorher die Hofnachrichten in der *Times* gelesen.«

»Mit anderen Worten, du hast die Sache geplant. Du hast es *darauf angelegt,* zu dieser späten Stunde dort zu sein.«

»Clevere Jane.«

Langsam dämmerte es mir.

»Mal sehen, ob ich das hier richtig auf die Reihe bekomme. Du hast es darauf angelegt, zu diesem Zeitpunkt dort zu sein, weil du ... was? Weil du plötzlich das Bedürfnis hattest, die Queen von nahem zu sehen?«

Zu meiner Überraschung verdüsterte sich Robins Gesichtsausdruck. Eine Zeitlang sagte er überhaupt nichts, als wäre er gerade dabei, etwas für sich zu klären.

»Ja, ich wollte sie wegen was treffen«, gab er zu. »Privat.«

»Das meinst du doch nicht im Ernst, oder?«

»Ernster als alles andere.«

»Du wolltest die Queen treffen? Die Königin von England? Privat? Bist du vollkommen übergeschnappt?«

Meine Stimme mußte recht laut geworden sein, denn der Mann im Nachbarbett drehte uns plötzlich den Kopf zu. Sein Blick schien jedoch eher strafend als erstaunt, ich ging also davon aus, daß er sich eher über die Lautstärke unserer Unterhaltung mokierte als über deren Inhalt.

»Jane«, flüsterte Robin mir zu und faßte mich am Handgelenk. »Mir ist es ernst damit. Ich hätte dir gar nichts davon erzählen dürfen. Und ich will auch nicht, daß du es irgend jemand weitersagst. Verstehst du, was ich meine? Niemand.«

»Aber ...«

»Ich mußte sie einfach treffen. Das ist alles.«

Plötzlich überkam mich ein verwirrendes und beängstigendes Gefühl. Für die meisten von uns in den unteren Dienstgraden war die Queen eine Lichtjahre entfernte Figur, die man ab und zu einmal durchs Fenster erspähen konnte, wenn sie den Palast durch das königliche Portal auf der Nordseite verließ, oder von einem Türschacht aus, wenn sie auf dem Weg zu den Staatsgemächern dort vorbeikam. Manche Hausmädchen stürzten sich sogar in einen Nachbarraum, um ihr aus dem Weg zu gehen, wenn sie das Warnsignal der kläffenden Welsh Corgis vernahmen. Was also konnte jemand dazu bringen, eine Privataudienz bei der Queen anzustreben? Und wie sollte das für jemand unseres Standes möglich sein? Trotz der Sicherheitsmängel, die an die Presse gedrungen waren, und derer, die es nicht waren, war mir eine Kommunikation mit der Queen ohne ihre ständigen Begleiter stets als ausgesprochen schwierig erschienen.

»Mußt du denn nicht vorher jemand um einen Termin bitten?« fragte ich.

»Ihren Privatsekretär.«

»Na also.«

»Das ging nicht.«

»Warum denn nicht?«

»Kann ich dir nicht sagen.«

»Meine Güte«, entgegnete ich verärgert, »über was in aller Welt willst du denn mit ihr sprechen?«

»Ich wollte wissen, was sie so alles in ihrer Handtasche hat.«

»Robin!« Ich zog meine Hand von ihm weg.

»Hör zu, Jane. Mehr kann ich dir nicht sagen. Und bitte, sag niemand etwas davon. Ich meine es ernst.«

»Warum hast du mir denn dann überhaupt etwas davon erzählt?«

»Weil ich möchte, daß wenigstens einer weiß, daß ich nicht den Narren gespielt habe.«

»Also war es kein Selbstmordversuch, oder?«

Er machte ein grimmiges Gesicht. Dann sagte er: »Offenbar war ich bewußtlos, wurde in dieses Krankenhaus eingeliefert, und man hat mir den Magen ausgepumpt. «

Das trug er so vor, als zitierte er aus dem Einweisungsformular des Krankenhauses. Mehr sagte er jedoch nicht.

Das war dann auch das Ende unserer Unterhaltung. Es gab noch so viel, was ich ihn hätte fragen wollen, aber sein Verhalten bedeutete mir, daß mein Besuch nun beendet war. Ich fragte ihn, wann er damit rechnete, wieder zu arbeiten, und er erklärte, Montag oder Dienstag. Er verstünde nicht, warum ihn das Krankenhaus überhaupt so lange dortbehielt. Ich erinnerte ihn daran, daß Cyril Wentworth-Desbourough mit seiner Filmcrew wieder in den Palast kommen würde, um für den Dokumentarfilm *Hinter den Kulissen des Buckingham-Palastes (Hausschlampen und Lakaienferkel* hieß er bei uns, weil wir überzeugt davon waren, daß es vor allem um uns aus der unteren Dienerschaft ging) weitere Aufnahmen über die Vorbereitungen für das Bankett zu machen, und daß wir Hausmädchen und Lakaien davon ausgehen konnten, bei der Arbeit erneut ständig über Elektrokabel zu stolpern. Außerdem rief ich ihm seinen Auftritt in einer »atmosphärischen« Szene in Erinnerung – Frühstück in der Gesindestube –, die für den Beginn der Woche vorgesehen war. Hier zählen gutes Aussehen und Charme, versuchte ich ihn zu überreden. Es ist wirklich eine tolle Rolle, sagte ich schließlich. Das müßte ihn doch ein bißchen aufmuntern, dachte ich, wo er schließlich an der Schauspielerei interessiert war, doch er runzelte bloß distanziert die Stirn. Als ich das Krankenhaus verließ, ging es mir kaum besser als vor meinem Besuch.

2

Ein arbeitsamer Montag verstrich. Auf Robin stieß ich im Palast nicht. Am Dienstag war ich morgens mit Staubsaugen und Bohnern im Weißen Salon beschäftigt, der den Privaträumen Ihrer Majestät im ersten Stockwerk des Buckingham-Palasts praktisch diagonal gegenüberliegt. Es war nach neun Uhr, und als ich fertig war, konnte ich die Dudelsackklänge hören, die jeden Morgen auf der Terrasse unter dem privaten Wohnzimmer der Queen ertönen. Die Arbeit eines Hausmädchens ist Routine, und so versank ich in Gedanken, als ich mit dem Staubtuch über einen Rollschreibtisch aus dem achtzehnten Jahrhundert mit Goldrand ging, eines von diesen exquisisten Möbelstücken, das mir an einem besseren Tag echte Freude hätte bereiten können.

Ich machte mir Sorgen um Robin. Robin hatte etwas Manisches an sich. Da gab es seine Hochphasen. Und dann folgten seine Tiefpunkte. In der Zeit, in der ich ihn kennengelernt hatte, gab es ein oder zwei Gelegenheiten, bei denen sich seine Energie einfach in nichts aufzulösen schien. Er nahm dann kaum an einer Unterhaltung teil oder starrte an einem vorbei, dumpfer Schmerz in sein hübsches Gesicht geschrieben. Dann dachte ich, ich hätte ihn verletzt, und wenn ich ihn nach ein paar Tagen, an denen er mich ignoriert hatte, darauf ansprach, erzählte er mir, daß er gelegentlich zu depressiven Schüben neige. Das läge bei ihm in der Familie. Es gelänge ihm jedoch immer, sich wieder aus ihnen herauszureißen. Und es gelang ihm auch tatsächlich.

Doch aus der Depression, der er in Balmoral erlegen war, riß er sich nicht mehr heraus. Und dann kam er an und verblüffte uns alle, indem er sich ausgerechnet mit Angela Cheatle verlobte.

Angie wäre in manchen Magazinen bestimmt erfolgreich gewesen. In *Männermagazinen,* genauer gesagt. Sie ist blond und an den richtigen Stellen gut gepolstert; sie hat große Augen, einen Schmollmund und so weiter. Wenn sie nicht gerade in der langweiligen weißen Uniform steckt, die wir tragen, und die sittsamen Zöpfe löst, die Mrs. Harbottle uns aufzwingt, sieht sie wirklich umwerfend aus. Sie hockt ständig über *Elle* und *Marie Claire,* und wenn sie redet, dann meistens darüber, was berühmte und adelige Leute so treiben. Von der Princess of Wales kann sie gar nicht genug bekommen.

War ich eifersüchtig? Wenn ich ehrlich bin, hatte ich mich wohl ein bißchen in Robin verliebt. *Ein bißchen,* sage ich. Ich bin jedoch klug genug, um einen hoffnungslosen Fall zu erkennen. *Robin & Ich* war hoffnungslos, es sei denn als gute Freunde. Was aber war mit *Robin & Angie,* auf Hochzeitsservietten gedruckt? Das konnte ich mir einfach nicht vorstellen. Nein, eifersüchtig war ich nicht, denn ich glaubte nach wie vor nicht daran. Und das hatte gar nichts mit sexuellen Neigungen zu tun. Angela Cheatle war als Mensch einfach nicht Robins Typ. Sie hatte keinen Humor, soweit ich das beurteilen konnte; sie war einfach bloß dekorativ. Ich war diejenige, die mit Robin loszog, um London zu entdecken. Ich war diejenige, die ihn ein paar Mal zum Lachen brachte. Er war ein Klassetyp. Er wußte Bescheid. Wie ich. Vielleicht ist die Ausbildung in Kanada ja besser. Angie war in meinen Augen einfach schwer von Begriff. Was sie über Dinge oder die Welt im allgemeinen wußte, schien aus ihren Frauenmagazinen zu stammen.

Auf der anderen Seite hatte sie etwas Berechnendes an sich. Die Hälfte der Zeit hörte sie gar nicht zu, wenn man mit ihr sprach. Statt dessen schien sie einen zu taxieren, als bemühe sie sich, die passende Schublade zu finden. Damit mich keiner falsch versteht: Es ist nicht so, als sei ich *nicht* mit ihr ausgekommen. Die Tatsache, daß ich Kanadierin bin, hat sie aber wohl verwirrt, weil ich eben nicht den verräterischen Akzent und den anderen Kram mitbringe, der die Engländer füreinander so schön »schubladengerecht« macht.

Ich grübelte gerade darüber und schaute durch das Fenster auf den künstlich angelegten Teich im Garten. Da hörte ich ein dumpfes Geräusch in der Galerie, unmittelbar gefolgt von aufgeregtem Hundegebell. Sofort spitzte ich die Ohren. Im Vergleich mit dem Scheppern eines Geschirrtabletts, das auf den Boden kracht – in Anbetracht des weitverbreiteten Alkoholkonsums kein ungewöhnliches Ereignis im Palast –, war dieser dumpfe Schlag ein ungewöhnliches Geräusch. Gleich im Anschluß erklang, alles Hundegebell übertönend, die vertraute Stimme, die wir aus all den Weihnachtsansprachen im kanadischen Fernsehen kannten, wegen denen meine unerschütterlich monarchistisch gesinnte Großmutter darauf bestand, daß wir Jahr für Jahr in Charlettetown das Abendessen unterbrachen. Diese vertraute Stimme brachte sehr verärgert drei Worte hervor, drei Worte, von denen ich mir nie hätte vorstellen können, daß sie überhaupt über ihre Lippen gehen konnten:

»Verdammt noch mal!«

Ohne nachzudenken, stürzte ich in die Gemäldegalerie, durch das Antichambre und von dort wieder auf die Galerie hinaus, rannte, so schnell ich konnte, an den Privatgemächern vorbei und fand die Queen, drapiert auf dem reglosen Körper eines Mannes mit Frack und Hosen, der mit dem Gesicht nach unten auf dem Teppich lag. In diesem Moment erschien Humphrey Cranston in der Tür zum privaten Speisezimmer, der Geheimpage (so etwas wie der persönliche Lakai der Monarchin), eine Bohnenstange von Mann, der ständig ein Gesicht wie drei Tage Regenwetter machte. Zum ersten Mal hatte sich sein Ausdruck verändert. Der arme Mann machte einen entgeisterten Eindruck. Wir müssen beide so perplex gewesen sein, daß wir einfach nur dastanden, ein paar Sekunden länger, als es sich gehört hätte. Doch der Anblick Ihrer Hochwohlgeborenen Majestät von Gottes Gnaden, Königin des Vereinigten Königreiches von Großbritannien und Nordirland mit den noch verbliebenen Kolonialgebieten, Haupt des Commonwealth, Fidei Defensor und so weiter und so fort, war zweifellos überraschend.

Sie blickte in meine Richtung, und ich konnte erkennen, daß sie die Stirn in strenge Falten gezogen hatte, eben die berühmten Falten, mit denen sie äußerstes Mißfallen bekundet. Eine Zeitung, die sie offenbar in der Hand gehalten hatte, war zu Boden gefallen, und ich raffte sie hastig zusammen. Ich zögerte jedoch, ihr zu Hilfe zu kommen, teils, weil die Queen mir einen Schrecken eingejagt hatte, teils, weil ich mich an die Protokollübungen erinnerte. Es war ein Tabu, die Queen zu berühren.

»Nun helfen Sie mir doch mal, Mädchen«, sagte die Queen irritiert, als sie mich bemerkte.

»Ja, Eure Majestät«, erwiderte ich und machte um ein Haar einen Knicks.

Ich reichte der Queen meine freie Hand – ihre fühlte sich recht zierlich und sehr trocken an –, und sie erhob sich langsam und weitaus würdevoller vom Teppich, als ich es jemals vermocht hätte.

An die Person auf dem Fußboden dachte ich überhaupt nicht mehr, denn da stand ich nun, Angesicht zu Angesicht mit der Königin von England.

Ich kann mit Worten gar nicht beschreiben, was das für ein merkwürdiges Gefühl war. Es erinnerte mich an einen Traum, den ich als kleines Mädchen einmal hatte. In diesem Traum kommt die Queen zum Tee ; meine Mutter und meine beiden Schwestern hantieren herum, damit alles fertig wird, bringen das ganze Haus und sich selbst auf Vordermann, besorgt und angespannt. Es herrscht ein ungeheurer Erwartungsdruck, merkwürdig, beinahe schicksalhaft, obwohl ich selbst aus irgendeinem Grund nichts damit zu tun habe. Ich sitze auf einem Hocker in der Nähe der Türe, einer quergeteilten Türe: der Unterteil geschlossen, der Oberteil offen. Der Lärm von Menschen, Pferden und Musikkapellen draußen wird stärker und stärker, als käme sie in einer Kutsche mit großem Gefolge zu uns. Obwohl ihre Ankunft nun unmittelbar bevorsteht, bleiben meine Mutter und Schwestern in der Küche und legen letzte Hand an Kuchen und Brot auf einem Teetisch, der ächzt unter der Last von Dingen, von denen ich irgendwie weiß, daß die Queen sie nicht essen wird. Plötzlich verstummt das Geräusch, und jemand steckt den Kopf durch die Tür. Es ist die Queen. Ein Licht scheint um ihren Kopf herum, wirft jedoch keinen Schatten auf ihr Gesicht. Sie schaut sich im Zimmer um, blickt mich einen Moment lang an, lächelt plötzlich und verschwindet dann wieder. Der Lärm hebt wieder an, und das merkwürdig schicksalhafte Gefühl löst sich auf. Das ist das Ende des Traums.

Komisch ist nur, daß ich mich an diesen Traum erinnere. Und besonders deutlich erinnere ich mich an ihr Gesicht, denn meine Perspektive ist die eines Babys, das so dicht am Körper gehalten wird, daß sich ihm in kleinen Dingen große Welten eröffnen. Es sind Puderkörnchen, die mich faszinieren. Sie sammeln sich in jenen Falten, die fächerförmig von ihren Augen ausgehen, und haften an den Härchen, die sich von ihren zarten Augenbrauen über die Backenknochen bis hinab zum Hals hinziehen, wo der Schimmer einer dreireihigen, mit dicken Perlen besetzten Halskette mit ihrer milchig gepuderten Haut wetteifert. Natürlich ist da auch die vertraute Tränennase, die leuchtenden blauen Augen, die hannoveranische (jetzt ergraute) Frisur, doch sind es die weichen, gepuderten Wangen, die mich beunruhigen, die gleichen, die mich in den Bann zogen, als ich mit beinahe offenem Mund vor ihr stand. Wir sind gleich groß, genauer gesagt: klein, etwa einen Meter sechzig ohne Absätze, und schon deshalb konnte ich alles so gut erkennen.

Ich muß Sie aber länger angestarrt haben, als die Höflichkeit es zuläßt, denn die Miene der Queen nahm mißbilligende Züge an. Schließlich brachte ich genug Vernunft auf, um sie zu fragen: »Alles in Ordnung, Ma'am?«

»Ja, alles in Ordnung, danke«, erwiderte sie gelassen und wandte sich Humphrey zu, der unentschlossen an der Türe zum privaten Speisezimmer verharrte.

»Humphrey, seien Sie so gut und holen Sie Mr. Dowse. Sagen Sie ihm, daß ich ihn sofort zu sprechen wünsche. Und Dr. Elcott wohl auch.«

»Ja, Ma'am«, sagte Humphrey und stürzte durch die Halle, um den Lord Stewart, den obersten Hausangestellten Ihrer Majestät, und den palasteigenen Arzt zu holen.

Die Queen betrachtete einen Augenblick lang den reglosen Körper auf dem Teppich. Leise Verwirrung stand ihr im Gesicht. Dann wandte sie sich mir zu.

»Wie heißen Sie?« fragte sie.

»Jane Bee, Ma'am.«

»Jane, würden Sie bitte schauen, ob dieser junge Mann aufgeweckt werden kann.«

Ich kniete mich hin, und im gleichen Moment überkam mich ein seltsames Gefühl. Ich sah, was mir zuvor nicht aufgefallen war: daß es sich bei dem jungen Mann auf dem Teppich um Robin handelte. Aber das allein war es gar nicht, was es mir komisch zumute werden ließ. Es war vielmehr sein fahles Gesicht, seine steifen Glieder und ein Geruch, den ich noch nie zuvor wahrgenommen hatte. Ich blickte hoch zur Queen und erkannte an ihrem Gesichtsausdruck, daß auch sie höchst beunruhigt war. In der Halle herrschte Totenstille. Selbst die Welsh Corgis waren in unbestimmtes Schweigen verfallen. Mit klopfendem Herzen legte ich die Finger auf Robins Hals, um seinen Puls zu fühlen. Die Haut war warm. Aber ich konnte keinen Puls spüren.

»Oh, Ma'am«, sagte ich. Und dann tat ich etwas, das ich nicht oft tue. Ich brach in Tränen aus. »Ma'am, ich glaube, er ist tot!«

Wieviel Zeit zwischen meiner Erklärung und dem Moment verstrich, in dem die Queen ihr Arbeitszimmer betrat, weiß ich nicht. Vielleicht waren es fünf Minuten, vielleicht auch fünfzehn. Ich kann mich kaum noch daran erinnern, wie ich überhaupt dorthin gekommen bin, doch nehme ich an, daß Ihre Majestät selbst mich dorthin begleitete und dann wieder zurückging, um Haushofmeister und Arzt zu empfangen. Das einzige, woran ich mich erinnere, ist, wie der übernervöse Aufseher der Queen sich hoch und heilig dafür entschuldigte, nicht in ihrer Nähe gewesen zu sein und als Grund dafür irgend so ein indisches Currygericht anführte, daß er am Vorabend gegessen habe und das ihm auf den Magen geschlagen sei. Ich hatte mich auch schon gewundert, daß niemand vor Ort gewesen war, als ich dort vorbeiraste.

Die Queen saß sorgenvoll an ihrem Schreibtisch und bedeutete mir, mich auf einen Stuhl ihr gegenüber zu setzen. Ihr Schreibtisch war erstaunlich unordentlich und quoll über vor lauter Zetteln und Büchern und eingerahmten Photographien, die sich ihren Platz streitig machten mit einem kunstvollen silbernen Tintenfaß, einer antik aussehenden Messinglampe und einer blauen Vase mit einem Strauß Nelken darin. Schwaches Licht drang durch die hauchdünnen Seidenvorhänge am Flügelfenster mit Blick auf Constitution Hill. Es umrahmte ihren Kopf und ließ in jeder Hinsicht eine Aura um sie herum entstehen – eine richtige Aura, nicht eine mystische, wie meine Oma sie sich vorstellt. Die Gegenwart der Queen, die mir unter anderen Umständen den Mut genommen hätte, wirkte nun auf seltsame Weise tröstend.

»Geht es Ihnen besser, Jane?« fragte sie und rückte sich die Brille zurecht. Die Corgis machten es sich zu ihren Füßen bequem; ich hörte, wie sie einen seufzerähnlichen Laut von sich gaben.

»Ja, Ma'am«, sagte ich mit kläglicher Stimme, ein Taschentuch fest in die Hand gepreßt. »Es war der Schock. Ist er wirklich ...?«

»Ja, ich fürchte schon.«

»Ohhh.«

»Er war wohl ein guter Freund von Ihnen?«

»Wissen Sie, Ma'am, wir sind beide Kanadier, also hatten wir schon etwas gemeinsam. Fremde in einem fremden Land, so sagt man doch, glaube ich.«

»So fremd doch nun auch wieder nicht.«

Sie wollte mich offenbar aufheitern. Ich trotzte mir ein Lächeln ab.

»Nein, so fremd nun auch wieder nicht..., schätze ich.«

Einen Moment lang herrschte Schweigen. Die Queen schaute auf einen kleinen Tisch, der an ihren Schreibtisch angrenzte. Auf ihm stapelten sich drei Kassetten, in rotes Leder gebunden und mit einem Messinggriff. Trotz meiner elenden Verfassung erkannte ich, daß es sich um die berühmten Depeschenkassetten handelte, in denen jeden Tag Regierungsdokumente aus der Downing Street und aus den Ministerialämtern in Whitehall zur Abnahme durch die Queen angeliefert wurden. Wenn es hieß, die Queen sei gerade »mit ihren Kassetten« beschäftigt, dann war von diesen Kassetten hier die Rede.

»Das war doch der Junge, der vergangene Woche ins Krankenhaus gebracht wurde«, fuhr die Queen fort.

»Ja, Ma'am. Robin wurde eingeliefert, gleich nachdem Sie gestolp...«

Ich biß mir auf die Zunge. Ein winziger Vorwurf zeigte sich in ihrem Gesicht.

»...gleich, nachdem er krank geworden war«, murmelte ich und schaute beiseite. Ich merkte, wie mein Gesicht glühte.

»Man hat mir gesagt, er habe an Depressionen gelitten.«

»Wissen Sie, Ma'am, das liegt bei ihm in der Familie. Das hat er mir jedenfalls erzählt. Es stimmt schon: In letzter Zeit ist es ihm nicht sehr gut gegangen, aber...«

»War er so unglücklich, daß er an Selbstmord dachte?«

Bestimmt war sie in aller Eile informiert worden. Meine Unterhaltung mit Robin im Krankenhaus kam mir wieder in den Sinn.

»Nein, Ma'am, ich glaube nicht, daß Robin sich umbringen wollte. Er hat sich letzte Woche sogar verlobt. Und außerdem, wenn ich das noch sagen darf, käme es mir doch mehr als merkwürdig vor, wenn irgend jemand im Palast, der an Selbstmord denkt, dies ausgerechnet vor Ihrer Türe tun würde.«

»Und das auch noch zweimal in einer Woche«, fügte die

Queen hinzu. Anscheinend wußte sie, daß ich über den ersten Zwischenfall informiert war. »Vielleicht wollte er seinen Selbstmord inszenieren. Oder er wollte mich schockieren.«

»O nein. So war er nicht, ich meine, nicht wirklich.« Die Sache mit dem Flitzen schoß mir durch den Kopf, aber ich verdrängte sie wieder. »Robin hatte einen Grund dafür, sich vor Ihrer Türe aufzuhalten. Er hatte bereits vorher versucht, Sie privat zu sprechen.«

Die Queen zog die Stirn in Falten. »Er wollte Uns privat sprechen?« sagte sie. »Das wäre ausgesprochen ungewöhnlich. Falls der junge Mann ein Anliegen hatte, dann hätte er es bei Mr. Dowse ansprechen sollen oder vielleicht auch bei einem der Assistenten des Haushofmeisters. Meine Termine werden ausschließlich von meinem Privatsekretär geregelt.«

»Ich glaube, es muß ihm äußerst wichtig gewesen sein. Wissen Sie, Ma'am, ich habe den Eindruck, daß er das Gefühl hatte, keinem trauen zu können, noch nicht einmal, wenn Sie gestatten ...«, schluckte ich, »Ihrem Privatsekretär, Sir Julian.«

Täuschte ich mich, oder entwickelte sie in diesem Moment so etwas wie Wachsamkeit?

»Und Sie wissen nicht, weshalb er mich sprechen wollte?« fragte sie.

»Nein, das weiß ich nicht.«

»Dann werden wir der Polizei davon erzählen müssen.«

»Oh, Ma'am«, platzte es aus mir heraus, »bitte nicht. Ich bin sicher, daß Robin wußte, was er tat. Er muß einen triftigen Grund dafür gehabt haben, Sie privat sprechen zu wollen. Ich bin mir ganz sicher.«

Ihre Majestät schaute mich ernst an. Dann strich ihr Blick einen Moment lang über die Erinnerungsstücke auf ihrem Tisch. An einem Photo schien er zu verweilen, doch da es von mir abgewandt war, blieb mir sein Motiv verborgen.

»Ist Ihnen klar, was Sie damit andeuten, Jane?«

Bis zu diesem Zeitpunkt war es mir nicht klar gewesen. Wahrscheinlich war ich dafür einfach zu durcheinander. Doch als sie es aussprach, erschrak ich zutiefst. Das mußte man mir auch angesehen haben, denn die Queen nickte.

»Ja«, sagte sie nur, nahm die Brille ab und richtete ihre blauen Augen auf mich.

»... Ma'am ...« Ich war sprachlos.

Schweigend saßen wir da. Dann, vielleicht um mich abzulenken oder um sich zu beruhigen, stellte mir die Queen Fragen über mich, als sei ich einer der Menschen, denen sie bei einem Bad in der Menge begegnete. Ich erzählte ihr, daß mein Vater bei der kanadischen Polizei war und meine Mutter Journalistin, ich erzählte ihr von meinen Schwestern und meiner Tante, davon, warum ich in England war, und all das.

Wahrscheinlich liegt es daran, daß sie seit vielen Jahren höflich zuhört, wenn die Leute vom Hundertsten ins Tausendste kommen, auf jeden Fall schien sie tatsächlich an allem interessiert, was ich erzählte. Sie schaute mich auch aufmerksam an, während ich sprach; ich kam mir beinahe vor wie unter einem Laserscanner. Schließlich schaute sie auf eine Uhr, die auf ihrem Schreibtisch stand. Sie schien eine Entscheidung zu treffen.

»Sie sind doch ein vernünftiges Mädchen, Jane Bee. Sie sind Kanadierin. Kanadier sind im allgemeinen vernünftig. Also: Ich möchte, daß Sie niemandem von unserem Gespräch erzählen. Überhaupt niemandem. Wir sind Uns bewußt, wie viel hier an diesem Ort geredet wird, und Wir können diese Versuchung auch gut verstehen, aber ich möchte, daß Sie ihr standhalten. Und ich möchte, daß Sie Augen und Ohren offen halten. Verstehen Sie, was ich meine?«

»Ja, Ma'am«, sagte ich, obwohl mir nicht ganz klar war, worauf sie hinauswollte.

»Danke, Jane.«

Das war das Zeichen für meine Entlassung. Ich stand auf und machte einen verlegenen Knicks.

Während ich mich zur Tür hin bewegte, setzte die Queen sich eine andere, kleinere Lesebrille auf und griff nach einem der beiden Telefone auf dem Schreibtisch.

»Ma'am«, sagte ich und wandte mich noch einmal um. Plötzlich war mir nämlich noch eine Frage in den Sinn gekommen. »Dürfte ich noch etwas …?«

Forschend blickte mich die Queen durch ihre Halbgläser an.

»Wer hat Eurer Majestät erzählt, daß Robin an Selbstmord gedacht hätte?«

»Sir Julian.«

Ihr Privatsekretär. Sir Julian Dench. »Und, Ma'am, wenn Sie erlauben, wann hat Sir Julian Ihnen das erzählt?«

»Am Freitag. Bevor ich nach Windsor fuhr.«

Unsere Blicke begegneten sich.

»Denken Sie an meine Warnung«, sagte die Queen. Als ich die Tür hinter mir schloß, hörte ich, wie sie eine Telefonnummer wählte.

3

Benommen stand ich in der Galerie vor dem Wohnzimmer der Queen. So viel war in so kurzer Zeit geschehen. Robin Tukes war tot, und ich hatte eine Privataudienz mit der Königin von England gehabt. Doch falls Robins Tod die Routine im Palast durcheinandergebracht hatte, wovon ich überzeugt war, dann spürte man dies in keiner Weise. Die gewohnte Betriebsamkeit war zurückgekehrt. Von weiter entfernt war das gedämpfte Surren eines Staubsaugers zu vernehmen. Aus dem Pagenvestibül gegenüber dem Wohnzimmer der Queen drangen leise, monotone Stimmen, während man aus dem angrenzenden Hundezimmer einen Corgi bellen hörte. Die Galerie selbst wies keinerlei

Spuren des Todesfalls auf. Robins Leiche mußte umgehend abtransportiert worden sein.

Ich ging noch einmal zu der Stelle, an der Robin gelegen hatte. Unsägliche Trauer überkam mich. Zugleich aber spürte ich Wut in mir aufsteigen. Daß Robin sich umgebracht haben sollte, ergab einfach keinen Sinn, auch wenn er Probleme gehabt haben mochte und er der Frage nicht widersprochen hatte, ob er an Selbstmord denke, und etwas so Absonderliches wie seine Leiche vor der Tür der Queen zu seinem Sinn fürs Theatralische paßte, so makaber es sein mochte.

Ein Mord brachte wenigstens die Gewißheit mit sich, daß jemand anderes für seinen Tod verantwortlich war, und diese Vorstellung, so pervers sie war, zügelte meinen Wutanfall. Und dann wieder schien Mord noch weniger in Frage zu kommen als Selbstmord. Wer sollte denn Interesse daran haben, einen so netten Kerl wie Robin Tukes umzubringen? Wenn, dann konnte das nur jemand getan haben, der im Palast arbeitete. Einerseits stimmte, daß die Sicherheitsvorkehrungen mehr Theorie als Praxis waren (indisches Currygericht: daß ich nicht lache!), sie zu durchbrechen wäre andererseits verflixt schwer für einen Fremden gewesen, obwohl es auch das in der Vergangenheit gegeben hatte, etwa, als vor ein paar Jahren ein geistig Verwirrter bis ins Schlafzimmer der Queen vorgedrungen war. Aber wer innerhalb des Palastes sollte es auf Robin abgesehen haben?

Ich ließ noch einmal das Gespräch mit Ihrer Majestät Revue passieren. Sie war es gewesen, die, ohne das Wort selbst in den Mund genommen zu haben, Mord in den Bereich des Möglichen gerückt hatte. Wenn sie Mord aber für denkbar hielt, warum teilte sie das dann nicht dem Sicherheitsdienst im Palast mit? War es denn nicht ihre Pflicht, einen derartigen Verdacht zu melden? »Pflichterfüllung« war ja eines ihrer ganz besonderen Anliegen. Bestimmt konnte sie sich genausowenig wie ich vorstellen, daß sich so etwas wie Mord auf dem Gelände des Buckingham-Palastes ereignen konnte. Einen solchen Verdacht zu erheben hieße mit Sicherheit, einen heillosen Wirbel auszulösen, der sich schnell aus dem Palast heraus in die Presse verbreiten würde, vor allem in die Sensationsblätter, die sehr wenig Zurückhaltung übten, wenn es um Angelegenheiten der königlichen Familie ging. Sollte sich der Verdacht als haltlos erweisen, wollte sie ein solches Gerücht zweifellos vermeiden, vor allem in Anbetracht eines anstehenden Staatsbesuchs. »Halten Sie Augen und Ohren offen«, hatte sie mir eingeschärft. Hieß das, ich sollte nun auf eigene Faust ermitteln?

Merkwürdig fand ich, daß die Nennung von Sir Julians Namen sie irritiert hatte. Es war ein offenes Geheimnis im Palast, daß die Queen ihren Privatsekretär nicht besonders mochte. Wie diese Dinge an den Tag kommen, werde ich allerdings nie herausfinden. Sir Julian Dench war erst vor relativ kurzer Zeit eingestellt worden. Er war über den Kopf eines stellvertretenden Privatsekretärs hinweg im Palast gelandet, der natürlich davon ausgegangen war, die Stelle selbst zu bekommen.

Sir Julian arbeitete etwa einen Monat länger als ich im Palast, also etwas weniger als ein Jahr. Er war Anfang fünfzig, sah für einen Mann seines Alters gut aus, hatte volle silbergraue Locken und ein großes, stattliches Gesicht mit Wolfsaugen, die ihn rücksichtslos – aber zweifellos sexy – erscheinen ließen. Ein schlapper, schwacher Eunuchen-Typ wie manch anderer Inhaber der höheren Sinekuren war er gewiß nicht. Auch war er kein Höfling der alten Garde, diskret und kultiviert. Wie die meisten seiner Vorgänger hatte auch er zuvor eine Offiziersstelle in der Armee innegehabt. Dann aber hatte er es, anders als die anderen, zu einem überaus erfolgreichen Geschäftsmann gebracht. Es hieß, Sir Julian habe in der Lebensmittelbranche eine Menge Geld gemacht, dann aber verkauft, um sich mit einer Sache zu befassen, der er besonders zugeneigt war:

Theorie und Praxis effektiven Managements. Natürlich hatte er beste Drähte zur Politik. Das brauchte man eben. Und er hatte die Tochter eines Peers, eines Angehörigen des Hochadels, geheiratet, was auch nicht schaden konnte.

Sir Julian Dench, Ordensträger des KCB (Knight Commander of the Bath) und KCVO (Knight Commander of the Royal Victorian Order), wirkte auf mich wie ein Mann, der gewohnt war, seinen eigenen Weg zu gehen, und ich begriff sehr wohl, warum die Leute sagten, daß die Queen ihn nicht gerade ins Herz geschlossen hatte. Er war einfach nicht ihr Typ, auch wenn er die Tochter eines Aristokraten geheiratet hatte. Doch viel konnte die Queen hier gar nicht ausrichten. Privatsekretäre der Monarchin werden von der Regierung ernannt, und den Gerüchten nach erfolgte die Ernennung von Sir Julian dem *annus horribilis* auf dem Fuße. So vieles war verpfuscht worden, daß man die Ansicht vertrat, nun könne nur noch jemand die Monarchie auf den rechten Weg zurückführen, der das Heft wirklich in die Hand nahm. So hatte die Queen ihn nun also am Hals, und seine Position in der königlichen Hofhaltung ist sehr einflußreich. Sir Julian ist für Organisation und Abwicklung ihres Tagesablaufs verantwortlich. Niemand darf ohne seine Erlaubnis Ihre Majestät sprechen. Genau deshalb war Robins Versuch, ihn zu umgehen, so ungewöhnlich.

Alles war äußerst seltsam. Doch schließlich reifte ein Entschluß in mir. Ich wandte mich von der Stelle ab, an der Robin gelegen hatte, und machte mich auf den Weg zum Weißen Salon, in dem ich meine Putzutensilien auf einem der vergoldeten Lehnstühle hatte liegen lassen. Immerhin bestand die Möglichkeit, daß Robins Tod als Mordfall eingestuft werden würde, und wenn dies geschah, würden weder die Queen noch ich etwas unternehmen können. Bis dahin aber *wollte* ich auf eigene Faust ermitteln. Das war für mich plötzlich ganz selbstverständlich. Schließlich war ich die Tochter eines Polizeibeamten. Klar, mein Vater und ich hatten unsere Meinungsverschiedenheiten. Wie grummelig er war, als ich mein Studium unterbrach, um nach Europa zu gehen, habe ich ja schon erwähnt. Trotzdem steckte wohl etwas von ihm auch in mir.

Was konnte ich also machen?

Robins Schlafzimmer durchsuchen, beschloß ich für den Anfang. Auf meinem Arbeitsplan stand Putzen, und ich hatte im Musiksalon zu tun, direkt neben dem Weißen Salon. Wenn Mrs. Harbottle hineinkäme und mich dort nicht anträfe, würde sie kochen vor Wut. Zum Kuckuck damit. Die Konsequenzen könnte ich später immer noch auf mich nehmen. Ich ging hoch in das oberste Stockwerk des Palastes, zum Westflügel, wo sich die Unterkünfte der Lakaien und der Hausmädchen befinden. Kein Mensch beachtete mich. Es herrschte verstärkte Betriebsamkeit. Da in Kürze wieder ein Staatsbankett bevorstand, wurden dem Saubermachen und Bohnern größte Anstrengungen zuteil, und dann war da ja noch die Filmcrew, die hier und da mitmischte, während wir auf den großen Tag hinarbeiteten.

Auf dem Dachgeschoß allerdings war es ruhig – die anderen waren alle woanders im Palast beschäftigt –, und zuerst fühlte ich mich sehr beklommen. Ohne Aufforderung in Robins Schlafzimmer einzutreten kam mir wie eine Mißachtung der Privatsphäre meines toten Freundes vor. Ich blieb vor der Tür stehen, schaute im Gang nach rechts und links und drückte dann vorsichtig die Klinke herunter. Ich weiß nicht, was ich drinnen erwartete, auf jeden Fall schlug mein Herz schneller.

Die Tür war unverschlossen. Viele Schlösser auf dem Dachboden waren kaputt, oder ihre Schlüssel waren verlorengegangen und nie ersetzt worden.

Ich glitt hinein und schloß die Tür hinter mir, erleichtert darüber, daß sie nicht quietschte. Kaum war ich drinnen, legte sich meine Angst. Auf was hätte ich denn hier noch stoßen sollen? Etwa auf eine weitere Leiche?

Natürlich war ich schon vorher in Robins Schlafzimmer gewesen. Aber ich hatte nie auf Einzelheiten geachtet. Es ähnelte meinem eigenen zu sehr, als daß mir etwas Besonderes aufgefallen wäre: eng, hohe Decke, verspieltes Tapetenmuster (Zentifolien bei ihm, Veilchenzweige bei mir) und ein ebenfalls verspielter Blümchenteppich. Es glich dem Zimmer, in dem ich meine allererste Nacht in London verbracht hatte, ein billiges Hotelzimmer in Earl's Court mit muffigem Geruch und fleckigen Wänden. Beide waren dürftig und schlecht möbliert: ein Bett, ein Kleiderschrank, ein Waschbecken, eine Kommode, ein Sessel und ein kleiner Tisch mit einer alten Bogenleuchte darauf. Robin hatte sich bemüht, die Tristheit zu lindern, indem er eine Reihe von Postern an die Wand gehängt hatte; eines zeigte die Aufführung eines Stücks im National Theatre mit dem Titel *The Duchess of Malfi,* von dem ich schon einmal gehört, es aber noch nicht gelesen hatte, und ein anderes war von einem Stück, das ich mir im Lyric Theatre zusammen mit ihm angeschaut hatte, *Entertaining Mr. Sloan.* Wir hatten es beide kitschig und altmodisch gefunden (das Poster war aber sehr farbenprächtig). Trotzdem sah es hier aus wie in einem möblierten Zimmer, was es ja nun auch einmal war.

Das Bett erweckte den Eindruck, als hätte niemand darin geschlafen. Das überraschte mich. Sollte Robin erst am Morgen des besagten Tages aus dem Krankenhaus zurückgekommen sein? Unwahrscheinlich. Auf dem Boden verstreut lagen ein paar Kleidungsstücke herum, Freizeitkleidung, was aber wenig besagte. Robin nahm es mit seiner äußeren Erscheinung zwar immer sehr genau, gehörte aber doch zu den Männern, die ihre Sachen nie selber wegräumten.

Der Kleiderschrank stand gleich neben der Türe, so daß ich als erstes darin nachschaute. Außer Kleidungsstücken fand ich jedoch nichts: den scharlachroten Frack, der bei halboffiziellen Anlässen, zum Beispiel in Ascot bei Windsor, während der königlichen Pferderennwoche getragen wurde, und die weitgeschnittene, im gleichen Rotton gehaltene Livree mit goldenen Tressen, die man bei feierlichen Anlässen, etwa beim bevorstehenden Bankett, trug. Weiter stieß ich auf Kniebundhosen, ein Paar schwarze Schnallenschuhe und zwei dünne weiße Hemden mit Klappkragen, die zur normalen Alltagsberufskleidung gehörten. Und dann gab es noch die Art Kleidung, die mein Vater »Zivilklamotten« genannt hätte, die man trug, wenn man keinen Dienst hatte, außerhalb des Palasts beziehungsweise im Falle meines Vaters außerhalb des Polizeipräsidiums. Ich halte mich zwar nicht gerade für eine Expertin in Sachen Männerkleidung, doch in meinen Augen hing im Kleiderschrank nichts Außergewöhnliches. Es fehlte auch nichts, jedenfalls nichts, was mir aufgefallen wäre. Sogar der teure Burberry – den sich heutzutage nur noch amerikanische Touristen leisten können – war noch da und wirkte einigermaßen seltsam neben einer Jeans und ein paar Segeltuchmützen.

Auf der Spiegelkommode lagen unordentlich ein Fön, Bürste und Kamm, zwei Dosen Schaumfestiger, ein Spiegel, ein Walkman, ein paar Musikkassetten, ein Reisewecker, ein Elektrorasierer mit Zubehör, eine Untertasse mit den Insignien des Palastes, 83 Pence, ein Paar Ohrringe und schließlich ein mit Eselsohren geschmückter *London-A–Z*-Reiseführer, den sich Robin vor Urzeiten von mir geliehen und nie zurückgegeben hatte.

Ich steckte den Reiseführer in meine Uniformtasche und zog die erste Schublade der Kommode auf. Zu etwa drei Vierteln war sie mit sorgsam zusammengefalteter Unterwäsche und Socken gefüllt. Der Rest war verschiedenerlei Krimskrams in einer separaten Dose: ein durchsichtiges Plastikröhrchen mit Aspirin (fast voll), Tabletten gegen Erkältung, ein Röhrchen Vitaminpillen (leer, danach zu urteilen, wie es geräuschlos hin- und herrollte) sowie eine Reihe von kleinen Päckchen Antacid. Außerdem ein braunes Plastikglas mit weißem Deckel, unverkennbarer Behälter für verschreibungspflichtige Arzneimittel.

Es schien leer zu sein; innen, auf der Plastikoberfläche, war nur noch feiner weißer Staub erkennbar. Während ich das Glas betrachtete, wurde mir unheimlich zumute. Ob sein Inhalt Robins Tod hervorgerufen hatte? Das Etikett zeigte in die andere Richtung und war nicht zu entziffern. Ich griff nach dem Glas, zögerte dann aber wieder. Wenn Robin ermordet worden war, was ich für möglich hielt, aber nicht hoffte, und wenn die Tabletten die Mordwaffe gewesen waren, dann würde ich jetzt auf einem wichtigen Beweisstück überall Fingerabdrücke hinterlassen. Mein Vater trug immer Gummihandschuhe, wenn er sich am Tatort eines Mordes aufhielt (die wenigen Male, die es auf Prince Edward Island einen Mord gegeben hatte), aber Gummihandschuhe waren nun nicht gerade etwas, was ich jeden Tag bei mir hatte. Ich nahm mein Staubtuch, schüttelte es ein wenig aus und nahm es zwischen Glas und Finger, während ich das Glas hochhielt.

Das Etikett enthielt die üblichen Informationen. Das Rezept war in einer Apotheke eingereicht worden, deren Besitzer A. Tate hieß und die sich gar nicht weit entfernt an den Grosvenor Gardens, gleich bei Victoria Station, befand. In Schreibmaschinenschrift stand Robins Name darauf wie auch der eines Arztes, den ich nicht kannte. Dr. Elcott, der palasteigene Arzt, war es nicht und auch kein anderes Mitglied der medizinischen Abteilung der königlichen Hofhaltung, das ich gekannt hätte. *Zwei Tabletten vor dem Zubettgehen* stand auf dem Etikett, dazu die Warnung: *Nicht mit Alkohol einnehmen.* Ich schaute auf den Namen des Medikaments. »Trichlorosertrapam« war eines der Wörter. »Zolinane« das andere. Weder das eine noch das andere sagte mir etwas.

Widerwillig stellte ich das Glas wieder zurück an seinen Platz. Hoffentlich fiel mir im Falle eines Falles der Name des Medikaments wieder ein – wenigstens der letzte. Ich durchsuchte die beiden anderen Kommodenschubladen, fand aber nur Kleidungsstücke: das gesteifte weiße Hemd, das zu manchen der Livrees getragen wird, Freizeitpullis und so weiter.

Ich schaute zum Tisch hinüber, auf dem ein Haufen Bücher und Magazine herumlagen. Das Licht brannte noch, was mir beim Eintreten gar nicht aufgefallen war. Nur vereinzelte unerschrockene Sonnenstrahlen fielen durch das hochliegende Fenster ins Zimmer herein, und auch das Licht, das die Lampe auf die Oberfläche des Tischs warf, blieb spärlich. Hatte Robin denn früh am Morgen, als es noch dunkel war, schon gelesen? Die Vorstellung, daß er vor der Arbeit hier gesessen und gelesen hatte, stimmte mich plötzlich wehmütig.

Die Bücher selbst gaben kaum Anhaltspunkte. Ich fand eine Taschenbuchausgabe über Olivier und Gielgud sowie eine Autobiographie von Kenneth Branagh. Einige Theaterstücke, ein paar Romane, ein paar Stephen Kings und ähnliches, woran wir beide Spaß hatten. Und dann eine Reihe von geschichtlichen Abhandlungen über London. Es waren Sachen dabei, die ich mir auch gekauft hatte oder die Robin und ich uns gegenseitig ausliehen. Gegenwärtig las ich ein Buch von ihm – im Grunde ein gut kommentierter Schauspielführer von London. Und er las eins von mir, die Geschichte von Jack the Ripper, die er sich gleich nach seiner Rückkehr aus Balmoral von mir ausgeliehen hatte. Das war offensichtlich das Buch, das er als letztes gelesen hatte, denn es lag gleich neben dem Stuhl. Ein Lesezeichen ragte zwischen den Seiten hervor.

Ich hatte das Buch gerade in die Hand genommen und war im Begriff, es in meine Tasche zu stecken, als ich plötzlich bemerkte, daß ich nicht mehr allein im Zimmer war. Jemand stand hinter mir an der Türe. Ich klammerte mir das Buch an die Brust und wirbelte mit wild klopfendem Herzen herum.

Es war Karim, und seine Miene ließ eine Mischung aus Erschrecken und wachsender Verärgerung erkennen.

»Was machst du hier?« fragte er abrupt, nachdem wir uns einen Moment lang gespannt angestarrt hatten.

»Ich könnte dich das gleiche fragen«, gab ich zurück. Das war nicht besonders clever von mir. Oder jedenfalls nicht angemessen. Offensichtlich hatte Karim soeben von Robins Tod erfahren und rang auf männliche Art und Weise um Fassung: Indem er wütend wurde.

»Ich wollte mir einen Pullover holen, den Robin mir geliehen hat.«

»Ach so«, sagte ich. »Und ich wollte mir... ein Buch holen, das er sich von mir geliehen hat.«

Glaubwürdig waren wir beide nicht. *Warum war er hier?* Wenn ich weiter bohrte, könnte er mir natürlich prompt die gleiche Frage stellen. Derart in die Sackgasse geraten, sprach ich das einzige aus, was mir in diesem Moment einfiel:

»Ich nehme an, du weißt, was mit Robin passiert ist.«

»Ja«, erwiderte er leise.

»Es tut mir leid«, sagte ich. Etwas anderes fiel mir nicht ein. Dann fügte ich noch hinzu: »Mich überrascht es.«

Karim schaute mich argwöhnisch an. »Was denn?«

»Na ja, ich bin überrascht darüber, daß Robin sich umgebracht haben sollte.«

Sein Blick verlor sich.

»Glaubst *du* denn, daß er sich umgebracht hat?« fragte ich ihn eindringlich.

»Ist das nicht egal?« erwiderte er scharf.

Überhaupt nicht, dachte ich. Doch ich sagte nichts. Stattdessen fragte ich ihn, ob er mit Robin früh am Morgen, vor dem tragischen Zwischenfall, noch hatte sprechen können. Er bejahte. Augenscheinlich war Robin am späten Montagabend aus dem Krankenhaus entlassen worden. Cyril Wentworth-Desbourough hatte für seinen Film arrangiert, daß eine Reihe von Angestellten zu einem zwanglosen Frühstück in der Gesindestube zusammenkamen. Am heutigen Morgen waren demnach Robin, Angela, Karim und Nikki an der Selbstbedienungstheke gefilmt worden, vor einer Teemaschine und an einem Eßtisch; alles sollte so aussehen, als beginne so ein normaler Arbeitstag im Buck House, auch wenn in Wirklichkeit die Hausmädchen früher frühstücken als die meisten Lakaien. Das alles hatte sich ereignet, nachdem ich zum Weißen Salon gegangen war.

Ich fragte mich, was W-Dez (wie wir den Regisseur hinter seinem Rücken nannten) nun mit diesen Einstellungen, ja was er überhaupt mit seinem verdammten Film anfangen wollte. Der Tod eines Lakaien war ja eine Story für sich, allerdings war die Wahrscheinlichkeit nicht groß, daß man im Film davon sprechen durfte; der Palast hatte natürlich das letzte Wort, wenn es um die Freigabe der Dokumentation ging. Doch dieser Hinweis von Karim ließ eine Idee in mir aufkeimen, die ich mir für später aufhob.

»Robin war ja sehr depressiv, nachdem ihr alle aus Balmoral zurückgekommen seid«, sagte ich ihm. »Ist denn da oben irgend etwas passiert?«

»Woher soll ich das denn wissen?« schnauzte er mich an. Dann zögerte er und schien es sich anders zu überlegen. »Nein, es ist nichts passiert. Jedenfalls nicht, daß ich wüßte.«

»Also ist *doch* etwas passiert?«

»Hör zu, ich weiß nicht, was passiert ist. Ich habe ihn seitdem kaum gesehen, außer bei der Arbeit, das ist alles.«

»Warum denn das? Ihr beide seid euch doch immer recht nah gewesen?«

»Keine Ahnung.«

»Angie?« wagte ich mich vor.

»Nein!« schleuderte er mir heftig entgegen.

»Schon gut, schon gut. Und wann genau hat Robin sich verändert? Seine Depressionen sind sonst doch immer von irgend etwas ausgelöst worden.«

Eine Spur von Verärgerung zog über sein dunkelhäutiges Gesicht, doch er antwortete trotzdem:

»Ich weiß es nicht. Schon früher, vermute ich. Er ist ein paar Mal nach Aberdeen gefahren, allein. Um die Zeit etwa hat es angefangen. Er ist immer mehr für sich allein geblieben. So weit das da oben möglich war.«

Balmoral, wo die königliche Familie von Mitte August bis Oktober ihren Sommerurlaub verbringt, ist fast wie ein Ferienlager. Zumindest für die Angestellten, die alle möglichen Späße aushecken, für die sie im Buck House normalerweise nicht ungeschoren davonkämen.

»Was war denn, als ihr wieder hier wart? Wie ist es dann weitergegangen? Als ich Robin Sonntagnachmittag im Krankenhaus besucht habe, habt ihr beide den Eindruck erweckt, als unterhieltet ihr euch ganz intensiv.«

In diesem Moment verlor Karims Gesicht plötzlich seine Schärfe, und zu meinem Unbehagen rollten ihm Tränen die Wange hinab und hinterließen unter beiden Augen einen kleinen, feuchten Pfad, der sich glitzernd von seiner Haut abhob. Er machte keine Anstalten, sich mit der Hand über die Augen zu wischen, sondern hielt sich aufrecht, die Hände in die Seiten gestemmt, als kämpfe er gegen jede weitere Trauer an. Männer sieht man ja nicht gerade oft weinen – von Filmen jetzt einmal abgesehen –, so daß es immer ein kleiner Schock ist, wenn sie es dann doch tun. Jedenfalls wußte ich nicht, wie ich reagieren sollte, ob ich ihn nun irgendwie trösten oder die ganze Sache ignorieren sollte. Es spielte aber auch keine Rolle, denn in der Sekunde, in der ich darüber nachdachte, drehte sich Karim abrupt um und rannte aus der Türe. Ohne den Pullover natürlich. Aber ich war ja auch nicht wegen meines verliehenen Buches hier.

Erst als ich wieder an das Buch dachte, bemerkte ich, daß ich es immer noch umklammert hielt. *Jack the Ripper, 100 Jahre Nachforschungen,* hieß es. Ich hatte es mir nach einem dieser Jack-the-Ripper-Spaziergänge gekauft, bei denen man im East End zu den Stellen geführt wird, wo er all die Frauen umgebracht hat, und ich fand es hochspannend.

Als ich es auf die Schnelle durchblätterte, rutschte das hervorstehende Lesezeichen heraus und flatterte zu Boden. Ich bückte mich, um es wieder aufzuheben, und bemerkte, daß es überhaupt kein Lesezeichen war, jedenfalls kein richtiges. Es war eine Visitenkarte. Und auf dieser stand merkwürdigerweise der Name einer Anwaltskanzlei in Lincoln's Inn Fields, Chancery Lane, in der City Londons. »Cholmondeley & Featherstonehaugh« hieß die Kanzlei.

Was, so überlegte ich, konnte ein zwanzig Jahre alter Lakai im Buck House bei einem Anwalt wollen?

4

Natürlich kam ich erst später dahinter. Jetzt mußte ich erst einmal zum Weißen Salon zurücksausen. Es überraschte mich nicht, daß man mich schon vermißte. Mrs. Harbottle, die alte Muffeltante, klopfte mit ihrem in Gesundheitsschuhen steckenden Fuß auf den Boden und hatte vor lauter Verärgerung die Brauen so hochgezogen, daß sie aussahen, als klebten sie an ihrer Stirnspitze. Robins schockierender Tod hatte bei ihr keinen nachhaltigen Eindruck hinterlassen. Ich mußte mir die die übliche Standpauke über Nachlässigkeit und Verantwortung anhören und machte mich dann wieder an die Arbeit, obwohl ich in Gedanken ganz woanders war.

Die gemeinsamen Mahlzeiten an diesem Tag verliefen seltsam gedämpft. Es war so, als hätte die Vorstellung eines Selbstmords eine Dunstglocke über jeden einzelnen gelegt. Nikki war beim Abendessen nicht da – sie hatte wahrscheinlich eine Verabredung mit einem ihrer Freunde. Angela Cheatle war nirgendwo zu sehen, wobei man gerechterweise sagen mußte, daß sie allen Grund hatte, sich zurückzuziehen, wo doch ihr Verlobter gerade gestorben war. (Verlobter, das hörte sich in bezug auf Robin nach wie vor merkwürdig an.) Als ich später aus dem Gesellschaftsraum für Bedienstete hinausging und dabei auf Davey stieß, erwies sich selbst er als äußerst einsilbig, was in Anbetracht seiner sonstigen Redseligkeit, ganz gleich um was es sich handelte, *wirklich* bemerkenswert war.

Ich ging früh zu Bett, denn ich war geschafft. Das lag wohl am Schock und – auch wenn ich es nicht gerne zugab – an der Aufregung, die der Tag mit sich gebracht hatte. Ich hörte noch nicht einmal Nikki nebenan heimkommen.

Früher, als ich Teenager war und um 8.30 Uhr langweilige Mathestunden über mich ergehen lassen mußte, haßte ich es, morgens aus dem Bett zu steigen. Am nächsten Morgen jedoch war ich früher auf als die Sonne, praktisch ganz von selber, was wohl der beste Beweis dafür ist, daß man früh aufsteht, wenn man einen Grund dazu hat. Mein Vater hätte sich mächtig gefreut, wenn er mich gesehen hätte, wo er doch oft gedroht hatte, mir kaltes Wasser ins Gesicht zu schütten, um mich wachzukriegen. Ich kleidete mich in Ruhe an, zog mir eine leichte Daunenjacke über die Uniform und schlüpfte dann hinaus auf den Gang.

Ich wußte, daß die Filmcrew in der Nähe des Seitenportals filmen wollte, wo frühmorgens immer die Waren angeliefert wurden. Als ich dort ankam, waren die Dreharbeiten bereits im Gange, und das anscheinend schon länger. Neil Gorringe, der Kameraassistent, der schuld daran war, daß ich Robins Geburtstagsfeier verpaßt hatte, warf mir einen kurzen Blick zu, als ich aus dem Portal heraustrat; er verdrehte die Augen, um mich wissen zu lassen, daß der alte Cyril sie alle zum Wahnsinn trieb.

Im Grunde waren Neil und der Rest der Crew nicht sonderlich begeistert von Wentworth-Desbourough. Das lag nicht daran, daß W-Dez immer dann penetrant wurde, wenn er mitten in der Arbeit war. Das wurde nun einmal von einem Regisseur erwartet. Neil zufolge lag es vielmehr daran, daß sein Temperament oft mit ihm durchging; er war willkürlich in seinen Entscheidungen und blickte auf alle herab, die nicht mindestens den gleichen Status innehatten wie er. Davon hatte er auch mir bereits einen kleinen Vorgeschmack vermittelt. Er hatte mich dabei gefilmt, wie ich einen Staubsauger die Gemäldegalerie entlangschob, ließ es mich danach noch einmal wiederholen und dann noch einmal, nannte mich jedes Mal »Mädel« und rief mir Anweisungen zu, als hätte ich keinen blassen Schimmer, wie man einen Teppich saugt. Mein Gott!

Daher wußte ich, wie seinen Opfern an diesem Morgen zumute sein mußte. Ein fleischiger Mann mit gerötetem Gesicht hielt eine riesige Milchkanne hoch, ein anderer eine gewaltige Holzkiste – Milch und Käse offensichtlich, die gerade von einem in der Nähe geparkten Lastwagen mit der Aufschrift EXPRESS MILCHPRODUKTE ausgeladen worden waren. Beide Männer wirkten äußerst genervt; sie hatten das Ausladen sicher x-mal durchexerziert. So viel zum Thema Authentizität bei Dokumentarfilmen.

Plötzlich brach das Stimmengemurmel ab, und auf ein unsichtbares Zeichen hin gingen die beiden Männer ächzend durch den Eingang, wobei ihr Atem sich in der kalten Luft kräuselte; währenddessen hakte der Cheflagerist auf einem Klappbrett etwas ab. Ein weiterer Lieferwagen erschien, auf dem J. LYONS & CO. stand, doch es mußte irgend etwas schiefgegangen sein, denn Cyril W-Dez ging geradezu in die Luft, schwenkte seinen albernen Spazierstock durch die Gegend – eine affektierte Angewohnheit, denn der Mann war kerngesund – und schrie höchst verärgert: »Nein, nein, *nein,* meine Herren«, um danach auf einen dünnen, nervös wirkenden Kerl loszustürmen, der eine sehr große Leuchte in der Hand hielt.

Neil pirschte sich an mich heran und strahlte über das ganze Gesicht.

»Hallo«, sagte er mit gedämpfter Stimme. »Was machst du denn hier so früh am Morgen?«

»Ich würde gerne mal ein paar Wörtchen mit deinem Chef sprechen.«

Neil sah mich an, als sei ich von allen guten Geistern verlassen.

»Wirklich? Mit dem *Führer*? Na ja, wahrscheinlich wirst du bald dazu Gelegenheit haben. Nichts klappt, mittlerweile ist es zu hell, und gleich muß er uns eine Teepause gönnen. Die Sache hier sollte bei Sonnenaufgang gedreht werden und nicht wenn die Sonne hoch am Himmel steht, was aber der Fall sein wird, wenn er in diesem Tempo weitermacht.«

»Wo liegt denn das Problem?«

»Ach, er ist ganz einfach viel zu pingelig mit allem. Diese Einstellung hier wird am Ende höchstens dreißig Sekunden im Film ausmachen. Da lohnt sich der ganze Streß doch gar nicht. Und die beiden da drüben werden dem *Führer* den Hals umdrehen, wenn sie die Kisten und das alles noch einmal schleppen müssen ... Also«, fuhr er fort, das Thema wechselnd, »wann sehen wir uns denn wieder?«

»Jede Wette, daß du überall, wo ihr dreht, eine Romanze hast.«

Neil grinste. Die vollen Lippen und die großen Augen, die ihm die Natur mitgegeben hat, lassen ihn entwaffnend ehrlich wirken, was bei mir die Frage aufwirft, wie er es jemals in der Filmbranche zu etwas bringen will.

»Stimmt nicht. Wie ist es denn mit heute abend? Wann ist denn Schluß mit dem Abstauben des Porzellans Ihrer Majestät?«

»Heute nicht, Neil. Ich habe zu tun.«

Er machte ein langes Gesicht. »Na, wenn das so ist«, sagte er übertrieben enttäuscht. »Irgendwie werde ich damit schon klarkommen.«

»Tut mir leid.«

Sein Lächeln kehrte zurück. »Schon in Ordnung. Cyril hat sowieso mit uns noch was vor.« Er stieß einen Seufzer hervor. »Ich trage mich mit dem Gedanken, ein Stück mit dem Titel *Die Dokumentarfilmcrew: Eine Studie des Feudalismus* zu verfassen. Manchmal habe ich den Eindruck, mein Job ist gar nicht so viel anders als deiner, Jane: immer und ständig nach der Pfeife von jemand tanzen.«

Das war seine übliche Schimpfkanonade. Ich schwieg.

»Also«, fuhr er fort, als er bemerkte, daß ich mich zu langweilen begann, »worüber willst du denn mit Cyril reden?«

»Nun ...«, zögerte ich. Neil war ein Klassetyp, und es machte Spaß, mit ihm auszugehen. Er hatte mich mit Londons Subkultur bekanntgemacht, die ich sonst wohl nie zu Gesicht bekommen hätte. Ich hatte im Gegenzug den Maple Leaf Pub bei Covent Garden vorgestellt, damit er das beste Bier der Welt probieren konnte: kanadisches. Aber so wahnsinnig gut kannte ich ihn nun auch wieder nicht. Wahrscheinlich war die Londoner Filmszene genauso klatschsüchtig wie die Leute im Palast. Schließlich klang mir auch noch die Warnung der Queen vom Vortag in den Ohren.

Also sagte ich: »Ich habe bloß über die Dreharbeiten nachgedacht, die ihr gestern in der Gesindestube mit ein paar Lakaienferkeln und Hausschlampen gemacht habt. Weißt du, daß einer von ihnen gestorben ist?«

Neil legte die Stirn in Falten. »Ich habe davon gehört. Selbstmord, der arme Kerl. Über was hast du denn nachgedacht?«

»Bloß, ob ich die Szene in der Gesindestube noch einmal anschauen könnte.«

»Ach du liebe Scheiße. Ich kann mir nicht vorstellen, daß Cyril dir das erlaubt. Er ist sehr nervös in den letzten Tagen. Aus irgendwelchen Gründen hat er Probleme mit seiner Frau. Sie ist hier sogar ein paarmal aufgetaucht.« Er zuckte mit den Schultern. »Was nicht heißen soll, daß Cyril dich diese kostbare Szene zu einem anderen Zeitpunkt sehen lassen wird. Aber warum ...?«

Ich legte den Zeigefinger auf meinen Mund und schaute ganz lieb und unschuldig.

»Aha, ein Geheimnis«, sagte er. »Also gut. Sieht aus, als solltest du gleich deine Chance bekommen.«

Wir schauten beide der Crew, den Auslieferungsfahrern und den Lagerverwaltern des Palastes zu, die jeweils in Gruppen beieinander standen. Während wir uns unterhalten hatten, waren sie praktisch reglos und vor sich hin murmelnd an einem Fleck verharrt; ihre weißen Atemwölkchen stiegen empor, und ihre Schatten mischten sich mit denen der großen Platanen im Hof. Während wir warteten, rief ich mir noch einmal vor Augen, was Neil mir über W-Dez erzählt hatte. Er hatte seine Karriere in den späten Sechzigern begonnen, als Assistent bei den Dreharbeiten für *Royal Family*, einem Film, der die Queen, ihren Mann und ihre Kinder als ganz normale Menschen zeigte, die gerne grillten und vor dem Fernseher zu Abend aßen. (Das war natürlich lange vor meiner Zeit.) Dann hatte er beim BBC gearbeitet, sich später aber als Filmemacher selbständig gemacht, wobei er sich auf Kunst, Kultur, Architektur und das todschicke Leben der Reichen in den wunderbaren Achtzigern spezialisierte. Auf jeden Fall mußte W-Dez im Laufe der Jahre die richtigen Leute kennengelernt haben, denn man hatte ihn schließlich damit betraut, diese Dokumentation über den Arbeitsalltag im Buckingham-Palast zu machen. Neil zufolge lag das daran, daß er zuvor schon einmal einen Film über die Abläufe in einem großen Londoner Hotel gedreht hatte, und da bestehe ja wohl kaum Unterschied. Natürlich war er mit dieser Vermutung einfach nur zynisch.

Meine Überlegungen wurden von einem Schrei unterbrochen, der ein paar Tauben in der Nähe aufscheuchte.

»Gorringe!«

Die Szene vor mir löste sich auf. Die Auslieferungsfahrer schleppten ihre Waren gewissenhaft durch die Türe, der Cheflagerist verschwand vor ihnen, und ein Mitarbeiter der fünfköpfigen Filmcrew fuchtelte mit der Lampe herum, während er Neil Zeichen gab. Wentworth-Desbourough hatte die Hand am Mund und nagte mit dem Ausdruck geballten Ekels an seinem Fingernagel herum.

»Okay, das war's. Ich gehe jetzt lieber«, sagte Neil. Mit bedeutungsschwangerem Blick fügte er hinzu: »Und viel Glück.« Schon stürzte er los, wohin sein Herr es ihm befahl.

So unangenehm er sein mochte, ich hielt Cyril W-Dez nicht für einen Unmenschen. Allerdings mußte ich ja auch nicht tagtäglich für ihn arbeiten. Der Regisseur war klein – für einen Mann – und dünn; an diesem Morgen war er jedoch dick in einen grünen Anorak und einen großen grauen Schal eingewickelt, den er sich mehrfach um den Hals geschlagen hatte. Er mußte so um die vierzig sein. Seine schwarzen Haare, mit grauen Stellen hier und da, hoben sich scharf vom ständig geröteten Gesicht ab, entweder litt er an hohem Blutdruck oder lag zu oft und lange im Sonnenstudio herum. Typisch englische Blässe war das jedenfalls nicht.

»Mr. Wentworth-Desbourough«, trat ich auf ihn zu, und mir wurde im gleichen Moment bewußt, wie albern Nachnamen mit Bindestrich beim Aussprechen klingen. »Mr. Wentworth-Desbourough? Haben Sie einen Augenblick Zeit, bitte?«

Es dauerte einen Moment, bis er mich zur Kenntnis nahm. Dann wandelte sich sein Gesichtsausdruck von widerwillig zu absolut ungehalten.

»Ja. Was denn?«

»Es ist wegen der Szene, die Sie gestern morgen in der Gesindestube gedreht haben, mit Robin Tukes und Angela Cheatle und den anderen ...«

»Ja, ja.«

»Nun, ich wollte fragen, ob ich sie mir anschauen kann.«

»Natürlich können Sie sie sich nicht anschauen.« Er betrachtete mich mit einem Höchstmaß an Verachtung.

»Warum denn nicht?«

Er richtete den Blick gen Himmel. »Darum. Ich zeige mein Rohmaterial niemanden, den ich nicht kenne. Wer sind Sie denn überhaupt?«

»Jane Bee. Ich bin eine der Hausschlam ... Hausmädchen.«

»Ach ja, die Gemäldegalerie. Jetzt erinnere ich mich wieder.«

Der Regisseur betrachtete mich von oben bis unten, als gäbe es einen Leichnam zu inspizieren, und klopfte ungeduldig mit dem Spazierstock auf den Boden.

»Und warum wollen Sie sich die Sequenz ansehen?« fragte er ein wenig entgegenkommender, auch wenn noch immer eine Spur Mißtrauen in seiner Stimme lag.

Jetzt wurde es schwierig. Wäre ich Polizeibeamter wie mein Vater, dann könnte ich direkte Fragen stellen und direkte Antworten bekommen. Zumindest könnte ich meine Opfer in solche Aufregung versetzen, daß ich nützliche Hinweise von ihnen bekäme. Doch bei Wentworth-Desbourough und, wie sich zeigte, auch bei anderen mußte ich auf arglos machen. Ich konnte nicht einfach alle möglichen Leute darüber befragen, was Dienstagmorgen in der Gesindestube geschehen war. Das würde bloß Verdacht erregen.

»Robin war ein guter Freund von mir ..., und er ist ja gestern gestorben ...«

Wentworth-Desbourough nickte kurz.

»... und jetzt habe ich überhaupt kein Andenken an ihn. Kein Photo oder so. Da ist mir eingefallen, daß Sie ihn ja gefilmt haben, als ...«

Er zog die Augenbrauen zusammen und schaute mich an. »Das ist doch kein Andenken, sich eine Filmszene anzuschauen«, sagte er schroff.

»Ich dachte, vielleicht könnten Sie mir eine Kopie davon machen.« Ich versuchte es mit einem Lächeln, um mädchenhaft, süß und überzeugend zu wirken.

»Nein. Auf keinen Fall.« So viel zu *mädchenhaft* und *überzeugend.*

»Aber Sie machen doch sowieso Kopien«, sagte ich. »Ich dachte, vielleicht könnte ich die – wie nennt man das? – nicht für den Film benötigten Szenen bekommen.«

»Nein. Hören Sie, diese Szene brauche ich sowieso nicht. Sie hat mich nicht überzeugt.«

»Aber...«

»Ich werfe die Szenen raus. Um genau zu sein, habe ich sie bereits rausgeworfen. Gestern, nachdem ich von dem Todesfall unterrichtet wurde. Ich wollte Robin in einer anderen Einstellung noch einmal sehen, aber so gäbe es jetzt gar keine Kontinuität. Also macht es keinen Sinn. Tut mir leid, Pech gehabt. Wenn Sie mich dann entschuldigen wollen, Miss Bee...«

Er griff nach seinem Spazierstock und machte sich davon. Er hatte so schnell gesprochen, daß ich kein einziges Mal zu Wort gekommen war. Warum war er denn so kurz angebunden mir gegenüber? Ich hielt meine Bitte nicht für derartig unzumutbar, auch wenn ein Streifen Film als »Andenken« tatsächlich ein wenig merkwürdig erscheinen mochte. Was ich in Wirklichkeit sehen wollte, war natürlich das Geschehen in der Gesindestube an jenem Morgen. Schließlich war Robin unmittelbar darauf gestorben. Wenn er etwas zu sich genommen hatte, konnte das gut und gerne dort und zu diesem Zeitpunkt gewesen sein, und der Film würde das möglicherweise ans Licht bringen.

Wie sollte ich von den anderen herausbekommen, wo sie gewesen waren? Ich dachte an Neil und fragte mich, ob er mir sagen konnte, wen oder was er bei den Aufnahmen gesehen hatte. Er war wieder etwas näher zu mir gekommen und hatte sich vornübergebeugt, um einen Teil seiner Filmausrüstung zu überprüfen. Er hat einen ziemlich schönen Hintern, so daß ich eine Zeitlang abgelenkt war.

»Neil«, hob ich an, bemüht, ihm die besagte Frage anders zu stellen, »Neil, äh...«

»Ich habe mir gerade überlegt...«, fiel er mir ins Wort,

richtete sich auf und schaute, ob uns jemand beobachtete. Cyril war in der Nähe und beriet sich mit dem Cheflageristen, der plötzlich wieder aufgetaucht war. Neil senkte die Stimme. »Ich habe mir überlegt, daß ich dir eine Videokopie von der Szene mit deinem Freund machen könnte. Die hätte allerdings keine tolle Qualität. Aber wenn der Film entwickelt ist, brauche ich ihn bloß vor meiner Videokamera abspielen zu lassen.«

»Großartig! Das würdest du für mich tun?« flüsterte ich zurück. »Das ist ja toll!«

»Klar, kein Problem. Wie gesagt, die Kopie wird nicht besonders scharf.«

»Macht doch nichts. Wird denn Cyril keinen Ärger machen?«

»Das kriegt er gar nicht mit. Hör zu, ich bin für das Filmmaterial hier und für die ganze Ausrüstung verantwortlich. Ich bringe die Sachen zur Entwicklung. Ich mache ...«

»Er hat mir erzählt, er hätte das Material dieser Szene schon weggeworfen.«

Neil schaute mich ungläubig an. »Wie will er das denn anstellen, der alberne Trottel? Er hat es doch noch nicht einmal entwickeln lassen.«

»Ach so.« Wie merkwürdig, dachte ich. Wieso war er denn dann so unnachgiebig mir gegenüber gewesen? Er hätte doch schlicht und einfach »nein« sagen können, ohne mit den ganzen Ausreden zu kommen.

Neil beugte den Arm und begann, ihn mit Elektrokabel zu umwickeln. »Da gibt es noch etwas.« Erneut vergewisserte er sich, daß uns niemand belauschte. »Keine Ahnung, ob es etwas zu bedeuten hat, aber weil du da deine Nase in etwas hineingesteckt hast ...«

Ich legte die Stirn in Falten, wie um es abzustreiten. Er lächelte verschwörerisch.

»Jedenfalls haben wir letzten Donnerstag – ja, ich glaube, es war Donnerstag – nach einer Einstellung in der Poststelle unsere Sachen zusammengepackt. Alle waren draußen im Hof beim Boteneingang, nur ich mußte noch einmal zurück, weil ich eine der Leuchten liegengelassen hatte. Cyril war noch immer dort. Er hatte ziemlich Krach mit irgend jemandem. Das Jacket konnte ich sehen, aber ich konnte nicht erkennen, mit wem er sich da gestritten hat. Du kennst doch die ganzen Winkel und Ecken in der Poststelle. Ich habe auch nicht besonders darauf geachtet. Cyril dreht oft genug wegen irgend etwas durch, also habe ich einfach meine Leuchte eingepackt und mich davongemacht.

Aber Montag, als wir in der Gesindestube drehten, wurde mir klar, mit wem Cyril Streit hatte. Der Kerl brauchte bloß den Mund aufzumachen. Ich habe ihn an seinem amerikanischen Akzent erkannt. Oh, also gut, seinem *kanadischen* Akzent«, verbesserte er sich, als ich ein komisches Gesicht machte. »Für uns hört sich das ziemlich gleich an. Jedenfalls war es dein Freund, der Lakai.«

»Bist du sicher?«

»Na ja, ziemlich sicher. Es sei denn, hier im Palast arbeiten noch mehr Yank ... äh, Kanadier.«

»Da gibt's noch Chuck McCandless – Charles, meine ich –, einer der Pressereferenten, der ist auch Kanadier. Aber ich kann mir nicht vorstellen, daß die beiden miteinander gestritten haben. McCandless ist ein ziemlich hohes Tier in der königlichen Hofhaltung. Cyril müßte wirklich Nerven haben, um sich mit dem anzulegen. Worüber sie sich gestritten haben, hast du wohl nicht mitbekommen, was?« fragte ich hoffnungsvoll.

»Keinen Schimmer, mein Schatz, tut mir leid. Ihre Stimmen konnte ich hören, aber die Worte wurden ziemlich gedämpft von den ganzen Holzbrieffächern. Vielleicht fällt mir später ja noch was ein. Wir könnten uns heute abend treffen, wenn Cyril mich gehen läßt. Bis dahin fällt mir bestimmt noch was ein.«

Er lächelte verschmitzt.

»Erst das Video und jetzt auch noch diese Information«,

sagte ich. »Neil, du bringst es fertig, daß ich mir wie ein undankbarer Mensch vorkomme.«

»Das läßt sich ändern.«

5

Es gab einen einfachen Grund, weshalb ich an diesem Abend nicht mit Neil ausgehen konnte. Ich hoffte nämlich, statt dessen mit Angela Cheatle auszugehen. Also gut, das war nun nicht gerade das, was ich mir unter einer verheißungsvollen Verabredung vorstellte, doch ich wollte mit ihr über Robin sprechen. Sie war schließlich seine Verlobte gewesen, so komisch sich das anhören mochte, und außerdem eine der letzten, die ihn lebend gesehen hatten. Oder war sie etwa die *allerletzte* gewesen?

Ich traf sie kurz vor Mittag, als sie im Erdgeschoß am Kamin des 1855er Saals (so benannt nach dem Besuch von Napoleon III. und Eugénie, der Kaiserin von Frankreich) stand und sich mit einem Spitzentaschentuch die Augen abtupfte. Zuerst bemerkte sie mich gar nicht. Sie stand vor dem Spiegel und war ganz mit dem Abtupfen beschäftigt; schließlich stellte sie sich auf Zehenspitzen und lehnte sich über den Kaminsims, um sich genauer betrachten zu können, dabei ließ sie die Mundwinkel hängen, so daß sie noch trauriger wirkte. Wären ihre Augen dabei nicht gerötet und geschwollen gewesen, hätte man meinen können, sie übe gerade verschiedene Stadien der Trauer ein. Als sie mich bemerkte, schreckte sie leicht auf, steckte sich das Taschentuch in den Uniformärmel und veränderte erneut ihren Gesichtsausdruck. Chamäleon, fuhr es mir durch den Kopf. Vielleicht ja auch Mut im Angesicht des Feindes.

Wie dem auch sei, sie erweckte zumindest den *Eindruck*, als sei sie dankbar für meine Einladung. Ich hätte gern gewußt, ob ich wohl die einzige war, die Angie in irgendeiner Form ihr Beileid ausdrückte. Ich wollte ihr vorschlagen, nicht in die Bar für Palastbedienstete zu gehen und auch nicht ins Bag O'Nails, die beliebte Kneipe gleich in der Nähe, doch Angie kam mir zuvor und schlug ihrerseits einen Pub etwas weiter Richtung Belgravia vor, das Plumber's Arms, in dem ich noch nie gewesen war. Sie meinte, sie hätte in der Gegend ohnehin zu tun, wobei ich mir nicht vorstellen konnte, was sie in einer derart betuchten Gegend vorhatte. Doch es war mir nur recht.

Ich kam wie vereinbart gegen acht Uhr dort an. Das Plumber's Arms entpuppte sich als behagliches kleines Plätzchen, ein paar Meter ab von der Straße, nicht allzu überlaufen. Eine Reihe von offensichtlichen Stammkunden lehnten an der Bar, Typen mittleren Alters im Anzug, Regierungsangestellte wahrscheinlich, die sich mit gedämpfter Stimme unterhielten und es dabei – wie auch immer – schafften, das ansteckende Technogedröhne von »Go West« der Pet Shop Boys zu ignorieren, das, ungewöhnlich für eine solche Kneipe, über dem Spielautomaten aus den Lautsprechern strömte.

Go west!
Life ist peaceful there
Go west
In the open air
Go west
Where the skies are blue
Go west
That's what we're gonna do

Das Lied begegnete einem überall, vom Radio ganz früh am Morgen bis hin zu, na ja, eben gemütlichen Kneipen in Belgravia am Abend. Seltsam, dachte ich, während ich vor mich hinsummte und mir ein Bier holte: Ist »Go west« nicht ein Euphemismus für »sterben«? Der Barkeeper, wesentlich jünger und mit unendlich mehr Ohrringen und Haargel als all die ganz normalen Typen um ihn herum, warf mir ein verschwörerisches Lächeln zu, als er mir das Wechselgeld in die Hand gab.

»Können wir auch etwas anderes hören als diesen Mist hier, Dennis?« fragte einer der Anzugtypen und stierte mich dabei an. Der Barkeeper schnitt mir eine Grimasse.

Die Musik wechselte, die Lautstärke ebbte ab, und jetzt war es Elvis, der vor sich hinträumte. Ich setzte mich weitab in eine Ecke am Kamin und wartete.

Ich starrte auf die Velourstapete mit dem burgundischem Flockseidendruck. Die Federzeichnung, die über mir an der Wand hing, stellte Queen Victoria dar, mit irgendeiner jungen Frau, die ihr ihre Reverenz erwies. Kein Mensch beachtete den vor sich hinblinkenden Spielautomaten und die Darts-Scheibe. Die Elvis-Musik plätscherte vor sich hin.

Gegen halb neun stellte ich mir die Frage, ob Angie überhaupt noch kommen würde. Ich nippte ab und zu an meinem Lager, schaute immer wieder auf die Uhr und las zwischendurch ein bißchen in einer Zeitschrift, die ich auf dem Weg ins Plumber's Arms aus der Apotheke bei Grosvenors Gardens mitgenommen hatte.

Ich hatte darum gebeten, die Pharmakopöe, die amtliche Arzneimittelliste, einsehen zu dürfen und den höflichen Herrn hinter dem Tresen freundlich dazu bewegen können, mir den Eintrag über Zolinane zu photokopieren, der Name des Medikaments, den ich auf dem leeren Tablettenröhrchen in Robins Schublade gefunden hatte. Nachdem ich alles gelesen hattte, war ich der Meinung, der Arzt, der ihm das Zeug verschrieben hatte, gehöre an die Wand gestellt. Es handelte sich um ein Medikament gegen Schlaflosigkeit – daß Robin überhaupt an Schlaflosigkeit gelitten haben sollte, war mir neu –, doch wurden Personen mit emotionalen Störungen wie Depressionen eindringlich vor mißbräuchlicher Einnahme gewarnt. Las man zwischen den Zeilen, lag die Vermutung nahe, daß einer der Inhaltsstoffe Suizidtendenzen noch verstärken konnte. Für einen Moment kam ich ins Wanken. Vielleicht hatte sich Robin ja doch umgebracht.

Doch daran wollte ich einfach nicht glauben.

Um zwanzig vor neun kam Angie schließlich. Ihre langen, blonden Haare, die sich über einen blauen Kaschmirmantel legten (Nikki hatte schon recht: Wie konnte sie sich solche Dinge bei einem Jahresgehalt von 6 000 Pfund nur leisten!?), glänzten im Kneipenlicht. Elegant warf sie den Kopf zurück, um sich die vereinzelten abendlichen Regentropfen abzuschütteln. Ich bemerkte, daß ihre Wangen gerötet waren, konnte jedoch nicht erkennen, ob diese Röte durch Anstrengung hervorgerufen oder mit Make-up aufgetragen worden war. Sie sah phantastisch aus. Einige Männer verrenkten sich den Hals. Ich stöhnte leise.

Mittlerweile war ich schon etwas sauer, beschloß aber, mir nichts anmerken zu lassen. Sie machte keinerlei Anstrengung, sich zu entschuldigen, was mich auch nicht weiter überraschte. Doch ihre Stimmung hatte sich seit dem Morgen verändert. Die trauernde Verlobte war von der Bühne abgetreten. Statt dessen machte sie nun den Eindruck, als sei sie beunruhigt oder gar wütend über etwas, daher vielleicht auch ihre geröteten Wangen.

»Was trinkst du?« fragte ich sie.

»Weißwein«, sagte sie, zog ein Päckchen Zigaretten und ein Feuerzeug aus der Handtasche und knallte beides auf den Tisch, bevor sie auch nur den Mantel abgelegt hatte. Ich hatte gar nicht gewußt, daß sie rauchte. Davey zufolge war Princess Margaret die einzige Person im Palast, der das Rauchen gestattet war.

»Wirklich?«

Ich war davon ausgegangen, daß sie ein Perrier oder etwas anderes Nichtalkoholisches trinken würde, wegen ihrer Schwangerschaft, doch sie schaute mich an, als sei ich nicht ganz richtig im Kopf. Dann wurde mir klar, daß sie bereits anderswo etwas getrunken hatte. Ich machte dem

Barkeeper ein Zeichen, doch das war gar nicht nötig. Der Weißwein wurde sofort serviert.

Angie zündete sich eine Zigarette an, sog gierig daran und beobachtete, wie sich die Rauchschwaden zum Wandleuchter und zum Bild vom Queen Victoria hinzogen. Sie griff nach ihrem Weinglas, nippte zögernd daran und nahm dann, als habe sie eine Entscheidung gefällt, einen großen Schluck.

»Also«, sagte ich, mein teilnahmsvolles Gemurmel aus dem 1855er Saal wiederaufleben lassend, »ich komme einfach nicht darüber hinweg.«

»Nein?« sagte Angela gelassen.

»Nein, wirklich nicht. Für mich ist Robin nicht der Typ gewesen, der sich das Leben nimmt. Er war zwar ein bißchen depressiv, aber ...«

»Er war nicht depressiv! Ich weiß nicht, warum die Leute das ständig behaupten! Er war einfach ernst. Seriös. Reif. Er wollte heiraten. Er war im Begriff, Vater zu werden. Er hatte lediglich beschlossen, sich nicht mehr so kindisch wie die anderen Idioten zu benehmen.«

Ich zog es vor, nicht nachzufragen, auf welche Idioten sie anspielte. »Warum sollte er denn dann seinem Leben ein Ende setzen?«

»Keine Ahnung, woher soll ich das denn wissen? Er war sehr glücklich mit mir. Es ist doch nicht meine Schuld«, fügte sie gekränkt hinzu.

»Ich weiß. Das habe ich auch nicht gesagt.«

»Doch bestimmt denken das andere Leute.«

»Wenn sie das tun, haben sie kein Recht dazu.«

Das klang hoffentlich entrüstet genug. Tatsächlich war mir unter den spärlichen Kommentaren zu Robins Tod zumindest die von einem weniger heterosexuell Veranlagten dahingekicherte Vermutung zu Ohren gekommen, er habe auf diese Weise der Heirat mit Angie aus dem Wege gehen wollen.

»Robin freute sich doch darauf, Vater zu werden«, verteidigte sie sich. »Er war wirklich glücklich, als ich ihm erzählte, daß ich schwanger bin.«

»Wann hast du es ihm denn erzählt?«

»Als wir in Balmoral waren.«

»Habt ihr da auch beschlossen zu heiraten?«

Angie nickte und nahm noch einen Schluck Wein.

»Warum habt ihr es denn so lange für euch behalten?«

»Wir hielten es einfach für besser.« Sie zuckte die Achseln.

»Wir mußten beide vorher noch ein paar Dinge klären.«

»Zum Beispiel?«

Angela schaute mich böse an. »Das geht dich gar nichts an.«

»Entschuldige.« Ich suchte fieberhaft nach etwas, das sie nicht verärgern würde. »Wann ist es eigentlich soweit?«

»Ende März, Anfang April. So um diese Zeit herum.«

Mit den Fingern unter dem Tisch zählte ich rückwärts. Das bedeutete, daß sie Ende Juni, Anfang Juli schwanger geworden sein mußte. War zwischen Robin und ihr zu diesem Zeitpunkt denn etwas gewesen? Wenn ja, hatten sie es ohne Zweifel gut verborgen.

Dann fiel mir noch etwas anderes ein.

»Ach ja, sie haben mir erzählt, daß du einen Jungen bekommst. Da hast du bestimmt so eine Untersuchung machen lassen.«

»Amnio . . ., wie auch immer. Ja.«

»Wie war das denn?«

»Och, gut. Kein Problem.«

»Stechen sie einem da nicht mit einer Nadel in den Bauch? Das hört sich für mich sehr schaurig an.«

Zerstreut fuhr Angie mit den Finger um den Rand ihres leeren Weinglases herum. »Es hat nicht weh getan.«

»Und das Baby ist okay? Normalerweise machen die Leute so einen Test doch, wenn sie irgendein Problem vermuten, oder?«

»Ich wollte einfach sichergehen, daß alles in Ordnung ist. Und das war es auch. Okay? Also . . ., willst du noch was? Ich trinke noch einen.« Sie drückte die Zigarette aus und erhob sich schwankend von ihrem Stuhl. Ihr Glas hielt sie dabei in der Hand.

»Ich hab' noch, danke.« Ich nuckelte noch immer am Bodensatz meines ersten Biers herum. Mittlerweile war es warm und seifig geworden. Englisches Lagerbier wird meiner Meinung nach ein wenig überbewertet.

Ich beobachtete, wie die Männer Angie beobachteten, die in ihren gefährlich aussehenden Absätzen zur Bar wakkelte, und dachte über die Geschichte mit der Schwangerschaft nach. Es klang einfach nicht stimmig. Ich hatte immer geglaubt, man müsse alt sein, über fünfunddreißig, oder bestimmte Krankheiten in der Familie haben, um eine Fruchtwasseruntersuchung in Anspruch nehmen zu können. Und ich konnte mich genau erinnern, daß mir meine Schwester Jennifer, die angehende Ärztin, erzählt hatte, die Untersuchung finde etwa in der sechzehnten Schwangerschaftswoche statt. Wenn Angie wirklich eine Fruchtwasseruntersuchung gemacht hatte, konnte das noch nicht sehr lange her sein.

Was sie antwortete, als ich sie – nachdem sie von der Bar zurückgekehrt war – fragte, ob sie Robin im Krankenhaus besucht hatte, ließ mich jedoch ernsthaft daran zweifeln, daß sie sich einer medizinischen Untersuchung unterzogen hatte.

»O nein, das konnte ich nicht«, gab sie zurück und schüttelte den Kopf, um sich die Frisur wieder zu richten. »Ich kann Krankenhäuser einfach nicht ausstehen. Die ganzen Schläuche, Instrumente und Geräte. Ich bin in keinem Krankenhaus mehr gewesen, seit meine Mutter gestorben ist. Sie hatte einen Autounfall. Da war ich sechs. Ich kann mich nur noch daran erinnern, wie sie an diesen ganzen furchtbaren Geräten hing. Es war schrecklich.«

»Das tut mir leid«, sagte ich.

»Es scheint eine Ewigkeit her zu sein.« Sie ließ die Finger durch ihre bemerkenswerten Haare gleiten.

»Hat dein Vater dich großgezogen?«

»Der hat sich davongemacht, vorher schon. Meine Oma hat mich großgezogen.«

»In London?«

»Ja. In Camberwell, wenn du's genau wissen willst.« Verachtung lag in ihrer Stimme, und ich wußte nicht, ob sie gegen mich oder gegen diese miese Gegend gerichtet war.

»Na, dann hast du ja eine geübte Tagesmutter an der Hand«, meinte ich aufmunternd.

Angela starrte in ihr Weinglas. »Sie weiß nicht, daß ich ein Baby bekomme. Sie bringt mich um, wenn sie 's erfährt. Ohne verheiratet zu sein, meine ich.«

»Das ist aber doch ziemlich altmodisch, oder?«

»Genauso hat meine Mama mich zur Welt gebracht. Sie ist mit sechzehn schwanger geworden. Meine Oma hat sie rausgeschmissen und wollte nichts mehr mit ihr zu tun haben. Sie hat sich noch nicht einmal erweichen lassen, als ich geboren wurde, sagt mein Onkel Bert. Hast du Onkel Bert mal kennengelernt?«

Ich muß ganz schön verwirrt ausgesehen haben. Angie verzog das Gesicht und nahm noch einen gierigen Schluck Wein. Onkel Bert, ihr Onkel väterlicherseits, war – so stellte sich heraus – jener alte Kauz, der im Palast sein Leben damit verbrachte, die Hunderten von Uhren aufzuziehen und zu stellen. Man konnte in irgendeinem Zimmer mit Staubwischen oder Staubsaugen beschäftigt sein, und in dem Moment, in dem man es am wenigsten erwartete, trottete Bert herein und ging schnurstracks auf die Uhr zu. Er sagte nie einen Ton und stank dabei nach Whisky, was allerdings die Präzision seiner Arbeit nicht zu beeinträchtigen schien.

»Bist du so an deinen Job im Palast gekommen? Das wußte ich ja gar nicht.«

»Na ja, so habe ich von den Jobs im Palast gehört.« Sie machte eine vom Alkohol verstärkte geringschätzige Geste. »Sei's drum, wovon sprach ich denn gerade? Ach ja, meine Oma. Als meine Mutter starb, hat sie mich natürlich großgezogen. Sie ist ein verflixtes Miststück, meine Oma, wirklich. Wenn ich ihr sagen könnte, daß ich heirate, wär's vielleicht okay, aber ...« Sie verstummte.

Ein Anflug von Mitgefühl überkam mich. »Was hast du denn jetzt vor?«

»Eins ist mal sicher: Ich höre auf im Palast.«

»Und was machst du dann?«

Sie genehmigte sich noch einen guten Schluck. »Ich habe Pläne.«

Ihr Gesichtsausdruck ließ erkennen, daß sie geheim waren. Allerdings ... Pläne, Pläne. Was für Pläne hätte Angie wohl gehabt, wenn Robin noch lebte? Ich konnte sie mir einfach nicht in irgendeiner muffigen Wohnung vorstellen, während Robin nach wie vor im Palast arbeitete. Oder hätte er dann auch aufgehört? Und was hätte er sonst machen sollen?

»Ihr beide seid euch in Balmoral nähergekommen, nicht?«

»Mmm«, machte sie. Sie war ziemlich ungeschickt damit beschäftigt, sich noch eine Zigarette anzuzünden.

»Wie hat es angefangen?« Mit angehaltenem Atem wartete ich auf ein romantisches Sommerpalastmärchen.

»Weiß ich nicht! Jeder hat einfach beim anderen etwas entdeckt, das ihm gefallen hat.«

Hochromantisch.

»Schwimmen bei Vollmond, wie man berichtet. Allerdings bekleidet.«

»Wer hat dir das erzählt?« Sie warf mir einen mißtrauischen Blick zu.

»Davey. Er meinte, ihr beide hättet ganz schön komisch ausgesehen.«

»Ach, da war doch gar nichts. Robin und ich haben bloß

ein bißchen rumgealbert, und dann bin ich in den Fluß gefallen.«

»Und hast Robin mit hineingezogen.«

»Ja, genau.«

Verträumt starrte sie die blasse Flüssigkeit in ihrem Weinglas an, bevor sie einen weiteren Schluck hinunterkippte. Nachdem sie woanders schon getrunken hatte, war sie jetzt auf dem besten Wege, sich ernsthaft zu betrinken.

»Angie«, sagte ich, mich auf die Frage vorbereitend, die mir schon länger auf der Zunge lag, »wenn ihr erst im August etwas miteinander hattet, wie kann das Kind dann im März geboren werden?«

»Wie meinst du das?«

»Das sind nur sieben Monate. Schwangerschaften dauern normalerweise neun Monate.«

Sie starrte mich trübe an. Langsam nahm ihr Gesicht eine rote Färbung an.

»Worauf willst du hinaus? Willst du damit sagen, das Baby sei nicht von Robin? Jetzt reicht's mir aber!«

»Nein, Angie, wirklich nicht, ich habe bloß über die Amniodingsbums, über diese Untersuchung nachgedacht«, log ich. »Ich dachte nur, vielleicht liegt da ein Irrtum vor ...«

»Habe ich's dir nicht gerade gesagt?«

»Tut mir leid.«

Doch Angela beruhigte sich nicht. »Im August haben wir uns *verliebt.* Miteinander *geschlafen* haben wir schon lange vor Juni. Man muß doch nicht verliebt sein, um mit einem Kerl ins Bett zu gehen«, sagte sie mit anschwellender Stimme. »Du vielleicht?«

»Pssst.«

Die Dartsscheibe hing auf der anderen Seite des Kamins, und ein paar der Männer fanden nun, daß es nichts Aufregenderes als Darts gab, vor allem dann, wenn es ihnen ermöglichte, Angie ein wenig näher in Augenschein zu nehmen.

»Und er war sehr gut im Bett, das nur zu deiner Information«, fuhr Angie fort. Sie schaute mich verächtlich an.

»Ach, tatsächlich? Wann habt ihr denn zum letzten Mal miteinander geschlafen?«

Sie schnappte nach Luft, überlegte einen Moment lang und sagte dann geringschätzig:

»Montagabend, wenn du's genau wissen willst. Robin hielt es im Krankenhaus nicht länger aus, hat sich abgemeldet und ist im Palast gleich auf *mein* Zimmer gekommen.«

Tja, das mochte die Erklärung dafür sein, daß sein Bett unberührt gewesen war. Aber da blieb noch immer die Sache mit seiner Homosexualität. Wie ich das zur Sprache bringen sollte, wußte ich nicht. Es war irgendwie heikel. Aber ich hatte Glück – ich brauchte es gar nicht. Angie kam mir zuvor.

»Weißt du, er war gar nicht schwul«, nuschelte sie.

»Wirklich?« fragte ich. »Na ja, dann ...«

»Ich weiß, daß das alle geglaubt haben. Es stimmt aber nicht.«

»Ich hab' mich halt gefragt ...«

»Du warst auch an ihm interessiert, was?«

»Na ja, am Anfang, als ich gerade in den Palast gekommen war ...«

»Du bist nicht sein Typ.«.

»Und was ist mit Karim?« fragte ich beleidigt.

»Dieser schwarze Trottel hängt die ganze Zeit herum und schaut verträumt in die Gegend. Ich mag ihn nicht. Ich hab' zu Robin gesagt: ›Ich will nicht, daß der Kerl bei uns herumlungert. Und er kommt mir auch nicht zur Hochzeit.‹« Sie leerte ihr Glas. »Das ist nur eine Phase, verstehst du nicht, Jane? Etwas, das vorübergeht. Robin war doch auf einer Public School, oder? Ach, wie heißen die noch in Amerika ... Kanada? *Private* Schools, richtig. Was meinst du denn, passiert mit Jungs, die keine Mädchen um sich herum haben? Das geht wieder vorbei.«

»Wahrscheinlich«, sagte ich widerwillig. »Ich weiß es nicht. Ich glaube aber nicht, daß ich mit einem Mann ins Bett gehen wollte, der mit Männern schläft. Heutzutage, meine ich. Wegen der Krankheiten. Hast du dir deswegen keine Sorgen gemacht?«

»Ich hab' dir doch gesagt, er war nicht schwul!«

»Gerade hast du aber gesagt ...«

»Ich hab' gesagt, es war eine *Phase.*«

»Und woher wolltest du wissen, daß er nicht noch einmal so eine *Phase* durchleben würde?«

»Das war mir egal.«

»Merkwürdige Hochzeit«, murmelte ich halb in mich hinein.

»Es ist so eine Art Hochzeit, wie sie bei Aristokraten üblich ist«, spielte sie, betrunken wie sie war, die beleidigte Leberwurst.

»Was? Willst du damit sagen, alle aristokratischen Ehemänner und Ehefrauen haben homosexuelle Liebhaber?«

»Natürlich nicht! Ich will damit sagen, sie haben Liebhaber. Punkt. Sie heiraten aus ... dynastischen Gründen. Du glaubst doch wohl nicht, daß die Waliser aus Liebe geheiratet haben, oder?«

»Keine Ahnung. Ich habe sie nie gefragt.«

»Sei nicht albern. Sie haben es natürlich getan, um die Erbfolge zu gewährleisten. Lieben tun sie andere Leute.«

»Aber Angie«, sagte ich, und jetzt wurde es mir wirklich zu viel, »du bist doch gar kein Mitglied der Oberschicht. Du bist doch nur eine Hausschlam ... ein Hausmädchen im Palast und nicht die verdammte Queen.«

Angie sah mich an, als stünde sie kurz davor, zu explodieren.

»Ich könnte dir etwas erzäh ...«, sagte sie und biß sich dann regelrecht auf die Zunge.

»Und Robin war doch auch nur ein Lakai. Was hattet ihr denn vor nach der Heirat?«

»Hast du mich hierher eingeladen, um mich über meine Beziehung zu Robin auszufragen?«

»Es klingt bloß alles so unrealistisch ...«

»Jetzt hör mir mal zu, da ist gar nichts *Unrealistisches* dran. Robin hatte etwas in Aussicht ...«

»Ach, du lieber Himmel.«

»*Echte* Aussichten, Jane. Und ich wäre seine Frau geworden. Ich hätte endlich das bekommen, was mir zusteht. Was man mir verdammt noch mal *schuldet*. Und der Scheißkerl haut einfach ab und bringt sich um.«

»Wovon redest du denn?« Mir schwirrte der Kopf.

»Vergiß es. Vielleicht meine ich jemand ganz anderen. Ach, komm, mir reicht's jetzt.« Sie stellte mit Schwung ihr Glas ab, richtete sich schwankend auf und riß ihren Mantel vom Stuhl hoch. »Ich gehe jetzt.«

»Warte. Ich komme mit dir.«

»Nein. Hau ab. Verpiß dich.«

Ich sah zu, wie sie ging. Auch die andern schauten ihr traurig hinterher.

6

Statt links abzubiegen und die Ebury Street hinauf zum Palast zurückzukehren, ging ich weiter die dunkle Lower Belgrade Street hinab und überquerte die Buckingham Palace Road, wo mich das wunderbare Gewirr der Victoria Station erwartete. Wenn man so früh aufsteht wie wir Hausmädchen, bekommt man nur selten eine Morgenzeitung zu Gesicht, und am späten Nachmittag ist man zu müde, um sich noch für die Abendausgabe zu interessieren. Außerdem kannte ich ja (dank meiner Mutter) die absonderlichen Vorgänge in den Redaktionen und zog Bücher vor.

Trotzdem war ich neugierig, ob die Zeitungen sich bezüglich Robins Tod zurückhielten. Doch warum sollten sie, dachte ich dann, wo es heutzutage immer weniger

Tabus gab bei Berichten, die auch nur entfernt mit der königlichen Familie in Verbindung standen.

Der WH-Smith-Buchladen bei Victoria Station sieht aus wie ein verrückter neumodischer Prachtbau. Er ist eine kleine verglaste Zuflucht, eingefaßt im kunstvollen Backsteinmauerwerk des neunzehnten Jahrhunderts. Das Sortiment ist in erster Linie auf Laufkundschaft ausgerichtet – jede Menge Schund und Heftchen in Hülle und Fülle –, es gibt jedoch auch gute Bücher, und weil es der dem Buck House nächstgelegene Buchladen ist, gehe ich dort oft hin.

Die Zeitungsstände befinden sich alle vor dem Eingang und sind gewöhnlich umringt von Leuten, die lesen, aber nicht kaufen wollen. Unter dem fluoreszierenden Lichtschein stieß ich zu ihnen. Nirgendwo stand etwas über Robin, weder in den niveauvollen Zeitungen noch in der Boulevardpresse, jedenfalls fand ich nichts. Das war ein Segen. Die meisten Boulevardblätter hatten viel zu viel Vergnügen an irgendeiner neuen politischen Gruppe, der *Englisch*-Republikanischen Armee, die *sich* – und nicht die *andere* Republikanische Armee – als verantwortlich für die Bombendrohungen und den anderen Ärger erklärte, der London in letzter Zeit heimgesucht hatte, und diese Tatsache verärgerte offensichtlich wiederum die *andere* Republikanische Armee und so weiter und so fort. Die niveauvolleren Zeitungen hingegen machten sich eher Sorgen über den sinkenden Stern des Premierministers, das Sinken des Pfunds und den Niedergang im allgemeinen.

Daß ich rein gar nichts über Robin fand, war aber doch merkwürdig. Denn trotz der Schweigepflicht, zu der wir uns vertraglich bekennen mußten, gab es natürlich undichte Stellen im Palast – so etwas lag einfach in der Natur des Menschen. Immer wieder gab es einen schrägen Vogel, der mit der Presse plauderte, für ein paar Pfund oder was auch immer, und wenn es herauskam, dann wurde er entlassen. So traurig es ist, aber die meisten von ihnen stammten wie ich aus den unteren Diensträngen. Die in den höheren

Rängen hatten mehr zu verlieren als bloß einen Job. Sie konnten von der Gesellschaft geächtet werden.

Andererseits war Robin bei seinen Kollegen beliebt gewesen. Ich ging davon aus, daß sich die Reihen schließen würden, falls jemand von der Presse seine – oder ihre – Nase in die Sache steckte. Auch der Palast selbst hatte keinerlei Veranlassung, irgend etwas über einen Todesfall auf seinem Gelände zu veröffentlichen. Nur eine Frage beschäftigte mich: Mußte nicht ein Todesfall – ob nun Selbstmord oder nicht – der Polizei gemeldet werden? Und würde ein Reporter dann nicht auf diese Weise Wind davon bekommen? Wie ich von meiner Mutter wußte, konnte die Polizei allerdings ausgesprochen sparsam mit den Informationen sein, die sie an die Presse weitergab. Wer weiß: Vielleicht hielten sie die Angelegenheit bis nach dem Staatsbesuch geheim. *Danach* mochte es dann eine gerichtliche Untersuchung geben und das alles.

Es war spät geworden. Eine überhöfliche Stimme verkündete die Schließung von WH Smith und komplimentierte mich hinaus ins Gewühl; hier ging ich am Taxistand vorbei und trat auf die Buckingham Palace Road.

Es war ein kalter, feuchter Abend. Den ganzen Tag über hatte es immer wieder geregnet, und man konnte seinen Atem in der Luft aufsteigen sehen. Gerade war ich an der Midland Bank vorbeigekommen und stand an der Ecke zur Victoria Street, als ich plötzlich Nikki sah. Genauer gesagt sah ich, wie Nikki mich über die Schulter eines großen Mannes anschaute, der einen olivbraunen dreiviertellangen, armeeartig wirkenden Mantel trug und sich gebückt hatte, um sie zu umarmen. Alles, was ich von ihm sehen konnte, war ein sehr wohlgeformter Kopf mit langen dunklen Haaren, denn kaum hatte Nikki mich erkannt, ließ der Mann sie los und ging mit energischen Schritten die Buckingham Palace Road hinauf und bog dann in die kleine Allington Street ein.

»Wer war das denn?« wollte ich wissen.

»Bloß ein Bekannter von mir.«

»Ach so, natürlich. Triffst du dich jetzt mit Leuten aus der Armee? Komm, schieß schon los.«

»Jemand, mit dem ich zusammen zur Schule gegangen bin«, erwiderte sie, während wir losgingen. »Ich bin ihm neulich wiederbegegnet, und da haben wir uns zu einem Drink verabredet. Auf die guten alten Zeiten. Kevin heißt er. Und er ist in keiner Scheißarmee.«

»Der hatte es aber plötzlich eilig.« Ich war gespannt, wie sie reagieren würde, sie hatte mir jedoch die Seite zugewandt, und ihr Gesicht lag halb unter ihrem hochgeknöpften Kragen verborgen.

»Er mußte nach Hause. Und wo«, mußte sie regelrecht brüllen, als wir beim Überqueren der Straße am Royal Mews, dem königlichen Marstall, den Autos auswichen, »bist du gewesen?«

»Ich war mit Angie einen trinken.«

»Wozu das denn?«

»Ich dachte, das bringt sie auf bessere Gedanken.«

»So traurig sieht sie mir gar nicht aus.«

»Nun komm, Nikki, sie waren verlobt miteinander.«

Sie wieherte wie ein Pferd.

»Na gut, ich gebe zu, es ist schon ziemlich merkwürdig«, sagte ich und erzählte ihr einiges von dem, was ich von Angie erfahren hatte.

»Warte, bis wir zu unseren Zimmern kommen«, flüsterte Nikki, als wir die Sicherheitskontrollen am Portal passierten und in den Palast traten. »Dann erzähle ich dir mal etwas wirklich Interessantes über Angie.«

Später, als ich mir mein Tank-Girl-Nachthemd übergezogen hatte (ein Geschenk, das ich mir selber gemacht hatte), kam Nikki zu mir, stolz auf ihren Informationsvorsprung. Ich war derart neugierig, daß ich nichts sagte, als sie auf der Tagesdecke in meinem Bett ihre Nagelschere hervorholte und sich die Zehennägel zu schneiden begann.

»Eigentlich sollte ich dir nichts davon erzählen«, fing sie gleichgültig an und machte es sich auf meinem Bett bequem, »aber weil du ja eine gute Bekannte von mir bist...«

»Das ging aber schnell!«

Ein überschwengliches Grinsen legte sich auf ihr Gesicht.

»Angie ist die Cousine der Queen.«

»Und ich bin die Frau vom Papst.«

»Ach, wirklich?«

Ich wandte mich vom Spiegel ab und versetzte ihr einen Schlag mit der Bürste.

»Autsch. Paß doch auf, Jane, du hast meinen Zeh getroffen. Also, du weißt doch, daß ich in Sandringham aufgewachsen bin...«

»Ja...«

Nikkis Vater war Pächter auf Gut Sandringham gewesen, dem Landsitz der Queen. Er war bei einem Jagdunfall ums Leben gekommen, als Nikki zwölf oder dreizehn war.

»... na ja, und Angie hat eben eine familiäre Beziehung zu einem anderen königlichen Gut. Balmoral. Jedenfalls ist sie davon überzeugt.« Nikki wandte sich mit der Nagelschere ihrem großen Zeh zu. »Es ist wirklich verrückt. Mal sehen, ob ich es zusammenbekomme. Der Vater ihrer Großmutter... ja, das kommt hin..., also, der Vater ihrer Großmutter war der illegitime Sohn von Edward VII., was sie nach eigener Auffassung zu einer Art Cousine der Queen macht.«

»Ich glaub's nicht!« entfuhr es mir.

»Brauchst du auch nicht. Es ist nämlich ein Märchen. Familien mit langer Tradition auf einem königlichen Gut haben alle möglichen Geschichten auf Lager, und das mit dem illegitimen Königssohn ist die älteste von allen, glaub mir. Angies ist leider blöd genug, daran zu glauben. Ihre Ururgroßmutter war bestimmt eine Dienstmagd in Balmoral während der Herrschaft von Queen Victoria und hat

Edward nie zu Gesicht bekommen, geschweige denn, na ja, du weißt schon...«

»Das erklärt wohl, warum sie über aristokratische Hochzeiten und so gesprochen hat«, sagte ich unschlüssig. »Aber sie hat so getan, als würde die Heirat mit Robin ihr diesen Wunschtraum wirklich *erfüllen*. Ich weiß nicht. Du hast recht, es ist verrückt.«

Ich bemühte mich, mir die Haare so hochzubürsten, wie Angie das manchmal tat. Es klappte nicht. »Übrigens, warum hat sie dir das denn alles erzählt?«

»Wegen Sandringham. Sie hat wohl gedacht, ich hätte dort ständig mit der Queen geplaudert und könnte mich schon deshalb in ihre Position als Cousine millionsten Grades von Ihrer Hoheit einfühlen. Verdammt, in Wirklichkeit waren wir Lichtjahre voneinander entfernt. Ich war noch ein Kind. Und *sie* waren bloß immer für ein paar Wochen nach Weihnachten da. Außerdem weiß ich nicht, wie Angie darauf kommt, daß ich mir etwas aus den verdammten königlichen Beziehungen mache. Einer dieser ehrwürdigen königlichen Idioten hat meinen Vater erschossen.«

Diese Geschichte erwähnte Nikki häufig. Es war auch das erste, was sie mir überhaupt von sich erzählt hatte, und man spürte, daß sie immer noch verletzt und voller Wut war. Nach ihrer Darstellung – der einzigen, die ich kannte – war ihr Vater im Winter einmal als Treiber beschäftigt worden, um Vögel und Wild in der Nähe von Sandringham aufzuscheuchen und sie dann Mitgliedern der königlichen Familie und deren Freunden vor die Flinte zu bringen. Anstelle eines Fasans oder Moorhuhns war es leider jedoch Mr. Claypole, den eine tödliche Kugel erwischte. Eine Untersuchung kam zu dem Ergebnis, daß es sich um einen Unfall gehandelt hatte und der königlichen Familie und ihren Gästen keinerlei Schuld zukam. Damit gab sich jedoch weder Nikki noch ihre Mutter oder ihr Bruder zufrieden. Nicht lange nach dem Tode ihres Mannes verkaufte Nikkis Mutter ihr Pachtrecht in Sandringham und zog ins nahegelegene King's Lynn. Doch die Familie löste sich auf. Zuerst gab ihr Bruder Jon die Schule auf, dann Nikki; beide ließen sich in ein zweifelhaftes Leben in der Nähe von Camden Town treiben. Daß sie nun letztendlich für die Königsfamilie arbeitete, war Ironie des Schicksals. Ich fand keine Antwort darauf. Doch wie Nikki mir sagte, gab es in London kaum Jobs für jemand ohne Abschluß.

»Hast du dich nie gewundert, wieso Angie als einziges Hausmädchen mit nach Balmoral gefahren ist?« fragte Nikki, während sie ihre frischgeschnittenen Fußnägel bewunderte.

»Heather war auch mit«, sagte ich in Anspielung auf das andere Hausmädchen aus dem Buck House, das die Ehre gehabt hatte, mit nach Norden zu reisen.

»Für mich bloß ein Ablenkungsmanöver. Hör zu, normalerweise nehmen sie doch gar keine Hausschlampen mit hoch nach Schottland. Das brauchen sie doch auch gar nicht. Oben gibt es genug Leute, die sie als Aushilfskraft anheuern können.«

»Worauf willst du denn hinaus?«

»Ich könnte mir vorstellen, daß irgend so ein hohes Tier an Angie Cheatle interessiert ist und daß sie genau deswegen mitfahren durfte.«

»Wer denn zum Beispiel? Chuck?«

»Der ist in die Rottweiler verknallt.«

»Andy.«

»Wohl möglich, glaube ich.«

»Eddie.«

»Oh, hör doch auf.«

»Doch nicht Phil!«

Sie überlegte einen Moment lang.

»Igittigitt.«

»Ein ›hohes Tier‹, hast du gesagt.«

»Das muß ja nicht heißen ›königlich‹.«

»Tja ..., dann hätten wir da noch den Premierminister. Er fährt doch auch ab und zu dorthin, oder?«

Ich ging im Geiste noch ein paar andere Mitglieder der königlichen Hofhaltung durch. So weit mir bekannt war, blieben die meisten in London, wenn die königliche Familie in Urlaub ging. Doch es gab immer jede Menge Gäste, die kamen und gingen. Aristokratische Typen. Auf die Liste der Sommergäste hatte ich allerdings nicht geachtet.

»W-Dez war mit oben, oder?« fragte ich, einer Eingebung folgend. »Der Film, den er macht, soll doch auch ein paar Einstellungen in Balmoral bringen. Außerdem leben er und seine Frau getrennt. Vielleicht ja wegen Angie.«

Nikki schaute von ihren Zehen hoch. »Vielleicht. Ich kann mir aber nicht vorstellen, daß W-Dezzie mit Personal aus dem Palast seine Spielchen treibt.«

»Vielleicht wollte er Angie unbedingt haben. Für seinen Film. Für sich. Sie ist attraktiv und findet die Vorstellung, in einem Film mitzuspielen, sicher großartig.«

»Mag sein, aber ...«

»Wer denn sonst?«

»Weiß ich doch nicht!«

»Warum spannst du mich denn so auf die Folter?«

Nachdenklich betrachtete Nikki wieder ihre Zehen.

»Und wie ist es mit Sir Julian?« fragte ich.

»Ein bißchen sehr alt.«

»Aber sexy. Er hat viel Einfluß, ist reich und besitzt einen Titel. Ganz Angies Typ. Wenigstens in ihrer Phantasie.«

»Verheiratet ..., aber irgend jemand hat mir erzählt, daß Sir Julian und seine Frau sich nicht verstehen und getrennt leben.«

»Wo kriegst du denn das alles mit?«

»Man braucht nur die Ohren offenzuhalten.«

»Aber das Risiko. Wenn jemand ein ›hohes Tier‹ ist und verheiratet, muß er Angst haben, erwischt zu werden. Kannst du dir vorstellen, was die Boulevardzeitungen daraus machen?«

»Geschieht ihnen nur recht, meiner Meinung nach«, sagte Nikki und packte ihre Nagelschere wieder ein.

»Trotzdem«, fuhr ich fasziniert fort. »Wenn es jemand wie Sir Julian wäre, würde er es absolut geheimhalten wollen. Die Queen wäre nicht amüsiert.«

»Ha! Schau doch nur, was andere Mitglieder ihrer Familie anstellen. Auf jeden Fall, wenn der Vater von Angies Baby W-Dezzie sein sollte oder Sir J. oder Andy oder überhaupt jemand anderes als Robin, dann sind wir doch wieder bei meiner Anfangsfrage: Warum sollte sich Robin mit ihr verloben?«

»Das ist das Rätsel, was? Vielleicht wollte er einfach bloß nett sein.«

»Nette Leute können nach meiner Erfahrung eine Menge Unheil anrichten.«

»Ich nehme an ..., ach, vergiß es.« Ich gab es auf, meine Haare zu bürsten – sie waren glatt und hoffnungslos – und legte die Bürste auf die Spiegelkommode zurück. »Als ihr gestern in der Gesindestube beim Frühstück gefilmt worden seid, was gab's da eigentlich zu trinken?«

Nikki legte sich aufs Bett zurück. »Was ich getrunken habe? Merkwürdige Frage. Kaffee, glaube ich.«

»Nein, ich meine, was ihr alle getrunken habt. Habt ihr alle was getrunken?«

»Ach so, jetzt verstehe ich. Du fragst dich, ob Robin etwas in seinen Kaffee getan haben könnte? Tja, ich vermute, das könnte er. Aber gesehen hab' ich's nicht.«

»Wie viele Tassen hat er denn getrunken?«

»Eine? Zwei? Ich hab' wirklich nicht darauf geachtet, Jane.«

»Und was hat Angie getrunken?«

»Kaffee, glaube ich. Und Karim hat Tee getrunken, da bin ich mir ziemlich sicher. Warum fragst du?«

»Einfach so«, gab ich vage zurück.

»Klingt so, als wärst du dabei, einen Mordfall zu untersuchen: Wer vergiftete Robin Tukes? Sie stieß ein unbeschwertes Lachen hervor, und ich stimmte mit ein, obwohl ich mich gar nicht danach fühlte.

»Auf alle Fälle«, fuhr sie fort, »gibt es im Pagenvestibül Kaffee und Tee. Bestimmt hat er es dort getan.«

»Weißt du eigentlich«, sagte ich, »daß Angie glaubt, Robin sei von der Gesindestube noch mal zurück in sein Zimmer gegangen und dort in seinem Bett gestorben?«

»Aha. Na ja, das dürfte dann wohl die offizielle Version sein.«

»Wer hat dir denn etwas anderes erzählt?«

»Ich weiß nicht. Mal sehen...« Nikki richtete sich auf und sah mich mit verschränkten Armen an. »Sag mal, du machst hier wirklich eine Art Untersuchung, oder?«

»Quatsch. Mir kommt die ganze Sache bloß komisch vor.«

»Und wer hat *dir* erzählt, daß er's in der Gesindestube getan hat?«

Zu spät erkannte ich, daß ich einen Fehler gemacht hatte. Ich hatte Nikki nicht vom zweiten Sturz der Queen über Robin erzählen wollen oder davon, daß ich dabeigewesen war. Das war eine Sache zwischen der Queen und mir. Nur Humphrey Cranston, der Geheimpage, hatte mich dort gesehen, und allein schon seine Position machte ihn zu einem Vorbild an Diskretion.

»Ich weiß es auch nicht.« Ich spielte mit ein paar Büchern und Kassetten herum, die auf meiner Kommode lagen. »Ich hab's wohl irgendwo aufgeschnappt. Die Gerüchteküche.« Ich verspürte den starken Drang, mich Nikki gegenüber zu offenbaren, wußte aber, daß ich es nicht tun durfte. Offene Augen und offene Ohren, hatte ich der Queen versprochen. Von einem offenen Mund war nicht die Rede gewesen. »Wie war er denn beim Frühstück gelaunt – ich meine, als gefilmt wurde?«

»Er war ruhig. Alle waren ruhig. Ich habe alle anderen unterhalten. Bestimmt kriegen wir die Szene nie im Leben im Fernsehen zu sehen«, fügte sie hinzu.

»Hat er nicht davon gesprochen, was er nach dem Frühstück als erstes zu tun hatte?«

Nikki schüttelte den Kopf. Ich seufzte. »Was ist denn mit seinem ersten Selbstmordversuch? Nach der Party letzten Donnerstag, als die Queen zum erst ..., als die Queen über ihn gestolpert ist.«

Die Erinnerung brachte Nikki zum Schmunzeln.

»Ich meine, wann hat er die Tabletten eingenommen oder was auch immer er da geschluckt hat?«

»Keine Ahnung.«

»Wahrscheinlich hätte er sie im Pagenvestibül nehmen können«, grübelte ich.

»Witzig«, sagte Nikki. »Mir ist gerade etwas eingefallen, was ich völlig vergessen hatte. Ich frage mich jetzt, ob Karim wußte, was Robin vorhatte.«

Ich musterte sie scharf. Doch sie hatte wieder ihre Position eingenommen, von der aus sie die Zimmerdecke betrachtete.

»Wir haben mit Sekt angestoßen, nachdem Robin an dem Abend die Bombe mit seiner Hochzeit losgelassen hatte – frag mich nicht, wo der Sekt herkam –, ich stand in Robins Nähe, und Karim stand bei Angie. Als sie die Gläser erhoben – ich meine, Robin und Angie –, hat Karim ein ganz komisches Gesicht gemacht. Ich habe ihn dabei beobachtet, wie er Robin anschaute. Er sah entsetzt und traurig zugleich aus.«

»Als wüßte er, was in Robins Glas war?«

»Vielleicht.«

»Warum hat er ihn denn dann nicht aufgehalten?«

»Woher soll ich das wissen?« Sie richtete sich auf und tastete nach ihrer Nagelschere, die sich im bunten Muster der Tagesdecke verloren hatte. »Wie auch immer, das wird mir jetzt alles zu viel, Jane. Ich bin kaputt.«

»Aber ...«

»Komm, laß es gut sein.«

Sie drehte sich und setzte die Füße auf den kalten Fußboden. »Uuaah«, machte sie und rieb sich wärmend einen Fuß an der Wade, »mein Gott, diese Flure.«

Ich konnte nicht anders. Ich hielt ihr einen mahnenden Zeigefinger entgegen.

»Zieh Pantoffel an, wenn du kalte Füße hast«, sagte ich mit piepsiger Stimme. Die Queen, die sparsamste Milliardärin der Welt, war berühmt dafür, den Leuten einen Pullover zu empfehlen, wenn ihnen im Buck House kalt war.

Nikki knickste und verzog das Gesicht, bevor sie hinaus auf den Flur trat. »Ja, Ma'am. Vielen Dank, Ma'am. Ganz wie Sie meinen, Ma'am. Gute Nacht, Ma'am.«

Aufgewühlt, wie ich war, konnte ich kein Auge zumachen. Nach zehn Minuten knipste ich das Licht wieder an und griff in dem Haufen Bücher neben meinem Bett nach dem nächstgelegenen, meinem *London-A–Z*-Führer, den ich aus Robins Zimmer mitgenommen hatte. Im selben Augenblick erkannte ich, daß es gar nicht meiner war. (Und wo war meiner dann, bitte?) Meiner öffnete sich automatisch dort, wo ich den Buchrücken angeknackst hatte, in der Mitte der vergrößert dargestellten City von London, genau dort, wo ich momentan lebe. Mein Buch hatte in diesem Bereich jede Menge Kreuzchen. Das, was ich in den Händen hielt, war innen makellos, mit Ausnahme der Seite, an der es sich öffnete, Seite 75, dem Gebiet um West Kensington. Mit Kugelschreiber hatte jemand (Robin!?) Abbotsbury Close angekreuzt, eine Reihe von hufeisenförmigen Straßen westlich des Holland Park. Wen hatte er gekannt, der reich genug war, in einer solch noblen Gegend zu wohnen?

Ich wollte das Buch gerade wieder an seine ursprüngliche Stelle zurücklegen – der *London-A–Z*-Führer ist nicht gerade das, was man eine fesselnde Lektüre nennen würde –, als ich die Kante eines Stück Papiers zwischen zwei Seiten des Inhaltsverzeichnisses am Ende des Buchs herausgleiten bemerkte. Meine Neugier war geweckt, und ich schüttelte das Buch kräftig durch; das, was mir auf die Brust fiel, war aber nicht das erwartete Lesezeichen, sondern ein zarter

Umschlag, etwa in der Größe einer Hochzeitseinladung. Das Briefpapier war blau und die Handschrift darauf gerundet und ordentlich, fast wie die eines Kindes. Es war schlicht und einfach gerichtet an *Karim Agarwal, c/o Buckingham Palace, London, England.* Keine Postleitzahl. Und auch kein Absender, obwohl die Briefmarken verrieten, daß der Brief in Indien abgeschickt worden war.

Natürlich schaute ich hinein!

Er begann mit »Mein lieber Bruder Karim« und war unterzeichnet mit »Deine dich liebende Schwester Meena«, und es war ein beunruhigender Brief, der erst vor ein paar Wochen geschrieben worden war. So weit ich begriff, war Meena in der Obhut von Verwandten in Burhanpur. Ein besseres Wort wäre vielleicht »Vormundschaft«. Sie stand kurz davor, verheiratet zu werden, und ihr zukünftiger Ehemann war wesentlich älter. Eine erzwungene Heirat, ganz offensichtlich. Man spürte Meena an, daß sie Angst davor hatte, ihre Heimat in England verlassen zu müssen und sich in einem Land wiederzufinden, in dem sie nicht aufgewachsen war und dessen Kultur ihr beinahe so fremd war, wie sie mir erschienen wäre. Es wurde aber gleichfalls deutlich, daß sie wild entschlossen war, sich aus dieser Situation zu befreien. Mir lief es kalt den Rücken herunter, als ich las, wie angewidert sie ihren zukünftigen Bräutigam beschrieb. Schließlich erwähnte sie mehrmals einen anderen Namen, Geoff, offenbar ein Freund in Blackburn.

Wie sie schrieb, gab es jedoch eine Möglichkeit, aus der Klemme herauszukommen. Sie hatte nämlich von einem ihrer Möchtegernschwiegereltern erfahren, daß sie sich aus der Bindung freikaufen konnte. Allerdings bedurfte es einer Summe, die weit höher lag als die Mitgift, die Karims Eltern dem Bräutigam zahlen wollten, etwa 25.000 Pfund, Geld, das ihre Familie nicht besaß beziehungsweise, wie ich zwischen den Zeilen las, selbst wenn sie es besessen hätte, nicht aufbringen wollte. Es war nun nicht so, daß Meena Karim um das Geld bat, denn es mußte ihr klar sein, daß ein solcher Betrag die Möglichkeiten eines Lakaien im Buck House bei weitem überstieg. Es war vielmehr, als bemühte sie sich, ein Wunder in Gang zu setzen. Wann die Hochzeit stattfinden sollte, erwähnte sie nicht, doch der Zeitpunkt mußte wohl ziemlich nah bevorstehen.

Armer Karim, dachte ich. Was für ein Kummer. Und was sollte er überhaupt dagegen ausrichten?

Ich schob den Brief wieder in den Umschlag zurück und beschloß, ihn so bald als möglich Karim zurückzugeben. Daß ich ihn gelesen hatte, würde ich ihm verschweigen.

Später jedoch, kurz vor dem Einschlafen, fragte ich mich: Wieso war Robin in den Besitz des Briefes gekommen? War es der Brief, den er an jenem Tag im Krankenhaus in den Händen gehalten hatte? Auf jeden Fall sah er genauso aus. War es nicht auch dieser Brief und gar nicht sein Pullover gewesen, den Karim in Wirklichkeit gesucht hatte, als er am Tag zuvor in Robins Zimmer gekommen war?

7

Was kann man über diese höhlenartigen Staatsgemächer im Buckingham-Palast sagen?

Höhlenartig ist wirklich das richtige Wort dafür. Es war Donnerstagmorgen, und wieder befand ich mich im Weißen Salon, dieses Mal allerdings ohne Staubsauger und Staubtuch. Eine kleine Mitteilung, die ich in meinem Brieffach gefunden hatte, hatte mich angewiesen, mich um halb zehn im Weißen Salon einzufinden, was mir äußerst gelegen kam, denn laut Dienstplan mußte ich bis zehn Uhr den Musiksalon gleich nebenan geputzt haben. (Der Musiksalon befindet sich im zweiten Stock. Er liegt über dem Runderkergemach, in dem sich die königliche Familie versammelt, bevor sie sich anläßlich der jährlichen Gartenfeiern der Menschenmenge zeigt.)

Auch wenn die Mitteilung nicht unterschrieben worden war, hatte ich doch eine Vermutung, von wem sie stammte, und ein beklommenes Gefühl überkam mich. Auch die Tatsache, daß ich mich im Weißen Salon aufhielt, half mir dabei nicht gerade weiter. Alles hier ist derart kunstvoll, teuer und anmutig, daß man sich vollkommen klein und unbedeutend fühlt, vor allem wenn man – ohne Staubsauger – Zeit hat, darüber nachzudenken. Der mächtige Kronleuchter in der Zimmermitte war nicht eingeschaltet, und so war es recht dunkel im Raum; auch die trübe Düsterkeit des Novembermorgens jenseits der Glastüren verbesserte meine Stimmung nicht.

Eine Zeitlang betrachtete ich die Gartenanlage. Das Gras war noch immer grün, doch die enormen Ziertöpfe, die im Sommer Büschel strahlend schöner Blumen beherbergten, waren nun leer, als warteten sie darauf, sich mit Regen oder Schnee zu füllen. Die Statuen, um diese Jahreszeit vom üppigen Blätterwerk befreit, wirkten mit einmal kahl und kalt gegen das Grau. Ein paar Gärtner waren damit beschäftigt, etwas auszugraben, und weiter entfernt, an einem See, war etwas abgestellt, daß wie ein gelbleuchtendes Kajak aussah.

Da ich zu früh gekommen war, ging ich noch ein wenig im Saal umher, ließ hier und da eine Hand über die Schränke gleiten, als wolle ich sie auf Staub hin untersuchen, war in Wirklichkeit aber damit beschäftigt, mich darauf vorzubereiten, was ich sagen wollte. Mitten im Saal, wo der Kronleuchter wie ein gewaltiger Stalaktit über dem geblümten Axminster-Teppich baumelte, hielt ich einen Moment lang inne, und als ich im Begriff war, auf den Kamin zuzugehen, bemerkte ich, daß mein Fuß sich nicht mehr bewegen ließ.

Na ja, wohl weniger mein Fuß als vielmehr mein Schuh. Er steckte fest. Ich bückte mich und stellte fest, daß es ein riesiger – noch recht frischer – Kaugummi war.

Ich war so in Anspruch genommen von diesem Ärgernis,

daß ich um mich herum gar nichts mehr wahrnahm. Als mir der Klang meines Namens an die Ohren drang, wäre ich um ein Haar aus dem festgeklebten Schuh gesprungen, um am Kronleuchter anzudocken.

»Eure Majestät!« keuchte ich, führte mir die Hand ans Herz und bewegte mich unbeholfen auf dem klebrigen Teppich. Mir schien es, als sei sie aus dem Nichts aufgetaucht.

»Was ist denn mit Ihrem Fuß, Jane?« fragte die Queen.

»Kaugummi«, antwortete ich so entschuldigend wie nur möglich. »Ich weiß nicht, wie es hierher kommt.«

Die Queen sah erst den Axminster an und dann mich. Sie wirkte wütend.

»Neulich, im Grünen Salon, war auch was auf dem Teppich«, fuhr ich nervös fort.

Jetzt schien sie noch wütender. »Können Sie Ihren Schuh freibekommen?«

Ich hob den Fuß an, dabei blieben jedoch große, rosafarbige, pappige Streifen an der Sohle haften. Wenn ich den Fuß wieder absetzte, würde ich damit an anderer Stelle im Teppich für einen weiteren Kaugummiknubbel sorgen.

»Ich glaube, ich ziehe den Schuh lieber aus, Ma'am.«

»Dann tun Sie das, und folgen Sie mir.«

Die Queen drehte sich um und ging auf den Pfeilerspiegel zu, der links neben dem Gemälde stand, das den Saal dominierte, ein Porträt von Königin Alexandra, der Frau von Edward VII. Zu meiner Überraschung bewegten sich Spiegel und der Tisch darunter in einem Winkel von neunzig Grad zur Wand hin. Leicht hinkend, einen Schuh in der Hand und mit einem Gefühl, als sei ich Alice im Wunderland, folgte ich der Queen durch die Wandöffnung; dort fand ich mich in einem Raum wieder, der etwas kleiner und weit weniger prächtig möbliert war als das Staatsgemach, aber auf verhaltene Weise elegant wirkte. Die Wände waren in purpurrotes Damast gehüllt.

»Sind Sie überrascht?« fragte die Queen.

»Allerdings.«

»Gut«, sagte sie bestimmt. »Wir begrüßen unsere Gäste oft hier. Ihre Reaktion, wenn wir durch die Wand gehen, interessiert uns immer. Ein schöner Spaß, finden Sie nicht auch?«

Das war es. Ich kam mir allerdings ziemlich albern vor, mich vor der Königin von England an meinen Schuh zu klammern.

»Ach ja, Ihr Schuh«, sagte sie und schaute sich im Zimmer um. »Legen Sie ihn nicht auf den Teppich, sonst holen ihn sich die Hunde.« Streng schaute sie zwei von ihnen an, die mit herabhängender Zunge ins Zimmer hereingetrottet waren. »Vielleicht sollten Sie ihn dorthin legen.«

Sie wies auf einen großen Tisch, der gleich vor dem Fenster stand. Auf ihm lag eine Art Bild, doch als ich näherkam, sah ich, daß es ein Puzzle war, nahezu vollständig, wenn man von einigen wenigen Teilen am oberen Rand absah. Ich legte meinen Schuh daneben.

»Oh, das ist doch einer der Stuarts. Könige, nicht wahr?« Ich erkannte einen Mann mit wallenden Locken, der auf einem Pferd saß und gegen riesige Schlangen kämpfte.

Die Queen kam zu mir an den Tisch und strich mit den Fingern über das Puzzle.

»Es heißt ›The Triumph of Charles II.‹. Das Original hängt im Chelsea Royal Hospital. Ich habe mich in letzter Zeit ein wenig damit beschäftigt«, meinte sie nachdenklich, wobei sie den Kopf etwas neigte, um sich den Blick durch ihre Bifokalgläser zu erleichtern. »Dreitausend Teile, eines der schwersten, mit denen ich es je zu tun gehabt habe. Ein gutes Puzzle schätze ich sehr.«

»Und Sie heben sich die Ränder für den Schluß auf. Toll. Sie müssen wirklich gut darin sein.«

»Leider nicht: Es fehlen Teile. Schauen Sie hier.«

Die Queen deutete auf eine fehlende Stelle, die mir zuvor entgangen war. Wo sich ein sattes Purpur inmitten einer Reihe allegorischer Figuren um den König herum hätte fortsetzen sollen, schimmerte nur der nußbraune Tisch hervor. Die noch übriggebliebenen Puzzleteile waren allesamt blau und blaßrot, deutlich erkennbar für den Himmel beiseite gelegt.

»Ich habe der Firma geschrieben. Ich erwarte die letzten Teile nächste Woche.«

Ich versuchte, mir vorzustellen, welche Auswirkungen ein Beschwerdebrief der Queen haben würde.

»Setzen Sie sich, Jane«, sagte sie und ging auf einen Lehnstuhl zu, der neben einem großen, reichverzierten (eiskalten) Kamin stand.

Ich saß ihr gegenüber. Sie trug ein Hemdblusenkleid mit purpurroten und grünen Mohnblumen, die typische dreireihige Halskette und eine kleine Brosche, ein Diamantreif. Arbeitskleidung konnte man das wohl nennen.

Sie legte die Hände adrett auf den Schoß. Damit schien sie mich höflich zu ersuchen, das gleiche zu tun.

»Was haben Sie herausgefunden?« erkundigte sie sich.

Tja, was *hatte* ich denn eigentlich herausgefunden? Daß Angie aristokratische Ambitionen hegte? Daß Karim auf der Stelle eine Riesensumme Geld benötigte? Daß Robin Streit mit Cyril Wentworth-Desbourough gehabt hatte? Als ich mich mit der Notwendigkeit konfrontiert sah, der Queen alles zu erklären, kam ich mir mit einmal hoffnungslos überfordert vor. War denn auch nur eine meiner Informationen sachdienlich?

Trotzdem erzählte ich ihr die Einzelheiten. Die Queen hörte mir aufmerksam zu und unterbrach mich nur ab und an, wenn sie eine Rückfrage hatte. Manchmal zog sie bei meinen Ausführungen die Augenbrauen hoch, doch davon abgesehen verriet ihr Gesichtsausdruck keinerlei Regungen. Gerne hätte ich gewußt, ob sie irgend etwas von dem, was ich zu sagen hatte, überhaupt bedeutungsvoll oder wichtig fand; ich hatte nun keine Hemmungen mehr, meine Meinung frei zu äußern. Die Queen besaß das bemerkenswerte Talent, einem das Gefühl zu geben, in ihrer Gegenwart die interessanteste Person auf der Welt zu sein. Es ist erstaunlich einfach, mit ihr zu reden, wenn es einem gelingt, diese ganze »Majestät«-Geschichte zu vergessen.

»Sind Sie nach wie vor überzeugt davon, daß der Tod von Robin Tukes nicht... selbst herbeigeführt ist?« fragte die Queen.

Ich ließ mir noch einmal alles rasch durch den Kopf gehen. Zugegebenermaßen gab das, was ich herausgefunden hatte, wenig her, doch ich war im Grunde meines Herzens überzeugt davon, daß Robin eines unnatürlichen Todes gestorben war. Auch wenn er an jenem Tag im Devonshire Hospital düster und ernst gewesen war, so hatte er doch nicht eine solch tiefe Niedergeschlagenheit oder Scham offenbart, wie sie ein fehlgeschlagener Selbstmordversuch meiner Meinung nach zur Folge gehabt hätte. Robin mochte zu Depressionen geneigt haben, er mochte sich aufgrund unerfreulicher Erlebnisse in den Palast zurückgezogen haben, schien mir jedoch niemand gewesen zu sein, der sich von der ganzen *Welt* hatte zurückziehen wollen. Er hatte ein Ziel vor Augen gehabt: mit der Queen zu sprechen. Und jemand hatte ihm dabei einen Strich durch die Rechnung gemacht.

»Ja, Ma'am«, erwiderte ich bestimmt. »Ich bin sicher, daß Robin nicht von eigener Hand gestorben ist.«

»Ich verstehe.«

Ihre Majestät glitt nachdenklich mit den Fingern über ihre Halskette. »Wir haben die inoffizielle Verlautbarung über das Resultat der Autopsie übermittelt bekommen. In seinem Blutkreislauf wurde eine tödliche Dosis des Medikaments Zolinane entdeckt...«

»Das Medikament, das ich in seinem Zimmer gefunden habe!«

»Ja, aber noch eine weitere Information ist an den Tag gekommen.«

An dieser Stelle machte die Queen eine Pause, als suche sie nach den richtigen Worten.

»Er war außerdem ... krank oder potentiell krank«, sagte sie schließlich. »Jane, Robin Tukes war HIV-positiv.«

»O nein!«

»Wußten Sie das nicht?«

»Nein, Ma'am.«

Ich war tatsächlich völlig schockiert. Nicht moralisch schockiert. Sondern fassungslos. Überrascht. Und auf furchtbare Art verwirrt. Armer Robin. Dieses Wissen war es sicher, das ihn in den letzten Wochen dazu veranlaßt hatte, sich zurückzuziehen. Doch wie kam er im Angesicht dessen dazu, etwas so Verrücktes zu tun, wie sich zu verloben?

»Das läßt wohl vermuten, daß der Junge einen Grund dafür gehabt haben könnte, das zu tun, was er getan hat«, sagte die Queen.

»Ja«, antwortete ich widerstrebend. »Wahrscheinlich haben Sie recht.«

Ich betrachtete die Monarchin. Wollte sie mich zu dem unwiderruflichen Schluß bringen, daß Robins Tod tatsächlich Selbstmord war? Daß ich meine Nachforschungen einstellen sollte? Doch nichts in ihren erstaunlich blauen Augen deutete darauf hin.

»Aber Ma'am, er wurde doch genau vor Ihrem Zimmer aufgefunden.«

Sie stieß einen kaum vernehmbaren Seufzer aus. »Wie es aussieht, hat man ihn dort hingelegt. Zwei Lakaien hatten ihn im Pagenvestibül gefunden. Sie dachten, er sei vor Trunkenheit ohnmächtig geworden und wollten ihm einen Streich spielen, indem sie ihn in die Galerie schleppten, nachdem sie bemerkten, daß der Wachtposten dort nicht an seinem Platz war.«

»Oh«, meinte ich, einigermaßen verblüfft. Ich fragte mich, wie sie das herausgefunden hatte.

»Sie haben sich Mr. Dowse anvertraut«, sagte sie, als habe sie meine Gedanken gelesen. »Man hat mir berichtet, daß die beiden jungen Männer recht verzweifelt waren. Sie glaubten, sie hätten vielleicht noch etwas für ihn tun können, wenn sie bemerkt hätten, daß Robin nicht einfach nur betrunken war.«

Ich hatte eine recht genaue Vorstellung davon, wer einer dieser beiden Lakaien gewesen sein mochte. So etwas konnte nur Davey Pye anstellen. Und das würde auch sein ziemlich gedämpftes Verhalten in den letzten beiden Tagen erklären. Ich ging davon aus, daß beide Lakaien einen strengen Verweis erhalten hatten. Jedenfalls streng nach den im Palast geltenden Maßstäben.

»Trotzdem«, ließ ich nicht locker, »ich glaube, daß er sich in den Kopf gesetzt hatte, mit Ihnen zu reden, Ma'am. Das spricht nicht für Selbstmord.«

»Ich tendiere dazu, Ihnen recht zu geben, Jane. Aber ...« Die Queen schien ihre Worte mit Bedacht zu wählen. »Es kursiert die Auffassung, es gäbe kein Motiv für irgend etwas außer Selbstmord. Es ist auch nichts gefunden worden, was darauf hinweisen könnte, daß ihm das Gift von jemand anderem verabreicht wurde ...«

»Aber Ma'am, wie ist es denn mit den Gläsern in der Gesindestube?«

Sie neigte den Kopf ein wenig, um anzudeuten, daß diese Möglichkeit bereits geprüft und für unzulänglich befunden worden war.

»Außerdem herrschen Bedenken betreffend der Ankunft des Königs und des Staatsbanketts in der kommenden Woche. Es ist eine Frage der Sicherheit und«, hier verzog sie kaum merklich das Gesicht, »eines ungetrübten Verhältnisses zur Presse während der heiklen Verhandlungen zwischen unseren beiden Nationen. Meine Untersuchungsbeamten werden in bezug auf den Todesfall frühestens in der nächsten Woche einen richterlichen Entscheid fällen, die Untersuchung wird sich verzögern, und die Presse ist nicht informiert worden.«

Erst später sollte ich erkennen, wie eingeengt eine Person wie die Queen wirklich ist, wie sehr sie genötigt ist, der Anweisung anderer zuzustimmen oder zumindest scheinbar zuzustimmen, oft gegen ihre innere Überzeugung. Jetzt aber war ich einfach nur wütend. Denn für mich sah es so aus, als solle die ganze Sache unter den Axminster-Teppich gekehrt werden, nur weil Robin ein Niemand im großen Räderwerk war, dessen Tod für den Ablauf im Palast nicht mehr als eine kleine Unannehmlichkeit darstellte. Ich muß ausgesehen haben, als wäre ich furchtbar erbost, denn die Queen hielt mir mahnend den Finger entgegen.

»Ich allerdings«, fuhr sie fort und betonte dabei das »Ich«, »bin anderer Meinung, und deshalb möchte ich, daß Sie weitermachen, Jane.«

»Klasse!« rief ich aus.

Die Queen setzte ein strahlendes Lächeln auf.

»So, da gibt es nun noch zwei Dinge«, fuhr sie fort. »Heute nachmittag kommt eine Miss Katherine Tukes hierher, um die persönliche Habe ihres Bruders abzuholen und sich anderen Vorkehrungen zu widmen. Normalerweise würde dies im Büro der königlichen Hofhaltung geschehen, und Miss Tukes würde dort jede Unterstützung zuteil. Wenn Sie jedoch gegen drei Uhr in die Unterkunft der Lakaien gehen, bin ich überzeugt, daß Sie sie in Robins Zimmer vorfinden.

Zum zweiten haben Sie mir von einer Visitenkarte in einem Buch berichtet, mit dem Namen einer Anwaltskanzlei darauf, Cholmondeley & Featherstonehaugh. Zufällig ist dies der Name meiner Anwälte.«

»Ihrer Anwälte, Ma'am?«

»Zuweilen haben Wir entsprechenden Bedarf«, sagte sie trocken. »Ich würde nun vorschlagen, daß Sie morgen früh Sir Arnold Featherstonehaugh in seinem Büro einen Besuch abstatten. Sie werden in Ihrem Brieffach etwas zum Mitnehmen finden.«

»Aber Ma'am, ich muß morgen früh doch arbeiten. Laut Plan von Mrs. Harbottle muß ich die anderen Staatsgemächer saubermachen.«

»Ich verstehe, das könnte wohl ein Problem darstellen.« Die Queen schien über etwas nachzudenken, während sie nach ihrer Tasche griff; dann richtete sie sich entschlossen auf, um mich aus dem Zimmer zu geleiten. Die Corgis folgten ihr ergeben.

»Tja«, meinte sie. »Da werden Sie sich selbst etwas einfallen lassen müssen, fürchte ich. Wir sind, was Mrs. Harbottle betrifft, einigermaßen machtlos. Sir Arnold ist jedoch nur morgens in seinem Büro zu erreichen.«

Ich knickste und ging durch die Wand hinaus.

»Viel Glück«, sagte sie. Der Pfeilerspiegel schloß sich hinter mir, und ich fand mich allein im Weißen Salon wieder. Jedoch ohne meinen Schuh.

Die Wand öffnete sich noch einmal, und eine königliche Hand streckte sich hindurch.

»Sie haben Ihren Schuh vergessen.«

»Danke, Ma'am.«

»Und berichten Sie Mrs. Harbottle von dem Kaugummi.«

»Auf jeden Fall, Ma'am.«

8

Ich muß gestehen, daß mir noch immer nicht klar war, warum sich die Queen mit alldem befaßte. Wenn sie wie ich davon überzeugt war, daß Robin eines unnatürlichen Todes gestorben war, warum unterrichtete sie dann nicht die Palastdetektive und Sicherheitsbeamte? Den genauen Grund dafür sollte ich später erfahren, zu jenem Zeitpunkt aber dachte ich, die Queen mochte es vielleicht, wenn die Dinge ein wenig aus dem Ruder liefen, so daß sie sie wieder ins Lot rücken konnte. Immerhin war sie schon mehr als vierzig Jahre im Amt, besuchte ältere Mitbürger, unterzeichnete Gesetzesvorlagen, eröffnete das Parlament und so weiter, so daß ihr Leben zum größten Teil Routine war.

Einen Mordfall zu lösen, stellt da schon eine Abwechslung dar, so wie ihre Puzzles. Vielleicht war es auch einfach das Tonikum nach ihrem *annus horribilis*.

Um drei Uhr stand ich vor der Türe von Robins altem Zimmer. Eine Geschichte hatte ich mir auch schon zurechtgelegt: Ich war gekommen, um mir mein Exemplar des Jack-the-Ripper-Buchs wiederzuholen.

Leise stieß ich die Tür auf und erkannte im Licht des Fensters die Umrisse einer hochgewachsenen, kantigen Person, offenbar in einem dunkelblauen Anzug. Die Frau hatte mir den Rücken zugewandt, doch als ich in – so hoffte ich – überzeugend überraschtem Ton »Oh, Entschuldigung« sagte, drehte sie sich abrupt um. Allerdings schien sie nicht erschreckt ob meines plötzlichen Eindringens. Statt dessen musterte sie mich teilnahmslos und widmete sich dann wieder dem, womit sie beschäftigt gewesen war, nämlich Kleider zusammenzulegen. Natürlich hatte ich meine langweilige Hausmädchenuniform an, ein todsicheres Zeichen dafür, daß ich jemand völlig Bedeutungsloses war.

»Ja«, sagte sie.

»Ich wollte mir nur ein Buch holen, das mir gehört.«

Katherine Tukes drehte sich um und blickte mich erneut an, dieses Mal kühl. Sie besaß starke Ähnlichkeit mit Robin: die gleichen dunklen Augen, die gleichen vorstehenden Wangenknochen. Nur die Haare waren anders, stahlgrau statt schwarz und zu einem Bubikopf geschoren. Sie war offensichtlich viel älter als Robin. Wahrscheinlich Mitte dreißig, vermutete ich.

»Sie sind keine Engländerin«, sagte sie barsch und wandte sich erneut ihrer Aufgabe zu.

»Nein«, erwiderte ich.

»Ich habe gehört, das Dienstmädchen, das er heiraten wollte, war Engländerin.«

Ihr verächtlicher Ton ließ mich neuen Mut schöpfen.

»Ja, das bin ich auch nicht, falls Sie das geglaubt haben. Hier arbeiten sechsundzwanzig ›Dienstmädchen‹. Ich bin bloß wegen des Buchs gekommen. Ich heiße Jane Bee. Ich war eine Freundin von Robin, nicht seine Verlobte.«

»Würden Sie dann bitte Ihr Buch nehmen und das Zimmer verlassen.« Eine Frage war das nicht.

»Das mit Robin tut mir wirklich leid«, fuhr ich unbeirrt fort, allerdings in versöhnlicherem Ton, denn ich mußte sie zunächst besänftigen, wenn ich ihr Vertrauen gewinnen wollte. »Sie müssen mit ihm verwandt sein. Sie sehen ihm sehr ähnlich.«

Sie antwortete nicht, sondern faltete einfach weiter die Kleidungsstücke zusammen. Jetzt war es Robins Burberry.

»Haben Sie Ihr Buch gefunden?«

»Kann ich mit Ihnen über Robin sprechen?« Ich trat in dem engen Zimmer gleich neben sie und holte mir das Jack-the-Ripper-Buch vom Tisch.

Sie warf den Mantel mehr oder weniger auf das Bett. »Sehen Sie denn nicht, daß ich zu tun habe?«

»Dann helfe ich Ihnen.«

»Ich brauche keine Hilfe, danke.«

»Bitte. Ich will Sie nicht bei Ihrer Trauer stören, aber ich möchte verstehen, was mit Robin war. Sie sind seine Schwester, nicht wahr? Er hat mir von Ihnen erzählt.«

»Ach ja«, atmete sie geräuschvoll auf, »und was hat er Ihnen erzählt?«

»Na ja, daß Sie Anwältin sind und ...« – in Wirklichkeit hatte Robin mir kaum etwas von seiner Schwester erzählt – »daß Sie in London ..., das heißt Ontario leben.«

»Und das war's dann auch, stimmt's? Ich glaube kaum, daß mein Bruder Ihnen viel über seine Familie erzählt hat.«

»Na ja ...«

»Hat er Ihnen zum Beispiel erzählt, daß unser Vater sich auch umgebracht hat? Jede Wette: Das hat er Ihnen nicht erzählt, nicht wahr?«

»Nein«, gab ich zurück, einigermaßen bedrückt über diese grausige Information und die mehr als bittere Art, in der sie sie offenbarte. »Nein, das wußte ich nicht. Wollen Sie damit sagen, es liegt in der Familie oder so etwas?«

»Robin war dreizehn, als sein Vater starb. Das ist ein scheußliches Alter für so einen Schock ... oder überhaupt für einen Schock.«

Ich hatte damit begonnen, den Walkman, Kassetten, Schmuck und andere Dinge, die auf der Kommode lagen, zusammenzupacken, und das Geräusch schreckte sie auf.

»Legen Sie das hin«, befahl Katherine. »Ich mache das.«

»Es macht mir nichts aus.«

»Mir aber. Gehen Sie jetzt endlich?«

»Nein.« Ich wich nicht von der Stelle. »Ich will wirklich mehr über Robin erfahren.«

»Warum denn?« Näher betrachtet, machte ihr Gesicht einen ausgemergelten, beinahe verhärmten Eindruck. Ihre Augen, so blau wie die Robins, waren glasig und hart, wahrscheinlich gleichermaßen durch Jetlag wie Trauer bedingt; doch als sie mich anstarrte, flammte auch Wut in ihnen auf.

»Warum?« wiederholte sie, dieses Mal eindringlicher. Sie drängte mich von der Kommode weg.

»Weil er ein Freund von mir war«, gab ich hartnäckig zurück und setzte mich neben den halbgepackten Koffer aufs Bett. »Wir sind hier alle sehr schockiert. Ich glaube, wenn ich mehr über ihn weiß, dann ...«

»Mein Gott, was spielt das denn jetzt noch für eine Rolle?« rief sie halb zu sich selbst und fügte dann müde an mich gerichtet hinzu: »Also gut. Okay. Wir werden wie Fremde in einem Zug sein. Ich weiß nicht, wer Sie sind. Offensichtlich wissen Sie auch nicht, wer ich bin. Und mir ist es auch vollkommen egal. Robin jedenfalls waren wir egal. Er hat sich seit über einem Jahr nicht die Mühe gemacht, Kontakt mit mir oder unserer Mutter aufzunehmen. Wir wußten nur, daß er die Universität aufgegeben hatte, um der Schauspielerei nachzugehen. Meine Mutter, eine gebrechliche Frau, kam beinahe um vor Sorgen. Und dann, Dienstag, bekommt sie einen Anruf, ausgerechnet vom Buckingham-Palast, in dem man ihr mitteilt, daß ihr Sohn tot ist.«

Sie knallte die Schublade zu, in der sie herumgewühlt hatte, und öffnete eine andere.

Auch die knallte sie zu.

»Warum hat sich Ihr Vater denn umgebracht, wenn ich fragen darf?« insistierte ich, während ich zusah, wie sie in der nächsten Schublade kramte.

»Er hatte Depressionen. Klinisch. Es gibt Fachausdrücke für diese Dinge, aber für meine Begriffe war er dem Leben einfach nicht gewachsen. Das ist alles. Er war schwach. Er hat es genau in der Zeit getan, in der ich als Anwältin zugelassen werden sollte.«

»Was war er denn von Beruf?«

»Rechtsanwalt.«

»War es eine Überdosis Medikamente?«

»Ja. Wenn Sie also glauben wollen, daß sich so etwas vererbt, dann bitte schön.«

»Aber Robin war dem Leben gewachsen. Er kam in London gut zurecht. Und er war ziemlich beliebt.«

»Sicherlich hat er euch alle entzückt. Mein Vater war genauso. Mal entzückend, mal in sich gekehrt, aber nie mit Rückgrat.«

Das stimmte einfach nicht. Robin besaß jede Menge Rückgrat. Nicht nur, daß Robin sich in einem für ihn fremden Land zurechtgefunden hatte, er hatte auch seine Enttäuschungen mit Fassung getragen. Außerdem brauchte man Kraft, wenn man depressiv war, ganz zu schweigen davon, HIV-positiv zu sein. Zum Teufel, man brauchte auch Mut, um sich umzubringen, wenn es wirklich das war, was er getan hatte. Das sagte ich Katherine auf wohlüberlegte Weise.

»Er ist tot. Was gibt es da sonst noch für eine Erklärung?« gab sie unwirsch zurück und ging auf den Kleiderschrank zu. »Was soll ich denn hiermit tun?« Sie hob den Bügel hoch, auf dem die scharlachrote Livree hing.

»Lassen Sie das hier. Es gehört dem Palast.«

Katherine überflog rasch das Sortiment an farbenprächtigen Uniformen und nüchterner Straßenkleidung.

»Also gut, was nicht dem Palast gehört, kann zur Oxfam oder was auch immer für einen Wohltätigkeitsverein sie hier haben. Es macht keinen Sinn, die Sachen mit nach Kanada zu nehmen.«

Sie zog einen zweiten Koffer aus dem oberen Regal des Kleiderschranks.

»Das ganze Geld, das wir in Robin investiert haben«, fuhr sie wütend fort. »Die Hoffnungen und Träume, die wir in ihn gesteckt haben. Wofür? Damit er sein Leben als ein ... ein Lakai beendet, ausgerechnet. Im Buckingham-Palast als Lakai, wo er eines Tages hier etwas ganz anderes hätte werden können, ein ...«

»Was denn?«

»Geben Sie das her!« fuhr sie mich an, auf eine Uhr und ein Schmuckkästchen auf der Kommode deutend. »Die Bücher können Sie ruhig behalten. Warum sollte ich die mitnehmen. Und die Poster hier ...« Widerwillig betrachtete sie die Wände. »Wer war denn die Frau, die er heiraten wollte?« fragte sie.

»Angela Cheatle«, antwortete ich, während ich ihr die Sachen von der Kommode herüberreichte und mich bemühte, mit ihren abrupten Themenwechseln Schritt zu halten. »Sie ist in Ordnung. Blond, attraktiv. Nicht ganz so langweilig, wie sich das jetzt anhört ...«

»Sie scheinen nicht besonders viel von ihr zu halten«.

»Tja, Angie ist nicht ganz mein Typ.«

»War sie denn Robins Typ?«

»Na ja ...«

Katherines Gesicht war eine Maske. Ich hatte keine

Ahnung, was sie in dieser Hinsicht über Robin wußte, und wollte nicht diejenige sein, die es ihr mitteilte, nicht jetzt, wo sie mit seinem Tod fertigwerden mußte. »Klar, ich glaube schon. Außerdem, Angie ist schwanger, also ...«

»Also hat Robin den Gentleman gespielt«, sagte sie vernichtend. »Der Lakai, der mich hierhergebracht hat, hat mir erzählt, daß diese Frau schwanger ist. Wahrscheinlich dachte er, ich weiß es schon. Erzählen Sie mir von ihr. Plötzlich habe ich ein echtes Verlangen danach, etwas zu erfahren.«

Das tat ich dann auch, verkürzte die Sache jedoch, vor allem, was Angies Phantasievorstellung von königlichem Blut anging. Während ich erzählte, schien sich Katherines Gesicht weiter zu verhärten. Als ich fertig war, sagte sie:

»Im Grunde also ist diese Frau ein Wesen aus der Unterschicht. Ihre Mutter war eine typische Londoner Schlampe. Ihr Vater hat sie verlassen. Und ihre Großmutter hat sie sicher auf die eine oder andere Weise mißbraucht. Klasse. Und das ist dann der Typ Frau, den Robin in unsere Familie holen wollte.«

»So schlimm ist sie nun auch wieder nicht ...«

»Schlimm genug. Jemand wie sie zu heiraten wäre auch nur wieder so eine Trotzreaktion von Robin gewesen. Allem, was wir für ihn getan haben, hat er sich widersetzt, er hat es untergraben oder kaputtgemacht.«

»Ich kann mir nicht vorstellen, daß Robin jemand heiratet, nur um Sie zu verärgern. Wirklich nicht. Warum auch? Er ist ... er war erwachsen. Wenn er sich eine unsinnige Heirat in den Kopf gesetzt hatte, dann war das doch seine Sache, nicht Ihre.«

Katherine sah mich an, als sei ich geistig zurückgeblieben. »Oh, hier geht es aber noch um ein bißchen mehr. Das hat Ihnen Robin sicher nicht erzählt.«

»Mir was erzählt?«

»Daß er ein Peer, ein Mitglied des Oberhauses geworden wäre, und zwar, wie es aussieht, schon sehr bald.«

Sie schaute mich prüfend an. Sicher erwartete sie, daß ich in irgendeiner Form überrascht reagieren würde. Doch nachdem Nikki mir von Angie erzählt hatte, hielt ich langsam alle für größenwahnsinnig.

Ich sagte: »Ach so, er war also tatsächlich der illegitime Sohn von Prinzessin Anne oder so etwas?«

Ihr Gesicht verhärtete sich. »Werden Sie nicht albern. Robin ist mutmaßlicher Erbe des Earl of Ulverstone.«

»Was bedeutet denn das genau?«

»Das bedeutet, daß er der nächste Earl of Ulverstone sein wird. Der gegenwärtige Earl, der Cousin unseres Vaters, ist alt und hat keine Nachkommen, außerdem ist er zufällig auch noch schwerkrank.«

»Aber Robin ist doch Kanadier.«

»Das spielt keine Rolle. Er ist der Erbe.«

»Also bekommt er einen netten Titel...«

»Und das Haus in London, das Haus in Dorset, den Sitz im Oberhaus und ein beträchtliches Vermögen.«

»Wirklich?« fragte ich.

»Ja, wirklich. Sie können das im britischen Adelsverzeichnis, im *Burke's Peerage* oder im *Debrett's,* nachschlagen, wenn Sie mir nicht glauben wollen.«

Das waren überraschende Neuigkeiten, wenn das stimmte, was Katherine erzählte, und sie hatte es so überzeugend vorgetragen, daß es schwerfiel, ihren Worten keinen Glauben zu schenken. Der gute alte Robin sollte einen wichtigen Titel und einen Haufen Geld erben. Und hatte keinem ein Wort davon erzählt. Oder doch? Wußte Karim Bescheid? Oder Angie? Sie hatte doch Visionen von adliger Abstammung.

Dann stellte ich mir die Frage, was dies nun mit Robins Tod zu tun haben konnte. Wenn Geld das Motiv gewesen war, warum hatte man dann Robin umgebracht, *bevor* er überhaupt in dessen Besitz gekommen war?

»Davon hat er uns nie etwas erzählt«, sagte ich Katherine.

»Weiß der Palast denn davon?«

»Woher soll ich das wissen? Ich glaube kaum, daß Robin ihnen etwas davon gesagt hat. Ich bin sicher, daß der Palast entsetzt über die Vorstellung gewesen wäre, einen zukünftigen Earl als Lakaien zu beschäftigen.«

»Komisch, nicht wahr?«

»Robin hat sein Erbe leider nicht ernstgenommen. Und auch sonst nichts.«

»Die Schauspielerei hat er ernstgenommen.«

»Ach ja? Dann ist er sicher deswegen Lakai geworden«, sagte sie scharf. »Robin hat auf der ganzen Linie gegen uns opponiert, ob es darum ging, aufs Upper Canada College zu gehen oder nach Cambridge. Und wie es aussieht, wollte er sogar eine vollkommen unpassende Frau heiraten.«

»Wie nennt sich denn die Frau eines Earls?«

»Countess.«

Angie, Countess of Ulverstone. Ich hätte laut loslachen können, unterdrückte jedoch das Bedürfnis und fragte:

»Hätten Sie die Hochzeit verhindern wollen?«

»Ja, wenn ich davon gewußt hätte. Aber ich hätte eben nichts davon erfahren, nicht wahr? Ich wußte ja das ganze letzte Jahr über nicht, wo er steckt. Hatten sie schon einen Termin angesetzt?«

»Nicht daß ich wüßte. Ich nehme aber an, sie hatten vor, bald zu heiraten, ich meine, weil ein Baby unterwegs war.«

»Tja«, meinte sie boshaft, »wenn er sich entschlossen hatte zu heiraten und sich umzubringen, hätte ich mir gewünscht, er wäre in umgekehrter Reihenfolge vorgegangen.«

»Wie können Sie etwas so Häßliches sagen!«

»Verstehen Sie denn nicht? Das Kind ist illegitim.«

»Na und? Es ist doch immer noch ein Kind. Ihr Neffe, zufälligerweise.«

»Sie verstehen das nicht. Hätte Robin dieses Mädchen geheiratet, wäre das Kind Erbe. Alles wäre in unserer Familie geblieben. Jetzt spielt das keine Rolle mehr. Es ist zu spät.«

»Mein Gott! Ist das denn alles, an was Sie denken: der alberne Titel und das Geld? Ihr Bruder ist tot!«

Sie schwieg und warf statt dessen Kleidungsstücke von der Garderobe aufs Bett. Ein verbissenes Schweigen entstand im Zimmer, durchbrochen nur von leisen Wurfgeräuschen.

»War das Kind überhaupt von ihm?« fragte sie schließlich so ruhig, als ob ihr Ärger verraucht sei.

»Ich nehme es an«, log ich. »Warum nicht?«

Zum ersten Mal sah sie mich mit einer leichten Unsicherheit an. »Ich bin immer davon ausgegangen, daß sich mein Bruder eher von Männern angezogen fühlte als von Frauen.«

Sie sah mich an, als wolle sie in meinem Gesicht lesen. Ich wußte nicht, was ich sagen sollte, und beschloß, eine direkte Antwort zu vermeiden. »Wenn Sie glauben, daß das Kind nicht von Robin ist, warum sind Sie dann so aufgebracht?«

»Durch die Hochzeit wäre das Kind Robins Kind *geworden*. So will es das Gesetz. In dieser Situation wäre das nur gut gewesen.«

Ein dezentes Klopfen und das Öffnen der Tür unterbrachen uns. Davey hob die Augenbrauen, als wolle er fragen »Was machst du denn hier?«, nahm dann jedoch Katherine gegenüber den offiziellen Blick herrschaftlichen Gelangweiltseins an, den Lakaien in der Öffentlichkeit für gewöhnlich anstrebten und den er so gut beherrschte.

»Ich bitte *vielmals* um Entschuldigung, Madam«, sagte er völlig überzogen. »Wenn Sie soweit sind, begleite ich Sie mit Ihren Sachen gerne nach unten.«

»Danke«, erwiderte sie barsch.

»Ganz wie Sie wünschen, Madam.« Bevor er die Tür schloß, streckte er mir die Zunge heraus. »Ich muß mit dir reden«, flüsterte ich hastig, während Katherine uns bereits den Rücken zugewandt hatte. »Jederzeit«, flüsterte er zurück und zog die Tür ins Schloß.

Wir schwiegen. Ich wartete, bis Daveys Schritte im Gang verhallten. Katherine war damit beschäftigt, den Koffer zu schließen.

»Finden Sie es nicht merkwürdig, daß Robin beschließt, zu heiraten, und sich dann ein paar Tage später das Leben nimmt?« fragte ich.

»Nein.« Ihr Ton ließ schließen, daß sie die Frage ausgesprochen dumm fand. »Menschen wie mein Bruder und mein Vater sind imstande, sich im Übermaß mit sich selbst zu beschäftigen. Daß sie andere mit ihrem Verhalten verletzen, ist ihnen egal.«

Ich konnte nicht fassen, wie falsch sie ihren Bruder einschätzte, doch es schien mir sinnlos, mich auf einen Streit einzulassen. Außerdem wollte ich nicht, daß sie an Mord glaubte. Nicht zu diesem Zeitpunkt.

»So«, sagte sie und drückte die Schnappschlösser endgültig zu, »das war's dann wohl.«

Widerwillig schaute sie sich noch einmal im Zimmer um, bis ihr Blick schließlich an mir hängenblieb.

»Würde es Ihnen etwas ausmachen, diese Sachen nach unten zu bringen?« fragte sie, während sie sich ihren biederen marineblauen Mantel über die Schultern legte und den kleineren der beiden Koffer nahm. »Mir ist nicht nach Lakaien zumute.«

Ich steckte das Jack-the-Ripper-Buch in meine Uniformtasche, griff mir den größeren Koffer und führte sie die Treppen hinab zum Seitenportal.

»Ich sage jemand Bescheid, daß die Kleider Oxfam übergeben werden sollen. Und danke für die Bücher«, sagte ich ihr verlegen, als sie sich am Fuß der Treppe den Mantel zuknöpfte. »Das mit Robin tut mir wirklich leid«, fügte ich hinzu, während ich sie durch die Tür begleitete. »Wir mochten ihn sehr gerne.«

Diesmal erlaubte sie sich ein kurzes Lächeln.

»Wir sehen uns wohl nicht wieder«, sagte sie. »Hoffentlich hilft Ihnen das, was ich Ihnen erzählt habe, weiter beim Verstehen... oder bei was auch immer. Auf Wiedersehen.«

»Warten Sie. Wo wohnen Sie?«

»Im Brown's. Warum?«

Ich zuckte die Achseln. »Vielleicht könnte ich...«

»Ich bin noch ein paar Tage in London – es gibt da eine Verzögerung bei der Freigabe der Leiche –, aber ich habe noch zu tun. Danke.«

Und mit diesen Worten trat Katherine Tukes durch das Portal des Palastes und in den grauen Londoner Nachmittag hinaus.

Ein paar Minuten später stand ich immer noch gedankenverloren am Eingang, als Davey auf mich zutrat.

»Ist sie weg?«

Ich nickte. »Sie sagte, sie habe was gegen Lakaien. Das ist ja kein Wunder, oder?«

»Dabei war ich doch so charmant zu ihr.«

»Dich meine ich doch gar nicht. Ich meine, weil ihr Bruder Lakai war und so. Sie hat nicht viel von ihm gehalten.«

»So ein Snob!«

»Das mußt gerade du sagen.«

Davey grinste.

»Übrigens, hast du sie hochgebracht?« fragte ich.

»In sein Zimmer? Nein, ich glaube, das hat der Oberlakai gemacht. Nach einer Tasse Tee und der offiziellen Kondolenz des Palastes, nehme ich an.«

»Laß uns mal einen Moment nach draußen gehen.«

»Warum? Es ist doch eiskalt.«

»Komm schon, so schlimm ist es auch wieder nicht. Meine Güte, du bist doch Engländer. Du mußt doch aufblühen bei diesem Wetter. Außerdem hast du einen Frack an. Ich muß dich etwas fragen und will nicht, daß uns jemand zuhört.«

Ohne seine Antwort abzuwarten, führte ich Davey unter die Platanen hinaus, in sicherem Abstand vom Wachhäuschen beim Portal. Im Hintergrund waren leise Verkehrsgeräusche entlang der feuchten Buckingham Palace Road zu vernehmen, und vereinzelt schauten Nachsaisontouristen durch die Eisenstäbe des Gitters.

»Was gibt's denn?« fragte Davey und trat nach einem kleinen Laubhäufchen, das sich unter einem Baum gebildet hatte. Platanenblätter erinnern mich immer an kanadische Ahornblätter.

»Bist du das gewesen, der Robin am Dienstag aus dem Pagenvestibül getragen hat? «

»Wer hat dir denn das erzählt?«

»Das spielt keine Rolle. Ich hab' davon gehört.«

»Wir hatten keine Ahnung, daß ... ihm unwohl war. Er war noch nicht tot, als wir ihn getragen haben.«

»Wer ist ›wir‹?« wollte ich wissen. Dabei griff ich nach einem Blatt, das mir ins Gesicht flog.

»Nigel und ich.«

»Ach du lieber Gott.«

Nigel war der dümmste Lakai von allen.

»Ich wollte Vater gerade etwas bringen«, fuhr Davey fort, und meinte damit den Mann der Queen. »Und gerade als ich am Pagenvestibül vorbeilief, kam Nigel dort heraus. Er ist nämlich verrückt auf Paul, einen der Pagen. Jedenfalls erzählte Nigel, Robin sei umgekippt, und wir sollten uns doch den Spaß erlauben, ihn in die Galerie zu verfrachten, wo Mutter auf ihn stoßen könnte. Ihr Aufseher war gerade verschwunden, so daß wir die Gelegenheit nutzten. Kein Mensch war in der Nähe, also ...« Sein Gesicht legte sich in Falten. »Wir wußten doch nicht, daß er im Sterben lag!« klagte er.

»Psst! Wenn kein Mensch in der Nähe war, wieso ist denn dann überhaupt rausgekommen, daß ihr es wart?«

»Oh, wir haben es von uns aus zugegeben. Es kam mir in den Sinn, daß er ja ermordet worden sein könnte.«

Ich zuckte zusammen. Zum ersten Mal hatte jemand außer der Queen und mir diese Möglichkeit ausgesprochen.

»Ja, ja, ich weiß, das ist ziemlich unwahrscheinlich«, fuhr Davey fort. »Doch wir dachten, das heißt, Nigel dachte – er ist ein ziemlich ängstlicher Kerl –, daß wir es lieber zugeben sollten. Damit uns nur ja niemand verdächtigen könnte, argumentierte er. Fingerabdrücke auf seiner Uniform oder so. Nigel hat ein wenig übertrieben. Wie es aussieht, wäre es besser gewesen, wenn wir den Mund gehalten hätten. Unser Chef hat einen Wutanfall bekommen. Er drohte sogar, uns rauszuwerfen, wenn wir irgend jemand davon ein Sterbenswörtchen erzählten. Ich glaube, dieses Mal war es ihm wirklich ernst. Ich habe schon genug Leute gegen mich. Woher weißt *du* denn überhaupt davon?«

»Ich weiß nicht«, log ich. »Ich kann mich nicht mehr erinnern.«

»Mein Gott. Was, wenn es bis zu ...? Ich habe es jedenfalls nicht weitererzählt. Das muß der blöde Nigel gewesen sein.«

Er gab einen demonstrativen Seufzer von sich. Ich drehte das Blatt herum und ließ es zu Boden fallen.

»Na ja ...«, sagte er nach einer Weile. Sein Gesicht hellte sich wieder auf. Er war nicht unbedingt jemand, der sich über etwas allzulange den Kopf zerbrach.

»Laß uns wieder hineingehen«, sagte er entschlossen. »Ich hol' mir hier den Tod und du auch. Außerdem fangen die Touristen schon an, uns anzustarren. Wir sollten ihnen fünfzig Pence dafür abknöpfen. Ach, sieh mal einer an: Da ist Andrew Macgreevy und tut so, als sei er einer von ihnen.«

»Wer?«

»Von dieser neuen Zeitung, wie heißt die noch gleich? *Evening Gazette.* Genau. Was er wohl hier zu suchen hat? Hu-hu! Andrew!«

Davey schwenkte die Hand hin und her. Der Mann,

einen Kopf größer als die meisten Touristen, machte ein böses Gesicht und verschwand schnell im Menschengewühl.

»Du kennst ihn nicht wirklich, oder?« wollte ich wissen, als wir uns wieder dem Palast zuwandten.

»Er hat mich ein paar Mal im Bag O'Nails angesprochen. Er ist neu hier im Buck-House-Revier und darum bemüht, sich einen Namen zu machen. Armer Kerl. Als ob ich für ein paar Bier etwas über meine Arbeit ausplaudern würde.«

»Und für ein paar Bier mehr?«

»O nein, du verkennst mich, liebe Jane. Ich würde Mutter niemals betrügen.«

9

Am nächsten Morgen um halb zehn fand ich mich im Büro von Sir Arnold Featherstonehaugh ein, Lincoln's Inn Fields, Chancery Lane.

Ich war überrascht, daß es mir überhaupt gelungen war. Es war nicht leicht gewesen, mich so kurzfristig aus den Fittichen von Mrs. Harbottle zu befreien. Nachdem ich mit Davey gesprochen hatte, hatte ich mich in die Höhle von Mrs. Harbottle gewagt. Dabei schossen mir ein Dutzend Ausreden durch den Kopf, um mich von der Arbeit befreien zu lassen, doch keine von ihnen war überzeugend. Ein Arzt- oder Zahnarzttermin? Das war genauso originell wie »Mein Hund hat meine Hausaufgaben gefressen« in der Grundschule. Mrs. Harbottle hatte sicher jede Ausrede schon einmal zu hören bekommen. Ich sah bereits den »Haben-Sie-keine-bessere-Ausrede«-Blick in ihren versteinerten Augen. Dann hatte ich eine Idee. Sie war so ungewöhnlich, daß sie vielleicht funktionieren konnte.

Als erstes schmierte ich ihr Honig ums Maul, indem ich ihr von dem frischen Kaugummi berichtete, das den Axminster im Weißen Salon verunzierte.

»Und ich bin sicher, daß so etwas auch auf dem Teppich

war, als ich im Grünen Salon saubergemacht habe«, führte ich eifrig aus.

Die Harbottle machte sich Notizen auf ihr Klemmbrett. »Kaugummi … GS …«, hörte ich sie während des Schreibens brummen.

»Wieso haben Sie mir davon denn seinerzeit nichts berichtet?« fragte sie und schaute hoch. Hinter ihrem häßlichen Drahtgestell versteckte Mrs. Harbottle große, leuchtende Augen, und sie könnte wahrscheinlich ziemlich attraktiv sein, dachte ich, wenn sie nur irgendwie auftauen, ihre zu einem Turm hochgesteckten Haare (wortwörtlich) fallenlassen und sich einmal ein Lächeln abringen würde. Sie war sicher nicht viel älter als meine Mutter, obwohl sie wesentlich älter wirkte. Das Mrs. ist übrigens eine Höflichkeitsform. Mrs. H. war nicht verheiratet.

»Ich war mir nicht sicher, was es war«, gab ich zur Antwort. »Erst heute bemerkte ich den Zusammenhang. Ich bin hineingetreten. Es war ganz frisch. So groß wie ein Kuhfladen.«

»Ich verstehe.« Sie schürzte die Lippen. »Hat eines der anderen Mädchen etwas Ähnliches entdeckt?«

»Nein«, sagte ich. (Als ob wir uns nur über das Saubermachen unterhielten!)

»Ich verstehe. Ich habe es innerhalb der letzten vierzehn Tage im Runderkergemach und im Staatsspeisesaal entdeckt. Und ich würde gerne wissen, wer so achtlos sein kann …«

»Oder wer so viel Kaugummi auf einmal in den Mund nehmen kann.«

»Wie bitte?«

»Ach, nichts.«

»Ich erwarte also von Ihnen, daß Sie alle wachsam sind. Diese herrlichen Teppiche gehören der Nation. Die Queen ist sich ihrer Aufsichtspflicht sehr wohl bewußt, und ich möchte Ihre Majestät nicht in Schwierigkeiten bringen.«

Schon zu spät, dachte ich.

»Ich werde also bald Anweisungen bezüglich der Entfernung des Kaugummis geben«, fuhr Mrs. Harbottle fort und schrieb erneut murmelnd etwas auf ihr Klemmbrett. »Kaugummi. Entfernung. Gibt es noch etwas, weswegen Sie gekommen sind?«

»Ja«, sagte ich.« Ich muß morgen früh ein paar Stunden freimachen.«

»Das ist äußerst kurzfristig, Jane. Wenn ich fragen darf: Was ist der Grund dafür?«

»Ich habe einen Anwaltstermin.«

Die Brauen von Mrs. Harbottle hoben sich leicht.

»Ein Anwalt«, echote sie. »So, so. Und warum, wenn ich fragen darf, müssen Sie einen Anwalt sprechen?«

»Wegen eines Testaments«, sagte ich.

»Aha. Ein Testament. Fühlen Sie sich nicht gesund?«

»Doch.«

»Eine plötzliche Erbschaft?«

»Nein. Na ja, ein bißchen was habe ich schon.« Knapp 156 Pfund auf einem Sparbuch bei der Clydesdale Bank, aber das brauchte sie nicht zu wissen.

»So, so. Sie scheinen mir noch ein wenig jung, um sich über solche Dinge Sorgen zu machen.«

»Es hat mit Robins Tod zu tun, Mrs. Harbottle«, flehte ich. »Die Sache hat mich über das Leben nachdenken lassen ... und über den Tod.«

»Ich verstehe.« Sie pochte mit ihrem Kugelschreiber gegen die Kladde auf ihrem Schreibtisch. »Das kann wohl nicht warten, nehme ich an?«

»Sie sind so gut wie ausgebucht, aber sie haben mich angerufen und mir mitgeteilt, daß ein Termin morgen früh um halb zehn abgesagt worden ist und ich um diese Zeit kommen kann.«

»Um welche Kanzlei handelt es sich denn?«

»Cholmondeley & Featherstonehaugh.«

Jetzt hoben sich Mrs. Harbottles Augenbrauen gen Himmel. »Das ist doch die Kanzlei von Ihrer Majestät!«

»So kam ich auch darauf. Der Name war mir aus einem Zeitungsartikel in Erinnerung geblieben, als die Queen, äh, eine der Zeitungen verklagte, weil sie ..., weil sie ihre Weihnachtsansprache vorzeitig hatte durchsickern lassen.«

»Ich bin versucht, in der Kanzlei nachzufragen«, überlegte sie laut.

»Oh, dann tun Sie das doch ruhig«, erwiderte ich eifrig.

»Meiner Meinung nach nehmen Sie sich den Tod dieses jungen Mannes zu sehr zu Herzen«, sagte sie und pochte noch heftiger mit ihrem Kugelschreiber, »doch bisher haben Sie sich immer vorbildlich benommen, Jane. Allerdings erwarte ich Sie hier spätestens um elf Uhr wieder, in Uniform. Und ich werde keine weiteren Änderungen des Arbeitsplans dulden, bis das Staatsbankett vorüber ist. Haben Sie verstanden?«

»Jawohl, Mrs. Harbottle«, sagte ich mit angemessener Demut, stand auf und machte beinah einen Knicks. Davey hatte schon recht, wenn er sagte, daß es mehr als eine Queen im Palast gab.

Ich hatte nicht gelogen, sondern lediglich davon gesprochen, wegen eines Testaments einen Anwalt konsultieren zu müssen. Es war Mrs. Harbottle, die annahm, es handele sich um *mein* Testament.

Natürlich rechnete ich damit, daß es hier um ein Testament ging, und ich nahm auch an, daß die Queen das glaubte, vor allem, seit wir wußten, daß er HIV-positiv war. Warum sonst sollte jemand, der noch so jung war wie Robin, einen Anwalt aufsuchen? Wie sich herausstellte, ging ich recht mit meiner Vermutung.

Sir Arnold Featherstonehaugh trat mit dem Brief, den ich seiner Sekretärin überreicht hatte, ins Zimmer. Am frühen Morgen hatte ich in meinem Brieffach im Palast einen schlichten braunen Umschlag gefunden. Darin befand sich ein weiterer Umschlag, versiegelt, mit einer maschinegeschriebenen Adresse darauf sowie einer Reihe von winzigen, eher kryptisch aussehenden und von Hand geschriebenen Markierungen. Das Briefpapier war cremefarben und besaß eine solch wunderschöne Struktur, daß ich einfach darüberfassen mußte, während ich mit der U-Bahn nach Holborn fuhr.

Eigentlich hatte ich erwartet, daß das Büro von Cholmondeley & Featherstonehaugh, den Anwälten der Queen, schrecklich streng wirken würde – gotisch, undurchdringlich und furchteinflößend –, doch statt dessen war es sehr gemütlich, eher wie ein gut ausgebauter Kaninchenstall mit zahllosen Türen und dahinterliegenden Zimmern. Die tadellos gekleidete Sekretärin begrüßte mich freundlich, obwohl ich in meiner feuchten Matrosenjacke sicher wie eine von der Straße hereingeschneite Londoner Schlampe aussah. Der unverwechselbare Umschlag rief bei ihr ein kleines »Oh!« und dann ein nettes, beinahe verschwörerisches Lächeln hervor. Und er hatte magische Wirkung. Sie stürzte damit los, und eine Viertelstunde später, nach einer Tasse Tee und ein wenig Small talk am Empfang, befand ich mich im Innern des Heiligtums, einem großzügig getäfelten Zimmer mit schweren grünen, zugezogenen Vorhängen und einem *echten* Kaminfeuer, nicht einem dieser elektrischen Dinger wie im Buck House.

Sir Arnold war ein riesenhafter Mann. Er mußte etwa zweieinhalb Zentner wiegen und wirkte auf mich mit einer Größe von einem Meter dreiundfünfzig bestimmt zwei Meter groß. Doch er trat so würdevoll ins Zimmer, wie ein großer Dampfer im Hafen anlegt. Er hatte einen Eierkopf mit Tonsur; Haarbüschel sprossen ihm aus den Ohren und wuchsen von seinen Brauen herab. Er hatte eine kräftige Gesichtsfarbe und tiefliegende Augen; auf den ersten Blick wirkte er recht grimmig.

»Ich bin Arnold Featherstonehaugh«, dröhnte er voller Überschwang und nahm meine Hand in seine Pranke.

»Jane Bee«, erwiderte ich, während meine Finger in eine Art Schraubstock gerieten.

»Bee wie Biene«, sinnierte er. »Bienen im Mai, und der Bauer ruft Juchhei«, sang er, wandte sich dabei um und verteilte sein Gewicht auf einem geräumigen Lehnsessel. »Bienen im Juno, und der Bauer ist froh ...«

»Bienen im Julei, doch der Bauer macht kein Geschrei!«, fiel ich ein und setzte mich ihm gegenüber.

»Oh, Sie kennen diese Sprüche?« Er machte ein erfreutes Gesicht.

»Ja, von meinem Großvater, als wir noch Kinder waren. Er kam von hier. Aus England, meine ich. Ich hatte sie schon fast vergessen.«

Wir tauschten noch einige weitere Scherze aus, dann kam er endlich zur Sache: »Der Mitteilung zufolge bitten Sie um Informationen über einen Mr. Robin Tukes, der vor kurzem verstorben ist. Mal sehen ...« Er schob einen Aktenordner auf seinem Schreibtisch näher an sich heran und öffnete ihn.

»Das ist allerdings etwas unüblich«, sagte er und setzte sich eine Brille auf die Nase, »doch da Sie von Ihrer Majestät beauftragt sind ...«

Ich schwieg, während er die vor sich liegenden Seiten durchblätterte. Leise Falten bildeten sich um Mund und Augen.

»Hier steht nichts Ungewöhnliches«, sagte er. »Ich nehme an, es geht Ihnen um das Testament im einzelnen?«

»Na ja, schon«, antwortete ich. »Um ehrlich zu sein, wußte ich noch nicht einmal, daß er überhaupt ein Testament aufgesetzt hatte. Ich wußte nur, daß er hier im Büro war, und darauf konnte ich mir erst einen Reim machen, als ich erfahren habe, daß er krank war beziehungsweise hätte krank werden können.«

»Ich verstehe«, sagte er zaghaft. »Nicht viele Menschen im Alter und in der Position von Mr. Tukes tragen sich mit dem Gedanken eines Testaments, doch manchmal erfordern es die Umstände. Ich gehe davon aus, daß der Tod durch eigene Hand erfolgte ...«

Ich zögerte einen Moment, und dieses Zögern genügte, um Sir Arnolds blaue Augen leicht aufblitzen zu lassen; was das bedeutete, vermochte ich nicht zu beurteilen.

Er lehnte sich zurück. »Ihre Majestät ist eine ausgezeichnete Menschenkennerin. Genauso, wie sie eine gute Pferdekennerin ist, würde ich sagen. Was meinen Sie?«

»Ich kenne sie eigentlich kaum«, gab ich zurück. Merkwürdig, wie sich die Unterhaltung gewendet hatte.

»Ach so«, lächelte Sir Arnold und fuhr fort. »Die Leute glauben, der Hof isoliere sie von der Außenwelt, doch in Wirklichkeit hat sie seit mehr als vierzig Jahren Gelegenheit, erstaunlich vielen Menschen aus aller Welt und sämtlichen Gesellschaftsschichten zu begegnen. Sie vermag alles rasch und selbstbewußt einzuschätzen: Situationen und natürlich Menschen. Und sie liegt mit ihrem Urteil nur selten falsch. Als ich vor zwei Wochen in Windsor war, hat sie, na ja ...«

Die Pause wirkte ein klein wenig theatralisch. Menschen, die in irgendeiner Form eine persönliche Beziehung zur Queen haben, zögern natürlich, darüber zu sprechen. Sir Arnold gehörte zweifellos zu ihnen. Er schien mir jedoch etwas anderes verständlich machen zu wollen, ich war allerdings ein wenig schwer von Begriff. Wie mir anschließend klarwurde, ging es darum, daß die Queen mich als vertrauenswürdig eingestuft hatte, ein Vertrauen, das sie nicht vielen entgegenbrachte. Als ich später noch einmal darüber nachdachte, fühlte ich mich geschmeichelt, doch im Büro von Sir Arnold hatte ich eher den Eindruck, er wollte mich zu einem komplizierten psychologischen Exkurs über Ihre Majestät einladen.

»Ich bin erst seit knapp einem Jahr Hausmädchen«, ging ich auf ihn ein, »doch mir kommt es manchmal so vor, als sei die Queen eher eine Gefangene als eine Königin. Das meine ich lediglich in bezug auf die königliche Hofhaltung. Alles erscheint mir so versnobt und hierarchisch, und alle sind vorrangig mit ihren kleinen Vergünstigungen und Privilegien beschäftigt. Es ist wie ein Bienenstock. Theoretisch ist die Queen dort die wichtigste Figur, doch praktisch scheint sie nur da zu sein, um die Existenz der anderen zu rechtfertigen. Verstehen Sie, was ich meine?«

»Schon wieder Bienen.« Er lachte, und ein kleiner Gong auf seinem Schreibtisch ertönte. »Aber natürlich verstehe ich Sie, Miss Bee. Zwei Dinge möchte ich Ihnen allerdings zu bedenken geben: Erstens betrachtet Ihre Majestät uns – alle ihre Untertanen –, ohne einen Unterschied zu machen. Ich denke, das liegt zum Teil an ihrer Persönlichkeit, zum Teil aber auch an ihrer Position an der Spitze der Gesellschaft...«

»Wenn man oben auf einem Berg steht, erscheint einem ja auch alles andere flach...«

»Sehr scharfsinnig bemerkt. Ihre Majestät macht keinen Unterschied zwischen einem Herzog und einem Lastwagenfahrer. Der Herzog und der Lastwagenfahrer tun dies natürlich sehr wohl. Zweitens würde ich sagen, daß Ihre Majestät manchmal zwar wirklich ›Gefangene‹ ihrer königlichen Hofhaltung sein mag, aber doch genau weiß, wann und wie sie ihre Wünsche durchzusetzen vermag. Das tut sie geduldig, sorgfältig und so subtil, daß die Menschen um sie herum sich dessen gar nicht so recht bewußt werden. Natürlich gibt es auch Ausnahmen...«

Er setzte ein Lächeln auf und ließ den Rest unausgesprochen; worum es ihm eigentlich ging, hatte ich allerdings nicht begriffen. Im Gegensatz zu den meisten englischen Räumen war es im Büro von Sir Arnold recht warm. Das Feuer knisterte vor sich hin und strahlte Wärme und einen angenehmen Duft aus. Es machte mich jedoch auch schläfrig, und meine Konzentration ließ nach. Er mußte bemerkt haben, daß ich müde wurde, denn er vertiefte sich nun aufs neue in die Akte, die vor ihm lag.

»Es ist so«, bemerkte er und räusperte sich dabei heftig,

»daß Mr. Tukes seinen Termin hier im Haus mit einem meiner Juniorpartner innehatte. Ich selbst hatte keine Gelegenheit, mit dem jungen Mann zu sprechen.«

»Oh«, sagte ich mit neu erwachter Aufmerksamkeit, »ich hatte gehofft, daß Robin während seines Gesprächs das eine oder andere von Bedeutung geäußert haben könnte. Kann ich denn Ihren Juniorpartner sprechen?«

»Ich fürchte, das ist nicht möglich, denn Sie sind ja gewissermaßen im Geheimauftrag Ihrer Majestät unterwegs.«

Wieder kicherte er leise vor sich hin. »Allerdings habe ich bereits kurz mit Mr. Woodings gesprochen – das ist der Gentleman, der das Testament von Mr. Tukes aufgenommen hat und der auch Testamentsvollstrecker sein wird –, aber ich weiß nicht recht, ob das, was ich Ihnen sagen kann, von Nutzen sein wird.«

»Oh«, rief ich enttäuscht aus. »Was besagt denn das Testament?«

Sir Arnold warf noch einmal einen Blick auf das Dokument. »Wie ich sehe, hatte er sein Testament in Erwartung einer Heirat aufgesetzt. Außerdem stand er kurz davor, in Besitz eines gewissen Geldbetrags aus dem Nachlaß seines Vaters zu kommen, und zwar an seinem einundzwanzigsten Geburtstag, der ...«

»... letzte Woche war.«

Er blätterte um. »So ist es«, sagte er. Er zog einen Zettel aus einem Innenfach der Aktenmappe heraus. »Die Summe aus dem Nachlaß seines Vaters ist nicht unbeträchtlich, sie liegt bei etwa, mal sehen, das wären in Dollars ..., ach, es geht ja hier wohl um kanadische Dollars, nicht wahr? Also, in kanadischen Dollar kann ich es im Moment nicht genau sagen. In amerikanischen wären es jedenfalls in etwa 375.000. Auf diesen Betrag beläuft sich der Nachlaß von Mr. Tukes.«

»Hui.«

Sir Arnold hob die Brauen.

»Also, daß seine Familie wohlhabend war, wußte ich«,

berichtete ich ihm. »Aber daß Robin so viel Geld erwartete, davon hatte ich keine Ahnung.« Was er damit hätte anfangen können! Reisen, eine der bedeutenden Schauspielschulen besuchen, sich richtig schöne Sachen kaufen. Doch dann dachte ich an seine potentielle Krankheit und wie sein Leben hätte verlaufen können, und ein Hauch von Trauer legte sich über mich.

»Wer bekommt es denn?« fragte ich.

»Die Hälfte fällt seiner Frau zu, wer das auch immer sein mag. Der Name ist hier nicht angegeben. Und die andere Hälfte geht an einen Mr. Karim Agarwal. Kennen Sie den Namen?«

»Ja«, sagte ich verwirrt. »Er ist Lakai im Palast.«

»Wirklich? Ein guter Freund von Mr. Tukes, nehme ich an.«

«Ja..., also schon..., ich... Wann ist das Testament aufgesetzt worden?«

»Vor etwa drei Wochen.«

Genau zu der Zeit, als sie alle aus Balmoral zurückgekommen waren, überlegte ich. Wie merkwürdig, daß Karim ein Begünstigter sein sollte, genau in dem Moment, in dem er einen größeren Geldbetrag benötigte. Bestürzung überkam mich. War es denkbar, daß die Not seiner Schwester Karim derart hatte verzweifeln lassen, daß er deswegen über Leichen ging? Sicher nicht. Sicher hätte Robin ihm das Geld gegeben, wenn er es denn besessen hätte und sein Freund es so dringend brauchte. Wäre da nun nicht seit Balmoral diese Entfremdung zwischen den beiden gewesen, zumindest bis zu jenem Moment im Devonshire Hospital.

»Die Hochzeit hat nie stattgefunden«, berichtete ich Sir Arnold. »Bedeutet das jetzt, daß Robins Verlobte trotzdem die Hälfte bekommt?«

»Nein. Es wird kein anderer Begünstigter erwähnt. Dem Gesetz nach fließt die Hälfte eines Nachlasses in dieser Höhe der Ehefrau zu. Das ist das vom Gesetz vorgesehene

Minimum. Ich nehme an, Mr. Tukes ging es um die andere Hälfte der Erbmasse, als er hierherkam, um die Hälfte, die nicht automatisch an seine Gattin geht.«

»Aber, wie gesagt: Es hat nie eine Hochzeit gegeben. Wer bekommt denn nun die andere Hälfte?«

»Diesem Dokument zufolge geht nun der gesamte Besitz an Mr. Agarwal.«

»Die ganzen 375.000!« In meinen Augen war dies eine riesige Summe. Karim war nun nicht nur in der Lage, seine Schwester aus einer Feudalhochzeit zu befreien, sondern hatte auch selbst alle Freiheiten, zu tun, was er vorhatte; 375.000 waren ein gewaltiges Motiv.

»Es wird hier auch«, fuhr Sir Arnold stirnrunzelnd fort, »ein Unternehmen nicht näher bezeichneter Natur erwähnt. Mr. Tukes drückt die Hoffnung aus, daß Mr. Agarwal nun imstande sein möge, das Geschäft zu eröffnen, ich zitiere, ›über das wir so oft gesprochen haben‹.« Er schaute mich forschend an.

Ich schüttelte den Kopf.

»Ich weiß nicht, was das bedeuten soll«, sagte ich.

Die ganze Angelegenheit schien mir überhaupt recht melodramatisch. Auch wenn Robin HIV-positiv war, hätte AIDS bei ihm nie ausbrechen müssen, jedenfalls hätte er noch jahrelang leben können, und in der Zwischenzeit wäre vielleicht ein Gegenmittel auf den Markt gekommen. Vielleicht war das Melodrama ja durch den Schock hervorgerufen worden, den die Nachricht seiner Krankheit bei ihm ausgelöst hatte. Vielleicht wollte er auch bei Karim etwas wiedergutmachen. Hatte er Schuldgefühle oder Angst, Karim infiziert zu haben?

»Wie lange dauert es im Normalfall, bis der Erbe sein Geld bekommt?« wollte ich von Sir Arnold wissen.

»Mr. Woodings muß zunächst eine schriftliche Testamentsbescheinigung beantragen, was bedeutet, daß das Testament vom Gericht für gültig erklärt werden muß und Mr. Woodings als die Person bestätigt wird, die in dem

Testament als Vollstrecker benannt ist; danach dauert es sicher noch einen Monat, bis die Vermögenswerte verteilt werden. Natürlich kann der Lauf der Dinge auch beschleunigt werden, wenn es denn sein muß ... Warum? Ist das von Bedeutung?«

»Ich weiß es nicht, wirklich nicht.«

Ich mußte an den Brief von Karims Schwester denken. War dort ein Termin für die Hochzeit in Indien genannt worden? Ich hatte nichts dergleichen in Erinnerung. Und doch hatte der Brief mehr als dringend gewirkt.

Ich fragte: »Und wenn Robin nun überhaupt kein Testament gemacht hätte?«

»Dann würden seine Eltern ihn beerben. Wären diese tot, träten seine Geschwister an deren Stelle.«

Ich hatte mir zuvor schon die Frage gestellt, was denn nun mit dem anderen Teil von Robins Erbe sein würde: dem Adelstitel und dem damit verbundenen Geld. Doch mir wurde klar, daß es nicht Robin zustand beziehungsweise zugestanden hätte, darüber zu verfügen. Den Titel hier zu erwähnen, machte keinen Sinn. Niemand hatte etwas davon. Das glaubte ich jedenfalls zu diesem Zeitpunkt.

Wir plauderten noch ein wenig über das Lieblingsthema der Engländer, das Wetter und über meine Vergangenheit. Schließlich gab er sich zufrieden, geleitete mich mit einem fröhlichen »Dann schwärmen Sie mal aus, Miss Bee!« aus seinem Büro und ließ noch einmal ein fröhliches Kichern folgen.

Ich schritt die hochgeschwungene Treppe hinab aus dem Büro von Cholmondeley & Featherstonehaugh, so ziemlich dem größten Gebäude auf dem Lincoln's Inn Fields, hinaus. In Gedanken versunken, war ich bedacht darauf, denselben Weg zurück nach Kingsway und zur U-Bahn-Station Holborn zu nehmen. In Höhe der Remnant Street hielt ich inne, gerade noch rechtzeitig, um nicht im hier plötzlich wieder stärker werdenden Straßenverkehr überfahren zu werden, der in diesem ehrwürdigen Teil Londons geradezu unschicklich schien. Obwohl ich nun seit beinahe einem Jahr in England war, tendierte ich nach wie vor dazu, beim Überqueren der Straße zunächst nach links zu schauen. Oft genug hatte mich eine freundliche Hand davor bewahrt, vor ein herannahendes Auto zu geraten.

Dieses Mal war es eine Art innere Wachsamkeit, die mich beschützte. Mit einmal meiner Umgebung wieder bewußt, bemerkte ich in einem Menschenknäuel auf der gegenüberliegenden Straßenseite ein bekanntes Gesicht und spürte intuitiv, daß dieses Gesicht mich musterte. Wir überquerten beide die Straße, und während ich vorgab, die Person nicht zu bemerken, spürte ich, daß ihre Augen auf mich gerichtet waren. Woher kannte ich das Gesicht? Plötzlich dachte ich an den Zeitungsstand am Kingsway, gleich vor dem U-Bahnhof Holborn, und mir fiel ein, daß es sich um den Mann handelte, dem David Pye am Tag zuvor auf der Buckingham Palace Road »Hu-hu!« zugerufen hatte – Andrew Soundso von der *Evening Gazette.* Was für ein Zufall. Acht Millionen Menschen im Großraum London, und ich begegnete in noch nicht einmal vierundzwanzig Stunden zwei Mal demselben Mann.

War das Zufall? Plötzlich kam in mir die beunruhigende Vorstellung auf, daß der Reporter mir zum Anwaltsbüro der Queen gefolgt sein könnte. Waren etwa doch Gerüchte über Robin aus dem Palast gedrungen? Wurde ich verfolgt?

Ich schüttelte den Gedanken ab. Schließlich war ich doch nur ein Hausmädchen. Würde ein Zeitungreporter allen Ernstes auf den Gedanken kommen, daß ich etwas über die Interna des Palastes wissen könne? Sicher nicht. Und gerade deshalb war ich ja vielleicht Ihrer Majestät so nützlich. Wer in aller Welt würde denn vermuten, daß ein schlichtes Hausmädchen einen Mordfall untersuchte?

Diese Gedanken gaben mir ein Gefühl von Erleichterung. Ich drehte mich um. Es war kein Andrew zu sehen. Dann schaute ich auf die Zeitungen am Stand, und mir wurde bewußt, daß es bereits zwei Tage her waren, seit ich zuletzt einen Blick in eine Zeitung geworfen hatte. Dann kam mir etwas in den Sinn, was ich ganz vergessen hatte: Als ich der Queen hochgeholfen hatte, hatte ich zuvor eine Zeitung vom Boden aufgerafft. Ich erinnerte mich daran, daß ich sie in einer Hand gehalten und die andere Hand der Queen entgegengestreckt hatte. Was hatte ich mit dieser Zeitung getan? Ich konnte mich nicht erinnern. Und doch schien mir diese Einzelheit plötzlich von Bedeutung.

Erneut schaute ich mir die viele Zeitungen mit ihren grellen Farben und schreienden Schlagzeilen an. Doch zum Schmökern hatte ich jetzt keine Zeit. Ich griff in meine Tasche und holte etwas Geld hervor, um einige der schlimmsten zu kaufen und sie rasch in der U-Bahn zu überfliegen. Wer weiß, vielleicht war nun doch etwas von dem, was sich im Palast ereignet hatte, an die Presse gedrungen.

Während ich auf der Piccadilly Line Richtung Green Park dahinfuhr, überflog ich rasch *The Sun, Daily Mirror* und *Daily Star.* Sie nahmen die Drohung der Englisch-Republikanischen Armee nicht ernst (»Trittbrettfahrer!« titelte die eine, als sei es das Vorrecht der *anderen* Republikanischen Armee, Chaos in der Stadt zu verursachen), inszenierten eine neue Folge der Serie »Der Pfarrer und die Hure« oder frohlockten hämisch über ihre gestiegene Auflagenhöhe in der neusten Runde ihres Preiskampfes. Das einzige über die königliche Familie, was ich finden konnte, war ein Artikel über die Princess of Wales, der sich über jene lustig machte, die ihr einen neuen Freßsuchtanfall zuschrieben. Ihr Leben muß wirklich die Hölle sein.

Was die *Evening Gazette* berichtete, für die Andrew Soundso – Macgreevy! – schrieb, war ziemlich das gleiche. Doch als der Zug aus Piccadilly Circus hinausfuhr, ich die

Zeitungen zusammenlegte und darauf wartete, in Green Park in die Victoria Line umzusteigen, sprang mir etwas ins Auge, was mir zuvor entgangen war. In einem farbigen Kästchen, oben rechts auf der Titelseite, prangte die Ankündigung einer Knüllerstory. *Königlicher Tagebuchschocker,* hieß es dort, *Sonntag – nur in der Gazette.*

10

»Ich hab' Neuigkeiten für dich.«

Nikki schien förmlich überwältigt vor Schadenfreude. Wir befanden uns gerade im Musiksalon. Es war kurz nach eins, und ich bemühte mich, die Zeit aufzuholen, die ich durch den Besuch bei Cholmondeley & Featherstonehaugh verloren hatte. Bis elf Uhr, wie Mrs. Harbottle versprochen, hatte ich es nicht geschafft. In der U-Bahn war Alarm ausgelöst worden, was bedeutete, vierzig Minuten in einem Zug zwischen Green Park und Victoria zu verbringen, in dem es ständig heißer und stickiger wurde und in dem alle Welt auf beste englische Art vorgab, daß dies aber auch kein bißchen unangenehm sei. Die feuchte, schmutzige – aber eben kühle – Luft entlang der Buckingham Palace Road war danach eine echte Erlösung gewesen.

Da war ich nun und polierte, so schnell ich konnte, den Deckel des Flügels in der Hoffnung, in der Gesindestube gleich noch etwas Warmes zu essen zu ergattern, als mit einmal Nikki hereinschneite. Sie zog mich beiseite zu einem der großen Fenster mit den roten, schweren, schalldämpfenden Vorhängen zu beiden Seiten, die den Blick auf den Garten freigeben. Geräusche im Musiksalon sind sehr gut zu hören. Das muß wohl an der Erkerform des Zimmers und an der vergoldeten Kuppel liegen. Ich habe mich immer schon gewundert, wieso die Princess of Wales in den frühen Tagen ihrer zum Scheitern verurteilten Ehe hier in diesem Zimmer ihre Steptanzstunden nahm. Das Geklappere muß doch allen wahnsinnige Kopfschmerzen bereitet haben.

Wie dem auch sei, Nikki war nicht gekommen, um mit mir über Akustik zu sprechen. Sie hatte eine brühwarme Klatschgeschichte auf Lager. Am späten Vormittag hatte sie sich ins königliche Kino im Erdgeschoß begeben, jedoch nicht etwa, um dort sauberzumachen. Sie wollte ein Schläfchen halten. Nikki war ein wenig müde, weil sie am Abend zuvor lange mit ihren Bekannten ausgewesen war, und fühlte sich erschöpft, nachdem sie ausgiebig eines der Gästeschlafzimmer im zweiten Stock geputzt hatte, wo das Gefolge des RamaLamaDingsbums während des Staatsbesuchs untergebracht werden sollte. Sie mußte dabei einen wahrhaft fleißigen Eindruck gemacht haben, denn Cyril Wentworth-Desbourough und die Filmcrew hatten sie dazu auserkoren, zusammen mit ein paar anderen Mädchen im Hausmädchenlook gefilmt zu werden.

Sie ging also anschließend ins Kino – so ziemlich der am weitesten von den Schlafzimmern des zweiten Stocks entfernte Raum überhaupt –, stellte ein paar Armlehnen hoch, machte das Licht aus und legte sich auf die Sitze. Ihrer Erzählung zufolge fiel sie in einen leichten Schlaf und wurde einige Zeit später von Stimmen um sie herum geweckt. Sie erstarrte und rechnete damit, daß jeden Moment das Licht eingeschaltet werden würde, doch die Stimmen setzten ihr deutlich vernehmbares Geflüstere im Dunkeln fort. Offensichtlich war es den Sprechenden genauso wichtig wie Nikki, nicht bemerkt zu werden.

Die eine Stimme gehörte Angela Cheatle. Angie war wegen irgend etwas gekränkt. Ihr Vorhaben, Robin zu heiraten und, wie ich mittlerweile wußte, sich ihren Teil eines Adelstitels und eine Menge Geld zu sichern, hatte sich natürlich zerschlagen. Jetzt war sie nur noch eine schwangere unverheiratete Frau und hatte einen schlechtbezahlten Job in einer der teuersten Städte der Welt, den sie dazu auch noch in Kürze verlieren würde, weil ihr Arbeitgeber keine schwangeren Frauen beschäftigte, was empörend ist, wenn man darüber nachdenkt.

Nikki zufolge war Angie verzweifelt bemüht, aus der Klemme herauszukommen, in der sie steckte. Andernfalls ...

»Andernfalls was?« fragte ich Nikki.

»Andernfalls liefert sie ihn der Presse aus.«

»Wirklich? Mit wem hat sie denn gesprochen?«

»Rate mal.«

»Komm schon, Nikki, du weißt es doch, oder? Jetzt laß mich doch nicht wieder so zappeln.«

»Schon gut, du brauchst nicht zu raten«, schmollte sie. Dabei funkelten jedoch ihre grünen Augen, und nun barst es förmlich vor Schadenfreude aus ihr heraus: »Es war Sir Julian.«

Der Privatsekretär der Queen. »Das gibt's nicht! Das ist ja unglaublich.«

Nikki wirkte mächtig zufrieden mit sich.

»Ich dachte immer, diese Typen aus der Oberschicht gehen in den Puff und lassen sich dort den Hintern versohlen«, sagte ich. »Aber mit jemand im Palast was anzufangen ..., ich meine, der Privatsekretär der Queen! Sir Julian muß nicht ganz bei Trost sein.«

»Arrogante Mistkerle wie er halten sich gewöhnlich für unwiderstehlich«, sagte Nikki.

»Ich vermute mal ..., na ja, jedenfalls besteht jetzt wohl kein großer Zweifel mehr darüber, wer der Vater von Angies Baby ist.«

»Sir J. hat es nicht abgestritten.«

»Was zum Teufel hatte Robin denn dann vor?«

Das war natürlich die Frage, die mich seit Tagen nicht mehr zur Ruhe hatte kommen lassen. Nikki zuckte jedoch bloß die Schultern.

»Was hat Sir Julian ihr denn gesagt?« wollte ich wissen.

»Es war nicht so einfach, ihn zu verstehen, denn sie haben ja geflüstert, aber soweit ich mitbekommen habe, will Sir J. ihr irgendwo eine Wohnung besorgen. Ich glaube, er wollte, daß sie es abtreibt, aber dafür ist es zu spät.« Nikki gackerte. »Du hättest Angie mal hören sollen. Sie war völlig hysterisch.«

Merkwürdig, dachte ich. Als ich mich mit Angie an jenem Abend im Plumber's Arms unterhalten hatte, hatte sie einen ziemlich zuversichtlichen Eindruck gemacht, was ihre Zukunftspläne anging, beinahe so, als hätte sie gerade alles geregelt, bevor sie in den Pub kam. Oder hatte sie sich schlicht und einfach Mut angetrunken?

»Haben sie denn überhaupt über Robin gesprochen?« Ich dachte an Robins Titel und das Gelderbe. Ob ich Nikki berichten sollte, was ich mittlerweile in Erfahrung gebracht hatte?

»Eigentlich nicht.«

»Das müssen sie aber doch. Ich meine, es hängt doch alles irgendwie mit Robin zusammen. Ob er gewußt hat, daß Sir Julian und kein anderer der Vater ist?«

»Vielleicht anfangs nicht, dann hat er es aber herausgefunden. Und das hat ihn dazu getrieben, sich ...«

»Aber er wußte immerhin, daß *er* nicht der Vater war, was sollte es ihn dann kümmern, wer es wirklich war?«

Ich überlegte. Vielleicht hatte Robin deshalb den Versuch unternommen, die Queen zu sprechen. Um sie zu warnen, daß ihr Privatsekretär ein Hausmädchen geschwängert hatte und daß es einen gepfefferten Skandal geben würde, wenn es herauskäme? War dies der Grund dafür, warum er hatte sterben müssen?

Aber warum hätte Robin so etwas ausplaudern sollen? Das paßte doch gar nicht zu ihm. Außerdem war er ja im Begriff gewesen, Angie zu heiraten. Er war doch derjenige, der einen Skandal vermeiden half. Oder hatte er aus irgendeinem Grund seine Meinung geändert?

»... vielleicht fand er ja die Vorstellung, daß es Sir J. war, einfach zu schrecklich ..., Jane?«

»Entschuldige«, sagte ich, aus meinen Träumen hochschreckend. »Ich mußte gerade an etwas anderes denken.«

Ich verspürte das dringende Verlangen, mich jemandem anzuvertrauen. Ich wollte Nikki berichten, was Katherine Tukes mir erzählt hatte, von Robins Testament und davon, daß er ein potentielles AIDS-Opfer gewesen war; vielleicht konnte sie sich ja einen Reim auf alles machen, doch ich zögerte. Wie es sich fügte, brauchte ich mich damit nicht länger herumzuplagen. Eine hochaufgeschossene Gestalt trat in den Musiksalon und räusperte sich recht vernehmlich, was Nikki und mich aufschrecken ließ. Es war Humphrey Cranston, der Geheimpage.

»Was zum Teufel will der denn hier?« flüsterte Nikki.

»Frag mich was Leichteres«, erwiderte ich.

Unschlüssig sah mich Nikki einen Moment lang an, zuckte leise die Schultern und rief in ihrem höflichen Tonfall: »Kann ich Ihnen helfen, Mr. Cranston?«

»Ich möchte mit Jane sprechen«, sagte er gedehnt. »Oh, du Glückliche«, murmelte Nikki sarkastisch, während wir gemeinsam durch das Zimmer schritten. »Humphrey-Trottel-Cranston. Bestimmt lädt er dich zum Tee bei seiner Mama ein.«

Ich versetzte ihr einen Stoß mit dem Ellenbogen, um sie zum Verstummen zu bringen. Ich hatte eine leise Vorstellung davon, was Humphrey wollte.

»Was kann ich für Sie tun, Sir?« fragte ich ihn. Doch er hielt seinen Blick starr auf Nikki gerichtet und schwieg. Humphrey hat eines dieser blassen, langgezogenen englischen Gesichter, das auf eine Kindheitsernährung ohne jedes Gemüse schließen läßt.

»Schon gut, ich geh' ja schon«, sagte Nikki blasiert. Doch als sie durch die Tür zur Gemäldegalerie trat, drehte sich sich noch einmal verdutzt um.

»Ihre Majestät wünscht Sie um vier Uhr im Weißen Salon zu sprechen«, teilte mir Humphrey mit, nachdem Nikki gegangen war.

»Oh!« sagte ich überrascht. »Ist sie denn um die Zeit nicht schon in Windsor?«

»Ihre Majestät ist aufgehalten worden.«

»Oh ..., Mr. Cranston ...?« Ich sehnte mich danach, ihn zu fragen, was er wußte. Fand er es denn nicht völlig absonderlich, daß die Queen mich, ein einfaches Hausmädchen, privat zu sprechen wünschte?

»... ach, schon gut«, sagte ich, nachdem seine linke Augenbraue sich nahezu unmerklich gehoben hatte.

Humphrey blickte hochnäsig auf mich herab. Nein, nicht hochnäsig. Er war einfach so groß und hatte eine so große Nase, daß er hochnäsig wirkte, wenn er mich anschaute.

»Ich schlage vor«, sagte er in schleppendem Tonfall, »daß Sie einen plausiblen Grund für unsere Unterhaltung angeben, wenn Sie mit Ihrer ... Freundin sprechen.« Er hatte immer noch einen traurigen Gesichtsausdruck, doch ich merkte ihm ein hauchdünnes Augenzwinkern an. »Meine Mutter ist verstorben.«

Einen Moment lang starrte ich ihn an, dann fiel mir Nikkis Kommentar wieder ein. Ich mußte lächeln. Humphrey drehte sich abrupt um und verschwand in der Gemäldegalerie.

Mir war nicht klar, was ich von der Sache halten sollte. Weniger davon, daß die Queen mich sprechen wollte, als davon, daß Humphrey Cranston ihr Bote war. Er war es also gewesen, der mir den königlichen Brief an Sir Arnold ins Brieffach gelegt hatte. Wer auch sonst? Als Diener unterstand Humphrey unmittelbar Ihrer Majestät, und das wohl bereits seit Jahren. Er mußte jemand sein, dem sie wirklich vertrauen konnte.

Das war gut zu wissen. Nur: Was *sollte* ich Nikki erzählen? Geheimpagen pflegen für gewöhnlich keine Unterhaltungen mit Hausmädchen einzugehen. Falls sie auf die Idee kam, es weiterzuerzählen, konnte sie die anderen leicht neugierig machen.

Eine halbe Stunde später saß ich alleine in der Gesindestube und aß einen Käsesalat. Es gab kein warmes Essen mehr, doch das war mir nur recht. In Petersiliensauce gedünsteter Aal mit Kartoffelbrei sprach mich nicht besonders an.

In Ermangelung eines Gesprächspartners beschäftigte ich mich in Gedanken mit dem Thema Vertrauen. Wem konnte man an einem Ort wie dem Buckingham-Palast vertrauen? Die Menschen hier mochten vielleicht nicht bewußt böswillig sein, doch sie hatten Privilegien zu verteidigen, Hierarchien aufrechtzuerhalten, Untergebene zu unterdrücken und Vorgesetzte zu umgehen. Und deshalb stürzten sie sich auf jede nützliche Information wie auf einen verlorengeglaubten Verwandten, der Geschäftsanteile bei Microsoft hielt. Selbst die Queen war dagegen nicht gefeit, schien mir. Das erklärte zum großen Teil ihr privates Interesse an einem tragischen Ereignis, das genausogut auch den üblichen Stellen hätte überantwortet werden können. Ich stöhnte innerlich auf: Wäre Robin doch nur noch am Leben. Mit ihm hätte ich über alles reden können.

Während ich mir noch eine Gabel Salat in den Mund schaufelte, hob ich den Kopf und sah David Pye eintreten. Konnte ich David vertrauen? Besonders klug erschien er mir nicht gerade. Außerdem war er zu geschwätzig. Aber mir ging etwas durch den Kopf, was er gestern von sich gegeben hatte: »Ich würde Mutter nie betrügen.« Ich glaubte ihm. Merkwürdig, welch heimliche tiefe Loyalität manche Menschen entgegen ihrem oberflächlichen Verhalten besaßen.

»Davey! Setz dich zu mir.« Ich wies auf meinen Tisch und sah zu, wie er sich eine Tasse Tee einschenkte. Er trat auf mich zu, stellte die Tasse auf dem Tisch ab und setzte sich.

»Gerüchten zufolge steht Humphrey Cranston im Begriff, sein Zölibatsgelübde zu brechen, und du, meine

Liebe, bist der Grund dafür«, sagte er anstelle einer Begrüßung.

»Oh, Nikki, verdammt noch mal!« murmelte ich.

»Was hast du angestellt? Wie hast du ihn verführt? Komm schon, erzähl.«

»Ach, Davey, hör schon auf damit. Humphrey Cranston ist viel zu wichtig, als daß er an meinesgleichen interessiert wäre.«

»Ja, der gute alte Humphrey strahlt schon eine gewisse Keuschheit aus, nicht wahr? Langweilige Gestalt, eigentlich.« Geräuschvoll schlürfte Davey seinen Tee. »Allerdings ist mir zufällig bekannt, daß er gar nicht so keusch und unberührt ist. Oben in Highgate ist ein sehr netter Vikar, mit dem er eine Art Freundschaft pflegt. Gemütliche kleine Wochenenden. Wirklich, Humphrey ist ein verkappter Schwuler.«

»Weiß Ihre Majestät Bescheid?«

»Natürlich weiß sie Bescheid. Doch das schert sie nicht. Mutter ist nämlich ganz schön schlau.«

»Heute morgen hat mir jemand fast das gleiche erzählt«, sagte ich.

»Was denn?«

»Daß die Queen clever ist.«

»Aber sicher ist sie das. Wie, glaubst du denn, ist sie Queen geworden?«

»Weil sie zufälligerweise adliger Abstammung ist«, erwiderte ich.

»Ja, sicher«, sagte Davey ungeduldig. »Aber was ich meinte, ist, wie bewundernswert sie die Rolle eingenommen hat. Sie ist wirklich *zur* Queen geworden und nicht einfach Queen geworden, wenn du verstehst, worauf ich hinauswill.«

»Ungefähr, Davey ...«

»Es gibt eine wunderbare Geschichte über Queen Victoria. Wie Mutter war auch sie umgeben von Homosexuellen. Kein märchenhaftes Königreich ohne märchenhafte

Schwule, sage ich immer. Jedenfalls erzählte der guten alten Queen Vic wohl mal jemand, daß auch eine Reihe von Frauen in homosexuelle Aktivitäten verstrickt wären. Lesben, stell dir vor! Sie weigerte sich, es zu glauben. Verrückt, was? Igitt, der Tee schmeckt heute aber eklig. Was tun die denn in die Teemaschine rein?«

Ich schaute zum Teetisch hinüber. Ja, was denn wohl, dachte ich. Mir war unendlich trostlos zumute.

»Davey...«, fing ich an, »wo wir gerade vom Queenwerden und von adeliger Abstammung und so weiter sprechen..., da gibt es etwas, worüber ich mit dir reden möchte...«

Er schloß die Untersuchung seines Tees ab und schaute hoch.

»... aber du mußt mir versprechen, es für dich zu behalten.«

»Och, schon wieder ein Geheimnis. Ich weiß nicht. Ich bin noch nie jemand gewesen, der den Mund hält, Jane. Auf der anderen Seite ist es mir gelungen, Stillschweigen darüber zu bewahren, was Nigel und ich mit Robin angestellt haben. Natürlich hilft einem die Kündigungsdrohung dabei, einen klaren Kopf zu behalten. Aber...«

»Davey, du plapperst ja schon wieder drauflos.«

»Ja, du hast recht. Was willst du denn mit mir besprechen?«

»Du mußt es für dich behalten.«

»Ich versuch's.«

»Du mußt mehr als es nur ›versuchen‹. Gestern hast du gesagt, du würdest Mutter nie betrügen.«

Daveys Stirn legte sich in Falten. »Was hat Mutter denn damit zu tun?«

»Ich weiß es nicht genau«, heuchelte ich. »Es könnte aber etwas mit ihr zu tun haben.«

Seine Stirnfalten verstärkten sich noch. »Hat der alte Humpy deshalb mit dir gesprochen?«

»Gewissermaßen schon. Tut mir leid, daß ich mich so

undeutlich ausdrückte, aber so richtig weiß ich auch nicht Bescheid.«

»Jane, Jane, ich durchschaue dich nicht.«

»Du stehst aber zu dem, was du gesagt hast.«

»Über Mutter?«

»Es geht dir nicht nur um den Job?«

»Natürlich nicht«, erwiderte Davey entrüstet. »Ich liebe das gute alte Schätzchen. Auf meine Art, natürlich.«

Er schaute wieder auf seine Tasse hinab. Ich hätte schwören können, daß er rot wurde.

»Also gut. Du weißt doch, daß ich gestern mit Robins Schwester in seinem alten Zimmer war, als sie seine Sachen abgeholt hat. Sie hat mir etwas wirklich Unglaubliches erzählt. Halt dich fest: Robin war im Begriff, ein Graf zu werden, ein Peer, mit Geld, einem Landsitz, einem Sitz im Oberhaus und so weiter.«

»Ach, hör doch auf!«

»Wirklich. Earl of Ulverstone, ich schwör's. Das hat seine Schwester erzählt.«

»Veräppeln kann ich mich selber.«

»Ich veräppel' dich nicht.«

»Die hat sie ja nicht mehr alle.«

»Sie hat gesagt, ich könnte es in einem dieser Bücher nachschlagen ...«

»Burkes Peerage oder *Debrett's?«*

»... ja, eins von denen. Also sagt sie auch die Wahrheit. Das ist doch ganz einfach zu überprüfen. Da haben wir also Robin, der bei diesem Gehalt hier arbeitet und zugleich rechtmäßiger Erbe eines Grafentitels ist ...«

Davey runzelte die Stirn. »Soweit ich in Erinnerung habe, ist Robins Vater längst tot.«

»Das ... ist er auch.«

»Also mutmaßlicher. Robin ist *mutmaßlicher* Erbe dieses Titels.«

»Rechtmäßig, mutmaßlich. Das ist doch dasselbe.«

»Ihr Amerik ... äh, Kanadier seid echte Ignoranten.«

»Was?«

»Schon gut, meine Liebe, vergiß es. Wer ist denn der gegenwärtige Graf?«

»Irgendein uralter entfernter Verwandter, schon so gut wie tot.«

»Wirklich? Das ist ja erstaunlich.« Davey legte sich den Finger an die Lippen und schien in Gedanken zu versinken. Nach einer Weile fragte er mit einem Seitenblick: »Haus in London?«

»Ja«, nickte ich, »das auch.«

»Überleg doch mal: Er hätte seine ganzen alten Kameraden aus dem Palast einladen können. Wie schade!«

»Kannst du dir denn vorstellen, daß Angie sich mit euch allen abgegeben hätte?« lachte ich.

»Nein, du hast recht. Trotzdem, man darf doch wohl mal träumen... hmmm, Earl of Ulverstone, du liebe Güte. Und nie hat er ein Sterbenswörtchen davon erzählt. Darüber hast du also mit Humpy gesprochen, was? Habt Ihr überlegt, ob Mutter davon benachrichtigt werden soll?«

»Ja, so in etwa. Davey – das behältst du doch für dich?«

»Natürlich. Hab' ich das nicht versprochen? Warum, weiß ich allerdings nicht. Es ist wirklich ziemlich ... interessant, findest du nicht? Ich meine, es bringt einen zum Nachdenken...«

»Worüber?«

»Zum Beispiel darüber, warum Robin in letzter Zeit so ernst war. Und warum er sich mit Angela verlobt hat und so weiter... Ich meine, diese Sache leuchtet mir noch immer nicht ein...«

»Er muß sich dessen bewußt gewesen sein, daß er einmal den Titel erbt. Es ist doch nicht so, daß er eines Morgens im Sommer, als ihr in Balmoral wart, aufgewacht ist und gesagt hat: ›Juchhe, ich werde Earl of Ulverstone. Jetzt muß ich aber ganz schnell reif dafür werden.‹«

»Tja..., so sehr liegst du vielleicht gar nicht mal daneben, Jane. Sieh mal, er war nur ein mutmaßlicher Erbe, kein rechtmäßiger.«

»Wo ist da denn jetzt bitte der Unterschied?«

Davey verdrehte die Augen. »Wäre Robin der Sohn des Earl gewesen, wäre er rechtmäßiger Erbe. Was bedeutet, daß es ganz *offensichtlich* wäre, daß er der Erbe ist. Da er aber nur Cousin oder so etwas war, *vermutet* man nur, daß er der Erbe ist, denn der gegenwärtige Earl, der anscheinend kinderlos geblieben ist, könnte ja noch einen Sohn bekommen. Verstehst du, was ich meine?«

Ich brauchte einen Augenblick, um das zu verdauen. »Ja, ja, klar, also ...«

»Also hat Robin vielleicht tatsächlich in Balmoral erfahren, daß der Earl auf dem Sterbebett lag und es mehr als unwahrscheinlich war, daß er in seinem Zustand noch einen Sohn bekommen würde. Anders ausgedrückt, ist Robin wirklich eines Tages aufgewacht und hat gesagt: ›Juchhe, ich werde Earl of Ulverstone.‹« Davey strahlte mich an, sichtlich zufrieden mit sich selbst.

»Eher Prinz Heinrich, irgendwie«, fuhr er fort. »Findest du nicht?«

»Prinz wer?«

»Heinrich. Heinrich der Fünfte. Ach, du kennst deinen Shakespeare nicht, du unbedarfte Kolonistin?«

»Julius Cäsar, Ein Sommernachtstraum, Der Kaufmann von Venedig, Der Sturm, Macbeth, Hamlet«, ratterte ich die Stücke herunter, die wir in der High-School gelesen hatten. *Antonius und Cleopatra* im ersten Semester der Universität ..., also weiß ich ein klein wenig Bescheid über Shakespeare, du aufgeblasener Engländer.«

»Aber offenbar nicht über Heinrich den Fünften. Wenn du doch nur in den Genuß einer umfassenden Bildung gekommen wärst.« Er seufzte. »Sei's drum, hier ist der springende Punkt: Heinrich der Fünfte als Prince of Wales ist so ein Draufgängertyp. Seine Kumpels sind alle – wie soll ich sagen? –, tja, sie gehören jedenfalls nicht gerade zur

Crème de la crème der Gesellschaft des Jahres vierzehnhundertundnochwas. Prinz Heinrich treib sich in Kneipen rum. Trinkt. Hurt rum. Das übliche eben. Falstaff ist einer seiner Kumpels. Hast du von Falstaff gehört?«

»Ja, das habe ich«, sagte ich pikiert. »Natürlich habe ich von Falstaff gehört.«

»Entschuldigung..., jedenfalls benimmt sich Prinz Heinrich nicht unbedingt, wie es sich für einen Prinzen gehört. Er kennt aber seine Bestimmung. Die behält er im Hinterkopf. Es gibt da diese eine Szene in der Kneipe, in der Falstaff vorgibt, der Vater von Heinrich zu sein, also Heinrich der Vierte. Es ist so eine Art Ulk, und Heinrich spielt mit. Am Ende scheint Falstatt eine dunkle Ahnung zu haben, daß sich die Dinge ändern könnten, wenn Heinrich König wird. ›Verbanne den gemeinen Kerl, verbanne die ganze Welt‹, sagt er. Und dann erwidert Heinrich: ›So will ich, so werde ich.‹ Und man spürt genau, daß es ihm todernst damit ist. Und schließlich wird Heinrich König und – Überraschung, Überraschung! – verschmäht seine ganzen Kumpels von früher.«

Mir kam die Sache ganz schön dick aufgetragen vor. »Willst du damit sagen, daß Robin hier nur herumgealbert hat? Geschauspielert?«

»Vergiß nicht, er hatte es doch mit der Schauspielerei...«

»... aber dabei die ganze Zeit über schon wußte, daß ihm diese große Bestimmung bevorstand, der er sich eines Tages würde unterwerfen und dafür völlig tugendhaft werden müssen?«

»Warum denn nicht?«

»Das ist einfach nicht Robins Art«, argumentierte ich. »Auf das Geld mag er sich ja gefreut haben, aber ich glaube nicht, daß er sich so viel aus dem Titel und all dem gemacht hätte. Zumindest nicht so viel, um dafür seinen Charakter zu ändern.«

»Oder seinen *wirklichen* Charakter an den Tag zu legen«,

konterte Davey und schlürfte seinen Tee aus. »Was im Inneren von jemand vorgeht, Jane, weiß man nie. Schau dir Robin doch an. Er war nicht bloß jemand, der sich gern vergnügt hat. Er hat doch nur hier im Palast gearbeitet, weil er mit der Schauspielerei kein Glück hatte. Und dann diese Depressionsausbrüche oder was auch immer das war. Wahrscheinlich ausgelöst durch seine Frustration. Vielleicht war es gerade die Erbschaft, auf die er sich die ganze Zeit über verlassen hat.«

»Prinz Heinrich hat den Königstitel angenommen. Robin hat sich das Leben genommen«, führte ich aus.

»Tja«, meinte Davey bedrückt, »an dieser Stelle endet die Analogie zwischen den beiden mit Sicherheit.«

Wir blickten zum Fenster, durch das ein wenig Sonnenlicht in den Raum drang.

»Davey, mal angenommen, du hast recht – was ich nicht glaube – und die Erbschaft hat Robin wirklich verändert, dann muß ihm die Nachricht von dieser Erbschaft in Balmoral überbracht worden sein. Denn ihr alle sagt doch, daß er sich seit dieser Zeit verändert hat. Was ist denn da passiert? Hat er ein Telegramm von seinem Cousin bekommen mit den Worten: ›Hallo. Bin so gut wie tot. Du wirst Earl. Viel Spaß! Gruß usw. usw.‹?«

»Vielleicht hat der ja einen Götterboten angeheuert«, meint Davey. »Ich hab' keine Ahnung. Robin könnte auch in irgendeiner Form mit dem alten Herrn in Kontakt geblieben sein.«

Das überzeugte mich nicht. »Wann genau«, fragte ich, »hat sich Robin denn wirklich verändert?«

Davey begann konzentriert nachzudenken.

»So sehr habe ich nicht darauf geachtet, weißt du. Er war nicht unbedingt mein Typ.«

»Ich weiß. Das hast du schon mal gesagt.«

»Werd nicht sauer, Schätzchen. Mal sehen. Besonders gesprächig war er nicht an dem Tag, als er mit Angie in den Fluß gefallen ist. An dem Abend, beim Gillies' Ball ...«

»Moment mal«, unterbrach ich ihn. »Letzte Woche beim Essen mit Nikki und mir hast du gesagt, daß Robin und Angie ›ziemlich merkwürdig‹ ausgesehen haben, nach ihrem Sprung in die Dee.«

»Hab' ich das? Ach so. Ja, sie haben wirklich merkwürdig ausgesehen. Mir kam es jedenfalls so vor. Ich glaube, ich wäre ganz schön sauer, wenn ich gerade voll bekleidet in diesen eiskalten Fluß hineingefallen wäre. Robin und Angie wirkten jedoch dermaßen abwesend, beinahe verschwörerisch, sogar glücklich, was zu der Zeit für Robin ungewöhnlich war.«

»War denn die Veränderung in Robins Verhalten so auffällig?«

»Ich hatte vorher an diesem Tag mit ihm über etwas reden wollen, und da war er sehr einsilbig. Er sah krank aus. Ich erinnere mich, daß er sich ein paar Tage zuvor in den Fuß oder in die Hand geschnitten hatte und in die Stadt, nach Ballater, gefahren war, um einen Arzt aufzusuchen. In Balmoral gibt es nämlich keinen. Vielleicht hatte er gerade eine Tetanusspritze bekommen und kränkelte deshalb ...«

»Er ist zum Arzt gegangen, in Schottland?«

»Ja«, sagte Davey gedehnt. »Ich denke, schottische Ärzte wissen auch, was zu tun ist.«

Interessant, dachte ich. Hatte Robin zu diesem Zeitpunkt die schlechte Nachricht über seinen Gesundheitszustand erfahren? Hatte ihn das und nicht die Sache mit dem bevorstehenden Adelstitel wieder auf die rechte Bahn gebracht und eine Art Bündnis mit Angie eingehen lassen? Ich sah Davey an. Und er mich.

»Warum zerbrichst du dir überhaupt darüber den Kopf?« wollte er wissen.

Diese Frage hatte ich befürchtet. Wenn man im Palast Initiative bewies oder zu viel Intelligenz an den Tag legte, wurde man mißtrauisch behandelt.

»Ich mochte Robin«, wehrte ich ab. »Es tut mir leid, daß

er tot ist. Und jetzt erfahre ich alle möglichen merkwürdigen Dinge über ihn. Es ist einfach seltsam, das ist alles. Ich bin nun mal neugierig.«

Das schien Davey zu verstehen. Er zuckte mit den Achseln und schob seine Teetasse beiseite.

»Ja, Robin war schon ein liebenswerter Kerl«, sagte er und erhob sich. »Und mir tut die Sache mit dem Haus in London leid. Schade. Man trifft hier so viele adelige und wohlhabende Leute, aber keiner von denen lädt einen je zu sich nach Hause ein. Doch, einer hat das mal gemacht. Du wärst schockiert, wenn ich dir erzählen würde, wer.«

»Wer denn?« fragte ich neugierig.

»Tja, wo wir nun einmal dabei sind, Geheimnisse auszutauschen ...«

Er beugte sich über den Tisch zu mir herüber und flüsterte mir einen Namen ins Ohr. Ich *war* schockiert.

»Sag mal«, sagte Davey, dessen Gesicht sich erhellt hatte, »wer ist denn nun nach Robin an der Reihe?«

»An der Reihe womit?«

»Mit dem Grafentitel, Dummchen. Ach, bestimmt ja doch niemand, den ich kenne.«

»Ja«, sagte ich ihm, als er schon im Weggehen begriffen war. »Das spielt wohl auch keine Rolle mehr.«

11

Mir blieb noch immer mehr als eine Stunde bis zu meiner Verabredung mit Na-wem-wohl, und während ich in der Gesindestube mein Tablett auf das Regal stellte, überlegte ich, wie ich diese Zeit wohl nutzen konnte.

Vielleicht sollte ich die Zeitungen lesen. Der Gedanke daran ließ mir keine Ruhe mehr, seit ich vor der U-Bahn-Station Holborn gestanden und mir ein paar gekauft hatte. Immer noch fragte ich mich, ob Robin eine Zeitung in der

Hand gehabt hatte, als er die Queen sprechen wollte. Oder war es die Queen gewesen, die eine Zeitung in der Hand gehabt hatte, bevor sie in der Galerie zu Boden fiel? Beides erschien mir seltsam. Als Lakai hätte Robin gerufen worden sein können, einem der männlichen Gäste oder einem Mitglied der königlichen Hofhaltung eine Zeitung zu bringen; dies war jedoch an jenem Morgen mit Sicherheit nicht der Fall gewesen. Doch ich konnte mir auch kaum vorstellen, daß die Queen wie ein Bankangestellter auf dem Weg zur Arbeit mit einer unter dem Arm zusammengerollten Zeitung im Palast herumschlenderte.

Die Büroräume des Pressereferenten befanden sich im Erdgeschoß neben dem Eingang der königlichen Privatschatulle, dem von der Vorderseite des Buckingham-Palastes aus gesehen ganz rechts liegenden Eingang. Ich zögerte, dort einzutreten. Es gab eben manche Stellen, wo unbedeutende Hausmädchen wie ich schlichtweg nichts verloren hatten, und dazu zählten die Büroräume der königlichen Hofhaltung, wo die eigentliche königliche Arbeit verrichtet wurde. Es war mir jedoch im Laufe der Monate gelungen, ab und zu ein Wort mit Charles McCandless zu wechseln, einem der beiden stellvertretenden Pressesprecher. Charles war Kanadier wie ich. Außerdem war er noch recht neu in seinem Job und ziemlich jung und deswegen nicht so ein hochnäsiger, ekliger Kerl wie die meisten Mitglieder der königlichen Hofhaltung. Man konnte praktisch Chuck zu ihm sagen und damit ungestraft davonkommen. Na ja, beinahe jedenfalls. Im übrigen sah er recht gut aus, eine Tatsache, die ihm selbst nicht entgangen war. Irgendwo gab es da wohl auch eine Ehefrau, das hielt ihn jedoch nicht davon ab, herumzuflirten, allerdings nur auf die sanfte Tour.

Es schien ein »nachrichtenarmer Tag« gewesen zu sein, wie meine Mutter, Herausgeberin des *Guardian* in Charlottetown, sich auszudrücken pflegte. So arm, daß sich kein

Mensch im Vorzimmer aufhielt, als ich eintrat. Hier standen sechs Schreibtische; einer jeweils für die beiden stellvertretenden Pressesprecher und vier für die Auskunftsbeamten. Das Zeitungswesen hatte ich immer mit etwas Unordentlichem verbunden. Diesen Eindruck jedenfalls hatte mir der Nachrichtenraum des *Guardian* vermittelt, wann immer ich meine Mutter besuchte: Riesenstapel alter Zeitungen, überall Kaffeetassen, Aschenbecher, Nachschlagewerke mit Eselsohren, Notizbücher, Pressemitteilungen und überquellende Papierkörbe. Im Vergleich dazu war das palasteigene Pressebüro so geleckt wie die Veranda meiner Großmutter. Zwar erweckte es den Anschein, als werde in ihm gearbeitet, doch die Dinge auf den Schreibtischen – Papiere, Stifte, Bücher – waren geradezu in Reih und Glied aufgestellt. Alles war absolut tipptopp, was auch nicht überraschte. Denn Roderick Beagley, der Pressesprecher, war in der Royal Navy gewesen. Ich überlegte, ob ich wohl an einem der Büros anklopfen sollte, um meine Anwesenheit kundzutun, doch dann besann ich mich eines besseren. Hinter einer der Türen war leises Stimmengewirr zu vernehmen. Offensichtlich war hier eine Besprechung im Gang. Ich wollte sie weder unterbrechen noch fortgejagt werden.

Das Gute an der Ordnung war die Tatsache, daß man alles finden konnte. Gegen eine der Wände gelehnt stand ein wabenförmiges Regal, vom Design her speziell auf die Ausmaße von Zeitungen ausgerichtet, großformatige in einem Bereich, kleinformatige im anderen; alles alphabetisch geordnet, zuerst die Londoner Presse, dann die Provinzblätter und schließlich eine Reihe von internationalen Zeitungen. Der Charlottetown *Guardian* war natürlich nicht darunter.

Ich sah mir die Auswahl an und dachte nach. Großformatig oder kleinformatig? Das war schon von Bedeutung. Es gab wohl so etwa ein Dutzend Zeitungen in London, doch nur wenige davon erschienen im Großformat. Ich zwang mich dazu, mir noch einmal die schmerzhaften Momente vor Augen zu führen, in denen ich die Queen lang ausgestreckt und Robin tot in der Galerie hatte liegen sehen. Ich hatte eine Zeitung vom Boden aufgerafft, ihr jedoch weiter keine Beachtung geschenkt, und konnte mich noch nicht einmal daran erinnern, wo ich sie gelassen hatte. Mir fiel ein, daß sie ordentlich gefaltet gewesen war. So ordentlich und straff wie die großformatigen Zeitungen konnte man die kleinformatigen gar nicht falten. Und an grelle Farben, die typisch für die kleinformatigen Boulevardblätter waren, konnte ich mich nicht erinnern. Also mußte es eine großformatige gewesen sein.

Bloß welche? Ich zog die Dienstagsausgabe von *The Times, Guardian, Daily Telegraph* und *Independence* aus ihren jeweiligen Fächern heraus und nahm sie mit zu einem großen Tisch an einem Fenster mit Blick auf den Vorhof des Palastes. Hier, im dürftigen Londoner Herbstlicht, blätterte ich Seite für Seite durch. Wonach suchte ich denn überhaupt? Nichts bot sich mir als Hinweis an. Über die königliche Familie stand recht wenig drin, erwähnt wurde lediglich das bevorstehende Staatsbankett für den RamaLamaDingsBums; spekuliert wurde darüber hinaus über den Inhalt der Rede, die die Queen anläßlich der Parlamentseröffnung in zwei Wochen halten würde. Seit dem *annus horribilis* hatten sich die Sensationsmeldungen doch recht rar gemacht, zumindest was die niveauvolle Presse anging.

In der *Times* schaute ich in die Hofnachrichten, die den Tagesablauf von Mitgliedern der königlichen Familie bekanntgaben. Hatte Robin die Queen vor etwas warnen wollen, was sich außerhalb des Palastes ereignete? Auf mich wirkte jedoch alles harmlos. An jenem Tag stand für die Queen nicht mehr als eine feierliche Amtseinsetzung auf dem Plan. Im Buck House, natürlich. Ein ganz normaler Tag im Leben einer zeitgenössischen Monarchin.

Auf der Titelseite des *Independent* stand ein interessanter Artikel über die republikanische Staatsform rechtsgerichteter Spielart, offensichtlich der aktuellste Beitrag in einer längeren Pro-und-Kontra-Serie, die es seit dem *annus horribilis* gab. Ich war immer im Glauben gewesen, es seien die Linken, die die Monarchie ablehnten, doch nach Meinung des Verfassers kam die wirkliche Bedrohung von radikalen Tories, die alles einer freien und unbeschränkten Marktwirtschaft unterordnen wollten und für die die Monarchie letzten Endes eine aufgeblähte, vom Staat subventionierte, ineffektive Angelegenheit darstellte, absolut konkurrenzunfähig in der globalen Wirtschaft. Das klang für meine Begriffe allerdings ein wenig kurzsichtig.

Was mir jedoch wirklich ins Auge sprang, war die zweite Schlagzeile des Artikels. Sie deutete vage an, daß rechtsgerichtete Kräfte der Republikaner in die allerhöchsten Ränge des Palastes selbst eingedrungen seien. Namen wurden keine genannt, doch der Verfasser spielte darauf an, daß sich neue Leute in der Nähe der Queen nicht so sehr dadurch auszeichneten, daß sie unerfahren und mit zu wenig Selbstvertrauen ausgestattet seien (wie manche Beobachter des Palastes glaubten), sondern vielmehr in aller Ruhe, aber ganz bewußt, das Ansehen der Monarchie untergruben. Und das täten sie im Verbund mit gewissen – selbstverständlich ungenannt bleibenden – *anderen* Zeitungen.

Das fand ich spannend und bereute es sofort, in Zeitungen immer nur das Fernsehprogramm gelesen zu haben. Wenn man jedoch mit einer Mutter aufwächst, die von Zeitungen besessen ist, dann neigt man eben dazu, der Sache den Rücken zuzukehren.

Ich hatte mich derart in den Artikel vertieft, daß ich geradezu aus meiner Uniform sprang, als auf dem Schreibtisch gleich neben mir das Telefon läutete. Und läutete. Waren die denn alle tot in dem anderen Büro, oder sollte ich einfach drangehen? *Buck House. Tut mir leid, alle Zimmer belegt.* Doch dann ging plötzlich eine Tür auf, und Chuck McCandless stürzte heraus. Ungeduldig griff er zum Hörer, hörte einen Augenblick zu, sagte »ja« und »nein« und legte den Hörer wieder auf die Gabel. Er betrachtete ihn niedergeschlagen, drehte sich dann zu mir und musterte mich mit finsterer Miene.

»Ist das okay, wenn ich mir die Zeitungen hier anschaue?« fragte ich vorsichtig. An diesem Nachmittag wirkte er nicht sehr umgänglich.

»Sie haben hier nichts zu suchen«, gab er barsch zurück. »Was wollen Sie?«

Darauf war ich gar nicht vorbereitet. »Jemand hat mir erzählt, daß in irgendeiner Zeitung ein Artikel über Prince Edward Island steht. Ich hatte wohl ein bißchen Heimweh...«

»Ich kann mich nicht daran erinnern, und im Leitartikel des *Independent* finden Sie ihn sicher nicht«, sagte Chuck mit Blick auf die geöffnete Zeitung. »Das hier ist keine Leihbibliothek.«

»Bitte...« Ich bemühte mich, so klein und hübsch auszusehen wie möglich.

Chuck wurde etwas freundlicher. »Also gut, machen Sie aber schnell, und stellen Sie alles wieder genau so zurück, wie Sie es vorgefunden haben. *Genau* so.«

Er schaute auf die Uhr. Die Sorgen standen ihm ins Gesicht geschrieben, als er sich wieder auf den Weg ins innere Heiligtum machte.

Ich wollte die Gelegenheit nutzen. »Noch etwas. Hat sich irgendein Zeitungsreporter über Robin erkundigt?«

»Über wen?«

»Robin Tukes, der Lakai, der gestorben ist.«

»Ach so, ja. Bloß einer, glaube ich. Jemand hat nachgefragt, ob es im Bereich des Palastes einen Todesfall gegeben hätte. Ich habe den Anruf nicht selbst entgegengenommen.«

»Was für eine Antwort hat er denn bekommen?«

»Das geht Sie wirklich nichts an, Jane«, sagte er freundlich. »Wir unternehmen alles, um den Ablauf des Staatsbesuchs reibungslos zu gewährleisten. Okay?«

»Okay.« Ich seufzte. Hinter der Tür loderten erbitterte Stimmen auf. »Was ist denn dort drinnen los?«

»Wir haben gerade eine Besprechung.«

»Wegen der ›Königlichen Tagebuchschocker‹?«

Chuck runzelte die Stirn. »Das geht Sie gar nichts an. Und jetzt entschuldigen Sie mich bitte.«

Er öffnete die Tür. Das Geräusch schwoll an und ebbte dann wieder ab.

Armes Pressebüro, dachte ich, während ich einige der Dienstagszeitungen wieder zurücklegte. Im Verlauf der letzten zwei Jahre war es Schlag auf Schlag gegangen: königliche Trennungen, Scheidung, Enthüllungsbücher, gesetzwidrige Tonbandaufnahmen, das Feuer in Windsor Castle, Einkommenssteuerforderungen, endlose Geschichten in der Zeitung und im Fernsehen. In letzter Zeit war es recht ruhig geblieben, und jetzt das hier. Und auch noch am Vorabend eines Staatsbesuchs. Immerhin war Robins Tod nicht in die Schlagzeilen geraten. Bis jetzt zumindest.

In den Dienstagszeitungen fand ich nichts, was auch nur entfernt hätte mit Robins Tod in Verbindung gebracht werden können. Ich wollte schon aufgeben, als mir einfiel, daß die Zeitung ja gar nicht unbedingt von Dienstag gewesen sein mußte. Robins erster Versuch, die Queen zu sprechen, war am Donnerstag zuvor erfolgt. Natürlich! Jetzt stand mir die große Aufgabe bevor, alle Donnerstagsausgaben zu durchforsten. »Machen Sie schnell!« hatte Chuck gesagt.

So schnell ich konnte, brachte ich die übrigen Dienstagszeitungen wieder an ihren Platz. Dann holte ich mir die vom Donnerstag zuvor, nur die großformatigen, stapelte sie auf dem Tisch und machte mich erneut ans Werk, nur daß ich mich jetzt, derart unter Druck gesetzt, mit nichts anderem aufhielt als einem Leitartikel im *Guardian*, der die Boulevardpresse ins Gebet nahm, weil sie die Bedrohung durch die neue Englisch-Republikanische Armee verharmloste.

Wie es sich traf, kam ich nur etwa bis zur Hälfte des Artikels, denn plötzlich bemerkte ich ein feindseliges Wesen hinter mir.

Es war Sir Julian Dench, der Privatsekretär der Queen. Unter dem silberlockigen Pony wirkte sein großes Gesicht sehr dunkel – blutunterlaufen, könnte man wohl sagen. Mißtrauisch schaute er mich aus seinen Wolfsaugen an, in denen nicht die Spur von Unentschlossenheit lag. Alles an Sir Julian – seine festen Züge, sein tadelloser Anzug, seine selbstbeherrschte Miene – ließ auf einen Mann schließen, der es gewohnt war, seinen Willen durchzusetzen. Er wirkte auf mich wie ein sehr hübsches, aber sehr wütendes Tier aus einer neuen Züchtung, die es im Palast sonst nicht gab. Er hielt eine sorgfältig gefaltete Zeitung in der Hand.

»Ich will Sie in meinem Büro sprechen, sofort!« bellte er mich an und schlug mit der Zeitungsrolle gegen seine andere Hand, so daß es knallte.

Meine Antwort wartete er gar nicht erst ab, und ich zögerte auch nur einen Moment. Dann folgte ich ihm mit wild hämmerndem Herzen in die Galerie.

»Machen Sie die Tür zu«, befahl er mir. »Setzen Sie sich«, fügte er dann knapp hinzu.

Er selbst blieb stehen, die Hände hinter dem Rücken, während ich mich so beherrscht wie nur möglich auf einem sehr harten Stuhl niederließ.

»Für mich steht fest, daß Sie nicht der neue Hofkorrespondent für den Presseverband sind«, begann Sir Julian. Dabei faßte er kalt meine Hausmädchenuniform ins Auge. »Sie sind auch in letzter Zeit nicht als Mitglied des Pressebüros eingestellt worden, wenn ich mich nicht täusche.«

»Nein, Sir«, murmelte ich.

»Dann haben Sie nichts im Pressebüro zu suchen. Sie sind Hausmädchen und gehören im Palast zu gewissen Zeiten in gewisse Räume – unter direkter Aufsicht des stellvertretenden Haushälters. Danach haben Sie sich zurückzuziehen.«

Außer man heißt Angela Cheatle, dachte ich bei mir. Und der Gedanke daran gab mir plötzlich Zuversicht. *Sir Julian,* deklarierte ich innerlich, *Sie sind ein Schwein.* Ich schaute ihm ins Gesicht, hoffend, daß mein eigenes nicht mehr verriet als die Teilnahmslosigkeit einer Bediensteten, die ich daheim auf der Insel als Kellnerin im Marilla's Pizza schon kultiviert hatte.

»Ja, Sir«, erwiderte ich auf seine letzte Ausführung hin.

Er warf mir einen finsteren Blick zu. Offensichtlich war ich ihm noch nicht demütig genug.

Ich fuhr fort: »Mr. McCandless meinte, ich könne ruhig in den Zeitungen nachschlagen.«

»Mr. McCandless hat sich noch nicht ganz an das Protokoll gewöhnt.«

»Ich habe nichts Böses getan.«

»Wie bitte?«

»Ich habe nichts Böses getan, Sir. Ich habe bloß ein paar alte Zeitungen durchgeschaut.«

»Werden Sie nicht noch unverschämt.«

Er hatte seinen kleinen Vortrag beendet. Allerdings schien er keine Eile zu haben, mich zu entlassen. Schweigen lag im Raum, unterbrochen nur vom leisen Geräusch aneinanderreibenden guten Tuches, als er die Hände über der Lehne seines Schreibtischstuhls verschränkte.

»Der reibungslose Ablauf im Buckingham-Palast hängt davon ab, daß jeder weiß, wo sein oder ihr Platz im System liegt«, fuhr er in solch einem ach so geduldigen Tonfall fort, den man einschlägt, wenn man seinen Zuhörer für einen Idioten hält. »Hunderte von Menschen stehen im Dienste Ihrer Majestät, und die einzige Möglichkeit, Effektivität in jedem einzelnen Aufgabenbereich herbeizuführen, ist die Organisationsform der Armee. Ich weiß, daß ihr jungen Leute, vor allem ihr jungen Frauen, von Hierarchie nichts haltet; doch sie ist die praktischste und produktivste Form, einen Laden am Laufen zu halten ...«

Ob Angela sich diesen Kram auch hatte anhören müssen, überlegte ich, während er weiterredete. Oder die Queen? Arme Queen.

»... und daher gibt es im Palast – jawohl, so ist es – ein Klassensystem. Doch es unterscheidet sich nicht von dem der Armee oder eines geschäftlichen Unternehmens. Aus diesem Grund sind die Beziehungen innerhalb der Klassen förmlich, gibt es angemessene Umgangsformen, haben königliche Hofhaltung und Bedienstete getrennte Speisezimmer und sollte es keinen gesellschaftlichen Verkehr zwischen den Klassen geben ...«

»Und warum waren Sie dann Dienstagfrüh in der Gesindestube, Sir, wenn es keinen gesellschaftlichen Verkehr zwischen den Klassen geben sollte?« fiel ich ihm ins Wort. Ich weiß nicht warum, doch die Frage platzte einfach aus mir heraus.

»Ich hatte mit Mr. Wentworth-Desbourough eine Besprechung über den Film«, gab Sir Julian ungehalten zurück. Ein Hauch von Unsicherheit flackerte in ihm auf, als hätte ich ihn bei irgend etwas ertappt. »Ihre Majestät möchte wissen, welche Fortschritte er macht.«

Und schickt deshalb ihren Privatsekretär morgens früh um acht in die Gesindestube, um Nachforschungen anzustellen? Sehr unwahrscheinlich, dachte ich.

»Meine Position erlaubt mir große Bewegungsfreiheit«, fuhr er gebieterisch fort. »Ihre nicht.«

»Ja, Sir«, sagte ich. »Darf ich gehen?«

Grimmig verzog er die Lippen. »Nein, dürfen Sie nicht.«

Er trat hinter seinem Stuhl hervor und setzte sich. Auch hinter seinem Schreibtisch sitzend, wirkte Sir Julian Dench beeindruckend, muskulös und breitschultrig, als sei er früher einmal Footballspieler gewesen. Vermutlich hätte ich ihn attraktiv gefunden, wenn ich ihn mit anderen Augen hätte betrachten können. Dabei mußte er älter sein als mein Vater. Diese Aura von Macht, mit der er mich nun einzuschüchtern versuchte, würden manche Frauen sicher erotisch empfinden. Ich fragte mich, wie wohl die Queen mit derart unterschwelligen Dingen umging. Wie ich gehört hatte, war ihr vorheriger Privatsekretär nur Haut und Knochen gewesen, so sexy ungefähr wie ein nasser Teebeutel.

Er starrte mich an. »Sie heißen Jane Bee, nicht wahr?«

Ich nickte.

»Nun, Jane Bee, es ist mir zu Ohren gekommen, daß Sie Ihre Nase zu sehr in Dinge stecken, die Sie nichts angehen.«

»Wie meinen Sie das denn?« protestierte ich unschuldig.

»Sie wissen ganz genau, wie ich das meine. Der Tod dieses jungen Lakaien hat Sie offenbar zu sehr mitgenommen. Zum einen haben Sie gestern seine Schwester verärgert.«

»Ich habe sie nicht ›verärgert‹«, entgegnete ich, und dieses Mal war mein Protest aufrichtig.

»Sie waren in seinem Zimmer, als sie seine Sachen abholte.«

»Robin war ein Freund von mir. Ich habe seiner Schwester mein Beileid ausgesprochen. Meiner Meinung nach ist das eine völlig normale Reaktion.«

»Ihre Meinung ist hier nicht gefragt«, erwiderte Sir Julian frei heraus. »Zum anderen ist mir zu Ohren gekommen, daß Sie heute morgen Ihre Arbeit vernachlässigt haben, um einen Anwalt aufzusuchen.«

»Mrs. Harbottle hatte es mir erlaubt.«

»Freilich. Sie sind aber noch ein Kind. Sie brauchen keinen Anwalt, schon gar nicht den der Queen ...«

»... es war der einzige, dessen Name ich kannte.«

»Ihr Verhalten grenzt an Hysterie.«

Woher wußte er, wo ich an jenem Morgen gewesen war? Das konnte er nur über Mrs. Harbottle erfahren haben. Doch Mrs. H. würde nicht einfach hingehen und es ihm erzählen. Mrs. Harbottle, die stellvertretende Haushälterin, ist dem Haushaltsleiter untergeordnet, der wiederum dem stellvertretenden Haushofmeister, und dieser schließlich untersteht dem Haushofmeister. Der Privatsekretär der Queen gehört einem ganz anderen Dienstbereich an. Der Privatsekretär fungiert als Bindeglied zwischen Monarchin und Regierung. Er organisiert den Tagesablauf der Königin und widmet sich ihrer Korrespondenz. Kein Mensch würde ihn mit solch einer Angelegenheit behelligen. Glaubte Sir Julian etwa, ich wüßte das nicht?

Er mußte auf eigene Faust Nachforschungen angestellt haben.

»... und nun erwische ich Sie auch noch dabei, wie Sie im Pressebüro herumschnüffeln«, sagte er.

»Ich habe bloß einen Artikel über meine Heimat gesucht, Prince Edward Island.«

»Sicher«, bemerkte er trocken. »Wie Ihnen bewußt sein dürfte, steht uns in der kommenden Woche ein Staatsbesuch ins Haus. Es darf keine Störungen, keine Fehler und keinen Ärger geben. Verstehen Sie? Ich kann Ihnen offen und ehrlich versichern, daß Ihre Majestät verstimmt ist durch den Tod dieses jungen Mannes in ihrem Haus ...«

Immer wenn jemand von »offen und ehrlich« spricht, kann man wohl davon ausgehen, daß er es nicht ist.

»... und ich wünsche, daß diese Unannehmlichkeiten sich in keiner Weise störend auf den reibungslosen Ablauf eines Besuchs auswirken, der nicht nur für Ihre Majestät, sondern für das gesamte Königreich von Bedeutung ist. Wenn es Ihre Absicht sein sollte, anderen Leuten auf die Nerven zu gehen, Jane, sehe ich mich gezwungen, Ihre Entlassung anzuregen.«

Er warf mir ein verkniffenes Lächeln zu, als wolle er mir damit ausdrücken, wie wenig er eine solche Entscheidung bedauern würde. Ich tat das gleiche. Es gab nichts mehr zu sagen. Sir Julian wies auf die Türe, als habe er gar keinen Zweifel daran, was mir als nächster Schritt anstand: hinausgehen und mich nie mehr dort blicken lassen.

12

Nach einem flotten, aber nicht zu auffälligen Trab die Galerie der königlichen Privatschatulle entlang und die Treppen hoch zum Hauptgeschoß, befand ich mich um fünf vor vier im Weißen Salon.

Und was entdeckte ich dort auf dem Teppich? Kaugummi. Schon wieder. So frisch wie das, in das ich am Tag zuvor hineingetreten war, war es nicht, aber es war ein großer Haufen, ganz rosa und eben gummiartig. Und genau wie beim letzten Mal, als ich mich in diesem Raum aufgehalten hatte, lag es mitten im Zimmer, unter dem Kronleuchter und mitten im Blümchenmuster des Axminsters. Das konnte keine Sorglosigkeit mehr sein, entschied ich. Das war mit Absicht geschehen. Wer hatte Spaß daran, Kaugummiknubbel auf unbezahlbaren Teppichen zu hinterlassen?

Im Buck House wohl so ziemlich jeder, folgerte ich, als um genau vier Uhr der Pfeilerspiegel auf seinem Gelenk leise nach vorne glitt. Die Queen ist die Pünktlichkeit in Person, dachte ich, denn ihr ganzes Leben bestand aus Zeitplänen. Doch hinter dem Pfeilerspiegel schlüpfte keine Monarchin hervor, um mich hereinzubitten. Also trat ich auf eigene Initiative auf die Wand zu, das Kaugummi ignorierend und auch fest entschlossen, Ihre Majestät damit nicht einmal andeutungsweise zu behelligen, und ging in das königliche Geheimzimmer. Es war leer.

»Eure Majestät?« flüsterte ich und kam mir im gleichen Moment albern vor. Was erwartete ich denn? Etwa, daß die Queen sich hinter einer Couch versteckt hatte, um sich dann auf mich zu stürzen?

Eine gegenüberliegende Tür, zum königlichen Audienzzimmer führend, öffnete sich, und Humphrey Cranston steckte in der Manier eines Schachtelmännchens den Kopf heraus.

»Ihre Majestät kommt in Kürze zu Ihnen«, sagte er. Die Tür schloß sich wieder.

Es war wohl besser, wenn die Queen mich nicht sitzend vorfand – wegen des Protokolls –, also trat ich auf den Spieltisch am Fenster zu, um zu sehen, ob seit dem Vortag Fortschritte beim Puzzle erzielt worden waren. Anscheinend nicht. Es blieb die Lücke bei den allegorischen Figuren um King Charles herum, und auch am oberen Rand fehlten nach wie vor Teile. Ich nahm ein rosafarbenes Puzzleteil vom Tisch, das ich für ein Stück Himmel hielt, konnte es aber nirgends einfügen. Weitere Versuche unternahm ich nicht, weil ich nämlich plötzlich einen durchdringenden Schmerz im Knöchel verspürte.

»Joan!« erklang die Stimme der Queen.

»Jane, Eure Majestät«, quiekste ich, wandte mich um und machte einen Knicks vor ihr. Der Schmerz in meinem Knöchel war heftig.

»Ja, ich weiß. Ich meine den Hund. Sie heißt Joan. Joan, komm her.«

Ich schaute hinab auf den Quälgeist. So wie Joan die Zähne entblößte, hätte ich schwören können, sie grinste mich an. Ich mag Hunde, aber nicht, wenn sie mir in die Knöchel beißen. Ich verspürte das Bedürfnis, Joan einen raschen Tritt zu verpassen, nahm davon aber natürlich Abstand. Es ging wohl kaum an, dem Hund der Queen vor ihren Augen einen Tritt zu versetzen.

»Joan, komm her«, befahl Ihre Majestät, und dieses Mal gehorchte der Hund auch, trottete auf seinen kleinen Pfoten zu seiner Herrin und warf sich dort mit einem von Herzen kommenden, für meine Ohren sehr befriedigt klingenden Seufzer auf den Teppich.

Meinem Eindruck nach wirkte die Queen ein wenig mitgenommen, hatte wahrscheinlich einen harten Tag hinter sich und war mit ihren Kassetten beschäftigt gewesen. Die sich fächerförmig ausbreitenden Falten unter ihren Augen waren schärfer ausgeprägt, und über den Lippen lag ein ausgesprochen nüchterner Ausdruck. Über einem in hellem Rosa gehaltenen Kleid mit kleinen grauen Figuren darauf trug sie eine blaßblaue Strickjacke. Anscheinend fror sie (im Buck House war es ständig kalt). Sie sah aus, als würde ihr eine schöne heiße Tasse Tee mit Zucker guttun. Die hätte mir, ehrlich gesagt, auch gutgetan. Schließlich war es Tea-Time. Die Queen setzte sich und bedeutete mir, es ihr gleichzutun. Joan schaute mich gierig an.

»Hatten Sie Gelegenheit, mit Sir Arnold zu sprechen?« fragte die Queen. Sie fuhr über ihr Kleid, um den Stoff gerade auszurichten. »Vielmehr sollte ich wohl zuerst fragen, ob Sie mit Mrs. Harbottle etwas arrangieren konnten.«

»Beides, Ma'am«, erwiderte ich und berichtete ihr, wie ich Mrs. Harbottle erzählt hatte, ich müsse mich um ein Testament kümmern.

»Wie klug von Ihnen«, sagte sie, als ich fertig war, und ein Lächeln erschien in ihrem Gesicht. Ich war erleichtert. Die Queen kann sehr streng wirken, wenn ihr Gesicht unbewegt bleibt, doch sobald sich ein Lächeln ankündigt, erkennt man plötzlich, warum sie so eine Art Mutterfigur ist, wie wir sie aus unseren Träumen kennen.

»Und«, fragte sie, »konnte Sir Arnold Sie in irgendeiner Form aufklären?«

»Ja, das konnte er«, sagte ich aufgeregt, »aber erst muß ich Ihnen von meinem Gespräch mit Katherine Tukes berichten, Robins Schwester. Es ist unglaublich.«

Und dann erzählte ich ihr von Robins Titelerbschaft.

Die Reaktion der Queen war zweifellos merkwürdig. Zunächst war sie ganz in Anspruch genommen von dem, was ich sagte, wollte zu Anfang natürlich nicht daran glauben, ließ sich dann jedoch überzeugen, genau wie mich Katherines Beharrlichkeit und die leichte Überprüfbarkeit in *Burke's Peerage* oder *Debrett's* überzeugt hatte. Ihr Verhalten änderte sich in dem Augenblick, als ich auf ihren Wunsch den Titel, Earl of Ulverstone, wiederholte. Sie setzte die typische Miene auf, mit der sie ihr Mißfallen zum Ausdruck bringt, wirkte zugleich jedoch irgendwie nachdenklich.

»Ma'am?« sagte ich, nachdem sie ungewöhnlich lange in Schweigen verharrt hatte.

»Das ist schon mehr als seltsam. An den Earl of Ulverstone haben Wir schon beinahe ein halbes Jahrhundert« – ein sanftes Lächeln überflog sie – »nicht mehr gedacht. Und jetzt taucht der Name zweimal innerhalb recht kurzer Zeit auf.«

»Wann war denn das erste Mal, Ma'am?«

»Mein Mann hat ihn erwähnt.«

»Ich verstehe«, sagte ich, verstand aber natürlich gar nichts.

Die Queen fühlte sich offenbar genötigt, eine Erklärung abzugeben. »Meinem Mann war es wieder einmal nach Neckereien zumute. Wir aßen zusammen zu Abend, ein paar Tage vor der Reise nach Balmoral, und ganz unerwartet sprach er den Namen Ulverstone aus. Leider bin ich ihm dann über den Mund gefahren. Daher weiß ich gar nicht, wieso ihm der Name überhaupt in den Sinn gekommen war. Alles ist schon so lange her. Sehr merkwürdig.«

Da sie das große Fragezeichen erkannte, das mir ins Gesicht geschrieben stand, fuhr die Queen fort:

»Wissen Sie, der Earl of Ulverstone, Francis Tukes – ja, natürlich, das ist der Familienname ...« Einen Moment lang schaute sie beiseite. Ihr Gesicht wurde dabei weicher, und ihre Mundwinkel richteten sich nach oben, als stünde sie im Begriff, in Gelächter auszubrechen. »Wie gesagt, der Earl of Ulverstone, nun, wie soll ich es ausdrücken? Im modernen Sprachgebrauch, denke ich: Der Earl of Ulverstone hatte einmal ein Auge auf Uns geworfen.«

»Ma'am! Wirklich?«

»Ja, wirklich. Es war gegen Kriegsende. Er war persönlicher Diener meines Vaters.«

»Entschuldigen Sie, Ma'am, ich wollte nicht ...«

»Natürlich«, unterbrach sie mich, »wußte ich genau, was für einen Mann ich haben wollte. Und ganz sicher war es nicht Francis Tukes. Er war einfach ungeeignet, ein wirklich seltsamer Mann. Glücklicherweise fiel er bei meinem Vater in Ungnade, als er einmal zu weit gegangen war. Er wurde vom Hof verbannt. Im nachhinein wirkt die ganze Angelegenheit eher amüsant. So weit ich weiß, hat der arme Francis sich dann nach Südwestengland zurückgezogen. Gesehen habe ich ihn nie mehr auch kaum noch etwas von ihm gehört. Und jetzt das. Was hat Philipp nur dazu veranlaßt, nach all den Jahren diesen Namen zu erwähnen? Ich sollte ihn danach fragen, jetzt, wo er aus Afrika zurück ist.

Gedankenverloren betrachtete die Queen Joan. »Und Sie sagen, dieser Lakai, Robin Tukes, war Francis Cousin?«

»Vaters Cousin, glaube ich.«

»Ja, das würde den Altersunterschied natürlich erklären. Ich kann mich nicht entsinnen, daß er je geheiratet hätte. Und Kinder gibt es dann wohl auch keine.«

»Robin war also sein mutmaßlicher Erbe. Ist das richtig, Ma'am?«

»Ja.«

»Ich glaube, ich verstehe das System nicht ganz.«

»So kompliziert ist es gar nicht, Jane. Auch wenn es sehr unwahrscheinlich ist, bleibt doch die Möglichkeit, daß der gegenwärtige Earl ein Kind hat. Dieses Kind, ob Junge oder Mädchen, wäre dann rechtmäßiger Erbe. Das Recht des Kindes auf den Titel stünde außer Frage. Solange würde man eben nur mutmaßen, daß Ihr Mr. Tukes Erbe ist. In gewisser Weise ähnelt dies meiner eigenen Position. Ich selbst war auch mutmaßlicher Erbe. Mutmaßliche Erbin, würde man wohl sagen.«

»Aber Sie waren doch das erstgeborene Kind des Königs.«

»Schon, aber ich war eine Tochter. Hätten meine Eltern einen Sohn bekommen, hätte er in der Erbfolge mir gegenüber den Vortritt gehabt. Ich war mutmaßliche Erbin, in Erwartung, daß es eines Tages einen rechtmäßigen männlichen Erben geben würde.«

Spontan sagte ich: »Das ist aber doch nicht gerecht, Ma'am.«

»Was denn?«

»Daß Jungen automatisch an die erste Stelle der Erbfolge treten.«

Die Queen stieß einen Seufzer aus. »Ja«, sagte sie, »ich weiß noch, wie ich das meiner Tochter einmal erklären mußte. Die Erbfolge stützt sich auf das Prinzip der männlichen Erstgeburt, demzufolge männliche Erben den Vorzug erhalten und das Erbrecht dem ältesten Sohn zufällt. Ich kann nur soviel dazu sagen, daß die Erbfolgeregelung in England immer so gehandhabt worden ist und daß sie sich bewährt hat. Ich wüßte nicht, warum sie geändert werden sollte.«

Tja, eine radikale Feministin war die Queen nicht gerade, dachte ich. Trotzdem fand ich die Regelung ungerecht. Ihr Gesichtsausdruck zeigte mir jedoch, daß es keinen Sinn haben würde, ihr zu widersprechen. Meine Güte, durchfuhr es mich plötzlich: Ich bin in ein paar Tagen schon ganz schön weit gekommen. Allein der *Gedanke* daran, der Queen zu widersprechen, wäre mir zuvor unvorstellbar erschienen.

»Ma'am«, sagte ich. »Da ist noch etwas: Robin war im Begriff, Vater zu werden. Eins der Hausmädchen, Angela Cheatle, trägt sein Kind im Bauch. Sie sind nicht verheiratet...«

Ihre Majestät wirkte bestürzt. Und mir war es mit einmal peinlich, daß ich gegenüber der Queen derart intime Dinge angesprochen hatte. Doch es war gar nicht die Tatsache, daß die beiden unverheiratet gewesen waren, die bei der Queen Bestürzung auslöste. Hätte Angela geheiratet, würde sie *jetzt* ja schließlich gar nicht hier im Palast arbeiten. Es mußte also etwas anderes sein.

»Hatte das Mädchen denn Bescheid gewußt über den Gesundheitszustand von Mr. Tukes?«

»Ich... weiß es nicht«, sagte ich zögernd. Ich konnte

oder wollte ihr jetzt nicht sagen, daß das Kind gar nicht von Robin und deshalb auch nicht gefährdet war.

»Dann sollte es ihr jemand beibringen, dem Baby zuliebe. Vielleicht sollten Wir mit Dr. Baring sprechen.«

»Ja«, murmelte ich, »das ist eine gute Idee.«

Mich beschäftigte etwas anderes. Ich sagte: »Auch wenn die beiden verlobt waren, die Tatsache, daß sie nicht verheiratet waren, bedeutet, daß das Kind den Titel nicht erben kann. Das hat Katherine Tukes gesagt.«

»Ja, das stimmt«, sagte die Queen.

»Und Katherine zufolge geht es dem Cousin ihres Vaters, dem gegenwärtigen Earl, gar nicht gut. Er soll im Sterben liegen.« Die Queen nickte.

»Also lag in der Erbfolge doch vielleicht etwas ganz Dringliches...«

»Sie müssen herausfinden, wem nun nach Robin Tukes der Titel zufällt.«

»Und Geld und Eigentum, Ma'am.«

»Ja, ich erinnere mich daran, daß mit dem Titel ein gewisser Besitz verknüpft ist. Ulverstone ist ein recht alter Titel.«

»Sir Arnold zufolge kam Robin außerdem letzte Woche anläßlich seines einundzwanzigsten Geburtstages zu Geld«, fuhr ich fort. »Dieses Geld fließt nun Karim Agarwal zu.«

Die Queen schaute mich verständnislos an.

»Einer der Lakaien«, erklärte ich.

»Aha, natürlich.«

»Wie der Zufall es will, braucht Karim im Moment gerade dringend Geld.« Rasch berichtete ich der Queen von dem Dilemma, in dem Karims Schwester steckte. Außerdem erwähnte ich den verwunderlichen Hinweis in Robins Testament, der sich auf das geschäftliche Unternehmen bezog, das Robin und Karim offenbar geplant hatten. »Das Geschäft, über das wir so oft gesprochen haben«, waren wohl die Worte, die Sir Arnold zitiert hatte.

»Und doch«, grübelte Ihre Majestät, als ich fertig war,

»bleibt keine Erklärung dafür, warum Robin Tukes derart entschlossen war, Uns aufzusuchen. Das scheint mir der Schlüssel zu der ganzen Angelegenheit. Dem Lakai, der augenscheinlich von Robins Tod profitiert, hätte es egal sein können, ob der Tod Robin in der Galerie, in seinem Bett oder draußen auf der Straße ereilt. Das Ganze ist und bleibt verwirrend.«

»Ma'am«, sagte ich, »Dienstag früh, als Sie ... hinfielen, hatten Sie da zufällig eine Zeitung bei sich?«

»Nein.«

»Oh. Es ist nämlich so: Als ich aus dem Weißen Salon kam und Sie ... fand, da habe ich eine zusammengefaltete Zeitung aufgehoben, die neben Robin auf dem Teppich lag. Das habe ich ganz automatisch getan, wohl ein Hausmädchenreflex. Was ich danach damit gemacht habe, weiß ich nicht mehr. Ich war etwas durcheinander ...«

»Ich glaube, Sie haben sie in meinem Wohnzimmer liegen lassen. Soweit ich mich entsinne, hat Humphrey dort eine Zeitung vom Stuhl aufgehoben. Ich hatte mich gewundert, wie sie dorthin gekommen war.«

»Sie wissen nicht zufällig, Ma'am, welche Zeitung das war?«

»Nein, tut mir leid.«

»Oh.« Ich muß wohl einigermaßen bestürzt gewirkt haben, denn Ihre Majestät sagte:

»Jane, Sie haben doch etwas auf dem Herzen?«

»Na ja, vielleicht klammere ich mich ja nur an einen Strohhalm, aber mir geht nicht aus dem Sinn, daß Robin vielleicht deshalb auf dem Weg zu Ihnen eine Zeitung bei sich hatte, weil etwas darin stand, das mit dem zu tun hatte, *warum* er zu Ihnen wollte. Ich war sogar vorhin im Pressebüro und bin die Zeitungen dort durchgegangen, um vielleicht auf etwas zu stoßen, aber ich konnte nichts finden, was damit in Verbindung stehen könnte.«

Ihr Gesicht erhellte sich plötzlich.

»Ich überlege gerade ...«, sagte sie.

»Ja, Ma'am?«

»Ich überlege gerade, ob er meine Annonce entziffert haben könnte.«

»Ma'am?« wiederholte ich verständnislos. Die Queen setzt eine Annonce auf?

»Etwas sehr Wichtiges aus meinem Familienbesitz ist verlorengegangen«, erklärte sie mir nach einer kurzen Pause. »Von seiten eines Dritten ist vor kurzem in einigen Zeitungen eine Annonce aufgegeben worden, in der Hoffnung, es ohne Aufsehen wiederzubekommen. Der Text war mit Absicht verschlüsselt. Aber die entsprechende Person sollte es sofort verstehen können.«

Ich spürte, wie mein Herz schneller ging. Das hörte sich spannend an.

»Was ist denn verlorengegangen?«

»Ein Tagebuch, das meinem Urgroßvater, King Edward VII., gehörte.«

»Königlicher Tagebuchschocker!« entfuhr es mir.

»Das haben Sie in der *Evening Gazette* entdeckt«, sagte Ihre Majestät trocken.

»Es hat mich an einem Zeitungsstand geradezu angebrüllt.«

Die Queen sah mehr als unglücklich aus. »Das Tagebuch ist erst vor kurzem ans Licht gekommen. Es war unter den Dingen, die aus dem Feuer in Windsor gerettet wurden«, erklärte sie. »Mir ist nicht bekannt, wie es Uns vorher hatte entgehen können, doch das ist es. Selbstverständlich hatte ich es lesen wollen, doch Unser Zeitplan läßt nur wenig Spielraum, und die Handschrift meines Urgroßvaters ist auch nur schwer zu entziffern.

Nichtsdestoweniger wollte ich es in Balmoral einmal versuchen und war auch im Glauben, es verpackt und dorthin geschickt zu haben. Doch als ich ankam, fehlte es ärgerlicherweise. Danach konnte es schlichtweg nicht mehr gefunden werden. Zurück in London, bemühte ich mich darum, es wiederzubekommen.«

»Sie glauben, es wurde gestohlen?«

»Sicher wurde es gestohlen«, erwiderte sie brüsk. »Und nun hält auch noch diese unmögliche Zeitung ihre Hand darüber. Doch es handelt sich hier um Privateigentum, gestohlenes Privateigentum, und Wir haben Maßnahmen ergriffen, damit sein Inhalt auch privat bleibt.«

Bestürzung überkam mich. Hatte Robin das königliche Tagebuch entwendet? War er zumindest in den Diebstahl verwickelt gewesen, ob wissentlich oder unwissentlich? Hatte er der Queen den Diebstahl gestehen wollen in der Hoffnung, auf Gnade zu stoßen? Ich hatte in Erinnerung, daß Monarchen begnadigen konnten, wenn ihnen danach war. Vielleicht hatte er auf eine gütigere Stimmung spekuliert, wenn er ihr Auge in Auge gegenüberstände. Ich teilte Ihrer Majestät meine Gedanken mit.

»Einen Straferlaß können Wir nur auf Anraten meines Privatsekretärs gewähren«, belehrte sie mich. »Andererseits haben die Menschen tatsächlich eine Reihe sehr antiquierter Vorstellungen darüber, was in Unserer Macht steht, Jane. Es gibt nach wie vor einige, die glauben, Wir könnten sie durch bloßes Handauflegen von Tuberkulose heilen. Und manche Menschen glauben, meine Schwiegertochter könne AIDS heilen. Eine sehr traurige Angelegenheit.«

»Und Robin, Ma'am?«

»Ja, Robin.« Die Queen überlegte.

»Vielleicht war er imstande, die Annonce zu entziffern. Halten Sie ihn eines Diebstahls für fähig?«

»Nein, Ma'am, nicht wirklich, bestimmt nicht zum Verkaufen oder für Geld.«

»Vielleicht wußte er aber, wer es gestohlen hatte.«

Schon möglich, dachte ich. Wenn Robin jedoch gewußt hatte, wer das königliche Tagebuch gestohlen hatte, warum war er dann nicht zu den entsprechenden Stellen gegangen?

»Wann haben Sie das Tagebuch zum letzten Mal gesehen?« fragte ich die Queen.

»Ich glaube, ein paar Tage, bevor ich von London nach Balmoral gefahren bin. Mein Mann hatte es kurz in der Hand und warf einen Blick hinein, aber für diese Handschrift bringt er wohl nicht genug Geduld auf.«

»Hat noch jemand anderes es gehabt?«

Die Queen fuhr mit den Fingerspitzen über die Perlen ihrer Halskette.

»Mein Privatsekretär«, gab sie zurück. »Er ist zugleich Verwalter des königlichen Archivs. Ich hatte Sir Julian gebeten, es zu lesen und mir über den Inhalt Bericht zu erstatten.«

»Und Sir Julian war der letzte, der es gesehen hat?«

»*Ich* denke ja.«

Die Art, in der sie das Personalpronomen betonte, ließ darauf schließen, daß sie damit im Widerspruch zu jemand anderem stand. Mit Sir Julian selbst? Doch ihr Gesichtsausdruck war ein Musterbeispiel für einstudierte Neutralität, wie man sie zu pflegen hat, wenn man dauerhaft konstitutioneller Monarch bleiben möchte. Auch ihr Blick lud nicht gerade zu weiteren Nachfragen ein. Zu schade, denn bei seinem Bemühen, die Queen zu sprechen, war es doch Robins nachdrückliche Absicht gewesen, Sir Julian zu umgehen. Jetzt, wo auch noch das Tagebuch auf derart mysteriöse Art und Weise verschwunden war, schien sich etwas abzuzeichnen zwischen den merkwürdigen, unzusammenhängenden Einzelheiten, die in Verbindung mit Robins Tod standen.

»Ma'am, steht denn in dem Tagebuch etwas...« Ich suchte nach dem richtigen Wort.

»Peinliches?« half Ihre Majestät. »Ich fürchte, das weiß ich nicht. Sir Julian hatte offenbar kaum Gelegenheit, seinen Inhalt durchzusehen, und weil mein Mann sich in Afrika aufhält, konnte ich auch ihn nicht fragen, ob und was er gelesen hat.«

»Die *Gazette* hat das Wort ›Schocker‹ benutzt.«

»Die *Gazette* neigt zu Übertreibungen. Andererseits war

mein Urgroßvater, wie Sie möglicherweise wissen, ein recht« – Ihre Majestät schwieg für einen Augenblick und fuhr dann mit einem sanften Lächeln fort – »stürmischer Mann. Zum Glück lebte er nicht in einer Welt mit einer derart aufdringlichen Presse.«

Merkwürdigerweise war Edward VII., Sohn von Queen Victoria und Herrscher von 1901 bis 1911, in jüngster Zeit wieder in den Zeitungen aufgetaucht. Die Journalisten wiesen auf die Ironie der Geschichte hin, die darin lag, daß Alice Keppel, Edwards Lieblingsmätresse, die Urgroßmutter von Camilla Parker-Bowles war, der wiederum man eine Beziehung mit Na-wem-wohl nachsagte.

»Aber«, sagte ich Ihrer Majestät, »das ist doch alles schon so lange her.«

»Meiner Familie ist in letzter Zeit genug unerwünschte Aufmerksamkeit entgegengebracht worden«, sagte die Queen streng. »Aufmerksamkeit meinem Urgroßvater gegenüber wäre uns keinesfalls lieb, auch wenn es hier um Dinge geht, die sich vor einem Jahrhundert ereignet haben. Der Punkt ist jedoch der: King Edward hat den Wunsch geäußert, daß seine Tagebücher nach seinem Tod vernichtet werden. Und dementsprechend wurden sie das auch, bis auf dieses eine.«

»Aber Ma'am, wie ist es denn mit dem historischen Wert?«

»So lautet der Wunsch des Königs.«

Bei diesem Thema blieb Ihre Majestät hart.

»Meine Ururgroßmutter, Queen Victoria«, fuhr sie fort, »war eine unermüdliche Chronistin. In den Archiven von Windsor lagern über einhundert Bände ihrer Tagebücher, keins jedoch in ihrer Handschrift. Princess Beatrice, ihre jüngste Tochter, hat sie alle abgeschrieben, sie dabei aber bereinigt und ...«

Alle heiklen Stellen über Albert ausgelassen, dachte ich.

»... alle Stellen ausgelassen, die den dort aufgeführten

Personen oder ihren Anverwandten hätten Kummer bereiten können«, sagte Ihre Majestät. »Dann verbrannte Beatrice die Originale. So lautete der Wunsch Queen Victorias. Was halten Sie davon?«

»Tja Ma'am, da frage ich mich, wozu es überhaupt gut sein soll, ein Tagebuch zu führen, wenn es doch vernichtet oder zensiert wird. Erlauben Sie mir die Frage, ob Sie auch ein Tagebuch führen?«

»Ja.«

»In Ihrer eigenen Handschrift?«

Die Queen sah mich seltsam an.

»In welcher denn sonst?«

Die Queen hob ihre Handtasche auf, sicheres Zeichen dafür, daß unser Gespräch beendet war. Der Corgi erhob sich und ließ ein Bächlein auf den Teppich strömen.

»O Joan!« rief die Queen. »Wie kannst du nur!«

Unverdrießlich blickte Joan ihr Frauchen an.

Die Queen öffnete ihre Handtasche und zog ein Stück Stoff und ein Fläschchen heraus, in dem eine perlende Flüssigkeit hin- und herschwappte.

Aha, *das* hat sie also in ihrer Handtasche, dachte ich. Ein großes Rätsel ist gelöst: Sodawasser, falls einem der Corgis mal ein Malheur passiert.

»Oh, ich mach' das schon, Ma'am«, sagte ich und nahm ihr Flasche und Stoff ab.

»Danke, Jane. Ich bin schon sehr spät dran für Windsor. Und der heutige Tag war eher ein *dies horribilis.* Auf Wiedersehen. Komm mit, Joan.«

»Auf Wiedersehen, Eure Majestät. Schönes Wochenende.«

Und dir, du mieser kleiner canis horribilis, dachte ich, als Joan mir beim Gehen ein hündisches Grinsen zuwarf, *dir wünsche ich ein beschissenes Wochenende.*

13

Schon seit ein paar Tagen hatte ich mich bemüht, Karim Agarwal einen Moment lang unter vier Augen zu sprechen, aber immer wenn ich in seinem Blickfeld auftauchte, ging er in eine andere Richtung davon, und an einem so großen Ort wie dem Buck House gibt es eine Menge Möglichkeiten, jemandem aus dem Weg zu gehen.

Freitagabend schließlich, drei Tage nach Robins Tod, stieß ich auf ihn. Und zwar wortwörtlich. Ich war auf dem Weg nach Long Marsham zu meiner Großtante Grace. Ich stand am Seitenportal, hatte mir gegen den Regen meine Marinejacke zugeknöpft und beugte mich vornüber, um meinen Rucksack vom Marmorfußboden aufzuheben. Als ich mich wieder aufrichtete, schwang der Rucksack durch die Luft und traf Karim mitten ins Gesicht.

»Auu«!« rief er aus und schaute mich finster an, als hätte ich ihm aufgelauert, um ihn zu überfallen.

»Entschuldige, Karim, ich habe dich gar nicht kommen sehen.« Er schien derart aus der Fassung gebracht, daß ich beinahe lachen mußte. »Wo gehst du hin? So 'ne Guy-Fawkes-Sache?« Ich spielte auf die jährliche Gedenkfeier am 5. November an, bei der man mit Freudenfeuer, Feuerwerk und symbolischen Scheiterhaufen einer mißlungenen Verschwörung von Katholiken (unter Führung von Guy Fawkes) gedachte, die das House of Parliament hatten in die Luft sprengen wollen. Karim stürmte durch die Tür, vorbei an den Sicherheitskontrollen, und bog rechts auf die Buckingham Palace Road ein. Ich jagte ihm hinterher.

»Ich schaue mir *Sunset Boulevard* an.« Das warf er mir praktisch über die Schulter zu, während er seinen Schirm öffnete. Der Regen war nun nicht mehr länger zu ignorieren.

»Du Glücklicher«, sagte ich und machte meinen ebenfalls auf. »Wie hast du denn Karten bekommen?«

»Ich habe sie schon vor Monaten gekauft. Ich habe dafür angestanden, als es zum ersten Mal im Adelphi lief.«

Schweigend gingen wir eine Weile nebeneinander her, während der Regen auf unsere Schirme prasselte. Eigentlich hatte ich nach rechts zur U-Bahn-Station Victoria Station gehen wollen; doch jetzt schien es mir besser, ihm zu folgen.

»Gehst du allein?« fragte ich unschuldig.

Wir waren um die Ecke gebogen und liefen nun zwischen Palast und Queen Victoria Memorial entlang. Karim schaute durch das Haupttor über den Innenhof auf die Außenseite des Palastes. An dieser Stelle wurden die dunkel gefärbten Portlandsteine nur von dem Licht belebt, das von den Wachhäuschen der Leibgarde ausging. Die großen Lampen, die das Haupttor säumten, fingen flüchtigen Schmerz auf seinem dunklen, hübschen Gesicht ein.

»Ja«, sagte er schließlich in einem Ton, der mir bedeutete, daß mich die Sache nichts anging. Als hätte er es sich anders überlegt, fügte er dann aber doch hinzu: »Ursprünglich hatte ich die Karten für Robins Geburtstag besorgt. Ich wollte ihn damit überraschen.«

An der Ampelanlage beim Constitution Hill hielten wir an. Wind kam auf und rüttelte an unseren Schirmen. Karim blickte mich an und bemerkte, daß wir praktisch Schulter an Schulter gingen (na, sagen wir mal Schulter an Rippen).

»Sag mal, verfolgst du mich hier, oder was?« fragte er gereizt.

»Nein, Karim, ich verfolge dich nicht. Ich bin unterwegs zur U-Bahn-Station Green Park. Ich will in Marylebone in den Zug steigen. Ich nehme an, du mußt auch zum Green Park. Dann hast du doch sicher nichts dagegen, wenn ich ein Stückchen mit dir laufe? London ist abends nicht besonders sicher.«

»Nein«, sagte er unfreundlich, als die Ampel auf Grün umschlug. »Ich hab' nichts dagegen.«

»Außerdem wollte ich sowieso mal mit dir reden, aber du warst in den letzten Tagen schwer zu erreichen«, beharrte ich.

»Mir sind eine Menge Sachen durch den Kopf gegangen.«

»Ich wollte dir sagen, daß ich deinen Brief habe.«

»Welchen Brief?«

»Den von deiner Schwester.«

Er blieb abrupt stehen. Wir waren gerade gegenüber den ornamentalen Canada Gates, die auf den Broad Walk führen.

»Wie bist du da drangekommen?« wandte er sich mir bestürzt zu.

»Durch Robins A–Z-Führer. Der Brief steckte zwischen den Seiten. Hier ...« Ich ließ meinen Schirm fallen, öffnete den Riemen meines Rucksacks und kramte darin herum. »Ich gebe ihn dir wieder.«

Eigentlich hatte ich ihn abends in Long Marsham noch meiner Tante Grace zeigen wollen, doch den Kern des Inhalts würde ich sicher wiedergeben können, also hatte ich keinen Grund, ihn zu behalten.

»Das ist eine Privatsache, verdammt noch mal!« explodierte er.

»Weiß ich doch! Meine Güte, deshalb gebe ich ihn dir doch auch zurück. Das hätte ich schon vor Tagen gemacht, wenn du mir nicht ständig aus dem Weg gegangen wärst.«

»Du hättest ihn mir ins Brieffach legen können.« Seine Wut war nicht zu übersehen.

»Also, ich dachte doch, es ist was Persönliches.«

Karim griff nach dem Umschlag, drehte ihn zur Seite, um im fahlen Licht der Straße die Handschrift sehen zu können, doch sogleich klatschten Regentropfen auf das blaue Briefpapier und drohten, die Tinte zu verwischen. Abrupt stopfte Karim den Umschlag in den Mantel und ging weiter.

»Mit anderen Worten: Du hast ihn gelesen!« rief er mir

über die Schulter zu, während ich mich beeilte, den Rucksack wieder zuzuschnüren und meinen Schirm aufzuheben, den eine Windbö bereits fast über den Rasen hatte hüpfen lassen.

»Durfte ich das nicht?« rief ich zurück.

»*Mein* Name steht auf diesem Umschlag, nicht deiner. Das ist eine verdammte Frechheit von dir.«

»Karim«, sagte ich eindringlich, als ich wieder auf gleicher Höhe mit ihm war. »Glaubst du wirklich, daß Robin sich umbringen wollte?«

Einen Moment lang sagte er überhaupt nichts. Man hörte nur das Geräusch unserer Schuhe, die sich knirschend über die Blätter bewegten, und den dumpfen Schlag des vom Nylon abprallenden Regens. Ich dachte schon, er hätte mich überhaupt nicht gehört und wollte die Frage gerade wiederholen, als er unwirsch antwortete:

»Ja ... natürlich.«

»Warum lag dir denn so viel daran, den Brief wiederzubekommen?«

»Was hat der verdammte Brief denn damit zu tun?«

»Als du mich Dienstag in Robins Zimmer getroffen hast, nachdem ..., also, nachdem ..., da hast du gesagt, daß du wegen eines Pullovers gekommen wärst, den du ihm geliehen hättest. Du bist aber wegen des Briefs gekommen.«

»Und wenn schon? Es ist doch mein Brief.«

Karim wirkte härter seit unserer letzten Begegnung. An dem Morgen in Robins Zimmer war er erst polterig, dann aber sentimental gewesen – kein Wunder eigentlich, unter diesen Umständen –, jetzt allerdings erschien er ausgesprochen angespannt und aggressiv.

»Karim, in dem Brief fleht dich deine Schwester an, irgendwie an 25.000 Pfund zu kommen.«

»Na und?«

»Du willst ihr doch bestimmt helfen. Wie alt ist sie denn?«

»Siebzehn.«

»Großer Gott! Und wegen irgendeines Familienhandels gezwungen, so einen alten Kauz zu heiraten. Das ist doch absolut mittelalterlich.«

Er drehte seinen Schirm so, daß ich seine Augen nicht sehen konnte.

»Das ist einfach der Lauf der Dinge«, sagte er mir. »Meena wird gut einheiraten. Das ist es, was meine Eltern wollen. Hier in England gibt es für Asiaten einfach zu viele Probleme. Die Gesellschaft hier ist ganz anders. In England könnte sie jemand aus einer anderen Kaste heiraten. Oder einen Weißen.«

»Aus einer anderen Kaste? Was für eine Doppelmoral!« sagte ich entrüstet. »Was ist denn mit dir und Robin? Der war doch auch nicht aus deiner Kaste, hatte nicht deine Hautfarbe und war noch nicht einmal vom anderen Geschlecht...«

»Das ist was anderes...«

»Okay, vergiß das alles, aber der Brief von deiner Schwester ging mir wirklich unter die Haut. Verteidigst du diesen Brauch etwa?«

»Ja«, sagte er schroff.

»Wirklich? Warum hast du den Brief dann Robin gegeben?« Karim schritt jetzt schneller voran. »Warum hätte ich ihn Robin nicht zeigen sollen?«

»Ganz einfach, weil Robin und du nicht mehr zusammen wart. Du hast doch in den letzten Wochen kaum noch mit ihm gesprochen. Und dann plötzlich zeigst du ihm einen Brief mit einer intimen Familienangelegenheit?«

»Ich hatte ihm den Brief schon lange vorher gegeben.«

»Der Poststempel, Karim. Der Brief ist letzten Donnerstag in England angekommen, *dem* Tag, an dem Robin seinen Geburtstag gefeiert hat. Du mußt ihn Freitag bekommen haben. Und hast ihn ihm gleich Sonntag im Krankenhaus gezeigt.«

»Ich habe ihm aber schon früher von Meena erzählt. Du bist auf einer falschen Fährte.«

»Aber die Bitte deiner Schwester, sie mit Geld freizukaufen, ist ganz offensichtlich echt.«

»Also was?«

»Also hast du gedacht, daß Robin dir vielleicht helfen könnte. Du wußtest, daß er Geld hat beziehungsweise zu Geld kommen würde...«

»Woher hast du vom dem Geld erfahren?« unterbrach mich Karim scharf.

»Robins Schwester hat mir davon erzählt«, log ich. »Sie war gestern im Palast und hat ein paar von Robins Sachen abgeholt.«

Er starrte mich an.

»Jedenfalls«, fuhr ich fort, »läßt mich das vermuten, daß du nichts von dieser arrangierten Hochzeit deiner Schwester hältst. Du wolltest Meena so sehr helfen, daß du dafür deine selbstauferlegte Entscheidung, dich von Robin fernzuhalten und nicht mehr mit ihm zu sprechen, rückgängig gemacht hast. Auch wenn er sich oben in Schottland zurückgezogen hat, warst du es doch eher, der mit Robin Schluß gemacht hat, oder?«

»Er hat genauso Schluß gemacht! Indem er sich mit Angie eingelassen hat. Das reichte.«

»Die Verlobung mit Angie letzte Woche hat alle völlig überrascht. Nur du scheinst nicht gerade aus allen Wolken gefallen zu sein.«

An dieser Stelle geriet Karim ins Zögern. Mißtrauisch spähte er mich unter seinem Schirm an. Um ihn anzuschauen, mußte ich meinen Schirm zur Seite drehen, und meine Haare wurden feucht.

»Er hat es mir vorher erzählt«, sagte Karim mit rauher Stimme.

»Wie lange vorher?«

»Vorher, am gleichen Tag, glaube ich.«

»Aber von der Beziehung hast du schon früher gewußt.«

»Habe ich das nicht gerade erzählt?« antwortete er.

»Hat er nie gesagt, warum er das tut?«

»Nein! Das hat er nicht.«

»Wenn du so sauer warst wegen Angie, warum bist du denn dann zu einer Geburtstagsparty gegangen, von der du schon wußtest, daß sie zu einer Verlobungsparty werden würde?«

Sein Blick verengte sich. »Worauf willst du hinaus, Jane?«

»Auf gar nichts. Ich bin bloß neugierig. Und was ist mit dem Geschäft? Wollten Robin und du irgend was auf die Beine stellen?«

»Das war etwas zwischen Robin und mir. Wer hat dir denn davon erzählt?«

»Weiß ich nicht«, log ich mit erstaunlicher Leichtigkeit. »Ich dachte, das wüßte jeder.«

Unsicherheit trat in sein Gesicht. »Wir spielten mit der Idee, ein Geschäft zu eröffnen, das ist schon alles. Meinst du vielleicht, ich möchte mein Leben lang Lakai bleiben? Im Palast zu arbeiten mag für dich ja ein Jux sein, Jane. Das ist doch bloß ein Teil deiner Europarundreise. Für mich ist es aber die Wirklichkeit.« Das brachte er so ernst hervor, daß ich eine Gänsehaut bekam.

»Warum hast du dann überhaupt im Palast angefangen?«

»Meine Eltern haben mich hierhergeschickt«, klagte er. »Sie dachten, ich käme doch nur auf die schiefe Bahn, wenn ich in Blackburn bliebe. Sie glaubten, hier kümmert sich die Queen höchstpersönlich um mich. So blöd sind die. Also haben sie an den Palast geschrieben, damit sie mir einen Job geben.«

»Du hättest ja nicht kommen brauchen.«

»Du kennst indische Familien nicht. Außerdem: Was hätte ich denn sonst für eine Arbeit annehmen sollen? Ich war heilfroh, aus dem Norden wegzukommen.« Er seufzte. »Robin und ich wollten einen Laden aufmachen. Wir wollten alle möglichen Sachen verkaufen, die mit dem Theater in London zu tun haben – Poster, Bücher, Kostüme, Antiquitäten und solche Sachen. Robin wollte das Geld, das er an seinem Geburtstag bekommen sollte, dafür verwenden, den Laden auf die Beine zu stellen. Und dann wollten wir weg aus dem Palast.«

»Und dann hat Angie es vermasselt.«

»Die dumme Ziege.«

»Hat sich Robin wirklich nie über seine Beziehung zu ihr geäußert?«

»Habe ich dir das nicht schon mal gesagt? Nein.«

»Hat er es nicht einmal versucht?«

»Vielleicht. Ich weiß es nicht. Es war mir auch egal. Warum willst du das eigentlich alles wissen?«

»Ich frage mich, ob Robin ein Testament hinterlassen hat«, fuhr ich fort.

»Keine Ahnung«, sagte Karim kühl und beschleunigte seinen Schritt. Wir rannten praktisch durch den Regen.

Mir war, als wisse Karim sehr wohl Bescheid. Doch aus irgendeinem Grund wich er meinen Fragen aus. Wenn er nun extrem wütend auf Robin gewesen war, gleichzeitig aber davon gewußt hatte, daß Robin ihm eine beträchtliche Summe hinterlassen würde, hätte er dann nicht ein perfektes Motiv für einen Mord gehabt?

»Wollte Robin dir die 25.000 Pfund schenken oder leihen?«

»Das geht dich gar nichts an.«

»Ich kann mir nicht vorstellen, daß Robin in einem solchen Fall nein sagen würde.«

Karim ignorierte mich.

Wie ein Leuchtturm erhob sich in der Ferne, über Piccadilly, ein in Scheinwerferlicht getauchtes Gebäude. Uns direkt gegenüber lag der Tunnel zur U-Bahn-Station. Es blieb nur noch wenig Zeit. Ich beschloß, es darauf ankommen zu lassen.

»Hör zu, Karim, ich glaube nicht daran, daß Robin sich umgebracht hat. Ich glaube, er wurde ermordet.«

Meine Äußerung hatte elektrisierende Wirkung auf Karim. Aus seinen dunklen, förmlich glühenden Augen schaute er mich wütend an, die Nasenlöcher gebläht, sein ganzes Gesicht in Aufruhr.

»Was erzählst du da? Du dämliches, kleines Mädchen, vergiß es. Er hat sich umgebracht! *Sich umgebracht!*«

»Es ergibt keinen Sinn«, beharrte ich störrisch.

»Er hatte Depressionen!«

»Aber nicht *derart.*«

»Er hat einen AIDS-Test gemacht! Er war HIV-positiv! Verstehst du jetzt endlich?«

»Das weiß ich alles. Hör auf, mich anzubrüllen.«

»Woher weißt du das?« fragte er ungläubig.

Jetzt mußte ich mir schnell etwas einfallen lassen. »Seine Schwester hat's mir erzählt. Er hatte es ihr geschrieben.«

Argwöhnisch schaute mich Karim an, sagte jedoch nichts.

»Und woher weißt *du* es?« gab ich zurück.

»Er hat's mir gesagt.«

»Wann?«

Karim zögerte. »Im Krankenhaus. Sonntag. Gerade, bevor du gekommen bist.«

»Das muß ja ein echter Schock gewesen sein«, sagte ich mitfühlend, obwohl ich ihm keine Sekunde glaubte. Ich war überzeugt davon, daß Robin in Schottland von seiner Krankheit erfahren hatte; bestimmt hatte er es Karim gleich danach erzählt. »Ist bei dir denn alles okay?«

Sein Blick wandte sich ab und richtete sich auf die Bäume, an denen nur noch wenige Blätter hingen. »Ich weiß es nicht.«

»Und wenn du einen Test machen läßt?«

Seine Augen funkelten. »Ich möchte es lieber nicht wissen, vielen Dank«, sagte er mit bitterem Unterton.

»Aber es muß doch gar nicht unbedingt die Todesstrafe bedeuten. Die Leute leben noch jahrelang völlig normal. Manchmal bricht AIDS ja auch nie voll aus.«

»Meistens aber doch.«

Schweigend marschierten wir eine Zeitlang weiter. Schließlich sagte ich: »Du meinst also, Robin hatte guten Grund, sich umzubringen?«

Karim nickte.

»Warum hätte er es dann im Pagenvestibül tun sollen? So bringt sich doch normalerweise niemand um.«

»Wie bitte?« Karim schien verwirrt. »Ich dachte, es sei in seinem Zimmer passiert?«

»Nein, im Pagenvestibül, genau wie beim ersten ›Selbstmordversuch‹.« Mit dieser Information hatte ich wohl nichts mehr zu verlieren. Und Karims Reaktion war spannend.

»Ach, manche Leute springen sogar von Dächern«, entgegnete er abwehrend.

»Was willst du damit sagen?«

»Daß Leute manchmal ein Schauspiel aus der Sache machen.«

»Das ist nicht Robins Art«, sagte ich und war auch überzeugt davon.

»Ein Schauspiel daraus zu machen? Denk daran, es war Robins Idee, durch den Palast zu ›flitzen‹.«

Jetzt reichte es mir. Warum beharrte Karim denn so eisern darauf, daß es Selbstmord war? Wenn man in jemand verliebt war, und dieser jemand brachte sich um, erleichterte es einen dann nicht irgendwie, wenn man erfuhr, daß der Tod doch nicht von eigener Hand erfolgt war? Das würde doch bestimmt die Schuldgefühle nehmen, die man hatte.

»Okay, Karim, drücken wir es so aus! Ich habe es einfach im Gefühl, daß Robin ermordet worden ist.«

Jetzt schien Angst, und nicht Wut, von Karim auszugehen. »Hast du das schon jemand erzählt?« stieß er keuchend hervor, als ob plötzlich der Sauerstoff in Green Park versiegt wäre.

»Nein«, erwiderte ich. »Vielleicht tu ich's aber noch.«

Wir kamen an die Treppen, die zur Station hinabführen. Karim hielt inne und griff ans Geländer. »Laß es verdammt noch mal gutsein, Jane«, flehte er mich geradezu an. Er wirkte angeschlagen. »Er ist tot. Verstehst du? Nichts bringt ihn wieder zurück.«

Und damit stürzte er die Treppen hinab. Sein Schirm prallte gegen den Überhang. Mit einem Laut des Unmuts packte er ihn fester. Ich blieb im Regen zurück und überlegte, warum er so heftig reagiert hatte.

Kurz darauf steckte ich meine Monatskarte in den Magnetstreifenleser des Drehkreuzes und fuhr die Rolltreppe zur Jubilee Line hinab. Das Gespräch mit Karim hatte mich ein wenig durcheinandergebracht. Zuerst bemerkte ich den Mann nicht, der an meine Seite trat und damit gegen die »Rechts-stehen,-links-gehen«-Regelung verstieß, die Eiligen den Weg freihält. Irgend so ein verirrter Tourist, dachte ich, bevor ich schließlich meine Aufmerksamkeit auf das Gesicht richtete, das mich erwartungsvoll von der Seite her musterte. In London kommt es vor, daß Touristen andere Touristen ansprechen. Immerhin war ich kein Tourist mehr, dachte ich dankbar. Ich war eine Londonerin.

Dieser wohltuende Gedanke löste sich in nichts auf, als ich den Mann erkannte. Es war Andrew Macgreevy von der *Evening Gazette,* den ich erst an diesem Morgen vor Holborn Station hatte herumlungern sehen, der Mann, dem Davey Pye zugewinkt hatte. Einer der Terrier aus der Sensationspresse.

»Ihr Freund hat es ja mächtig eilig gehabt«, kommentierte Macgreevy, während wir die Rolltreppen hinabfuhren und dann in einen Tunnelgang gelangten, in dem die sanften Mandolinenklänge eines Straßenmusikanten vergeblich gegen das Echo schwerer Fußtritte ankämpften.

Seine groben Züge glühten vor Anstrengung; vielleicht hatte er aber auch schlichtweg hohen Blutdruck. Das ließ sein Gesicht, sogar von der Seite her betrachtet, ein bißchen puddingartig erscheinen. Er war jünger, als ich dachte, und wirkte leicht ungesund.

»Andrew Macgreevy, Sie gestatten.« Er schob mir die Hand entgegen, als wir uns zu den vereinzelt auf dem Bahnsteig wartenden Menschen gesellten.

»Stella Rigby«, gab ich prompt zurück, wobei ich ihm aus unerfindlichen Gründen eine völlig nebensächliche Figur aus *Coronation Street* nannte. Die Hand behielt ich am Rucksackriemen.

Falls er meinen wirklichen Namen kannte, ließ er sich nichts anmerken.

»Sie arbeiten im Palast, nicht wahr?« fragte er.

»Ja.«

»Ich habe Sie da schon mal gesehen.«

»Zum Beispiel heute morgen – Holborn? Ganz schön weit weg vom Buck House.«

»Zufall.« Er zuckte mit den Achseln und lächelte beschwichtigend.

»Aha, sicher. Und was sind Sie jetzt, ein Jäger auf der Pirsch, der sich zunächst einmal vorstellen möchte?«

»Ein Reporter. Für die *Evening Gazette.* Bestimmt haben Sie meinen Namen schon einmal gehört«, fügte er freundlich hinzu.

»So? Was macht ein so berühmter Kerl wie Sie denn dann am Jahrestag der Pulververschwörung, kurz vor dem Freudenfeuer, in der U-Bahn-Station Green Park? Und warum plaudert er mit einem Mädchen, das jung genug wäre, seine ... Tochter zu sein?«

»Fergie hat unsere Verabredung abgesagt. Ihre Tagesmutter hat sie sitzengelassen. Zu schade aber auch. Sie hatte sich eine Strohpuppe ihrer Schwiegermutter gebastelt, die sie gerne ins Feuer geworfen hätte.«

Ich ging den Bahnsteig entlang, bis ich auf größere Menschenmengen stieß. Macgreevy folgte mir.

»Ich brauche Informationen«, sagte er.

»Worüber?«

»Über das, was sich gerade im Palast abspielt.«

Ein Windzug kündete die U-Bahn an, die nun jeden Moment aus dem Tunnel hervorkommen würde. Ich wandte den Kopf in die Richtung, aus der die Luft drang. Obwohl ich schon beinahe ein Jahr in London lebte, brachten mich die kräftigen Gerüche und Geräusche der U-Bahn nach wie vor in Hochstimmung. Mit Vergnügen schaute ich zu, wie die U-Bahn, einer wilden Bestie gleich, plötzlich auftauchte. Ich achtete dabei gar nicht auf Mr. Macgreevy.

»Und ich bezahle auch dafür«, fuhr er fort, wobei er näher an mich herantrat, um das anschwellende Geräusch zu übertönen. Instinktiv wich ich zurück. Der Bahnsteig war mittlerweile stark bevölkert.

»Was hielten Sie davon, fünfzig Piepen auf die Schnelle zu verdienen?«

Er schrie nun förmlich, was aber niemand sonst hörte. Hastig ging ich den Bahnsteig entlang. Im Gedränge würde ich ihm spielend entkommen können. Der Zug war nun auf gleicher Höhe, und die Menge drängte auf die sich öffnenden Türen zu. MacGreevy war offenbar in einen anderen Wagen eingestiegen.

Doch ich hatte Pech. Ich ergatterte einen der letzten Sitzplätze, bemerkte dann aber, als der Zug losbrauste und die Stehenden sich verteilt hatten, gleich vor mir einen mittlerweile vertrauten mausgrauen Trenchcoat. Ich schaute hoch, und Macgreevy lächelte mich an.

Natürlich konnte er seine Bestechungsversuche inmitten all der Leute nicht fortsetzen, so daß wir schweigend über die Bond Street zur Baker Street dahinratterten. Dort stieg ich aus, um in die Bakerloo Line umzusteigen. Kaum traten wir allerdings auf den Bahnsteig hinaus, wiederholte er sein Angebot.

»Fünfzig Piepen, Stella. Das ist mehr, als du an einem Tag verdienst.«

»Hören Sie, Mr. Macgreevy«, erwiderte ich scharf und

steuerte so schnell wie möglich auf den nächsten Ausgang zu. »Ich bin bloß ein Hausmädchen. Der einzige Schmutz, den Sie von mir haben können, kommt aus dem Staubsauger. Ich bin keine wichtige Informationsquelle. Verstehen Sie doch endlich.«

»Ein paar meiner besten Informanten haben den gleichen Dienstgrad wie Sie.«

»Und warum fragen Sie dann nicht die?«

Er gab keine Antwort. Daß es solche Menschen im Palast gab, war ein offenes Geheimnis. Die meisten, so hieß es, stammten aus den unteren Dienstbereichen und wurden durch armselige Bezahlung und ihren niedrigen Stand dazu getrieben, Klatsch weiterzugeben. Ich mußte an die Zeitungen denken, die ich in den letzten Tagen überflogen hatte. Warum war nichts über Robin an die Presse gedrungen? Vielleicht weil er, so wie ich, aus den unteren Dienstbereichen stammte? Hielten dieses Mal alle die Reihen geschlossen, um jemand der ihren zu schützen? Vielleicht. Vielleicht aber auch nicht. Ein Mörder, ob nun aus den unteren oder oberen Rängen, würde eine Störung durch die Presse genausowenig willkommen heißen wie die Queen selbst.

»Nicht viele Hausmädchen nehmen sich den Vormittag frei, um den Anwalt der Queen aufzusuchen«, sagte Macgreevy.

»Ich war im *Büro* des Anwalts der Königin. Selbst ein Hausmädchen kann ganz legale Sachen zu erledigen haben.«

»Beim Anwalt der *Queen?*«

»Hören Sie, ich bin keine Engländerin, wie Sie an meinem Akzent bemerken. Ich kann ein Londoner Anwaltsbüro nicht vom anderen unterscheiden. Ich bin zu Cholmondeley & Featherstonehaugh gegangen, weil ich den Namen auf einer Visitenkarte gesehen hatte, das ist alles. Den Namen kann man sich eben gut merken.«

»Und warum sind Sie dorthin gegangen?« Hartnäckig war er ganz sicher.

»Das geht Sie nichts an, Mr. Macgreevy.«

Der Durchgang zur Bakerloo Line war nur ein paar Meter lang, trotzdem hatte ihn ein Straßenmusikant für sich in Anspruch genommen. Er machte mit einem Dudelsack grauenhaften Lärm.

»... in einem Lieferwagen«, sagte Mr. Macgreevy, als der Dudelsack leiser wurde. »Ich kenne diesen Wagen und weiß, was er zu bedeuten hat.«

»Wovon reden Sie?« fragte ich.

»Der Wäschereiwagen. Dienstagmorgen stand ein Lieferwagen am Seitenportal. Und dieser Wagen hat keine Wäsche abgeholt. Am Steuer saßen Polizisten.«

Jetzt dämmerte es mir. So also hatten sie Robins Leiche unauffällig abgeholt.

»Also was?« fragte ich, um Fassung ringend.

»Jemand ist innerhalb der Palastmauern gestorben.«

»Und das ist die große Geschichte, hinter der Sie her sind? Wissen Sie, wie viele Menschen im Palast arbeiten?«

»Dreihundertundsechsundzwanzig, und seit Dienstagmorgen einer weniger. Und Sie wissen auch, wer das ist. Es ist Robin Tukes, einer der Lakaien.«

»Das ist mir neu. Ich bin Hausmädchen. Lakaien interessieren mich nicht.«

Klang das überzeugend? Ich hoffte es. Mittlerweile warteten wir auf den Richtung Westen fahrenden Zug der Bakerloo Line, und ich fieberte seiner Ankunft regelrecht entgegen, um diesen aufdringlichen Reporter endlich abschütteln zu können.

»Und wieso sind Sie dann heute abend mit einem der Lakaien durch den Green Park gegangen?«

»Wenn Sie an den Lakaien so brennend interessiert sind, fragen Sie doch einen von ihnen, Mr. Macgreevy.«

Sicher hatte er das bereits getan und nichts dabei erfahren.

»Oder«, fuhr ich mit einem verärgerten Seufzen fort, »wenn es Ihnen um noch etwas anderes geht, wenden Sie sich doch an das Pressebüro im Palast. Oder an den Coroner der Queen. Oder rufen Scotland Yard an. Warum belästigen Sie mich damit?«

»Weil ich davon überzeugt bin, daß Sie ein schlaues Mädchen sind, *Stella.*« Er betonte meinen hastig erfundenen Namen auffällig. »Außerdem glaube ich, daß Sie es waren, die Katherine Tukes gestern nachmittag aus dem Palast kommend begleitet hat.«

Gott sei Dank kam Wind im Tunnel auf: Der Zug mußte jeden Moment eintreffen.

»Junge Männer sterben nicht im Schlaf«, beharrte er.

Ein Grollen erfüllte den Raum um uns herum, als der Zug nahte.

»Vielleicht sollten Sie auch einmal an die Sicherheit Ihrer Majestät denken.« Seine Stimme mußte nun gegen den Donner des einfahrenden Zuges ankämpfen. Sie klang nun zunehmend salbungsvoll. Ungeduldig blickte ich den Schienenstrang entlang. Andrew Macgreevy strapazierte meine Nerven. »Denken Sie doch einmal an das Staatsbankett am Dienstag. Da sind eine Menge seltsame Gestalten dabei. Es gibt mehr republikanische Armeen heutzutage, als man auf einen Streich erwischen kann.«

»Hören Sie«, fauchte ich, als der Lärm nachließ und die Türen sich öffneten, »ich habe keine Ahnung, wovon Sie sprechen. Und wenn Sie mir weiter nachlaufen, schreie ich um Hilfe.«

Und mit diesem bewährten Spruch ließ ich mich von der Menge in die U-Bahn schwemmen. Dieses Mal folgte er mir nicht.

»Gute Nacht, Mrs. Rigby«, rief er mir laut hinterher, als die Türen sich wieder schlossen. »Und grüßen Sie mir Bet Gilroy, ja?«

Die Leute in meiner Nähe schauten mich an, als ob mit mir etwas nicht in Ordnung wäre. Ich legte ein mattes Lächeln auf. Bet Gilroy ist ein Hauptdarsteller in *Coronation Street.*

14

Ich fühle mich richtig wohl im Hause meiner Großtante. Es hat etwas sehr Gemütliches, obwohl es nicht gerade ein Cottage mit Strohdach ist oder sonstigen touristischen Vorstellungen von englischen Landhäusern entspricht. Eigentlich ist es ziemlich modern, wohl nach dem Zweiten Weltkrieg erbaut worden, und von außen sieht es ganz schlicht aus. Es steht auf einem recht steilen Hang, auf dem allerlei Bäume und Blumen gedeihen, die Engländer in- und auswendig zu kennen scheinen, von denen ich aber keinen Schimmer habe.

Im Erdgeschoß auf der Vorderseite steht auf der einen Seite eine Garage und auf der anderen ein selten benutztes Gästeschlafzimmer. Der eigentliche Wohnraum liegt jedoch im ersten Geschoß, das, durch den Hang bedingt, auf der Rückseite direkt auf einen Garten führt. Hier gibt es zwei Schlafzimmer, Badezimmer und Toilette, Küche und Speisekammer sowie ein überaus nettes Wohnzimmer nach vorne heraus, dessen Verandatüren auf einen kleinen Steinbalkon führen, von dem aus man über die Baumwipfel hinweg auf die sanften Abhänge der Chilterns schauen kann.

Es gibt einen besonders einladenden Sessel, in dem ich gerne versinke. Dann mümmele ich mich in eine Decke ein, weil meine Großtante Grace meistens darauf besteht, die Verandatüren offenzulassen, selbst im November, und lese ein Buch oder schaue über die Balkonbrüstung und höre dazu klassische Musik oder Jazz aus der fabelhaften Schallplatten- und CD-Sammlung meiner Großtante. Tante Grace hat eine umwerfende Stereoanlage, was allein schon darauf hinweist, daß sie nicht so ein altes Mütterchen ist, das nur Socken strickt und den Sensenmann zum Tee erwartet.

Grace ist in etwa so alt wie die Queen, eine Tatsache, die mir erst an diesem Freitagabend bewußt wurde, als wir es uns gleich nach meiner Ankunft in Long Marsham in unseren Sesseln gemütlich machten. Die Queen ist klein von Gestalt (wie ich), neigt ein wenig zur Molligkeit (anders als ich!) und sieht immer so aus, als käme sie gerade vom Friseur. Grace dagegen ist groß und schmal, und ihre stahlgrauen Haare sind derart praktisch geschnitten, daß die Friseure von Long Marsham sicher verzweifeln, wenn sie sie zu Gesicht bekommen. Klar, die Queen ist unglaublich reich und berühmt, und Grace nicht. Die Queen hat vier Kinder und einen Haufen Enkelkinder, und Grace hat nie geheiratet. Aber vom Charakter her ähneln sie einander. Das finde ich jedenfalls. Beide Frauen haben eine ruhige Entschlossenheit, denken ausgesprochen positiv und haben einen überraschenden Sinn für Humor.

Und mit beiden kann man unkompliziert reden. Das hört sich jetzt, was die Queen angeht, sicher unwahrscheinlich an. Ich meine, sie ist natürlich die *Queen,* doch wenn man einmal die anfängliche Überraschung überwunden hat, sich im Gespräch mit jemand zu befinden, dessen Gesicht auf jeder Briefmarke ist, die man je abgeleckt hat, dann erlebt man sie ganz schön geradeheraus. Natürlich gibt es Dinge, die ich mir nie und nimmer vorstellen könnte, mit der Queen zu besprechen, und selbstverständlich muß man sie fortwährend mit Ma'am anreden und so weiter, während man mit Grace einfach über alles sprechen kann. Grace ist an allem, was geschieht, interessiert, bewertet nicht alles so, wie meine Eltern das täten, wenn ich ihnen das erzählen würde, was ich ihr erzählte.

Und noch eins : Sie ist nicht so wie der Typ Eltern mittleren Alters, der glaubt, jeden Abend zu einer bestimmten Zeit ins Bett gehen zu müssen, weil sonst die Moral ins Wanken geriete. An diesem Abend quatschten wir bis drei Uhr früh. Ich hatte ihr schließlich eine ganze Menge zu erzählen!

»Wie geht es deinem Freund, der am letzten Wochenende im Krankenhaus lag?« erkundigte sie sich, als ich meinen Rucksack im kleineren der beiden Schlafzimmer ausgepackt hatte und in die Küche gekommen war.

»Er ist tot«, erwiderte ich.

Das war natürlich der Einstieg, die Ereignisse der vergangenen Woche noch einmal aufzuzählen: die verwirrenden Begleitumstände von Robins Tod, die Begegnung mit der Queen und meine sich daran anschließende Suche nach der Wahrheit. Grace hörte mir sehr aufmerksam zu und unterbrach mich nur hier und da, um eine Frage zu stellen. Als ich mein Gespräch mit der Queen beschrieb, wanderten ihre Augenbrauen gen Himmel – das ist bei Grace der höchste Ausdruck von Überraschung –, doch davon abgesehen, brachte die Geschichte sie nicht aus der Fassung.

»Meine Güte«, sagte sie, als ich ihr das Wesentliche berichtet hatte, »was hast du da für ein Abenteuer erlebt. Und es ist ja noch gar nicht vorbei, nicht wahr?«

»Nein«, erwiderte ich. Wir waren ins Wohnzimmer hinübergegangen und hatten es uns dort gemütlich gemacht. Grace hatte mir zuliebe ein kleines Feuer entfacht, und das Zimmer war warm, wie wir Kanadier es lieben.

Grace griff nach einem Stück Kuchen. »Besonders interessant ist, daß die Queen dich um Hilfe gebeten hat.«

»Stimmt. Ist das nicht seltsam? Es muß irgendwie mit ihrem Privatsekretär zu tun haben ...«

»Ja, Sir Julian Dench«, sagte Grace nachdenklich.

»Weißt du etwas über ihn?«

»Nicht viel. Nur das, was ich in den Zeitungen gelesen habe, bevor er Privatsekretär der Queen wurde. Doch er scheint mir eine merkwürdige Wahl für diese Position. Ich glaube, er ist ein ziemlicher Thatcherist. Ganz viel ›freie Marktwirtschaft‹ und dieser Blödsinn. Ich kann mir gar nicht vorstellen, daß dieser Mann überhaupt mit der Idee der Monarchie sympathisiert. Aus seiner Sicht muß sie vollkommen uneffektiv sein.« Nachdenklich fügte sie hinzu: »Vielleicht ist das ja auch die Erklärung.«

»Wie meinst du das?«

»Na ja, die Kritik an der Monarchie kam in diesem Land bisher immer von der Linken. Leute wie Tony Benn und seinesgleichen halten sie für undemokratisch und ungerecht. Sie sind diejenigen, die traditionell fordern, daß Großbritannien eine Republik wird. Jetzt aber kommt der Republikanismus offenbar vom rechten Flügel, von Leuten wie Julian Dench vielleicht.«

»Er ist also im Palast Teil einer Verschwörung oder so etwas?«

Grace lachte. »O nein, meine Liebe. Das glaube ich nun nicht. Vielleicht repräsentiert Sir Julian jedoch eine Fraktion innerhalb der Tories, die auf Reformen abzielen, nach denen die Monarchie in ihren noch verbleibenden Vorrechten weiter eingeschränkt und weniger kostenintensiv sein würde. Zu meiner Zeit hießen solche Leute Rationalisierungsfachmänner. Sir Julian steht wohl auch in diesem Ruf.«

»Ich frage mich, ob er wohl Zeitstudien über Ihre Majestät erstellt. Auf die Uhr schaut, wenn sie ihre Kassetten durchgeht.«

Beide waren wir erheitert bei der Vorstellung, daß jemand mit einer Stoppuhr die Queen beobachtet, wenn sie ihre Schreibarbeiten erledigt, die Tag für Tag in den roten Kassetten aus der Downing Street und Whitehall zu ihr kommen.

»Aber beim Stichwort Verschwörung wundert man sich ja manchmal«, fuhr Grace fort. »Das ganze Gerede davon, daß der MI5 die Telefone der königlichen Familie anzapft, und dann manche Zeitungen! Wirklich erstaunlich! Natürlich lese ich sie nicht, Jane, aber die Schlagzeilen sieht man ja doch an den Zeitungsständen, wenn man nach London fährt, und dann kommt es selbstverständlich alles auch im Fernsehen und im Radio. Es ist so aufdringlich. Die Queen tut mir wirklich leid.«

»Das erinnert mich an etwas«, unterbrach ich sie, »was ich vergessen habe, dir zu erzählen. Es ist auch ganz am

Schluß passiert. Da ist so ein Kerl von der *Evening Gazette*, er heißt Andrew Macgreevy, kennst du den?«

Grace schüttelte den Kopf.

»Der will unbedingt Informationen von mir. Zuerst hat er mich mit Katherine Tukes gesehen, dann habe ich ihn entdeckt, wie er in der Nähe des Büros von Cholmondeley & Featherstonehaugh rumgeschlichen ist, und schließlich hat er mich angesprochen, als ich heute abend hier nach Long Marsham gefahren bin. Er ist mir in der U-Bahn von Green Park bis Baker Street gefolgt und hat mir Geld geboten. Er ist auf Robins Tod angesetzt, und das beunruhigt mich. Aber von mir hat er nichts erfahren.«

Wieder schüttelte Grace den Kopf, dieses Mal bestürzt. »Die *Evening Gazette*. Natürlich eine von Reuben Crushs Zeitungen. Das sind die schlimmsten. Du mußt vorsichtig sein, Jane.«

»Ist Crush nicht Kanadier?«

»Ich glaube, ja. Er lebt aber wohl schon eine ganze Zeit hier, kauft Zeitungen auf und wird aberwitzig reich. Er ist ganz sicher der Typ, der die Monarchie ablehnt, geht man nach den aufdringlichen Geschichten in seinen Zeitungen. Es sieht fast wie eine persönliche Fehde aus. Vielleicht hat Ihre Majestät ihm ja früher einmal eine Ritterwürde oder einen anderen Titel versagt.«

Wir schwiegen. Eine klassische Sinfonie, die Grace aufgelegt hatte, erreichte ihr Crescendo. Es war wunderschön zuzuhören, während das Feuer vor sich hin knackste. Draußen konnte ich die Sterne erkennen und auch das letzte Aufflackern eines Feuers, das jemand zum Guy-Fawkes-Tag errichtet hatte. In nur wenigen Stunden hatte sich das Wetter verändert. Es war eine herrlich frische, klare Herbstnacht.

»Beinahe möchte ich meinen, daß Julian Dench mehr mit den Reuben Crushs dieser Welt gemeinsam hat als mit den Höflingen der alten Schule«, fuhr Grace fort, das Thema unseres Gesprächs wieder aufnehmend.

»Klar, die sind ganz schöne Spießer. Aber mir sind sie lieber als Sir Julian. Er ist mir unheimlich.« Ich mußte an meine unerfreuliche Begegnung mit ihm im Pressebüro denken.

»Wie die Queen nur mit ihm zurechtkommt? Es hieß immer, daß sie sich mit Mrs. Thatcher überhaupt nicht verstand, und Sir Julian muß der gleiche Typ sein. Die Tories sind heute wirklich derart anders als zu der Zeit, als ich jung war.« Grace stieß ein Seufzen aus. »Damals gab es einen Sinn für *noblesse oblige.* Hätte die Queen in jenen Jahren wählen dürfen, hätte sie für die Tories gestimmt. Doch heute – verrückte Vorstellung – würde sie bestimmt Labour wählen.«

»Oder die Kommunisten!«

»Jetzt wirst du aber albern. Noch eine Tasse Tee?«

»Gern, danke.«

Ihr Tee ist phantastisch, eine Mischung aus fünf Teilen Orange Pekoe, vier Teilen Earl Grey und einem Teil Lapsang Souchong. Er duftet einfach himmlisch, nicht so wie das Zeug in der Teemaschine des Palastes, das stark genug war, einen Elefanten auf Trab zu bringen.

»Gerüchten zufolge«, sagte ich, »ist die Queen nicht gerade glücklich mit Sir J. Genau das hat die ganze Geschichte in Gang gebracht. Als ich der Queen erzählte, daß Robin mit ihr hatte sprechen wollen, aber auf keinen Fall über ihren Privatsekretär, hat sie ein ganz merkwürdiges Gesicht gemacht. Möglicherweise hält er wichtige Informationen von ihr fern, und das gefällt ihr nicht.«

»Jetzt bist du schon wieder einer Verschwörung auf der Spur«, sagte Grace.

»Immerhin hat schon der Gedanke an Sir Julian Robin durcheinandergebracht. Das weiß ich, seit wir im Krankenhaus miteinander gesprochen haben.«

»Dann hatte Robin vielleicht extrem schlechte Nachrichten für die Queen, Informationen, die Sir Julian nicht an ihr Ohr dringen lassen wollte, weil sie schlecht für ihn selbst waren.«

»Tatsache ist, daß Robin *wirklich* schlechte Nachrichten für Sir Julian hatte, davon bin ich jedenfalls überzeugt.«

Ich erläuterte ihr Angela Cheatles Schwangerschaft und meine Vermutung, daß Sir Julian und nicht Robin der Vater war.

»Der Mann ist ein Narr«, sagte Grace, als ich zu Ende gesprochen hatte. »Wenn das herauskäme, würde es mit Sicherheit das Ende von Sir Julians Karriere im Palast bedeuten, und zwar ein sehr demütigendes. Wenn dein Freund wirklich mit der Queen darüber hatte sprechen wollen, läge auch ein Motiv vor.«

»Die Sache ist die: Ich glaube gar nicht, daß Robin so etwas hätte ausplaudern wollen. So ein Typ war er nicht, außerdem hätte er es peinlich gefunden, wenn die Leute gewußt hätten, daß seine Verlobte das Kind eines anderen austrägt, selbst wenn er schwul war.

Aber das Wesentliche ist doch«, fuhr ich fort, »daß ein quicklebendiger Robin die *Lösung* von Sir Julians Problem gewesen wäre. Robin hat ihm das Problem Angie abgenommen, und mit Geld und Titel in Aussicht hätte Angie die ganze Farce nur zu gerne mitgespielt. Ein toter Robin jedoch beschert Sir Julian ein Riesenproblem. Jetzt steht Angie ohne alles da und ist einfach nur noch eine schwangere, arme, alleinstehende Frau. Sie wird noch nicht einmal ihren Job im Palast behalten dürfen, und ihre einzige Verwandte, ihre Großmutter, ist offenbar ganz eklig gegenüber Mädchen, die ohne Ehemann an der Hand schwanger werden. Bei der Klemme, in der sie steckt, könnte Angie Sir Julian wirklich das Leben schwermachen.«

»Wer weiß denn sonst noch davon?«

»Gar niemand, unglaublicherweise. Jedenfalls nicht, daß ich wüßte. Sir Julian und Angie sind erstaunlich vorsichtig gewesen. Ich weiß auch nur davon, weil Nikki Claypole es mir erzählt hat. Sie hat die beiden zufällig belauscht.«

»Nach dem, was du mir aus dem Palast erzählt hast, vermute ich, daß der Sturz von Sir Julian Thema der Sonntagszeitung sein wird.«

Grace erhob sich aus ihrem Sessel und ging zum CD-Spieler.

»Nein, das glaube ich jetzt nicht.« Ich sah zu, wie sie die CD zurück in die Kassette steckte und sich bückte, um eine andere aus dem Regal zu holen. »Nikki hat nur mir erzählt, was sie von Angie und Sir J. weiß. Glaub mir, wenn sie es im Palast herumerzählt hätte, wäre es mir ungefähr nach einer Viertelstunde zu Ohren gekommen.«

Während Grace die CD sorgsam aus der Kassette holte, begann ich ihr von Nikkis Geschichte zu berichten, daß sie auf Gut Sandringham aufgewachsen war, und über den tödlichen Unfall ihres Vaters. Vielleicht empfand Nikki eine seltsame Form der Solidarität mit Angie wegen ihrer beider Verbindung zum königlichen Stand – einer echten und einer wohl eher eingebildeten Verbindung. Immerhin stammten beide Mädchen aus der Arbeiterklasse und hatten es nicht leicht im Leben. Vielleicht wollte Nikki Angie nicht alles verderben, so absurd deren Beziehung mit Sir J. auch sein mochte.

Grace nahm wieder Platz, und getragene, beruhigende Klänge durchdrangen das Zimmer. »Nikki scheint wohl Grund zur Abneigung gegen die königliche Familie zu haben, so sehr sie sich über die Umstände auch täuschen mag.«

»Stimmt. Der Tod ihres Vaters ist zwar als Unfall deklariert worden. Aber die Sache ist schon merkwürdig, nicht wahr? Von Beginn an habe ich mich gefragt, ob sie ihren Job im Palast in erster Linie aus Mitgefühl bekommen hat. Jedenfalls ist das alles Jahre her, und ich glaube kaum, daß Nikki heute noch ständig darüber brütet. Ich kenne sie jetzt seit zehn Monaten, und sie hat mir die ganze Geschichte nur ein einziges Mal erzählt.«

»Stille Wasser sind tief.«

»Stimmt auch wieder.«

Grace lächelte und reichte mir den Dessertteller. Ich nahm mir ein Stück Lebkuchen. »Was ist denn mit dem anderen Lakaien, Karim ...«

»Agarwal. Also, Karim hat mit Sicherheit ein echtes Motiv. Robins Tod bedeutet für ihn, daß er an 200.000 Pfund kommt. Und, schlimmer noch, er braucht ja dringend Geld – 25.000 Pfund –, um seine Schwester auszulösen. Außerdem hat er vor, ein Geschäft zu eröffnen. Nach seinen Worten wollten Robin und er Robins Geld nutzen, um einen Laden mit Theaterartikeln aufzumachen, aber der Traum dürfte wohl ein jähes Ende gefunden haben, als er und Robin sich in Balmoral trennten. Er wußte jedoch schon seit einiger Zeit, daß Robin an seinem einundzwanzigsten Geburtstag zu Geld kommen würde. Vielleicht wußte er auch, daß Robin ihn in seinem Testament bedacht hatte. Merkwürdig ist nur, daß ich mir gar nicht vorstellen kann, daß Robin Karim die 25.000 Pfund für seine Schwester nicht geschenkt oder geliehen hätte. Doch hier geht es ja um sehr viel mehr Geld ...«

»Außerdem sind noch Wut und Zorn oder Eifersucht im Spiel, meinst du nicht? Ihr jungen Leute könnt manchmal äußerst emotional sein.«

Schon möglich, sinnierte ich, während ich noch einen Schluck Tee zu mir nahm.

»Was mir bei Karim seltsam erscheint«, sagte ich schließlich, »ist sein plötzliches Auftauchen in Robins Zimmer am Dienstagmorgen, gleich nachdem Robin gestorben war. Er behauptet zwar etwas anderes, aber ich bin mir sicher, daß er dorthin ging, um sich den Brief seiner Schwester wiederzuholen. Warum? Worin bestand diese dringende Notwendigkeit? Wenn Robins Tod Selbstmord war, würde irgend so ein Brief von der Schwester eines Freunds doch niemand stören ...«

»Vielleicht glaubte Karim auch nicht an Selbstmord.«

»Aber heute abend ..., also gestern, mittlerweile«, sagte

ich mit Blick auf meine Uhr, »als ich von Mord sprach, war er vollkommen anderer Meinung.«

»Wahrscheinlich hast du ihn damit schockiert, Jane.«

»Wahrscheinlich habe ich das. Doch ich frage mich noch etwas anderes: Wohl niemand im Palast kannte Robin so gut wie Karim. Auch wenn sie sich in letzter Zeit – wie sagt man? – ein wenig ›entfremdet‹ hatten, wußte Karim doch Bescheid darüber, welche Medikamente Robin einnahm, wo er sie aufbewahrte und so weiter. Robin wurde vergiftet durch eine Überdosis eines rezeptpflichtigen Medikaments, das er einnahm. Die Dinge scheinen alle auf Karim zu deuten..., wenn da nicht die Sache mit der Zeitung wäre«, schloß ich.

»Mr. Macgreevy und die *Gazette?«* fragte Tante Grace.

»Nein, ich meine die Zeitung, die ich neben Robins Leiche fand. Erst dachte ich, die Queen hätte sie mitgebracht, bevor sie über ihn stürzte, doch dann stellte sich heraus, daß es Robin war. Lakaien bringen den Gästen im Palast manchmal eine Zeitung, aber Robin ging es wirklich darum, die Queen zu sprechen. Warum trug er diese Zeitung bei sich? Stand etwas darin, was er ihr zeigen wollte? Robin liest... hat nicht oft Zeitung gelesen. Keiner von uns, eigentlich.

Doch was ich sagen wollte, ist, daß diese Zeitung ein Anhaltspunkt sein könnte. Die Queen hat eine Annonce in die Zeitung gesetzt...«

»Wie ungewöhnlich...«

»Nicht wahr? Sie ist jedoch nicht dabei, das Tafelsilber ihrer Familie zu verkaufen, auch wenn sie Geld braucht, um Windsor Castle neu einzurichten. Die Annonce hat mit dem gestohlenen Tagebuch zu tun, das ich vorhin erwähnt habe.«

Dann berichtete ich Grace, wie Ihre Majestät versucht hatte, ihr Eigentum wiederzuerlangen und den für die Sonntagsausgabe der *Gazette* in Aussicht gestellten »Königlichen Tagebuchschocker« zu verhindern.

Als ich zu Ende erzählt hatte, sah sie mich zweifelnd an. »Robins Verbindung hierzu scheint mir ein wenig unklar«, meinte sie.

»Stimmt«, pflichtete ich ihr bei, »und ich habe die Queen auch nur aus einem Impuls heraus zu der Zeitung befragt. Als sie dann aber erzählte, daß ihr Privatsekretär der letzte war, der das Tagebuch gesehen hatte, fragte ich mich doch ...«

»Schon wieder Sir Julian.«

Ich nickte. Trotz des Tees wurde ich nun müde, und unsere Unterhaltung schien sich auch im Kreis zu bewegen. Grace legte sich die Hand auf den Mund, um ein Gähnen zu unterdrücken. Sofort bekam ich ein schlechtes Gewissen.

»Ich habe ganz schön viel geredet, nicht wahr?«

»Überhaupt nicht, Jane. Es war sehr spannend. Du mußt das alles aufschreiben.« Sie schaute mich nachdenklich an und erhob sich dann, um die Stereoanlage auszuschalten. »Was möchtest du morgen machen?«

»Ich weiß es gar nicht. Irgendwas, was dir gefällt. Ich muß allerdings in der Bücherei etwas nachschlagen.«

»Ich gehe am Morgen auf die Hauptstraße, um für Sonntagmittag etwas Leckeres zum Essen zu besorgen. Wenn du mitkommst, kannst du in die Bücherei gehen, während ich einkaufe. Wonach suchst du denn?«

»Ich will den Earl of Ulverstone in einem Buch nachschlagen, im *Burke's Peerage* oder *Debrett's*. Du hast ja sicher keine Ausgabe davon hier, oder?«

»O nein, meine Liebe, tut mir leid. Ich fürchte, wir Bees sind bloß adelig in der Natur und nicht in der Gesellschaft.«

»Kein einziger Ritter? Oder wenigstens eine königliche Geliebte?«

»Ich muß dich leider enttäuschen, wir sind gemeines Volk.«

Am nächsten Morgen, genauer gesagt, am gleichen Morgen, bloß viel später und nach einem ruhigen Frühstück, zog Grace sich ihre praktische Barbourjacke und ich mir meine praktische Marinejacke an, und wir gingen auf die Hauptstraße.

Meine Tante hatte sich unser Gespräch spürbar zu Herzen genommen. »Dein Freund, glaubst du, ist vorsätzlich vergiftet worden«, sagte sie. »Sein Freund – Karim, nicht wahr? – ist derjenige, der am ehesten Bescheid darüber wußte, daß er ein bestimmtes Medikament einnahm. Glaubst du, daß noch jemand darüber im Bilde war?«

Diese Frage ging mir schon seit ein paar Tagen durch den Kopf.

»Keine Ahnung«, gab ich zurück.« Ich weiß nur, daß *ich* es nicht wußte, was aber nicht heißen muß, daß andere es ebenfalls nicht wußten. Im Palast wird jede Menge geklatscht.«

»Wie hätte jemand an das Medikament herankommen können?«

»Es ist verschreibungspflichtig.«

»Nein, ich meine, konnte man einfach in Robins Zimmer gehen und es sich dort holen?«

»Ja. Die Türen haben zwar alle Schlösser, aber die Hälfte davon ist kaputt. Robins Tür ließ sich auch nicht mehr verschließen. Jeder hätte einfach reingehen können.«

»Dadurch wird die Auswahl auch nicht gerade kleiner, was?« Grace stieß einen Seufzer aus, als wir in die Sycamore Road, die Hauptstraße mit ihren aneinandergereihten schmucken Läden einbogen.

»Außer jemand anders hat das gleiche Rezept besessen; aber wie ich das nachprüfen soll, weiß ich auch nicht. Das Tablettenröhrchen in Robins Zimmer war jedenfalls leer ...«

»Das Zeug muß in Robins Kaffee oder Tee gemischt worden sein oder was auch immer er am Dienstag zum Frühstück getrunken hat. Der Regisseur, Cyril Wentworth-Desbourough, hatte diese gestellte Szene vorbereitet, in der Robin, Angie, Karim und Nikki miteinander essen, was sie normalerweise nicht tun. Jedenfalls waren sie alle da, mit W-Dez. Sogar Sir Julian war dabei und besprach sich mit W-Dez, wie er behauptet. Das hat er mir gestern gesagt, als er mich anbrüllte. Also kann es jeder von ihnen gewesen sein.«

»Wie war es denn beim ersten Mal?«

»Du meinst, als Robin zum ersten Mal die Queen zu Fall gebracht hat? Da war das Gift bestimmt in einem Drink. Es hatte eine Überraschungsgeburtstagsfeier gegeben, die sich in eine Überraschungsverlobungsfeier verwandelt hat. Vierzig, vielleicht fünfzig Gäste sind dagewesen, alle eingeschlossen, die ich erwähnt habe. Na ja, Sir Julian natürlich nicht. Er würde nie an einer Feier der unteren Ränge teilnehmen. Und W-Dez hat an dem Abend nicht gedreht, also war er auch nicht da. Wenigstens glaube ich das.«

Wir gingen die Hauptstraße entlang. Sie war mit samstäglichen Einkäufern bevölkert.

»Erinnerst du dich daran, wie ich dir von Neil erzählt habe, dem Kerl aus der Filmcrew?« fragte ich Grace, als wir bei Dewhurst, dem Metzgermeister, anhielten.

Sie sah mich nachsichtig an.

»Also«, fuhr ich errötend fort, »Neil hat gesagt, er wolle versuchen, mir eine Kopie dieser Frühstücksszene auf Video zu besorgen. Es handelt sich wohl um ungeschnittenes Material, also bringt es mich vielleicht weiter. Der Versuch lohnt sich jedenfalls, auch wenn ich ihn ein wenig angelogen habe, als ich behauptete, ich wollte es als Erinnerung an Robin. Bestimmt findet er mich seltsam.«

»Nicht seltsamer als den Rest von uns Bees«, sagte Tante Grace bedächtig. »Weißt du denn überhaupt etwas von dieser Geburtstags- oder Verlobungsfeier oder was es auch gewesen sein mag?«

»Nur was Nikki mir davon erzählt hat. Sie haben getrunken, und dann hat Robin es verkündet, jemand hat nach

Sekt gerufen, und sie haben einen Toast ausgebracht. Nikki konnte sich allerdings noch gut an Karims merkwürdigen Blick erinnern, als sie die Gläser erhoben haben.«

»Wieso merkwürdig?«

»In ihren Augen wirkte er erschreckt oder schockiert.«

»Tatsächlich?« Grace dachte einen Augenblick nach. »Mag sein, daß ich in meinem Leben zuviel Agatha Christie gelesen haben. Könnte es trotzdem sein, daß Robin gar nicht das vorgesehene Opfer war? Daß das Sektglas für jemand anderen bestimmt war?«

»Ooh«, machte ich. »Das ist spannend. Aber kann ein Mörder sich denn gleich zweimal vertun?«

»Vielleicht nur ein Mal, das erste Mal. Dein Freund Robin hat das falsche Glas bekommen.«

»Und deshalb hat Karim auch so erschreckt ausgesehen. Karim hat das Medikament ins Glas getan ...«

»... oder gewußt, wer es getan hat.«

Wir blickten uns verschwörerisch an.

Doch im nächsten Augenblick veränderte sich Graces Gesichtsausdruck. »Schnell, Jane, laß uns über etwas anderes reden. Elspeth Scrivener kommt auf uns zu.«

»Lammfleisch fände ich gut«, rief ich übertrieben laut, als besagte Frau bei uns ankam. Ich hatte schon von ihr gehört. Sie war eine Nachbarin von Grace – nett, aber ein schreckliches Plappermaul.

»Also, wenn das nun nicht Ihre Nichte aus Kanada ist, Miss Bee?« Ihr Gesicht, breit und flach wie ein Pfannekuchen, strahlte förmlich. »Nein, was für ein hübsches Mädchen. Wie schön, dich endlich einmal kennenzulernen. Jane, nicht wahr? Ich finde, deine Tante ist sehr egoistisch, dich ganz für sich zu behalten. Du mußt mich mal in meinem Landhaus besuchen. Ich habe gehört, du arbeitest im Buckingham-Palast. Bist du der Queen schon begegnet? Sie war 1967 hier zu ihrem fünfundzwanzigsten Jubiläum. Wissen Sie noch, Miss Bee? Was war das für ein herrlicher Tag ...«

Während Mrs. Scrivener drauflosplapperte, legte ich ein fades Junge-Nichte-aus-Kanada-Lächeln auf. Ich war Tante Grace für ihren gesunden Menschenverstand wirklich dankbar. Ohne etwas sagen zu müssen, wußte ich, daß sie keiner Menschenseele etwas davon erzählen würde, was im Palast vorging, selbst dann nicht, wenn die *Gazette* ihr eine Menge mehr als fünfzig Pfund dafür bieten würde.

»... und ich begreife einfach nicht, wie manche Leute an ihren Hüten etwas auszusetzen haben, nein, wirklich nicht. Ich finde sie recht elegant.«

»Ja, wirklich, sehr elegant«, sagte sie. »Jetzt müssen Sie uns aber entschuldigen, Mrs. Scrivener. Jane muß in die Bücherei, und ich muß einkaufen.«

»Jane«, rief Mrs. Scrivener mir hinterher. »Du mußt mich besuchen kommen. Ich würde so gerne hören, was im Palast vorgeht. Das muß doch schrecklich aufregend sein. So viele *schockierende* Dinge haben sich in letzter Zeit zugetragen. Mir hat die Queen wirklich leidgetan.«

»Mrs. Scrivener, meine Nichte ist Hausmädchen.«

»Ach so, aber trotzdem ..., also, auf Wiedersehen, meine Liebe«, rief sie matt. Ich kam mir feige vor, meine Tante schutzlos einer solchen Quasselstrippe auszuliefern.

Als ich weiterging, hörte ich sie noch sagen: »Kaufen Sie heute Lammfleisch, Miss Bee? Ich komme mit ihnen ...«

Arme Tante Grace. Ich marschierte die Hauptstraße entlang bis Woodside Close und ging dann auf die Bücherei zu. Es war ein niedriger, flacher Neubau, Teil des neuen Verwaltungszentrums. Kaum jemand war drinnen. In der Mitte am Tisch, über einen Stapel Bücher gebeugt, saß ein Mann mit einer langen blonden Mähne.

»Haben Sie eine Ausgabe von *Burke's Peerage* oder *Debrett's?*« fragte ich.

Der Mann schaute mich mit trüben Augen an. Er war nicht viel älter als ich und sah völlig verkatert aus. Er rülpste leise.

»Entschuldigung, Miss. Ja, *Debrett's*. Roter Einband. Bei den Neunhundertzwanzigern, in der Präsenzbibliothek. Neun-zwanzig-noch-was. Dort drüben.«

Vage wies er auf eine weiter entfernt liegende Ecke, in der sich die Präsenzbibliothek befand, und rülpste noch einmal. Sein Gesicht, so blaß es gewesen war, verlor an Farbe, und er stürzte auf eine Türe hinter ihm zu und verschwand. Während ich auf den Präsenzbereich zuging, konnte ich gedämpftes Würgen vernehmen. Das mußte ja ein feines Guy-Fawkes-Fest gewesen sein.

Debrett's Peerage and Baronetage zu finden war leicht. Der Band war so rot wie das Amtskleid der Queen und dick genug, einem Stuhl ohne Beine Halt zu verleihen. Zunächst schien es schwierig, den Aufbau des Buches zu durchschauen, doch schließlich fand ich Ulverstone auf Seite 1221 zwischen Viscount Ullswater und Baron Underhill.

Francis St. Aubyn Tukes, stand dort, *Achter Graf; geb. 24. März 1923; Ausbildung Wellesley House, Eton; Studium 1938 . . . verh. 1949 mit Johanna Katherine, Tochter von Sir Rodney Bromley-Walsh of Basingstoke, Hants . . . und Wintertrees, Princes Rd. Ferndown, Dorset.*

Etwas weiter, gleich unter *Lebende Seitenlinien der Familie,* fand ich die Information, die ich suchte: *Robin Bartholomew Tukes ist mutmaßl. Erbe des Earl of Ulverstone,* stand dort, gefolgt von seiner Adresse in London, Ontario. Statt langer Artikel mit Einzelheiten in winziger Druckschrift waren anschließend alle Wurzeln, Äste, Zweige oder Knospen aufgeführt, die in Verbindung zum Ulverstone-Stammbaum standen.

Ich war enttäuscht. Wie sollte ich denn jetzt herausfinden, wem der Grafentitel als nächstem zustand, wenn ich nicht gerade das Heroldsamt aufsuchen wollte oder wer auch immer diese Dinge überprüfte? Gerade wollte ich das Buch wieder schließen, als mein Blick auf einen Namen fiel, der mitten in der Rubrik *Lebende Seitenlinien der Familie* stand. »Wahnsinn!« durchfuhr es mich, und das Herz klopfte mir vor Aufregung.

Doch ich konnte mir keinen Reim darauf machen, an welche Stelle des Stammbaums der Name gehörte. War es vielleicht ein bloßer Zufall?

Tante Grace brachte mich auf die naheliegende Lösung. Wie dumm von mir, daß ich nicht selbst darauf gekommen war.

»Warum rufst du nicht Robins Schwester an? Sie weiß bestimmt Bescheid«, sagte sie mir, als wir uns wieder trafen und gemeinsam zu ihr nach Hause gingen. »Hast du nicht gesagt, sie wohnt im Brown's?«

Ich schaute auf die Uhr. Es war fast Mittag. Vielleicht konnte ich Katherine noch auf ihrem Zimmer erreichen, bevor sie zum Essen ging.

»Okay«, sagte ich erwartungsvoll. Wir beschleunigten unseren Schritt.

Während Grace ein leckeres Essen mit kaltem Hühnchen und Salat zubereitete, rief ich in London an. Jawohl, Katherine Tukes war nach wie vor Hotelgast, doch ich mußte das Telefon einige Male läuten lassen, um sie wachzurütteln. Sie klang recht griesgrämig, da sie, wie sie mir erzählte, gerade von einem gewissen Reporter eines gewissen Sensationsblattes belästigt worden war.

Nachdem ich ihr in Erinnerung gerufen hatte, wer ich eigentlich war, fragte sie mich, warum ich denn erfahren wollte, wem nach Robin die Grafenwürde zufallen würde. Ich druckste so lange herum, bis Katherine es mir endlich erzählte und noch hinzufügte, daß der gegenwärtige Earl of Ulverstone gerade in diesem Moment in seinen letzten Zügen lag.

Der Name, den sie mir nannte, war haargenau der gleiche, der mir aus dem *Debrett's* entgegengesprungen war.

Kein anderer als der königliche Filmregisseur Cyril Wentworth-Desbourough!

15

Kurz nach dem sonntäglichen Mittagessen verließ ich Long Marsham, nachdem ich mich am Bahnhof von Tante Grace verabschiedet und ihr versprochen hatte, sie während der Woche anzurufen – natürlich von einer Telefonzelle, denn die Telefone im Buck House sollen ja abgehört werden! –, um sie über die Geschehnisse auf dem laufenden zu halten.

Was Katherine Tukes mir über Wentworth-Desbourough verraten hatte, ging mir nicht aus dem Kopf. Hier war also nun jemand, für den Geld und Titel immer ganz nah und doch unerreichbar gewesen waren. Als echter Engländer war W-Dez bestimmt im Bilde über seinen Cousin zweiten Grades, den gegenwärtigen Earl of Ulverstone. Er wußte sicher, daß dieser keine Kinder hatte und im Sterben lag. Und, daß er – Cyril Wentworth-Desbourough – an zweiter Stelle in der Erbfolge des Grafen stand.

Als Grace und ich am Samstag im Misbourne-Tal einen anregenden Nachmittagsspaziergang durch Wälder und Äcker unternahmen, hatte ich mir noch einmal durch den Kopf gehen lassen, was Neil mir über Wentworth-Desbourough erzählt hatte. Damals – Neil und ich waren in einer Weinbar in Covent Garden – hatte mich nur am Rande interessiert, was er erzählte, in erster Linie hatte ich ihm ein paar Fragen gestellt, um herauszufinden, ob die Sache mit ihm Zukunft hatte. Ich konnte mich allerdings noch erinnern, daß er berichtet hatte, wie W-Dez die aalglatten Sprossen der Filmbranche emporkletterte; daß er in den Sechziger Jahren beim ersten offiziellen Film über die königliche Familie noch als eine Art Mädchen für alles begonnen, später bei der BBC gearbeitet und sich schließlich selbständig gemacht hatte. Für Neil war er ein arroganter Hund, und auch ich hatte ja schon einen kleinen Eindruck davon bekommen.

Auf alle Fälle brachte mich die Sache ins Grübeln. Während der Zug von Long Marsham nach London durch die Landschaft ratterte, fragte ich mich, ob Filmemacher nicht ein schwieriger Beruf war. Brauchte man nicht sehr viel Geld dafür, und mußte man das meiste nicht selbst aufbringen? Einen Film über das Buck House zu drehen schien mir zwar eine eher sichere Sache zu sein, aber wer hätte darauf heutzutage noch einen Eid ablegen wollen?

Ich war so in Gedanken versunken, daß ich in Marylebone aus dem Zug stieg, mir meinen Weg durch einen Haufen Tagesausflügler bahnte und am WH-Smith-Zeitungsladen im Vorübergehen die Schlagzeilen sah, ohne sie bewußt wahrzunehmen. Erst als ich schon fast unten in der U-Bahn-Station war, stutzte ich. Rasch kehrte ich wieder um.

QUEEN MACHT GAZETTE MUNDTOT! schrie die Schlagzeile der *Gazette*.

Natürlich mußte ich das widerliche Ding kaufen, um mehr zu erfahren.

Dem Aufmacher auf Seite drei zufolge, hatte die Queen eine einstweilige Verfügung erwirkt, die der *Gazette* untersagte, Auszüge aus einem Tagebuch abzudrucken, das nach Angaben der Verfügung unter Mißachtung der Urheberrechte und ohne Genehmigung der Queen aus dem Buckingham-Palast entwendet worden war. Die *Gazette* behauptete verärgert, das besagte Tagebuch in gutem Glauben erworben zu haben; die darin enthaltenen Informationen seien von großer Bedeutung für das Königreich, und die öffentliche Meinung in Großbritannien habe ein Recht darauf, sie zu erfahren.

So weit also der königliche Tagebuch-Schocker, dachte ich. Die blöde Zeitung hätte von vornherein gar nicht erst die Karten auf den Tisch legen sollen. Doch schon als ich mir das Käseblatt in die Tasche stopfte, mußte ich zugeben, daß meine Neugier geweckt war. Was war denn überhaupt an dem Schocker dran? Das meiste, was im Leben von King Edward VII. passiert sein mochte, war doch bestimmt harmlos im Vergleich zu dem, was über das Leben der Königsfamilien unserer Zeit berichtet wurde.

Im Palast gingen die Vorbereitungen für das Staatsbankett am Dienstag nun erst richtig los. Als ich an den Wachhäuschen vorbei durch das Seitenportal ging, kam dort gerade Neil heraus. Er hielt etwas in der Hand, das wie eine Leuchte aussah.

»Wo warst du am Wochenende?« fragte er mich, ein wenig außer Atem.

»Zu Besuch bei meiner Großtante auf dem Land.« Ich machte eine Geste der Entschuldigung. »Tut mir leid.«

»Du triffst dich ja ganz schön oft mit der alten Dame.«

»Sie ist ein bißchen einsam.«

Das war improvisiert. Er sah mich skeptisch an.

»Du hast ja wohl keinen anderen Typ kennengelernt, hoffe ich?«

»Ich? So ein Quatsch.«

Ein verstohlenes Lächeln huschte über sein Gesicht. Für einen Engländer hat er ganz gute Zähne.

»Ich hab' dir was mitgebracht«, sagte er mit einem gekünstelten Zwinkern.

»Das Video! Super!«

»Psst!« warnte er mich. »Geh hoch in den Ballsaal, während ich hier die Ausrüstung auswechsele. Ich hab' dein Geschenk dort oben versteckt. Und nimm deinen Rucksack mit.«

Ich sprang die Stufen hoch und rannte die Galerie entlang zum Staatsballsaal, der am Ende der Ostgalerie liegt. Vom Türeingang aus konnte ich am anderen Ende, gegenüber der Wand mit der eingebauten Riesenorgel, wo die Queen für gewöhnlich sitzt, eine ganze Reihe von enormen auf Stangen montierten Leuchten sehen, riesige Kisten mit Tonausrüstung, kilometerlange Kabel und das übliche Drum und Dran der Filmemacher, das nun schon seit Wochen im Palast herumlag. Die Wandleuchter waren eingeschaltet, auch die sechs großen Kronleuchter, und der Fußboden war mit einem purpurroten Teppich ausgelegt worden, den zu staubsaugen sicher auf dem Dienstplan meiner Wenigkeit erscheinen würde, noch bevor der Abend zu Ende war.

Die Crew hatte sich um den hufeisenförmigen Mahagoni-Tisch versammelt, doch weil wohl alle auf den Teil der Ausrüstung warteten, den Neil gerade holte, standen sie mehr oder minder däumchendrehend in der Gegend herum. Cyril Wentworth-Desbourough, seinen Spazierstock umklammernd, trug eine absurd aussehende Baseballmütze und starrte mit grimmiger Ungeduld in die gewaltige Tiefe des Ballsaals hinein, während die anderen sich in gebührendem Abstand umeinanderscharten, als ginge von W-Dez eine gesundheitsgefährdende Strahlung aus. In der Luft lag mehr als nur die gewöhnliche Spannung, die innerhalb der Filmcrew herrschte.

»Warum«, sagte ich zu Davey Pye, der kurz nach mir an der Türschwelle aufgetaucht war und einen großen Kleidersack umklammert hielt, »bauen sie denn heute auf? Das Bankett ist doch erst in zwei Tagen.«

»Keine Ahnung.« Er reckte den Hals, um besser sehen zu können. »Merkwürdig, eigentlich.«

»Sie drehen einen Teil heute und morgen, weil die Zeit am Dienstag so knapp wird«, rief jemand.

Es war Neil, das kostbare Ausrüstungsstück in der Hand, das der Crew die Weiterarbeit ermöglichte.

»Ich bin sofort wieder da«, rief er mir über die Schulter zu.

»Teufel, Teufel!« murmelte Davey. »Ich hau' mal lieber ab, sonst lassen sich mich noch in Strümpfen auf die Tische marschieren und das königliche Tafelsilber auflegen. *So* etwas Würdeloses.«

Ich drehte mich zu Davey hin, um ihn genauer in Augenschein nehmen zu können. Sein Gesicht hatte Farbe angenommen, und das kam nicht von einem Spaziergang in der frischen Herbstluft.

»Du hast heute aber dick aufgetragen.«

»Findest du?«

»Ein bißchen zu viel Wimperntusche, jedenfalls für draußen. Wen spielst du denn? Alexis oder Krystle?«

»Bedaure, Liebling, Bette Midler. Groß genug bin ich für diese Miezen aus *Dynasty*, aber wohl einfach ein wenig zu mollig.«

»Hast du die Möpse in der Tasche?«

»Und ein ganz entzückendes Kleid«, fügte Davey strahlend hinzu. »Warum kommst du nicht mit?«

»Ein anderes Mal.«

»Tja, dann will ich wohl mal ...«

»Warte mal«, sagte ich und schob ihn aus der Tür. »Ich hab' da noch 'ne Frage. Erinnerst du dich an Robins Geburtstagsfeier?«

»O nein, nicht schon wieder Robin.« Er machte ein schmerzverzerrtes Gesicht. »Jane, Liebling, du scheint ganz *besessen.*«

»Das bin ich nicht«, gab ich scharf zurück. »Ich möchte bloß etwas wissen. Als Robin euch von der Verlobung erzählte, und ihr die Sache alle mit verblüfftem Schweigen aufgenommen habt, wer kam da auf die Idee, sich mit Sekt zuzuprosten?«

»Was für eine merkwürdige Frage. Warum willst du das denn wissen?«

»Darum.«

Davey verdrehte die Augen. »Also, meine Liebe, wenn du es so genau wissen willst, es war Karim, glaube ich. Ja, ich bin sicher, es war Karim. Ich weiß noch, wie ich in dem Moment dachte, er sollte eigentlich der letzte sein, der einen Toast aussprechen will. Übrigens war es gar kein besonders guter Sekt. Hätten wir uns bloß mal aus Mutters Vorrat bedient ...«

»Ich dachte, du hättest Angst, ans Arbeiten gebracht zu werden, wenn du hier herumhängst?«

Neil kam mit einer Plastiktüte in der Hand auf uns zu,

und Davey, der im Begriff schien, weiterzuplappern, brauchte ein Signal zum Verschwinden. Ich wollte nicht riskieren, das Gespräch jetzt noch weiterzuführen.

»Stimmt allerdings«, sagte er zu meiner Erleichterung. »Und sicher möchtest du mit diesem knackigen jungen Mann alleine sein.«

Während Davey sich in die Ostgalerie davonmachte, zog Neil mich in eine schützende Nische, wo wir nicht beobachtet werden konnten. Er holte eine Videokassette hervor.

»Schnell, steck sie in den Rucksack«, befahl er, während er sie mir in die Hand drückte.

»Prima, Neil. Ich bin dir wirklich dankbar dafür.«

»Irgendwas hast du vor, nicht wahr, Jane? Na ja, ich frage dich nicht danach. Ich will's gar nicht wissen.«

»Wir könnten heute abend ausgehen«, bot ich an, zugleich dankbar, schuldbewußt und – ja, verdammt – auf die Gesellschaft eines Mannes aus, der keine Wimperntusche trug. »Es ist schließlich Sonntag. Wie wär's denn mit Kino? Oder wäre das für dich nur eine Fortsetzung der Arbeit?«

»Ich geh' gern mit dir ins Kino, wenn es nicht dieser Film hier sein muß.« Er wies auf die Betriebsamkeit im Saal, die den Geräuschen zufolge wieder zugenommen hatte. »Wir haben übrigens Freitag unsere Lohntüten nicht bekommen. Dem Mistkerl geht wohl die Kohle aus.«

»Du nimmst mich auf den Arm!« sagte ich.

»Nein, ohne Quatsch.«

»Aber das hier ist doch ein Film über die *Queen*.«

»Über das *Zuhause* der Queen. Die Queen kommt kaum darin vor. Bestimmt hat sich der Palast deshalb überhaupt darauf eingelassen. Zeigt Otto Normalverbraucher, wie eine königliche Residenz für sein Geld gut am Laufen gehalten wird, und nicht wieder so eine Dokumentation darüber, was für tolle, hochstehende Leute die Mitglieder der königlichen Familie sind. Das würde einem heute doch kein Mensch mehr abnehmen.«

»Muß man denn nicht schon das ganze Geld zusammenhaben, bevor man anfängt?«

Neil zuckte mit den Schultern.

»Filmemachen ist riskant. Das hier ist keine BBC-Produktion wie all die anderen über die königliche Familie. Keine Ahnung, wieso die hohen Tiere, die diesen Bienenstock hier leiten, ihr ganzes Vertrauen auf einen unabhängigen Produzenten und Regisseur wie W-Dezzie setzen, aber genau das haben sie getan. Vielleicht ist einer seiner Co-Investoren knapp bei Kasse. Es gibt schon Gerüchte, nach denen die Kosten bereits überschritten wurden. Und verdammt, wir arbeiten hier an einem Sonntag. Das bedeutet doppelter Lohn.«

Ich war ganz durcheinander. »Wieso arbeitet ihr denn überhaupt noch, wenn ihr euer Geld nicht bekommen habt?«

»Er hat versprochen, Ende dieser Woche zu zahlen, sobald die Dreharbeiten beim Staatsbankett vorbei sind. Mit einem Bonus.« Neil schnaubte verächtlich. »Was sollen wir denn tun? Wir können ihm nur vertrauen. Es muß ja nicht heißen, daß er uns linken will. Wenn wir wollten, könnten wir ihm das Leben schwermachen. Außerdem sind wir an dem Punkt angelangt, wo wir die ganze Sache nur noch unter Dach und Fach bringen wollen.«

Wentworth-Desbourough hatte also Geldsorgen. Dann fiel mir noch ein, was Neil mir vor ein paar Tagen über den Streit erzählt hatte, den W-Dez in der palasteigenen Poststelle mit jemand ausgetragen hatte, der einen kanadischen Akzent hatte. Robin schien nun der wahrscheinlichste Kandidat dafür. Hatte W-Dez versucht, die Familienbeziehung zwischen den beiden ins Spiel zu bringen? Hatte er Robin – wohlwissend, daß dieser im Begriff stand, ein Vermögen zu erben – gebeten, zu investieren, und sich dabei eine Abfuhr geholt? Oder brauchte er womöglich noch mehr Geld, so viel vielleicht, wie die Grafenwürde mit sich brachte, die Robin kurz bevorstand?

»Hör zu«, sagte Neil. »Ich geh' besser wieder zurück ...«

»Warte noch, äh ..., was weißt du noch von W-Dez?«

»Zum Beispiel?«

»Von seinem Privatleben.«

»Als er noch so etwas hatte, meinst du. Er lebt seit kurzem getrennt von seiner Frau. Aber er hat zwei Kinder. Und ein nobles Haus in Holland Park, natürlich während der goldenen Achtziger gekauft. Worin sie wohnt. Das habe ich dir doch alles schon mal erzählt, oder nicht?«

»Ja, ja, ich hab's bloß wieder vergessen. Interessant. Holland Park, ja?« Was war denn noch mit Holland Park gewesen? Ach ja, Robin hatte eine Straße in seinem A–Z-Führer angekreuzt. Abbotsbury Close. Das war in Holland Park. »Noch was?«

»Ich weiß nicht«, stöhnte er. »Ich muß los ...«

»Was weißt du über seine Eltern.«

»Sein Vater ist tot. Die Mutter irgendwo in der Klapsmühle. Ich hol' dich um sieben am Seitenportal ab.«

Merkwürdig, dachte ich, als ich auf mein Zimmer ging. Die Mutter war irgendwo in der Klapsmühle, wie Neil es ausgedrückt hatte. Cyrils Familienname zufolge, mußte er mütterlicherseits mit der Familie Tukes verwandt sein. Bedachte man jetzt noch, daß Robins Vater sich umgebracht und Robin selbst unter Depressionen gelitten hatte, konnte man die Tukes nicht gerade als Musterbeispiel einer kerngesunden Familie bezeichnen. Ganz schön traurig.

Da ich jedoch niemand bin, der sich allzu lange mit düsteren Dingen beschäftigt, holte ich das Videoband, das Neil mir gegeben hatte, aus dem Rucksack und betrachtete es, als gäbe es in Kürze die Geheimnisse des Universums preis. Das war natürlich Blödsinn, denn es war ja nur ein schwarzer Plastikbehälter, so stumm, wie ein lebloser Gegenstand nur sein konnte.

Wo sollte ich nun einen Videorecorder herbekommen? Im Gesellschaftsraum für Bedienstete gab es einen, aber der kam nicht in Frage. An einem Sonntagnachmittag hingen dort mit Sicherheit einige Leute herum, wahrscheinlich auch noch halb betrunken. Die Queen besaß bestimmt ein eigenes Gerät, aber in ihre privaten Wohnräume kam ich nicht hinein, ohne verhaftet zu werden. Das gleiche galt für die Wohnräume oder Büros von Mitgliedern ihrer Familie.

Dann gab es noch ein Gerät im Pressebüro. Ich hatte es während meines unglücklichen Besuchs dort erspäht. Sollte ich es noch einmal wagen, dorthin zu gehen, auf die Gefahr hin, erwischt zu werden? Es war Sonntag. Die Queen war in Windsor, Sir Julian war sicher damit beschäftigt, irgendwo mit Lady Dench den Schein zu wahren, und im Pressebüro war bestimmt alle Welt ausgeflogen, um entweder darauf anzustoßen, der *Gazette* vorübergehend das Maul gestopft zu haben, oder aber im Schoß der Familie auszuruhen.

Ich faßte Mut. Doch ich mußte sowohl mein Vorhaben als auch das Band selbst irgendwie tarnen. Aber wie?

Ich beschloß, meine Marinejacke anzuziehen. Das sah aus, als wollte ich ausgehen. Und das Band würde gut in die Tasche passen.

Natürlich ist es ein wenig seltsam, mit einer Marinejacke die Galerie der königlichen Privatschatulle entlangzuspazieren, denn der Bedienstetenausgang liegt auf der gegenüberliegenden Seite des Gebäudes. Doch zu meiner Überraschung kümmerte sich niemand um mich. Nur wenige waren unterwegs, und ich war ja ein vertrautes Gesicht. Trotz des ganzen Geredes heutzutage über verschärfte Sicherheitsmaßnahmen ist davon nicht allzuviel zu erkennen.

Schon bald befand ich mich vor dem Eingang zum Pressebüro. Vorsichtig drückte ich die Klinke herunter. Die Tür war nicht abgeschlossen. Nach einem hastigen Blick nach links und rechts stürzte ich hinein und machte die Tür hinter mir wieder zu.

Mit klopfendem Herzen, damit rechnend, daß sich doch jemand in den Innenräumen des Büros aufhielt, rief ich:

»Hallo? Ist jemand da?«

Niemand antwortete.

Der Videorecorder war ein älteres Modell, aber leicht zu bedienen. Keine Ahnung, wieso manche Leute, meine Mutter zum Beispiel, Videorecorder kompliziert finden. Man braucht nur das Band einzulegen, das Gerät auf Wiedergabe zu stellen, den Fernseher einzuschalten, und los geht's.

Leider passierte gar nichts.

Ich wiederholte die Prozedur. Das Fernsehgerät schaltete sich ein, das Gerät schluckte das Band vorschriftsmäßig, der Startknopf leuchtete auf, doch alles, was man auf dem Bildschirm sah, war irgend eine Fußballübertragung. Dann merkte ich, daß der Videorecorder gar nicht an den Fernseher angeschlossen war. Wie dumm von mir.

Schnell schloß ich ihn an, drückte auf den Startknopf und wartete darauf, daß es losging.

Nach dem üblichen Geflimmere erschien endlich ein ordentliches Bild. Die erste Szene spielte in der Gesindestube, eingeleitet jeweils vom Anblick einer ziemlich gelangweilt dreinschauenden Person, die diese Klappen mit aufblinkenden Nummern aneinanderschlug. Es war eine Art rascher Schwenk, der eine Reihe von Leuten einfing, die bereits frühstückten, und dann andere zeigte, die noch an der Selbstbedienungstheke anstanden. Einmal glaubte ich Karim zu erspähen. Es war jedoch ziemlich langweiliges Material.

Dann gab es ein etwas längeres Geflimmere, wieder die Klappe und schließlich eine nähere Einstellung des Selbstbedienungsbereichs, durch den sich ein paar Leute hindurchbewegten, Schüsseln mit Cornflakes auf ihr Tablett luden sowie diese kalten, trockenen Stücke gegrillten Brotes, das die Engländer hartnäckig Toast nennen; dann füllten sie ihre Tassen an einer großen silbernen Teemaschine oder holten sich aus einer anderen Maschine Kaffee.

Von links kam dann mit einmal Robin ins Bild. Er hatte seine Uniform an, hielt ein Tablett in der Hand, und sein Gesicht erschien im Profil. Sofort schwammen meine Augen in Tränen. Es war ein Schock, ihn gesund und lebendig wiederzusehen; ein doppelter Schock war, ihn zu sehen und zu wissen, daß er eine halbe Stunde später tot sein würde. Unter diesen Umständen erschienen seine ganz gewöhnlichen Handlungen – Essen holen und Kaffee einschenken – um so schmerzlicher. Einmal wandte er sich um, als wolle er sehen, wer wo saß. Dabei streifte er das Auge der Kamera. Es war nur ein kurzer Moment, doch er offenbarte, wie absolut wachsam, intelligent und auf gewisse Art sogar entschlossen Robin wirkte. Das war nicht das Gesicht eines Mannes, der im Begriff stand, sich das Leben zu nehmen, schon gar nicht auf derart spektakuläre Weise. Tatsächlich vermittelte Robins Miene eine solche Zielstrebigkeit, daß ich mich plötzlich fragte, ob sie nicht eher einer Person als einer Sache galt.

Er trat aus der Schlange heraus und ging, die Kamera stets auf ihn gerichtet, auf einen nahegelegenen Tisch zu, wo er sich zu Angie und Nikki setzte, die nahezu fertig mit dem Frühstück schienen, und zu Karim, der offensichtlich gerade damit begonnen hatte. Dann fiel mir etwas auf, das ich zuvor nicht bemerkt hatte: Robin hatte sich eine Zeitung unter den Arm geklemmt. Sie war zwar zusammengefaltet, doch als er sie auf den Tisch legte, konnte ich erkennen, daß es sich um *The Times* handelte. Er warf den anderen ein flüchtiges Lächeln zu und setzte sich zu ihnen.

Wentworth-Desbourough hatte bei unserer kurzen Begegnung am Seitenportal darauf beharrt, daß die Szene unbefriedigend sei, und auch wenn er tiefere Beweggründe dafür haben mochte, konnte selbst ich als Amateurin erkennen, daß er die Wahrheit gesagt hatte. Falls es eine fröhliche Szene mit den ausgelassenen Bediensteten der unteren Ränge werden sollte, die beim Frühstück zulangten, dann war nichts daraus geworden. Robin wirkte völlig geistesabwesend. Er sprach kein Wort. Angie machte den Eindruck, als wolle sie gleich mehrere Rollen auf einmal übernehmen: Filmstar, glückliche Verlobte und nervöse Gastgeberin mit schrecklichen Gästen. Von Zeit zu Zeit blickte sie in die Kamera, als wolle sie sich von dort Unterstützung holen, was den gekünstelten Charakter der ganzen Einstellung nur noch verstärkte. Karim saß entweder aus Schüchternheit oder aus Wut stocksteif da. Die einzige, die auch nur annähernd natürlich wirkte, war Nikki. Und selbst die machte auf mich einen angestrengten Eindruck, sicher weil sie die einzige war, die ein Gespräch in Gang bringen wollte. Bei jemand zu sitzen, der sich angeblich gerade das Leben hatte nehmen wollen, wirkte sicher auf alle lähmend. Endlich knurrte eine wütende Stimme – Wentworth-Desbouroughs vermutlich – aus dem Off »Aus!«.

Das war es wohl, dachte ich enttäuscht. Dann aber erschien, nach weiterem Geflimmere, noch eine Szene auf dem Bildschirm. Sie zeigte wieder die vier am Tisch, dieses Mal aber stand ein neues Frühstück vor Robin und Karim, so daß es aussah, als hätten die beiden sich gerade erst hingesetzt.

Sofort fiel mir ein Gegenstand auf, der in der vorherigen Szene nicht dagewesen war: Ein großes Glas Orangensaft stand vor Robin. Mein Puls beschleunigte sich, als ich sah, wie er gleich zu Anfang der Einstellung das Glas hob und einen kräftigen Schluck trank. Hatten sich die beiden Lakaien ihr neues Frühstück selbst geholt, überlegte ich, während ich zusah, wie Robin sich eine Gabel mit Rührei in den Mund schob. Oder hatte jemand aus dem Off die Sachen auf den Tisch gestellt? Hier eröffnete sich eine Gelegenheit zum Vergiften, die ich zuvor nicht in Betracht gezogen hatte. Die ganze Zeit hatte ich nur den Kaffee im Kopf gehabt. Ich schaute auf Robins Gesicht, um etwaige Anzeichen beginnenden Unwohlseins auszumachen.

Von ihrem Benehmen her wirkten alle vier jetzt, als hätten sie eine Standpauke bekommen: Angie war weniger durcheinander, Karim weniger wütend (oder ängstlich) und Nikki weniger geschwätzig. Nur Robin schien der gleiche geblieben, aber da er schließlich Schauspielunterricht genommen hatte, fiel es ihm sicher leichter, natürlich zu wirken.

Stockend sprachen sie über ihren Arbeitsplan an diesem Tag; es hatte den Anschein, als hätte man ihnen dieses Thema zugewiesen, und wahrscheinlich war dem ja auch so, und dann sagte Angie, sie wolle noch ein Täßchen trinken, und fragte, ob denn nicht noch jemand etwas wolle. »Ja, gerne!« riefen alle im Chor, was sich dermaßen eingeübt und dämlich anhörte, daß ich damit rechnete, aufs neue das Wort »Aus!« zu hören, um dem Ganzen ein Ende zu bereiten. Doch das Video lief weiter, Nikki und Angie standen auf und holten sich heiße Getränke. Leider versäumte es die Kamera jedoch, ihnen zu folgen. Statt dessen hielt sie weiter auf die beiden jungen Männer, die irgendwie aufgeschmissen wirkten und sich sichtbar unwohl fühlten. Sie griffen noch einmal ihr halbherziges Gespräch auf und kamen auf die ihnen zugeteilten Arbeiten als Diener des RamaLamaDingsBums, der in Kürze eintreffen sollte. Meine Güte, der Film war wirklich zum Gähnen.

Kurz danach kamen Angie und Nikki wieder, beide mit zwei Tassen beladen. An dieser Stelle verstärkte sich meine Aufmerksamkeit. Ich erhoffte mir einen Indikator, etwas, das bewies, daß dies der todbringende Zeitpunkt war: ein Ausdruck von Ekel nach einem Schluck vielleicht, eine Bemerkung darüber, wie widerlich der Kaffee an diesem Morgen schmeckte, oder eine aufkommende Blässe. Angela reichte Robin, der ganz mit dem Sahnekännchen beschäftigt war, die Tasse. Nachdenklich, scheinbar abwesend, schaute sie ihn an, während Nikki und Karim ihr Gespräch fortsetzten. Doch plötzlich konnte ich nicht länger zuhören. Entsetzen packte mich. Angela, blond und mit hohen Wangenknochen, wirkte plötzlich auf mich wie eine eiskalte böse Fee, die ungerührt der Vernichtung eines Feindes beiwohnt.

Sicher ging meine Phantasie mit mir durch!

Doch Robin machte schnell. Er trank seinen Orangensaft aus und kippte dann auch noch den Milchkaffee in sich hinein. Er griff sich die Zeitung, stand auf und verkündete ungeduldig, daß er fort müsse.

Überraschte Blicke waren zu erkennen. Das war offensichtlich nicht so abgesprochen. Doch er ging einfach. Die anderen schauten in die Kamera. Und eine genervte Stimme rief: »Aus!«

16

Am frühen Montagmorgen arbeitete ich in der Belgischen Suite. In Gedanken war ich nicht bei der Sache. Die Belgische Suite befindet sich im Erdgeschoß des Palastes, geht nach Südwesten zu den Gartenanlagen hinaus und ist der Ort, an dem die Staatsoberhäupter wohnen, wenn sie London einen offiziellen Besuch abstatten. Am folgenden Tag sollte sie den RamaLama beherbergen und mußte deshalb blitzeblank sein, andernfalls, drohte uns Mrs. Harbottle, würden Köpfe rollen.

Ich war im Spanischen Saal, dem kleinsten der drei Hauptgemächer in der Belgischen Suite, und ließ mir zum x-ten Mal die Szene durch den Kopf gehen, die ich auf Video gesehen hatte. Hatte ich denn überhaupt etwas gesehen? Wer wäre denn so dämlich, vor laufender Kamera jemand zu vergiften?

Jemand, der verzweifelt war, überlegte ich, und überprüfte, ob die Sèvres-Uhr wieder an exakt der gleichen Stelle auf dem Kaminsims stand wie vorher. Jemand, der bereit war, das Risiko einzugehen. Jemand, der davon ausging, daß Robin sein Frühstück hinunterschlingen würde, weil er etwas Wichtiges vorhatte, zum Beispiel eine sofortige Audienz bei der Queen. Oder jemand, der Zugriff auf das Filmmaterial hatte und es nötigenfalls rasch vernichten konnte. Oder alles zusammen.

Ich dachte an das zweite Frühstück und an das Glas Orangensaft. Hatte Robin es sich selbst geholt? Oder war es ihm gebracht worden? Was war mit der zweiten Tasse Kaffee? Angela hatte sie vor ihn hingestellt. Sobald ich mir ihren Blick dabei in Erinnerung rief, wurde ich unruhig. Doch von allen hatte sie doch sicher am wenigsten von Robins Tod, oder? Jedenfalls, soweit ich wußte. War es nicht vielmehr so, daß sie alles zu verlieren hatte? Und dann gab es da noch Karim, der so viel zu gewinnen hatte. Doch er schien über jeden Zweifel erhaben, schlicht und einfach deshalb, weil er die ganze Zeit über sitzen geblieben war. Es sei denn, er hätte Robins zweites Frühstück geholt.

Und was war mit den anderen? Wentworth-Desbourough hatte Regie geführt. Selbst Sir Julian war dagewesen und hatte mit W-Dez über den Fortgang des Films gesprochen.

»Hmmm«, murmelte ich halblaut vor mich hin, während ich mich kniete und mit der undankbaren Aufgabe begann, Bücher aus einer Reihe von Regalen herauszuholen und ihren Einband abzustauben. Meine Gedanken drehten sich im Kreis. Was ich brauchte, war jemand, der mir erzählte, was zwischen den beiden Frühstücksszenen geschehen war. Neil hatte ich bereits gefragt, doch er hatte geantwortet, nicht darauf geachtet zu haben. Er war zu beschäftigt damit gewesen, an einem Teil der Ausrüstung herumzubasteln. Karim würde gar nicht erst mit mir sprechen. Nikki war Sonntagabend erst als ich schon schlief in den Palast zurückgekehrt und hatte am Morgen in der Gesindestube gefrühstückt, als ich sie bereits verlassen hatte. Im übrigen war sie heute einer anderen Ecke des Palastes zugeteilt. Sir Julian wiederum würde nicht auf die Idee kommen, mit mir über eine solche Angelegenheit zu plaudern, und bei W-Dezzie war es auch nicht gerade anzunehmen.

Aber Angie, dachte ich plötzlich. Sie arbeitete im Saal des 18. Jahrhunderts, dem Hauptgemach des Wohnbereichs. Ich konnte ihren Staubsauger hören. Allerdings hatte ich keine besondere Lust, mit ihr zu sprechen. Mir lag noch immer ihr merkwürdiger Gesichtsausdruck aus der Filmszene im Magen. Andererseits war sie verfügbar. Als das Geräusch des Staubsaugers ein paar Minuten verstummte, stellte ich die Bücher ab und nahm die Gelegenheit wahr.

Als ich in den Saal des 18. Jahrhunderts trat, hatte sich Angie weit nach vorne gebeugt, mit einer Hand auf den Staubsauger gestützt, und nahm etwas auf dem Axminster unter die Lupe. Dabei gab sie mir einen herrlichen Blick auf ihr Gesäß frei, das Sir Julian Denchs Herz – oder wohl eher einen anderen Körperteil – erobert hatte.

»Huch! Hast du mich erschreckt«, rief sie aus, als ich ihren Namen nannte. Dann richtete sie sich auf und wandte sich mir verwirrt zu.

»Was hast du denn so angestarrt?« fragte ich neugierig.

»Da klebt etwas auf dem Teppich.«

»Kaugummi wahrscheinlich.« Ich trat näher und tippte mit dem Schuh gegen den trockenen, verkrusteten Knubbel. »Jiih, Kaugummi. Hast du das vorher noch nirgendwo gesehen?«

»Nein«, sagte sie abwehrend. »Du denn?«

»Ständig. Ich bin überrascht, daß du es nie bemerkt hast. Kennst du denn die Anweisung der Harbottle nicht? Wenn das Zeug noch weich und klebrig ist, sollen wir so eine Art Fixierungsmittel benutzen, um es hart zu machen, dann mit einem stumpfen Messer drangehen und die Reste wegsaugen. Das hier sieht allerdings so aus, als läge es schon eine Weile hier. Und was ist das?« Ich beugte mich weiter nach vorne und strich mit den Fingern darüber. »Sieht aus wie Glasscherben. Meine Güte.«

»Welcher Spinner läßt denn Kaugummi auf solch wertvollen Teppichen?«

»Diese Frage hat schon größere Geister als dich bewegt.«

Ich glaube nicht, daß Angie mich verstand. Sie konzentrierte sich weiterhin auf das Kaugummi und tippte nun ihrerseits mit der Schuhspitze dagegen.

»Was sollen wir noch mal damit machen? Wie kann Mrs. Harbottle erwarten, daß wir uns das alles merken?« meinte sie gereizt.

»Vergiß es, ich hol' das Zeug und mache es selbst«, sagte ich, meine Bemühung durchkreuzend, Angie in ein Thema zu verwickeln, dem größere Bedeutung zukam als das Säubern von Teppichen.

Doch Angie hatte selbst noch etwas auf dem Herzen. Als ich zur Marmorhalle gehen wollte, der Galerie, die sich an Runderkergemach und königlichem Kino vorbei zum Küchenbereich hinzieht, rief sie mir zu:

»Warte, Jane, da ist noch etwas, was ich dir die ganze Woche schon sagen wollte, seit wir uns in der Kneipe getroffen haben.«

Sie hielt inne. Sie wirkte zerknirscht, aber auf gekünstelte Art und Weise. Geradezu säuselnd.

»Du erinnerst dich, wie ich gesagt habe, daß Robin und ich letzten Dienstagmorgen miteinander geschlafen hätten, am Morgen, als er ...?«

Ich nickte ernst.

»Ja, also, wir haben gar nicht miteinander geschlafen.«

Man brauchte kein Genie zu sein, um dahinterzukommen, warum sie mir das erzählte. Sir Julian hatte sie gewarnt, daß ich eine kleine Schnüffelnase war, und so wollte sie sich absichern. Wenn sie an diesem Morgen in Robins Nähe gewesen wäre, hätte sie Zugang zu einem gewissen todbringenden Medikament gehabt.

»Ach, tatsächlich?« sagte ich schulterzuckend.

»Ich dachte bloß, das solltest du wissen.«

Durch meine gleichgültige Reaktion fühlte sie sich sichtbar verletzt.

»Okay, in Ordnung, Angie. Danke, daß du's mir gesagt hast.« Das sollte sich eigentlich unbekümmert anhören, klang aber wohl eher ein wenig sarkastisch. Ihr Gesäusel fand ein jähes Ende.

»Dann verschwinde doch«, fuhr sie mich an und zog mit einem Ruck am Staubsauger, als wolle sie ihn wieder einschalten.

»Es war schön, mit dir zu reden, Angie.«

»Du glaubst mir ja nicht!«

»O doch. Mir ist bloß egal, ob du letzten Dienstag mit Robin geschlafen hast. Oder an überhaupt irgendeinem Dienstag.«

Mittlerweile war ich davon überzeugt, daß Robin in jener Nacht, der letzten Nacht seines Lebens, gar nicht geschlafen hatte. Er war aufgeblieben und hatte gelesen oder sich Sorgen gemacht oder beides.

»Warum drückst du dich dann in der Gegend herum und stellst allen Leuten Fragen?« rief sie gereizt.

»Ach, und wer hat dir erzählt, daß ich mich ›in der Gegend herumdrücke‹?«

»Ich hab' doch Augen im Kopf. Du steckst deine Nase in Dinge, die dich nichts angehen. Du glaubst, daß Robin umgebracht worden ist, stimmt's?«

»Zufälligerweise ja.«

Warum hätte ich das jetzt noch leugnen sollen?

»Keiner sonst ist dieser Meinung«, argumentierte Angie hartnäckig. »Die Offiziellen hier im Palast zerbrechen sich auch nicht den Kopf darüber. Wenn du solchen Staub aufwirbelst, Jane, löst du doch nur Ärger damit aus.«

»Für den Mörder, hoffe ich.«

»Nein, ich meine ..., ach, vergiß es. Halte mich bloß aus der Sache raus.« Ihr Ton war scharf.

»Ich hatte gedacht, daß dir die Sache zu Herzen geht, Angie. Immerhin warst du mit ihm verlobt.«

»Das ist jetzt vorbei ...«

»... gar nicht davon zu reden, daß er im Begriff stand, einen Grafentitel zu erben und zu einer Menge Geld zu kommen.«

Ihr Kinn klappte herunter, und Besorgnis stand in ihren Augen.

»Woher weißt du das?«

»Seine Schwester hat's mir erzählt. Sie war letzte Woche hier. Es war Robins Erbschaft, die dich das Geschlecht des Kindes hat bestimmen lassen, nicht wahr?«

Sie kochte vor Wut. »Und wenn schon? Für Robin war es wichtig. Es sind die Männer, die bei diesem System erben. Nicht die Frauen.«

»Diese ganze Sache mit dem Titel hat Robin also wirklich etwas bedeutet, und er wollte wissen, ob er einen Sohn bekommt, der ihn beerben würde?«

»Ja«, sagte sie grimmig, »so ist es.«

Ob das stimmte? War es denkbar, daß Davey Pyes Mutmaßungen über Prinz Heinrich der Wirklichkeit entsprachen? Hatte sich Robin derart schnell vom Rebellen zum Möchtegern-Vornehmen gewandelt?

»Und es wird wirklich ein Junge? Normalerweise machen sie doch diesen Test gar nicht mit Frauen in unserem Alter.«

»Willst du damit sagen, ich lüge?«

»Nein.«

Aber woher sollte ich das wissen? Angie wirkte zwar überzeugend. Doch hätte sie sich schon einiges einfallen lassen müssen, um einen Arzt zu finden, der in eine solche Untersuchung eingewilligt hätte. Jungen, gesunden Frauen wurde von einer Fruchtwasseruntersuchung abgeraten. Zumindest hat mir Jennifer das einmal erzählt, meine Schwester und zukünftige Ärztin. Offenbar zufrieden damit, daß sie mich zum Schweigen gebracht hatte, griff Angie erneut nach dem Staubsauger. Bevor sie ihn jedoch einschalten konnte, schnappte ich ihn mir und zog ihn von ihr weg.

»Paß auf, du!« fauchte sie und zog ihrerseits daran.

»Erst will ich dich noch was fragen«, ächzte ich, an der Maschine zerrend. »Über letzten Dienstag, über diese Filmgeschichte ...«

»Was ist damit?«

Sie stemmte ihre Hände in die Hüften, nachdem ich ihr mit Erfolg den Griff entrissen hatte. Ich fragte: »Wer hat Robin sein Essen gebracht?«

»Er selbst.« Sie schaute mich an, als sei ich geisteskrank. »Ist doch Selbstbedienung.«

»Nein, ich meine das zweite Mal, wer hat es ihm da gebracht? Oder hat er es sich da auch wieder selbst geholt?«

»Du warst doch gar nicht dabei. Wieso weißt du das alles? Und warum bist du so wild darauf, das alles zu erfahren?«

Plötzlich verstand sie, worauf ich hinauswollte.

»Ich mach' dich kalt, du, ich schwör's!« sagte sie mit anschwellender Stimme. »Wenn du glaubst, ich hätte ihm ... Gift ins Essen getan, irgendwelche Medikamente oder sonstwas ...«

Ich wich zurück. Sie fuchtelte mit ihren Fäusten herum, als wolle sie jeden Moment auf mich losgehen.

»Ich sage ja auch gar nicht, daß du es getan hast!« rief ich entschlossen, behielt sie aber im Auge, auf einen Kampf vorbereitet. »Ich will es bloß von jemand anderem hören. Ich habe gesagt, daß ich an Mord glaube, und dazu stehe ich auch. Irgendwer hat ihm an dem Morgen etwas ins Essen oder in sein Getränk getan. So muß es gewesen sein. An diese Selbstmordgeschichte habe ich keinen Moment geglaubt.«

Mein plötzlicher Wutausbruch ließ Angies Augen aufflackern.

»Zum Teufel nochmal, ich war es nicht!« rief sie.

»Beweis es.«

»Ich hab' sein Essen nicht angerührt!«

»Wo ist das zweite Frühstück hergekommen?«

»Jemand hat es ihm hingestellt. Wir sind alle sitzengeblieben, nachdem der Regisseur ›Aus!‹ gerufen hat. Wen hast du denn sonst noch dazu befragt? Haben sie dir nicht das gleiche erzählt?«

»Ich hab' Neil gefragt, den Kerl aus der Crew. Aber er hat nicht darauf geachtet. Also, kannst du dich nicht daran erinnern, wer es gebracht hat?«

In ihrem Gesicht lag etwas Widerspenstiges, doch zugleich glänzten ihre Augen, und ich glaubte, eine Spur von Unwohlsein darin zu erkennen.

»Es war Wentworth-Desbourough selbst«, erwiderte sie starr, an mir vorbeischauend, als liefe die Szene noch einmal vor ihren Augen ab. »Ja, ich bin sicher, daß er es war. Er hat den Teller vor Robin hingestellt. Und ein Glas Saft.«

»Hat er das Essen wirklich selbst zusammengestellt? Und den Saft selbst eingegossen?«

Angie hörte auf zu träumen. Ihre gerade gewonnene Geduld war am Ende.

»Woher soll ich das wissen?« schnauzte sie mich an. »Ich war doch nicht überall gleichzeitig.«

»Später bist du dann aufgestanden, um dir einen Kaffee zu holen. Du hast Robin einen mitgebracht.«

»Woher *weißt* du das alles?«

»Neil hat's gesehen«, log ich.

»Also, ich hab' ihm nicht ... die Tasse hingestellt.«

»Doch, hast du!«

»Gut, ich hab' sie ihm hingestellt«, sagte sie grimmig. »Aber ich hab' ihn ihm nicht eingeschenkt.«

»Das klingt ja sehr einleuchtend.«

»Werd nicht sarkastisch, Jane Bee. Ich habe Robin den Kaffee gebracht, weil er mir am nächsten saß. Ich trinke Tee. Ich habe zwei Tassen Tee eingeschenkt, eine für mich und eine für Karim.«

»Und wer hat dann den Kaffee eingeschenkt?«

»Nikki natürlich. Sie ist mit mir zur Selbstbedienung gegangen.«

»Nikki?«

»Jawohl, Nikki. Hat dir das dein Freund Neil etwa nicht erzählt? Sie hat Kaffee eingeschenkt, einen für sich und einen für Robin. Den für Robin hat sie mir gegeben, und von mir hat sie einen der beiden Tees gekriegt, um ihn Karim zu geben. Jetzt weißt du es.« Übertrieben verdrehte sie die Augen. »Kapierst du jetzt, wie blödsinnig das alles ist? Und jetzt gib mir den Staubsauger zurück!«

Geistesabwesend ließ ich ihn los. Jetzt war ich vollkommen durcheinander. Nikki? Mit dem Kaffee konnte er also nicht vergiftet worden sein. Was war denn mit Wentworth-Desbourough, der ihm das zweite Frühstück und den Saft serviert hatte? Das erschien mir für einen Mann wie ihn unter seiner Würde. Nach dem, was ich von Neil gehört hatte, neigte W-Dez andererseits zu Wutanfällen, bei denen er einen in seinen Augen unfähigen Angestellten einfach beiseite schob, um ihm zu zeigen, wie man es besser machte. Hatte er sich etwa extra während der Frühstücksszene so aufgeregt, um Gelegenheit zu bekommen, ein Glas Orangensaft mit Gift zu versehen? Mittlerweile wußte ich ja, daß dieser Mann in finanziellen Schwierigkeiten steckte und nach dem mit einem uralten Titel verbundenen Prestige gierte. Robin hatte seine Vermählung mit einer Frau angekündigt, die sozusagen sein Kind austrug, ein Kind, das W-Dez für immer seines Grafentitels berauben würde. Wenn er verzweifelt genug war, Robin wegen einer Erbschaft zu töten, dann mußte er es tun, bevor eine Heirat Robins Kind zu seinem legitimen Nachfolger machte.

Das erklärte natürlich den ersten »Selbstmordversuch« nicht, der sich kurz nach Robins Geburtstagsfeier ereignet hatte. Wentworth-Desbourough war gar nicht dort gewesen. Jedenfalls erinnerte sich von den Leuten, die ich gesprochen hatte, niemand daran, ihn dort gesehen zu haben.

Während ich grübelte, hatte Angie den Staubsauger wieder eingeschaltet. Nachdem sie ein paar Mal damit über den Axminster gefahren war, stellte sie ihn erneut ab und schaute mich irritiert an.

»Und? Holst du jetzt dieses Zeug, um den Kaugummi wegzumachen, oder nicht?«

Angie war entzückend. Sie war der Typ, der meinte, es sich nach einem gewonnenen Schlagabtausch erlauben zu können, den anderen herumzukommandieren.

»Ich geh' schon«, erwiderte ich mit angemessener Gereiztheit. Ich war ohnehin froh, von ihr wegzukommen.

Als ich durch die Marmorhalle ging, bemerkte ich, daß Humphrey Cranston mit seinem gewohnt schleppenden Schritt auf mich zutrat. Unter normalen Umständen würde ein Geheimpage mich als Hausmädchen kaum zur Kenntnis nehmen. Demzufolge rechnete ich auch nicht damit, daß er mir im Vorübergehen mehr als einen eisigen Blick zuwerfen würde, trotz meiner Besuche bei der Queen, von denen außer ihr sicher nur er etwas wußte. Doch gerade als wir aneinander vorübergingen, blitzte er mich kurz an, hielt sich vier Finger vor die Brust und schaute an die Decke.

Seltsam, dachte ich, während ich das Fixierungsmittel holen ging. Dann erst begriff ich, daß es eine verschlüsselte Botschaft gewesen war. Vier Finger. Vier Uhr. Die Decke? Darüber befand sich die Gemäldegalerie mit Zugang zum Weißen Salon, der über der Belgischen Suite lag. *Komm um vier Uhr zur Queen in den Weißen Salon.* Endlich hatte ich verstanden.

Ich holte das Fixierungsmittel und ein stumpfes Buttermesser aus der Speisekammer und kam gerade an den Küchen vorbei, als mit einmal Cyril Wentworth-Desbourough hereinplatzte. Er rannte mich förmlich über den Haufen. Sein Gesichtsausdruck besagte, daß es meine Schuld gewesen war, die Frechheit zu besitzen, gerade dann durch die Galerie zu schlendern, wenn ihm danach war, die Türe einzurennen. Der Regisseur hatte offensichtlich wegen irgend etwas einen Anpfiff bekommen, und falls er gerade im Küchenbereich drehte, steckte vermutlich der königliche Küchenchef, ein mordsmäßig fettleibiger und erstaunlich launischer Mensch, dahinter.

»Tut mir leid«, sagte W-Dez gereizt und starrte mich an.

»Kein Problem«, antwortete ich. Ich hob seinen Spazierstock auf, der auf den Marmorfußboden gefallen war, und reichte ihn herüber, ohne dabei auch nur mit der Wimper zu zucken. Jetzt bot sich mir eine Gelegenheit.

»Ich höre, Sie sind ein Verwandter von Robin Tukes«, wagte ich zu äußern, während er mir brüsk den Stock aus der Hand riß und sich zum Gehen wandte. »Ein Cousin oder so.«

Diese Bemerkung ließ ihn zusammenfahren.

»Wer sind *Sie?*« fragte er und drehte sich um.

»Jane Bee, Sir«, erwiderte ich beiläufig.

»Sind Sie nicht das Mädchen, das mir letzte Woche wegen des Films auf die Nerven gegangen ist? Also, Miss Bee, schwirren Sie ab.«

Er wandte sich in die andere Richtung.

»Außerdem sagt man, der Earl of Ulverstone sei im Begriff ... sozusagen das Zeitliche zu segnen«, rief ich ihm hinterher.

Jetzt wirbelte er herum. Es zischte, als er sich mit dem Spazierstock in die offene Hand schlug. »Heraus damit, Mädchen. Was wollen Sie?«

»Gar nichts«, gab ich unaufrichtig zurück. »Ich fand es bloß interessant, daß Sie und Robin miteinander verwandt waren, das ist alles.«

»Und daß er mutmaßlicher Erbe des Titels war, was Sie dann sicher auch wissen. Und daß jetzt, wo er tot ist, mir dieser Titel zusteht. Ist es das, was Sie interessiert, Miss Bee?«

»Na ja, schon«, sagte ich. Ich hatte gar nicht erwartet, daß er so direkt sein würde.

»Was ist denn damit?« Er beugte sich näher zu mir vor. Seine Augäpfel waren gerötet.

»Ich habe mir einfach Gedanken über Ihre Beziehung gemacht, das ist alles.« Ich trat einen halben Schritt zurück.

»Unsere *Beziehung*?« Er trommelte mit dem Stock auf seiner Handfläche herum. »Wir hatten keine *Beziehung*. Er war um mehr als die Hälfte jünger als ich, im wesentlichen ein Ausländer, seltsam, leichtfertig, was die Erbschaft dieses Landes – und seine eigene – angeht, und im übrigen seines Erbes ausgesprochen unwürdig. Wir hatten nichts gemeinsam.«

»Aber er gehörte doch zur Familie.«

»Er war ein Cousin zweiten Grades. Sein Vater und meine Mutter waren Cousins. Die Verbindung ist dürftig, was durch die gewaltige Wasserfläche, Atlantischer Ozean genannt, noch unterstrichen wird.

»Aber ein paar Dinge hatten Sie doch gemeinsam. Ich meine, Robin war an Schauspielerei interessiert, am Theater und so weiter. Und Sie sind beim Film. Ich dachte, Sie hätten ihm vielleicht weiterhelfen können . . .«

»Wie schon gesagt, wir hatten nichts gemeinsam.«

»Hat er sich mit Ihnen in Verbindung gesetzt, als er nach England kam?« Ich erinnerte mich an das Kreuzchen in Robins A–Z-Führer an der Straße am Holland Park, in der W-Dez wohnte.

»Er ist mal bei mir an der Tür aufgetaucht. Ich hab' ihn fortgejagt. Ich habe sehr viel zu tun, da bleibt mir keine Zeit für verlorengeglaubte Verwandte und mit Sicherheit auch nicht für Sie.«

»Aber Sie haben ihn doch in Ihrem Film eingesetzt«, beharrte ich, bevor er sich abwenden konnte.

Das leise Trommeln auf seine Handfläche setzte sich fort. Mit zusammengebissenen Zähnen sagte er: »Das ist ein Dokumentarfilm über den Arbeitsablauf im Buckingham-Palast. Er war ja nur ein Lakai, ein winziger Teil des Ganzen, und leicht zu ersetzen.«

»Dann hätten Sie auch einen anderen Lakaien für die Frühstücksszene nehmen können, die Sie letzte Woche gedreht haben.«

»Robin ist – war – photogen.« Wentworth-Desbourough machte ein finsteres Gesicht, als ärgerte es ihn, es auszusprechen. »Ganz hübsch eigentlich. Deswegen ist er ausgewählt worden. Hübsche Leute wirken anziehend auf das Publikum. So lauten die Gebote des Mediums. Robin hatte keine Ahnung von Schauspielerei, aber das machte in diesem Fall kaum etwas aus.«

Meine Güte, war der Kerl widerlich. Er verstand es wirklich, andere einzuschüchtern, doch ich beschloß nun meinerseits, ein wenig Einschüchterung zu betreiben. »Wenn Robin und Sie keine Beziehung hatten, wieso haben Sie dann vor ein paar Wochen so ein *intensives* Gespräch mit ihm in der Poststelle geführt?«

Verwirrt schaute er mich an.

»Außerdem ist mir zu Ohren gekommen, daß Sie zur Zeit in Geldschwierigkeiten stecken«, fügte ich noch hinzu. »Sie haben nicht zufällig nach einem neuen Investor Ausschau gehalten? Etwa einem Cousin zweiten Grades, der gerade im Begriff stand, ein Vermögen zu erben?«

W-Dez bekam einen hochroten Kopf. Mit krächzender Stimme brüllte er mich an:

»Was erlauben Sie sich, Sie dummes kleines Mädchen! Wie kommen Sie dazu, so mit mir zu sprechen!«

Ich ließ ihn einfach stehen.

Kurz vor vier, nachdem ich den Rest des Vormittags die Belgische Suite saubergemacht und den Kaugummi entfernt hatte und am frühen Nachmittag in einem abgelegeneren Teil des Palastes die Toiletten (igitt) gereinigt hatte, fand ich mich wieder einmal im guten alten Weißen Salon wieder. Ich war immer noch sehr mit mir zufrieden. Schließlich hatte ich gegen den entsetzlich aufgeblasenen Cyril Wentworth-Desbourough einen Sieg errungen. Außerdem glaubte ich, Fortschritte zu machen. Es schien so, als ob ich der Lösung näher kam.

Wenn ich den oder die nur erwischen könnte, dachte ich, als ich zum wiederholten Male auf einen Kaugummiflecken auf dem Teppich stieß. Nicht ein Quadratzentimeter in den gewaltigen Weiten des Palastes gehörte mir, doch wenn man ihn fünfmal die Woche saubermacht, fühlte man sich doch ein wenig wie der Besitzer. Außerdem war es verflixt schwierig, das Zeug zu entfernen! Ich hatte einen Teil des Morgens damit verbracht und verspürte nicht die geringste Lust, auch nur eine Minute des Nachmittags dieser Aufgabe zu widmen.

Als dann Pfeilerspiegel und Kaminsims wieder zurückglitten, ließ ich das anstößige Stück Kaugummi (es war noch ziemlich frisch) schuldbewußt liegen und erwähnte es gegenüber Ihrer Majestät auch nicht. In Anbetracht des am nächsten Morgen beginnenden Staatsbesuchs hatte sie bestimmt andere Sorgen.

»Eure Majestät?« sagte ich, als ich in das königliche Geheimzimmer trat. »Ma'am?«

»Hier hinein, Jane«, erklang eine vertraut piepsige, wenn auch leicht gedämpfte Stimme.

Die Queen war weiter hinten in der Zimmerflucht, im Audienzzimmer.

»Ma'am?« sagte ich und steckte den Kopf hinein. Ich fragte mich, wer wohl den Kamin und die Türen geöffnet hatte. Humphrey Cranston wahrscheinlich.

»Alles in Ordnung, Jane. Ich glaube, hier können wir reden.«

Mit diesen Worten erhob sich die Queen vom Schreibtisch, legte ihre Brille ab und schritt um einen Haufen vor sich hin dösender Corgis herum. Nach dem zu urteilen, was auf dem Schreibtisch lag, hatte sie gerade einen Brief geschrieben. Sie trug ein blaßgelbes Kleid, das am Hals mit einer Schleife geschmückt war.

»Aber setzen Sie sich doch, bitte.« Sie wies auf zwei sich

gegenüberstehende Sofas, gleich vor dem Kamin, in dem ein Feuer loderte. Für Buck-House-Maßstäbe ist es im Audienzzimmer recht gemütlich. Wie in so vielen Häusern in England sind die Wände mit einer unruhigen Velourstapete verkleidet, die Möbel haben etwas Behagliches an sich, und die Porträtgemälde sind nicht so riesig, daß sie einen einschüchtern. Gegen die zunehmende Düsterkeit des herbstlichen Nachmittages waren Lichter eingeschaltet, und als ich meinen Knicks gemacht hatte und auf eines der beiden Sofas zuging, bemerkte ich auf einem kleinen Tisch etwas besonders Erfreuliches.

»Tee?« fragte Ihre Majestät, als sie sich in Tischnähe mir gegenüber auf die Couch setzte.

Ich muß wohl einigermaßen verdutzt ausgesehen haben, denn die Queen schaute mich fragend an, während sie erwartungsvoll das Milchkännchen über die erste von zwei Porzellantassen hielt.

»Oh, ja, vielen Dank, Ma'am«, sagte ich, langsam wieder zu mir kommend. »Milch und zwei Löffel Zucker.«

»Fehlt Ihnen etwas, Jane?«

»Nein, Ma'am. Es ist bloß ..., na ja, es ist nur ..., es ist der Traum.«

»Der Traum?« fragte die Queen verwundert, goß mir die Milch ein und gab zwei Löffel Zucker in meine Tasse.

»Der Traum. Den, den Millionen Menschen haben sollen. Den, in dem sie mit der Queen Tee trinken. Mit Ihnen, Ma'am.«

»Ach, dieser Traum. Ja, davon habe ich gehört. Merkwürdig ...«

Sie reichte mir die Tasse.

»... ich habe den gleichen Traum gehabt. Tatsächlich habe ich ihn recht häufig.«

»Wirklich? Aber, ich meine, die Queen, also Sie, Ma'am, träumt davon, Tee zu trinken mit, also, Ihnen, das ist ...« Ich stammelte nur noch.

»Nein, nein. Das wäre wohl in der Tat merkwürdig, nicht

wahr? Nein. In meinem Traum, Jane, trinken die Leute mit mir Tee. Schauen Sie sich *Coronation Street* an? In meinen Träumen sitze ich oft im Wohnzimmer von Emily Bishop und spreche über die ungewöhnlichsten Dinge. Gurkensandwich?«

Coronation Street? Emily Bishop? Es gelang mir gerade noch, den Sandwich zu nehmen und mich bei ihr zu bedanken.

»Haben Sie diesen Traum gehabt?« erkundigte sie sich höflich.

»So ist es.« Und ich erzählte ihr, was darin vorkam.

»Ich verstehe«, sagte sie. »Wie es scheint, drückt er einen gewissen Grad der Besorgnis aus.« Sie musterte mich einen Augenblick lang und setzte dann ein Lächeln auf. »Der häufigste ist wohl der, hat man mir erzählt, in dem sich die Leute nackt vor Uns befinden. Verrückte Welt, wie einer meiner Premierminister einmal gesagt hat.«

»Das ist mir noch nie passiert. Ich meine, der Traum vom Nacktsein.«

»Das ist gut so«, meinte sie lebhaft. »Und, haben Sie ein angenehmes Wochenende gehabt?«

»Ja, Ma'am«, erwiderte ich, dankbar für den Themenwechsel. Ich war mir beinahe schon selbst wie in einem Traum vorgekommen.

»Ich bin nach Long Marsham gefahren, um meine Großtante zu besuchen. Und dort war ich in der Bücherei und habe den Earl of Ulverstone im *Debrett's* nachgeschlagen.

»Oh, gut. Haben Sie denn etwas gefunden?«

»Also, eine große Hilfe war es nicht, Ma'am.«

»Das habe ich mir schon gedacht«, sagte Ihre Majestät und reichte mir einen Teller mit Kuchen. »Es stand sogar einmal ein falscher Eintrag über Uns darin. Sie haben ein falsches Jahr beim Orden der Weißen Rose von Finnland eingetragen. Das war 1961, und nicht 1960. Aber fahren Sie fort.«

»Also, Robin stand darin aufgeführt als mutmaßlicher Erbe, und der Eintrag enthielt auch einen vertrauten

Namen, aber ich konnte mir keinen Reim darauf machen, ob das etwas zu sagen hatte«, erwiderte ich und nahm einen Schluck. Der Tee war heiß und süß und tat richtig gut. »Also hab' ich seine Schwester angerufen, die hier in London in einem Hotel wohnt, und habe mich vergewissert, wer der nächste Anwärter ist: Sie werden es nicht glauben, Ma'am, es ist Cyril Wentworth-Desbourough!«

Das Gesicht der Queen blieb teilnahmslos, als höre sie den Namen zum ersten Mal.

»Der Filmregisseur, Ma'am. *Ihr* Filmregisseur.«

»Ach«, sagte sie. Jetzt wirkte sie leicht überrascht. »Das ist ja wirklich sehr merkwürdig. Noch ein Sandwich?«

»Ja, danke.«

Nachdenklich – oder etwa bedauernd? – betrachtete die Queen den Teller mit Sandwichs, nahm sich jedoch selbst keinen zweiten. Man sagt, sie achtet immer auf ihre Linie.

»Und auch sehr interessant«, fuhr Ihre Majestät fort und setzte sich mit ihrer Teetasse auf dem Sofa zurück. »Wenn wir einmal für einen Moment davon ausgehen, daß Mr. Wentworth-Desbourough unser Mörder ist, dann muß er unter Zeitdruck gestanden haben. Denn Robins Heirat mit – wie heißt sie noch gleich? Angela? – hätte das Kind legitimiert, und wenn es ein Junge würde ...«

»Es ist ein Junge, Ma'am. Angie hat sich deswegen untersuchen lassen.«

»Ach wirklich? Also, da haben wir es doch. Das Kind würde Mr. Wentworth-Desbourough aus der erblichen Nachfolge verdrängen. Aber nur nach einer Heirat. Jetzt, wo Robin tot ist, geht der Grafentitel laut Gesetz an Wentworth-Desbourough über.«

»Er ist übrigens finanziell in Bedrängnis, Ma'am. Das habe ich zumindest gehört.«

Ich erzählte ihr, daß Neil seinen Lohn nicht bekommen hatte, weil es bei W-Dez zu finanziellen Engpässen gekommen zu sein schien.

»Also wirklich!« stieß die Queen wenig erfreut hervor, als ich fertig war. »In dieser Angelegenheit ist einiges schiefgelaufen. Man hatte Wentworth-Desbourough als jemand mit ausgezeichnetem Ruf in der Filmbranche empfohlen. Ich habe in Erinnerung, daß er während der Dreharbeiten von *Die Königliche Familie* vor fünfundzwanzig Jahren Tee ausgeschenkt hat.«

Ich beschrieb ihr die »Frühstücksszene«, die ich auf Video gesehen hatte.

»Aber was ist mit dem ersten Fall?« fragte Ihre Majestät. »Der Abend, an dem Wir zum ersten Mal Robin Tukes in einem nicht mehr nüchternen Zustand... *begegnet* sind. Hat Wentworth-Desbourough zu dieser Zeit in der Nähe Aufnahmen gemacht?«

»Ich glaube nicht, Ma'am, nein. Ich hatte an dem Abend eine Verabredung mit jemand aus der Filmcrew, also können sie nicht gefilmt haben. Aber zu Robins Überraschungsparty könnte Mr. Wentworth-Desbourough trotzdem gegangen sein. Ich muß zugeben«, fügte ich verlegen hinzu, »daß ich nie daran gedacht habe, deswegen nachzufragen. Ich ging einfach davon aus, daß er nicht da war.«

»Dann sollten Sie dies nachholen«, sagte Ihre Majestät eindringlich.

»Jawohl, Ma'am«, erwiderte ich.

»Gut«, meinte sie und kam nun auf etwas anderes zu sprechen. »Auch ich habe das Wochenende über einige Nachforschungen angestellt. Ich habe meinen Mann über seine früheren Beziehungen zum gegenwärtigen Earl of Ulverstone befragt. Er war recht erfreut darüber, denn ich lieferte ihm Gelegenheit, sich über Uns lustig zu machen.«

Sie trank einen Schluck Tee.

»Queen zu sein schützt nicht davor, einen zu provokanten Scherzen aufgelegten Mann zu haben«, fuhr sie fort, alles andere als niedergeschlagen.

»Wie ich Ihnen vergangene Woche bereits erzählt habe,

hatte mein Mann Gelegenheit, einen Blick in das Tagebuch meines Urgroßvaters zu werfen ...«

»Und sie haben es der *Gazette* untersagt, es abzudrucken! Großartig, Ma'am! Entschuldigung, daß ich Sie unterbrochen habe.«

»Ja, die Gazette wird keine Auszüge des Tagebuchs abdrucken. Sie werden einer gemeinnützigen Organisation einen gewissen Betrag zukommen lassen und bei der Fahndung nach dem Dieb des Tagebuchs mitarbeiten, aber« – und an dieser Stelle verdüsterte sich ihr Gesichtsausdruck – »im Tagebuch steht etwas, bei dem Wir machtlos sein dürften, Spekulationen der Presse zu verhindern.« Sie schwieg einen Augenblick lang, um dann hinzuzufügen: »Und das betrifft den Earl of Ulverstone. Nicht den gegenwärtigen, sondern dessen Urgroßvater.«

Wieder verstummte die Queen; sie schürzte die Lippen, womit sie das Gesicht noch mehr in Falten legte.

»Der Name des Earl of Ulverstone erscheint im Tagebuch von King Edward in einem Zusammenhang, der, nun, höchst unerfreulich ist. Sie müssen wissen, das Tagebuch geht von 1887 bis 1889 ...«

Die Queen legte eine Pause ein.

»Sie kennen doch die Erbfolge nach Queen Victoria, nicht wahr?« fragte sie.

»Ja, ich glaube schon«, erwiderte ich. »Edward VII., George V., Edward VIII., George VI. und dann Sie, Ma'am.«

»Ja, genau. Also, George V., mein Großvater, war der *zweite* Sohn von Edward VII. George war der Duke of York, und man erwartete nicht, daß er den Thron besteigen würde, denn er hatte noch einen älteren Bruder, Albert Victor, Duke of Clarence. Können Sie mir folgen?«

»Ja, Ma'am, ich glaube schon«, antwortete ich. »Ist der Duke of Clarence nicht jung gestorben?«

Wieso wußte ich das alles, fragte ich mich. Obwohl ich die Bücher meiner Großmutter über das Königtum gelesen hatte, wenn ich sie in Charlottetown besucht hatte, war ich nicht gerade ein großer Kenner der englischen Geschichte, und doch schien mir das alles mittlerweile seltsam vertraut.

»Ganz recht«, fuhr die Queen fort. »Der Duke of Clarence starb tatsächlich jung, im Jahre 1892. Er wurde nur achtundzwanzig. Grippe war, glaube ich, die Todesursache.«

Auch wenn ich diese ganze Familiengeschichte recht spannend fand, bekam ich doch langsam den Eindruck, als schweife die Queen ein wenig ab. Kommen Sie zur Sache, Ma'am, wollte ich sagen, aber das wäre natürlich unhöflich gewesen. Ein paar Dinge kann man eben der Queen unmöglich sagen.

»Also«, sagte sie nach einem Schluck Tee, »im Lauf der Jahre sind eine Reihe von sehr, sehr geschmacklosen Dingen über den Duke of Clarence gesagt worden. Ich erinnere mich an einen amerikanischen Schriftsteller in den Siebziger Jahren – kurz nach dem fünfundzwanzigjährigen Jubiläum –, der in aller Öffentlichkeit darauf bestand, die Akten zu öffnen. Welche Akten, fragte ich meinen damaligen Privatsekretär. Selbstverständlich gab es da gar keine Akten. Es ist schon ungerecht, aber Wir sind weitgehend machtlos, diese Gerüchte aufzuhalten.«

»Was für Gerüchte waren das denn?« griff ich das Stichwort auf.

»Den Gerüchten zufolge«, erwiderte sie wenig begeistert, »war der Duke of Clarence – Eddy, wie man ihn nannte – Jack the Ripper.«

Na klar: Prinz Eddy! Deshalb hatte sich die Geschichte so bekannt angehört. Erst als ich den Spitznamen hörte, verstand ich. Während meines Jack-the-Ripper-Spaziergangs in Whitechapel war der Name von Prinz Eddy als einer der möglichen Verdächtigen der grausamen Serienmorde erwähnt worden. Und außerdem hatte ich darüber in Robins Buch über den Ripper gelesen, dem Buch, in dem ich die Visitenkarte von Cholmondeley & Featherstonehaugh gefunden hatte.

»Er war es aber doch nicht, oder? Ich meine, der Ripper.«

Mir war noch immer nicht ganz klar, worauf die Queen hinauswollte.

»Selbstverständlich nicht«, entgegnete die Queen kühl.

Ich sank im Sofa zusammen.

»Ma'am«, fragte ich weiter, »ist nicht die Geschichte mit Eddy ... dem Duke of Clarence, der Jack the Ripper gewesen sein soll, erst in jüngster Zeit aufgekommen?«

»Nein, leider nicht.« Sie runzelte die Stirn und stellte ihre Teetasse ab. »Sie kursierte schon zu Zeiten meiner Ururgroßmutter. Was mich wieder auf das Tagebuch von King Edward kommen läßt. Der König, beziehungsweise zu dieser Zeit der Prince of Wales, war derart beunruhigt wegen der Gerüchte um seinen Sohn, daß er eine Untersuchung der Dinge veranlaßte. Wie mein Mann in dem Tagebuch gelesen hat, war mein Urgroßvater danach völlig überzeugt davon, daß Eddy nichts mit diesen schrecklichen Morden zu tun hatte.«

»Allerdings schrieb er den Namen eines Mannes nieder, den seine Untersuchungsbeamten dringend verdächtigten, der Ripper zu sein ...«

»Oh, aber doch wohl nicht ...«, unterbrach ich sie hastig.

»Doch, ich fürchte schon: der Earl of Ulverstone.«

Sofort erinnerte ich mich, daß Robin am Morgen seines Todes ein Buch über den Ripper gelesen hatte. Das hieß, daß Robin über seinen Vorfahren Bescheid wußte. Aber wie hatte er davon gehört? Hatten sich die Gerüchte auch in seiner Familie gehalten? Oder hatte er, was wohl wahrscheinlicher war, aus dem königlichen Tagebuch davon erfahren? Doch ich war überzeugt davon, daß er es nicht selber gestohlen hatte. Jemand anderes mußte ihm also von dessen vernichtendem Inhalt erzählt haben. Meines Wissens waren aber nur drei Personen in Besitz des Tagebuchs gewesen, bevor es in die Hand der *Gazette* geraten war: die Queen, ihr Mann ... und Sir Julian Dench! Hatte *er* Robin etwa davon erzählt?

Ich war so in Gedanken versunken, daß es eine ganze Weile dauerte, bis ich begriff, daß die Queen noch immer sprach.

»Entschuldigen Sie, Ma'am«, unterbrach ich, »ich bin leider etwas durcheinander.«

»Das ist auch kein Wunder, Jane. Wie gesagt, der Earl war augenscheinlich ein Bekannter des Duke of Clarence. Die beiden waren in etwa gleich alt, waren gemeinsam auf dem Trinity College gewesen und verkehrten in den gleichen Kreisen.

»Aber wieso«, fragte ich, »wurde die Sache denn nie weiterverfolgt?«

»Das entzieht sich meiner Kenntnis«, erwiderte die Queen. »Ich kann die Ansicht meines Urgroßvaters nicht entschuldigen, doch wir müssen es vergegenwärtigen, Jane, daß es sich um eine andere Zeit gehandelt hat. Ich nehme an, er wollte seinen Sohn in Schutz nehmen. Wenn ein Freund des Duke of Clarence mit diesen gräßlichen Morden in Zusammenhang gebracht worden wäre, hätte sich das unvermeidlicherweise auch auf den Duke selbst ausgewirkt. Und ihm stand nach seinem Vater der Thron zu.«

»Außerdem« – die Queen verzog ihre Lippen zu einem leisen Lächeln – »lebte mein Urgroßvater in beträchtlicher Angst vor seiner respekteinflößenden Mutter, Queen Victoria. Ich bin überzeugt, daß er Wert darauf legte, daß sie von diesen unerfreulichen Dingen nichts erfuhr.«

»Ob das in die Zeitungen kommt, Ma'am? Daß der Earl of Ulverstone Jack the Ripper gewesen sein soll?«

»Ich bin beinahe überrascht, daß das noch nicht geschehen ist. Unsere gerichtliche Verfügung untersagt es der *Evening Gazette*, aus dem Tagebuch von King Edward zu zitieren oder es als Quelle anzugeben. Aber es gibt keinen Grund, warum sie nicht jemand auftreiben sollten, der den

Earl of Ulverstone beim Namen nennt und dann eine Geschichte darüber schreibt. Sie dürften höchstens Schwierigkeiten damit haben, einen seriösen Menschen dafür zu finden. Die meisten ehrbaren Menschen möchten nicht, daß ihr Name in dieser Publikation erscheint. Ich wünschte, es gäbe eine Möglichkeit, Unseren Namen dort herauszuhalten.«

»Sobald es erscheint«, sagte ich, »dürfte Cyril Wentworth-Desbourough viel weniger von seinem geerbten Titel halten.«

»Sobald es erscheint«, lachte die Queen, »wird es dem gegenwärtigen Earl wahrscheinlich den Rest geben! Meine Güte, das war jetzt aber nicht nett. Trotzdem bin ich froh, daß mein Vater ihn vom Hof verjagt hat.«

»Wissen Sie, was aus dem fünften Earl geworden ist?« fragte ich.

»Nur wenig«, gab sie zurück. »Wir hatten Gelegenheit, eigene Nachforschungen anzustellen. Er wurde 1865 geboren, hat recht spät geheiratet, so um 95, glaube ich, hatte einen Sohn, der heute Großvater des gegenwärtigen Earls wäre, und starb 1906. Seltsamerweise ist er wohl von eigener Hand gestorben.«

Was für ein schlechter Stern, unter dem diese Familie stand. Robins Vater Selbstmörder, Wentworth-Desbouroughs Mutter in der Klapse. Und dann Robins Depressionen. Wie ein roter Faden zogen sich Geisteskrankheiten durch die Geschichte dieser Familie, wobei das, was der fünfte Earl getan hatte, falls es denn wirklich stimmte, mehr als geisteskrank war. Mir lief es kalt den Rücken runter, als ich an die fünf Frauen denken mußte, deren grausame Ermordung im Jahre 1888 ganz London erschüttert hatte.

»Es gibt da ein Buch, das vor kurzem erschienen ist, in dem die Meinung vertreten wird, daß der Ripper ein Geschäftsmann aus Liverpool gewesen ist«, sagte ich in der Hoffnung, die Sache mit dem Earl of Ulverstone möge nicht der Wahrheit entsprechen.

»Das ist sicher möglich«, gab Ihre Majestät zurück. »Die Untersuchungsbeamten meines Urgroßvaters könnten sich getäuscht haben. Allerdings ist mir zu Ohren gekommen, daß die Theorie vom Liverpooler Geschäftsmann mittlerweile wieder entkräftet worden sei.«

»Aber trotzdem, Ma'am, Robin muß es geglaubt haben ..., ich meine, das mit seinem Vorfahren.«

»Sie meinen, er hat gewußt, was im Tagebuch stand?«

»Na ja ...«, zögerte ich. Ich mußte an das Jack-the-Ripper-Buch in Robins Zimmer denken. »Doch, ich glaube, er hat es gewußt. Die Frage ist nur: Wie hat er es erfahren?«

»Auch das allerdings erklärt nicht, warum er Uns zu sprechen wünschte«, meldete die Queen Bedenken an.

»Nein, das tut es wohl nicht ...« Ich dachte fieberhaft nach.

»Ma'am«, sagte ich dann plötzlich, »neben Ihnen und Seiner Königlichen Hoheit hatte nur noch einer das Tagebuch in der Hand. Ist das richtig?«

»Ja«, erwiderte sie. Ihr Mund hatte sich zu einem Ausdruck des Mißfallens geformt. »Zuletzt hatte es mein Privatsekretär. Wie gesagt, er ist zugleich Verwalter des königlichen Archivs. Ich hatte Julian gebeten, es daraufhin zu untersuchen, ob es wichtige Dinge enthalte, die ich meiner Regierung übermitteln müßte, bevor es vernichtet würde.«

»Und dann ist es bei der *Gazette* gelandet.«

»Sir Julian steht vor dem gleichen Rätsel wie ich.«

Das behauptet er zumindest, dachte ich. Vor lauter Verwirrung muß ich die Lippen zusammengekniffen haben, denn auf einmal sagte die Queen zu mir:

»Jane, Sie sehen aus, als hätten Sie etwas auf dem Herzen.«

Das hatte ich auch. Mir war ein Gedanke gekommen. Es ging um das, was Nikki von Angie erzählt hatte: daß ihr Urgroßvater der illegitime Sohn von Edward VII. gewesen sei. Für Nikki war das Unsinn, ich selbst bezweifelte jedoch keinen Moment, daß Angie wirklich felsenfest daran glaubte. Und falls ihr Liebhaber ihr erzählt hatte, daß er ein verlorengeglaubtes Tagebuch besäße, das ihrem angeblichen königlichen Vorfahren gehörte? Was könnte verlockender sein für eine ehrgeizige Frau wie Angie?

Allerdings wollte ich der Queen die Geschichte von Angie Cheatle und Sir Julian nicht unbedingt erzählen. Letzten Endes waren es bloß Gerüchte. Und wer wußte denn schon, welche Konsequenzen es haben würde? Wenn es allerdings half, Robins Ermordung aufzuklären, war es die Sache wert. Ich stärkte mich mit einem Schluck Tee und sagte:

»Ma'am, ich glaube, daß es noch jemand im Palast gibt, der das Tagebuch in der Hand gehabt haben könnte.«

Als ich ihr die Geschichte erklärte, verhärtete sich das Gesicht Ihrer Majestät zusehends.

»Ich verstehe«, sagte sie kühl, als ich geendet hatte. Ich konnte nicht ausmachen, ob sie es schon gewußt hatte und ob sie mißbilligte, daß ich ich es ihr erzählt hatte oder *was* ich ihr erzählt hatte.

»Es tut mir leid, Ma'am«, sagte ich entschuldigend.

»Das braucht es nicht.« Doch eine Zeitlang sagte sie gar nichts und trank nur nachdenklich ihren Tee. Dann sagte sie:

»Das heißt also, Sie glauben, daß dieses Hausmädchen – Angela? – das Tagebuch an die *Gazette* verkauft hat?«

»Nun ...«

»Immerhin hatte sie sich doch mit einem jungen Mann verlobt, der, wie sich herausstellt, hervorragende Aussichten hatte, derer sie sich die ganze Zeit über bewußt gewesen ist.«

»Ja, das stimmt schon«, sagte ich ein wenig ernüchtert. »Aber trotzdem«, fuhr ich lebhaft fort, »vielleicht konnte sie der Versuchung vom schnellen und leicht verdienten Geld nicht widerstehen?«

»Sie hätte ihre ... Verbindung mit Sir Julian aufs Spiel gesetzt.«

»Das war ihr vielleicht egal, Ma'am. Sir Julian hat ihr ja möglicherweise den Laufpaß gegeben. Vielleicht hat sie aus Rache gehandelt. Wenn ich mir die Frage erlauben darf: Wieviel hat die *Gazette* denn für das Tagebuch bezahlt?«

»Etwa 25.000 Pfund, glaube ich.«

»Wirklich? Das ist ja genau die Summe, die Karim brauchte, um seine Schwester auszulösen, oder wie man das nennen will.«

»Das Tagebuch ist aber spätestens im August verschwunden«, sagte die Queen.

»Ach ja, richtig«, folgte ich ihrer Überlegung. Karim mochte die 25.000 Pfund gern gehabt haben – wer hätte das nicht! –, doch dringend notwendig waren sie für ihn erst, als er im Oktober den Brief von seiner Schwester bekam.

»Und 25.000 Pfund sind, wie man Uns sagt, in der Filmbranche kein großer Betrag«, fuhr die Queen fort.

»Das ist wohl wahr, Ma'am. Außerdem sind die finanziellen Probleme von Wentworth-Desbourough recht neu, soweit ich weiß.«

»Es ist auch schwer vorstellbar, daß der Mann seinen guten Ruf aufs Spiel setzt.«

»Aber immerhin geht es um 25.000 Pfund, Ma'am. Irgend jemand konnte das Geld gut gebrauchen.«

»Angela Cheatle?«

»Falls sie Robin getötet hat, weil er über das gestohlene Tagebuch Bescheid wußte, wäre das doch so, als drehte man der Gans den Hals um, die goldene Eier legt, oder nicht? Oder dem Gänserich. Oder ..., also, Ma'am, Sie verstehen, was ich meine.«

»Oder jemand anders?«

»Sir Julian?«

»Offiziell ist mein Privatsekretär der letzte gewesen, der das Tagebuch gesehen hat.«

»Trotzdem ...«, sagte ich.

»Hmmm«, machten wir beide im Chor.

»Es ist ein ziemliches Rätsel, nicht wahr?« sagte die Queen, nachdem wir noch einmal nachdenklich einen Schluck Tee zu uns genommen hatten. »Es ist wie das Puzzlespiel dort drüben. Es fehlen nur noch ein paar Teile. Finden Sie sie, Jane, und das Bild wird bald komplett sein, davon bin ich überzeugt.«

17

Es war bereits nach fünf, als ich das Audienzzimmer wieder verließ. Die Queen und ich hatten uns bemüht, fehlende Teile in unser Puzzle einzufügen, doch so ganz war uns das nicht gelungen, obwohl wir beide das Gefühl hatten, der Lösung immer näher zu kommen. Irgend etwas ließ mich nicht mehr los, etwas, das ich übersehen haben mußte, dem ich nicht weiter nachgegangen war. Ich hatte etwas im Gefühl.

Gerade als ich gehen wollte, unmittelbar nachdem die Queen ihre Handtasche aufgehoben und mir damit das Signal zum Aufbruch gegeben hatte, klopfte es an der Türe.

Die Queen murmelte: »Ich hatte darum gebeten, nicht gestört zu werden.«

Die Tür ging auf, und herein kam Sir Julian, eine der roten Kassetten in der Hand.

»Es tut mir leid, Sie zu stören, Ma'am«, sagte er, »aber das hier ist soeben vom Auswärtigen Amt gekommen.«

»Danke, Julian.«

Als Sir Julian mich entdeckte, warf er mir einen bösen Blick zu.

Die Queen gönnte ihm ein sanftes Lächeln, als er sich wieder umdrehte und den Kopf vor ihr beugte.

»Noch etwas, Julian?«

»Nein, Ma'am.«

»Dann sehen wir uns morgen. Es liegt ein anstrengender Tag vor uns.«

»Jawohl, Ma'am.«

»Gute Nacht, Julian.«

»Gute Nacht, Ma'am.«

Die Tür schloß sich. Ihre Majestät zog die Stirn in Falten.

»Was für ein Unsinn«, meinte sie. »Das Auswärtige Amt schickt mir zu dieser Tageszeit nur selten etwas.«

»Bestimmt wollte er nur wissen, mit wem Sie sprechen.«

»Wahrscheinlich.«

Dann erzählte ich der Queen von meiner unerfreulichen Zusammenkunft mit Sir Julian am Freitag in dessen Büro.

»Ich habe den Eindruck, daß die Leute sich langsam Gedanken über mich machen«, untertrieb ich. »Vor allem, wenn ich ihnen unangenehme Fragen stelle. Es hat sich sogar jemand von der *Evening Gazette* auf meine Fährte gesetzt.«

Ich berichtete ihr von meiner Begegnung mit Andrew Macgreevy.

»Sie müssen sehr vorsichtig sein, Jane«, warnte mich Ihre Majestät, als sie sich vom Sofa erhob.

Sie musterte mich, während ich meine Teetasse auf den Tisch stellte und mich gleichfalls erhob. Ihr Gesichtsausdruck verriet, daß sie ernsthaft besorgt war.

»Sie müssen mich sofort über alles, was geschieht, unterrichten«, sagte sie und ging auf ihren Schreibtisch zu.

»Aber ...«

»Ja, ich weiß, daß es schwierig ist, aber Sie müssen es versuchen.«

»Jawohl, Ma'am«, knickste ich vor ihr und machte mich daran, zurück durch das königliche Geheimzimmer in den Weißen Salon zu gehen.

»Ma'am«, fragte ich, ohne zu wissen, wie mir diese Frage

in den Sinn kam, »hat es im Buckingham-Palast schon einmal einen Mord gegeben?«

»Merkwürdig, daß Sie danach fragen«, erwiderte die Queen und holte eine kleine Schachtel Hundekekse aus einer Schreibtischschublade heraus, was den Haufen der bis dahin vor sich hin dösenden Corgis in helle Aufruhr versetzte. »Ich habe gerade daran gedacht..., also, ssst, Schätzchen, hier.«

Sie setzte sich und gab jedem Hund einen Keks.

»Ja«, fuhr sie dann fort, »es ist tatsächlich so, daß es während der Herrschaft meines Großvaters hier einen Mord gegeben hat. Ich glaube, es war im Jahre seines fünfundzwanzigsten Jubiläums, 1935. Zu jener Zeit wurde kein Aufsehen darum gemacht, wie dieses Mal im Grunde auch. Ich glaube allerdings nicht, daß mein Großvater überhaupt je davon erfahren hat. Er hat danach nur noch kaum ein Jahr gelebt. Queen Mary, meine Großmutter jedoch, hat irgendwie davon gehört und es mir viele Jahre später erzählt. Ich fürchte, ich weiß nicht mehr, in welchem Zimmer er sich ereignet hat, und auch an die Umstände kann ich mich nicht mehr recht entsinnen.«

»Wissen Sie denn noch, wer das Opfer war?«

Die Queen wischte sich über die Finger und legte die Hände in ihrem Schoß zusammen.

»Ja, daran kann ich mich erinnern«, sagte sie und schaute mich ernst an, während ich an der Tür zum königlichen Geheimzimmer stand.

»Wer war es?«

»Es war ein Hausmädchen, Jane.«

Mit dieser nicht gerade angenehmen Information verließ ich die Audienz. Ich warf einen verstohlenen Blick in die Gemäldegalerie, um zu sehen, ob Sir Julian noch in der Gegend war. Zum Glück war dies nicht der Fall. Auch sonst entdeckte ich niemand, denn es war gerade Essenszeit.

Nach all dem königlichen Kuchen und Tee war mir

selbst gar nicht nach Essen zumute. Statt dessen ging ich auf mein Zimmer und überlegte, was als nächstes zu tun war. Die Geschichte über Jack the Ripper hatte mich wirklich verblüfft. Sie klang nahezu unglaublich, und gleich nachdem ich die Türe geschlossen hatte, holte ich mir das Ripper-Buch hervor und begann, erneut darin zu lesen.

Die meisten Menschen haben von Jack the Ripper gehört, diesem wahnsinnigen Mörder, der das East End im Spätsommer vor über einhundert Jahren eine kurze Zeit in Angst und Schrecken versetzte. Er war Gegenstand von Büchern, Theaterstücken und Filmen und natürlich von endlosen Spekulationen. Seine fünf bekannten Opfer waren Prostituierte, die zumeist aus Armut heraus in Whitechapel auf den Strich gingen. Whitechapel war der wohl übelste Teil vom London des neunzehnten Jahrhunderts; stinkende, erbärmliche Straßen und Mietskasernen prägten dort das Bild.

Obschon Whitechapel heute eine absonderliche Mischung aus Alt und Neu darstellt (es trug in London die Hauptlast der Bombenangriffe des Zweiten Weltkrieges), läuft einem nach wie vor ein Schauer über den Rücken, wenn man dort nachts unterwegs ist. Jedenfalls hatte ich diesen Eindruck, als ich schreckerfüllt und mit einer Gänsehaut an dem Ripper-Spaziergang teilnahm. Der Führer, übrigens ein Kanadier, verkniff es sich auch nicht, alle grauenhaften Einzelheiten zur Sprache zu bringen, während wir vom gespenstischen Bogeneingang des kopfsteingepflasterten George Yard, in dem der übel zugerichtete Leichnam von Marthe Tabram gefunden worden war, weitergingen zum schäbigen Ten-Bells-Gasthaus, wo Annie Chapman kurz vor ihrem Tode gesehen wurde. All diese Einzelheiten las ich noch einmal, als ich an diesem Abend das Ripper-Buch erneut durchging. Jack schnitt seinen Opfern die Kehle durch, schlitzte ihnen den Bauch auf und nahm die Eingeweide heraus. Es war in etwa so wie in einem Roman von Stephen King, nur schlimmer: Es war wirklich geschehen.

Der direkte Abkömmling eines solchen Menschen zu sein mußte entsetzlich sein. Noch entsetzlicher mußte es sein, wenn das Tagebuch von King Edward VII. an die Öffentlichkeit geriete. Lag darin Robins wahre Verbindung zum Tagebuch? Das Interesse der Queen, das Tagebuch ihres Urgroßvaters der Öffentlichkeit vorzuenthalten, hatte mit ihrem berühmten Pflichtbewußtsein zu tun. Doch Robins Interesse schien existentieller zu sein: Er wollte Verlegenheit, Schande, Demütigung und Spekulation vermeiden. Für sich selbst? Für seine Familie?

Er mußte Bescheid gewußt haben. Genau dieses Buch, das nun auf meinem Schoß lag, hatte er wenige Stunden vor seinem Tod gelesen. Die Frage blieb nur: *Wie* hatte er es erfahren?

Eine Weile zuvor hatte ich Angies Schritte auf dem Gang gehört. Sie mußte sich in ihrem Zimmer befinden. Ich beschloß, daß sich mir wohl keine bessere Gelegenheit mehr bieten würde, mit ihr über das gestohlene Tagebuch zu sprechen, also sprang ich aus dem Bett und hastete den Korridor entlang zu ihrem Zimmer.

»Was willst du?« rief sie schroff, als ich klopfte und eintrat. Eine Frage war das nicht. Sie trug statt der Uniform jetzt ein Kleid und betrachtete sich in einem Standspiegel, einem extravaganten Teil, das sie auf eigene Kosten und gegen die säuerliche Bemerkung von Mrs. Harbottle, so etwas gehöre sich nicht, in ihr Zimmer geschleppt hatte.

»Angie«, sagte ich und schloß die Türe hinter mir, »was fällt dir zu ›Jack the Ripper‹ ein?«

Sie verdrehte die Augen. »Was soll denn diese dämliche Frage?«

»Ich meine es ernst. Jack the Ripper. Sagt dir das irgendwas?«

»Das ist so ein Kerl, der im vergangenen Jahrhundert eine Menge Frauen aufgeschlitzt hat. Im East End, oder? Bist du jetzt zufrieden?«

Sie begann, sich die Lippen zu schminken. Meine Fragen schienen bei ihr keinen Eindruck zu hinterlassen. Interessant, dachte ich.

»Also was . . .?« fragte sie ungeduldig.

Ich ließ einen Moment verstreichen, um die Wirkung meiner nächsten Frage zu erhöhen. Im Spiegel sah ich, wie Angie mich anstarrte.

»Also«, sagte ich schließlich, »nehme ich mal an, du hast das Tagebuch nicht gelesen.«

Mitten in der Bewegung verharrte ihre Hand vor der Unterlippe.

»Welches Tagebuch?«

»Das von King Edward VII.«

»Ich weiß nicht, wovon du redest«, sagte sie scharf.

»Ein Tagebuch, das King Edward VII. gehörte, wurde kurz nach dem Feuer in Windsor entdeckt. Die Queen gab es ihrem Privatsekretär. Irgendwie landete es in den Redaktionsbüros der *Gazette.* Jemand muß es gestohlen haben.«

Unter dem rötlichen Ton ihrer Schminke verlor Angies Gesicht an Farbe. Sie bemühte sich um Fassung.

»Was hat das alles mit mir zu tun?« Angie wandte das Gesicht ab und legte ihren Lippenstift zu den anderen Schminkutensilien auf einer Kommode.

»Zweierlei«, gab ich zurück. »Du glaubst, von King Edward abzustammen. Und du bist die Geliebte von Sir Julian Dench.«

Einen Moment lang herrschte Schweigen.

»Mistkerl!« sagte sie bitter und drehte sich dann zu mir um. Jetzt glühte ihr Gesicht. »Verschwinde, Jane Bee. Warum kümmerst du dich nicht um deine eigenen Angelegenheiten?«

Ich hatte keine Antwort bereit.

»O Gott, es tut mir leid«, fuhr sie dann plötzlich im gleichen Atemzug besänftigend fort, als wäre ihr gerade bewußt geworden, welche Auswirkungen die Angelegenheit haben würde, wenn sie an die Öffentlichkeit geriete. »Hör zu, du wirst doch nicht . . .!«

Halb wütend, halb resigniert ließ sie sich auf die Bettkante sinken. Ich blieb stehen.

Dann stieß sie ein Seufzen hervor. »Woher weißt du ... von Julian?« fragte sie.

»Ich habe zwei und zwei zusammengezählt.« Das war ziemlich gelogen. Ich hatte schließlich nur Zugang zu »gut informierten Kreisen« gehabt.

»Ich weiß Bescheid über das gestohlene Tagebuch. Ich weiß: Du glaubst, daß King Edward deinen Urgroßvater außerehelich in die Welt gesetzt hat ...«

»Das muß Nikki, diese Schlampe, dir erzählt haben.«

»... und ich war mir ziemlich sicher, daß Robin nicht der Vater deines Kindes ist.«

»Könnte es aber sein!« sagte sie trotzig.

Ich verkniff mir eine Bemerkung dazu.

»Was ist mit dem Tagebuch passiert, Angie?«

»Ich hab's nicht gestohlen! Ich hab' keine Ahnung, wie es bei der *Gazette* gelandet ist.«

»Aber du hattest es? Wo? Hier?«

»Ich hab's mir ... von Julian geborgt, als wir in seiner Wohnung waren. Ich wollte bloß wissen, ob ..., ich dachte, vielleicht stünde etwas über meinen ...«

Mißtrauisch blickte Angie mich an. »Woher zum Teufel weißt *du* denn überhaupt von dem Tagebuch?«

Gute Frage. Ich konnte ihr ja wohl schlecht erzählen, daß ich es von der Queen wußte. Andererseits ...

»Die Queen hat's mir erzählt«, erwiderte ich.

»Ach, verschwinde doch, wenn du nicht ernst bleiben kannst. Oje, weiß denn die Sicherheitsabteilung davon?«

»Keine Ahnung.«

»Hör zu, ich hatte das verdammte Tagebuch *einen einzigen* Tag lang. Ich hatte kaum Gelegenheit reinzuschauen! Ich kam hierhin zurück, und das Ding war verschwunden.«

»Wann war das?«

»Das weiß ich nicht. Ende Juli, Anfang August. Bevor wir nach Balmoral sind.«

»Hat Sir Julian es dir wirklich geliehen?«

»Nicht ganz. Ich hab's bei ihm auf dem Schreibtisch gesehen, als ich mal ... morgens früh in seiner Wohnung war. Ich hab' das Abzeichen des Prince of Wales mit den Federn und dem ›E‹ gesehen, und als ich es aufgemacht habe, habe ich bemerkt, daß es ein Tagebuch war, dann hab' ich's mir in die Handtasche gesteckt. Es war ein Impuls. Ich wollt' es ja zurückbringen. Und dann war es auf einmal weg.«

»Hat Sir Julian dir keine Fragen gestellt?«

»Irgendwann schon. Als wir in Balmoral waren. Dort wollte die Queen es lesen. Er hat mich gefragt, ob ich es gesehen hätte.«

»Und?«

»Ich hab' ihn angelogen. Ich glaube, das wollte er auch. Ich meine, er wollte mich aus verständlichen Gründen nicht in die Sache reinziehen. Ich glaube, er hat versucht, Ihrer Majestät etwas vorzuspielen, Ausreden zu erfinden ...!«

»Hast du eine Vorstellung, wer es gestohlen haben könnte?«

»Nein! Wie sollte ich das auch rauskriegen, ohne daß alle es mitkriegen? Ich habe einfach darauf gewartet, daß alles vorübergeht. Und dann kommt diese verdammte Zeitung an mit ...«

»Königlichem Tagebuchschocker. Oder meinst du die Annoncen?«

»Was für Annoncen?«

»Ach, vergiß es. Hat Robin gewußt, daß du das Tagebuch an dich genommen hattest?«

»Natürlich nicht. Ich hatte es doch nur *einen einzigen* Tag lang!« Ihre Augen verengten sich. »Was hat das mit Robin zu tun?«

Spielte sie mir jetzt etwas vor? Hatte Robin das Tagebuch

bei ihr vielleicht einmal gesehen, ohne sich über Herkunft und Bedeutung im klaren zu sein, und erst später, durch die von der Queen aufgesetzten Zeitungsannoncen, begriffen, um was es sich hier handelte? Und hatte er dann das Verlangen verspürt, etwas zu unternehmen? Das erklärte jedoch noch immer nicht, wieso er den Inhalt gekannt hatte.

»Ich weiß nicht. Nichts, wahrscheinlich«, erwiderte ich widerstrebend und machte mich daran, das Zimmer zu verlassen.

»Warte mal, Jane. Was hast du vor?«

»Ich werde mir die Haare waschen.«

»Nein, ich meine, was du *vorhast?*«

»Angie, du weißt doch, wie das im Palast ist. Geheimnisse werden hier selten bewahrt.«

»Kannst du dieses hier nicht für dich behalten? Bitte, Jane.«

Sie wirkte richtig verzweifelt.

Widerwillig sagte ich: »Es ist ja schon gelüftet, jedenfalls die Sache mit Sir Julian und dir. Jemand hat's mir erzählt. Es war nicht bloß zwei und zwei.«

»Wer war das?«

»Kann ich dir leider nicht sagen.«

In gewisser Weise tat sie mir leid. Sicher hatte sie geglaubt, vorangekommen zu sein im Leben, auf die einzige Art und Weise, die ihr vertraut war: mit Hilfe eines mächtigen Mannes oder eines Mannes, der im Begriff stand, dank Geld und Titel zu Macht zu kommen. Tja, eine ihrer Beziehungen war gestorben, im wahrsten Sinne des Wortes, und ich wollte meine Hände nicht dafür ins Feuer legen, daß sich aus der anderen etwas Dauerhaftes entwikkeln würde.

Sie betrachtete mich mit einer Mischung aus Abscheu und Argwohn.

»Jane, du glaubst immer noch, daß ihn jemand umgebracht hat, stimmt's?«

Ich zuckte nur mit den Schultern und wollte die Türe öffnen.

»Und was hat der Ripper mit all dem zu tun?«

»Darüber steht etwas im Tagebuch.«

»Woher weißt du denn, was in dem verfluchten Tagebuch steht? Es ist doch schon vor Monaten verschwunden.«

»Ich habe zwei und zwei zusammengezählt, Angie.« Ich schlüpfte hinaus.

Bevor ich die Tür schließen konnte, hörte ich sie rufen:

»Ach, scher dich doch zum Teufel!«

In der Nacht zum Dienstag hatte ich einen dieser äußerst seltsamen Träume, bei denen man das Gefühl hat, aufgewacht zu sein, in Wirklichkeit aber immer noch träumt. Dabei trat ich durch eine Reihe von Räumen hindurch, von denen jeder einzelne jeweils auf den nächsten führte, ganz so wie im Palast. Nur daß jeder Raum, in den ich ging, heller und schlichter erschien als der vorherige; vom ersten dunklen und feuchten gotischen Gemach über ein reich verziertes barockes Vestibül bis hin in einen strahlend weißen, beinahe glühenden Raum. Mit jedem Raum nahm meine Angst ab, denn mit der einem Traum eigenen Logik stellte ich fest, daß immer weniger Saubermachen nötig war. Im letzten Raum schließlich stand, wie im Zentrum eines Bienenstocks, die Queen, als ernste junge Frau am Tage ihrer Krönung, in einem makellos weißen Kleid, die St.-Edwards-Krone auf dem Haupt, das Zepter in der einen Hand, in der anderen aber nicht den Reichsapfel, sondern ein schnörkeliges Stückchen Pappe, ein Puzzleteil. Als ich erwachte, fühlte ich mich körperlich träge, geistig jedoch erstaunlich klar. Es war, als sei mir im Traum etwas deutlich geworden, das mir nun im Wachzustand wieder entfallen war.

Doch eine Sache hatte sich für mich herauskristallisiert, nämlich Tante Graces Bemerkung über vorgesehene

Opfer. Davey zufolge hatte Karim vorgeschlagen, auf Robins Geburtstagsfeier einen Toast auszubringen. Und Nikki zufolge hatte Karim einen ganz seltsamen Gesichtsausdruck, als dann getrunken wurde. Lag das daran, daß er in diesem Moment Zeuge eines Mordes wurde, den er selbst geplant hatte? Oder lag es an etwas anderem?

An diesem Morgen war die Stimmung im Palast angespannt. Der Staatsbesuch hatte nun endlich begonnen, viele Menschen waren an den Vorbereitungen beteiligt gewesen, und alle schienen ihren Schritt jetzt noch zu beschleunigen. Mein Arbeitsplan sah vor, daß ich am späteren Vormittag noch einmal kurz mit Staubsauger und Staubtuch den 1844er Saal bearbeitete, der sich zwischen Belgischer Suite, wo der RamaLama drei Tage lang wohnen würde, und dem Runderkergemach befindet. Dort war ein Mittagessen mit der Queen, Mitgliedern ihrer Familie und einigen anderen wichtigen Persönlichkeiten geplant.

Als ich den Staubsauger abschaltete, konnte ich gedämpfte Geräusche von nebenan aus dem Runderkergemach vernehmen. Der Eßtisch, der am Tage zuvor vor dem Gewölbefenster mit seinem herrlichen Blick auf die Gartenanlagen aufgestellt worden war, wurde gerade mit der für diese Anlässe üblichen Tischwäsche aus der Zeit von Queen Victoria und feinstem Porzellan gedeckt. Davey Pye erschien mir am besten dafür geeignet, mir Näheres über den Sektumtrunk auf der Geburtstagsfeier zu berichten, und die Wahrscheinlichkeit war groß, daß er im Runderkergemach mitarbeitete. Doch als ich die massive Verbindungstür öffnete und den Kopf hineinsteckte, war von Davey nichts zu sehen.

Verärgert dachte ich, daß ich mich an diesem Tag nur schwer davonschleichen konnte.

»Haben Sie David Pye irgendwo hier in der Nähe gesehen?« hielt ich den behandschuhten Freddie, den Unterbutler, davon ab, weiterhin hochkonzentriert Geschirr und Besteck in genau bemessenem Abstand zueinander und zum Tischrand hin aufzutragen. Ich spürte den Blick von Graham Dowse, dem Oberbutler, auf mir lasten.

Freddie zog die Stirn in Falten.

»Hmmm«, machte er. »Eben habe ich ihn in der Staatslivree gesehen. Vielleicht hat er Abholdienst.«

»Ist denn die Kutsche schon nach Victoria unterwegs?«

»Ich weiß nicht.«

»Haben Sie nichts zu tun?« erkundigte sich Mr. Dowse kühl.

Ich lächelte ihn matt an. Dann ging ich zurück in den 1844er Saal und fuhr geistesabwesend mit dem Staubtuch über die »Negress-Head«-Uhr, ein schreckliches Teil, bei dem sich die Augenlider öffnen und schließen, um Stunden und Minuten anzuzeigen, und das meiner Meinung nach in den Keller gehörte.

Ob die Kutsche schon unterwegs in Richtung Victoria Station war? Ich wußte, daß die Queen gleich nach Mittag mit dem Wagen nach Victoria fahren würde, um ihren Gast zu begrüßen. Nur die Rückfahrt in den Buckingham-Palast erfolgte in der Kutsche, in Begleitung der Gardekavallerie und mit allem Pomp und Förmlichkeiten.

Ich schaute auf die Uhr. Kurz vor zehn. Konnte ich es wagen, mich vor der Arbeit zu drücken und die Buckingham Palace Road zu den Royal Mews, den königlichen Stallungen, hinabzusausen, wo Kutschen, Karossen und Wagen standen? Ich wagte es. Ein paar Minuten später, nachdem ich aus dem Seitenportal hinausgetreten war und mir auf der schmalen Straße so gut wie möglich einen Weg durch die Menge gebahnt hatte, stand ich vor den Pforten der Royal Mews. Und hier, unter dem dorischen Torbogen mit seinem von einem Wetterhahn gekrönten Uhrturm, war Davey, ganz in Purpurrot und mit Goldtressen, und hielt am lang ausgestreckten Arm den Zaum eines von zwei wunderschönen Braunen. Das Pferd und er schienen sich entsetzt anzusehen.

»Ich mache mir gar nichts aus diesen Tieren«, sagte er, nachdem ich ihm mit einem Pfiff bedeutet hatte, zu mir herüberzukommen und daraufhin statt einer Antwort ein Wackeln mit der Hüfte über mich hatte ergehen lassen müssen.

»Ich glaube, dich mögen sie auch nicht besonders.«

»Solltest du nicht Mutters Teppiche staubsaugen? Oder konntest du dem Sonnenschein nicht widerstehen?«

Tatsächlich, auf das Wetter hatte ich gar nicht geachtet. Nach tagelangem endlosem Nieseln hatte sich der Himmel aufgeheitert.

»Ich wollte dich etwas fragen.«

»Nur zu.«

»Es geht um Robins Geburtstagsfeier.«

»Du bist wirklich besessen.«

»Aber du erinnerst dich so gut an alles, Davey. Also, Karim hatte die Idee mit dem Sekt.«

»Das sagte ich neulich schon, ja.«

»Hat Karim Robin und Angie auch die Gläser gereicht?«

»Tassen, meine Liebe.«

»Tassen?«

»Du weißt doch, wie es im Gesellschaftsraum aussieht. Es gibt lauter angeschlagenes Porzellan und nie genug Gläser. Also waren es Tassen. Ich kann mich noch gut daran erinnern. Es waren ein paar furchtbar billige von Mutters Hochzeit, glaube ich. Oder von der Krönung. Uralt jedenfalls. Ja, und Karim hat sie ihnen in die Hand gegeben. Gott sei Dank hat er ihnen welche mit Mutter und Vater drauf gegeben. Chuck und Di oder Andy und Fergie wären wohl nicht gerade als Glücksbringer durchgegangen, meinst du nicht auch? Andererseits, womöglich *waren* es ja auch keine Glücksbringer. Also ...«

Eine Stimme ertönte über den Hof: »Pye! Es geht los!«

»Oh, ich glaube, ich muß gehen. Gefällt dir mein Aufzug? Er wiegt mindestens eine Tonne.«

»Fällt dir noch irgend etwas Ungewöhnliches ein?«

»Das wollte ich gerade erzählen. Karim hat ihnen die falschen Tassen gegeben. Na ja, das fand ich jedenfalls. Und das habe ich dann auch gesagt. Es hat meinen Sinn für Perfektion beleidigt, daß Angie aus der Philipp-Tasse und Robin aus der Mutter-Tasse trinken sollte.«

»Wenn überhaupt, war wohl dein Sinn für Ironie beleidigt.«

»Wie neckisch du sein kannst, Jane.«

»Pye!«

»Ach je, ich muß los, meine Liebe.«

»Robin und Angie haben also ihre Tassen getauscht.«

»Ja.«

Plötzlich weiteten sich seine Augen dramatisch. »Oh, du glaubst doch nicht etwa, daß ... Mein Gott! Ich bin nie auf die Idee gekommen, daß ...«

»PYE!«

Selbst die Pferde schreckten nun auf.

Davey machte ein finsteres Gesicht. »Das gibt Ärger.« Er rückte sich die schwarze Reitkappe aus Samt zurecht und brach auf.

»Eine Sache noch, Davey: War W-Dezzie an dem Abend auch da?«

»Ja, kurz.«

»Vor oder nach dem Umtrunk?«

»Kurz vorher. Ich muß jetzt los. Ich bin um eins zurück, wenn du mich brauchst ...«

»Ist schon in Ordnung«, erwiderte ich. Mein Verdacht hatte sich bestätigt, und nun hatte mich der Mut verlassen. »Ich weiß, was ich wissen wollte.«

Beinahe jedenfalls. Doch ich mußte erst noch mit Karim sprechen, auch wenn das nicht einfach werden würde. Als ich den Staatslandauer auf die Buckingham Palace Road hinausfahren sah, bemerkte ich zumindest, daß der Lakai, der Davey begleitete, nicht Karim war. Bei feierlichen

Zügen schienen sie ihn nie einzusetzen. Vielleicht hatten sie ja Bedenken, daß er aufgrund seiner Hautfarbe nicht so recht dorthin paßte.

Mit verdoppelter Geschwindigkeit machte ich mich zurück zum 1844er Saal. Dort stand allerdings schon die Harbottle und hatte einen Wutanfall. Ich war gezwungen, auf meine allerersten High-School-Ausreden zurückzugreifen, mit denen ich mich vom Volleyball hatte befreien lassen: Unterleibskrämpfe. Hochgezogene Augenbrauen und glasig werdende Augen verrieten mir, daß sie mir nicht glaubte, doch sie beschränkte sich darauf, mir eine Moralpredigt zu halten. Während ich weiterarbeitete, überlegte ich ständig, wie ich Karim finden könnte.

Als nächstes mußte ich in einem der privaten Gemächer im Obergeschoß Betten machen und aufräumen. Es war todlangweilig, doch wenigstens herrschte Ruhe dort oben. Mir kam der Gedanke, Karim könnte vielleicht irgendwann in seinem Zimmer im Obergeschoß auftauchen, um sich die für das Mittagessen angemessene Livree anzuziehen.

Immer wieder lief ich zu seinem Zimmer hinüber, bis ich schließlich, als der Morgen schon beinahe vorüber war, hinter Karims Tür ein Rascheln hörte. Ohne nachzudenken platzte ich hinein. Eine halbe Sekunde lang durfte ich Karims entblößtes Hinterteil bewundern, bevor er herumwirbelte, seinen Frack an die Brust geklammert.

»Ich muß doch sehr bitten!« rief er aus.

»Oh, Entschuldigung.«

Obwohl ich diesem Gespräch mit Besorgnis entgegengesehen hatte, konnte ich mir in diesem Moment ein Kichern nicht verkneifen. Der Spalt des Fracks gab nämlich einen anderen heiklen Teil seiner Anatomie frei. Mit grimmigem Gesicht senkte Karim den Frack um die nötigen Zentimeter.

»Ach, wenn doch nur Wentworth-Desbourough in der Nähe wäre, um dieses Stück echten Lebens hinter den Kulissen des Buck House einzufangen ...«

»Ich ziehe mich gerade um«, brauste er auf. »Was willst du?«

»Wechselst du jedes Mal die Unterwäsche, wenn du eine andere Livree anziehst?«

»Verschwinde.«

Jetzt konnte ich es nicht mehr länger vor mir herschieben.

»Also gut, ich muß mit dir über etwas Wichtiges reden«, sagte ich und fühlte, wie eine Welle des Unwohlseins mich überkam. »Soll ich mich umdrehen, während du ...?«

Doch Karim umfaßte seinen Frack nur noch enger und ließ sich nach hinten aufs Bett fallen.

»Du willst wieder über Robin sprechen, stimmt's?« murmelte er resigniert.

Ich nickte.

»Kannst du mich nicht einfach in Ruhe umziehen lassen?«

»Du hast versucht, Angie zu vergiften, stimmt's?« ignorierte ich das Flehen, das in seiner Stimme gelegen hatte.

Karim stöhnte auf.

»Es war auf der Geburtstagsfeier«, fuhr ich fort, jetzt wieder zuversichtlich geworden. Wenn überhaupt, ging es nur auf die Schnelle.

»Du hast das mit dem Zuprosten vorgeschlagen, dann hast du den Sekt in Tassen eingegossen, die leicht auseinanderzuhalten waren: eine mit der Queen drauf und eine mit Prince Philip. Aber du hast nicht mit dem guten alten albernen Davey gerechnet, der Wirbel machte und darauf bestand, daß die beiden aus der jeweils *zu ihrem Geschlecht passenden* Tasse tranken, nicht wahr? Du hast das Medikament in die Prince-Philip-Tasse getan und sie Angie gegeben. Auf Daveys Drängen hat sie sie dann Robin gegeben.«

Karim schwieg. Zusammengekauert lag er in seinem zerknüllten Frack und hielt den Kopf in den Händen.

»Und dann hast du zugesehen, wie Robin die Tasse ausgetrunken hat.«

Sich hinter seinen Händen verbergend, begann Karim leise zu weinen. So verdammt hochmütig und abweisend er zuvor gewesen war, so gebrochen wirkte er nun. Das machte mich verlegen.

»Hör zu«, sagte ich, »ich meine, vielleicht ...«

»Nein«, sagte er mit heiserer Stimme. Dann schaute er mit geröteten Augen hoch. »Nein ..., kein vielleicht.«

»Aber warum?«

»Ich weiß es nicht! Ich hab' die Nerven verloren. Als Robin mir sagte, daß er seine Verlobung bekanntgeben würde, bin ich einfach ...« Seine Stimme ging in ein Schniefen über.

Jemand zu vergiften hielt ich für verdammt kaltblütig. Und das sagte ich ihm auch.

»Ich wollte sie nicht umbringen, Jane. Ich wollte ihr bloß ... einen Schrecken einjagen. Ich dachte, vielleicht verschwindet sie dann.«

»Du bist also in Robins Zimmer gegangen, wußtest, daß er dort Zolinane aufbewahrte, und hast – was? – eine Menge von dem Zeug mitgenommen?«

»Ja«, krächzte er.

»War das Röhrchen voll? Halbleer? Noch ein Viertel drin?«

»Fast voll.«

»Hast du nicht damit gerechnet, daß Robin es merkt? Daß Angie hätte krank werden – oder sterben können! Und was ist mit dem Baby? Ich meine, du kennst dich doch nicht mit der Dosierung aus, oder? Hast du nicht damit gerechnet, daß Robin als erster unter Verdacht gerät?«

»Ich hab' gar nicht nachgedacht.«

»Du Dummkopf!«

»Ich hab' nicht nachgedacht«, wiederholte er nur kläglich. Mit dem Ärmel seiner Livree wischte er sich über die Augen; als ihm dies bewußt wurde, versuchte er, die feuchte Stelle trockenzureiben.

»Dann, nachdem du endlich den Mut zusammengenommen hast, hast du ihn am Sonntag besucht und ihm die ganze Geschichte gebeichtet, und Robin, der nette Robin, hat dich vom Haken genommen und diese Selbstmordgeschichte ausgebrütet.«

»Also ..., nein.«

»Wie bitte?«

»Die Selbstmordgeschichte war schon im Umlauf.«

»Natürlich, stimmt ja«, sagte ich, bestürzt über meine eigene Dummheit. »Sie war ja schon im Umlauf. Am Freitag schon. Aber wer hat dir denn davon erzählt?«

»Ich kann mich nicht mehr daran erinnern. Wirklich nicht.«

Auch ich wußte nicht mehr, wer es mir erzählt hatte. Als ich mit Davey und Nikki beim Essen gewesen war, hatte es einfach so in der Luft gehangen.

»Denk doch mal nach.«

»Ich kann nicht. Es ging mir viel zu schlecht an dem Tag«, sagte er mit kläglicher Stimme.

»Ja, das stimmt wohl.« Aus mehr als nur einem Grund. Mir fiel wieder ein, wie ich ihn auf dem Weg zu meiner Tante getroffen hatte, als er wie betäubt vor dem Seitenportal stand.

»Er muß dich sehr gemocht haben«, sagte ich, »was diese Selbstmordgeschichte angeht«, murmelte ich halblaut vor mich hin, »so haben alle daran geglaubt.«

»Was?« Trotz seiner feuchten Augen wirkte Karim mit einmal ausweichend.

»Die Selbstmordgeschichte. Niemand hat sie in Frage gestellt. Er hatte Depressionsschübe, und er hat sich in Balmoral zurückgezogen und so weiter, aber meine Güte, das muß doch nicht gleich heißen, daß er sich ...«

»Vielleicht beim zweiten Mal ja doch.«

»Ach komm, mach dich nicht lächerlich!«

»Weißt du ...« Seine Stimme erstarb. »Er war ... HIV-positiv. Vielleicht wollte er ...«

»Jetzt hör aber auf!« schnitt ich ihm das Wort ab. »Robin

wurde umgebracht, und das weißt du auch! Sonst wärst du nicht so schnell auf sein Zimmer gekommen an dem Morgen, an dem er gestorben ist. Du hast auch keinen Pullover dort gesucht. Du hast den Brief von deiner Schwester gesucht. Zwei Leute wurden von Robins Tod finanziell begünstigt, insbesondere, falls er unverheiratet starb, und du warst einer von ihnen. Falls jemand nachgeforscht hätte, dann hätte sich der Verdacht letztendlich gegen dich gerichtet.«

Er schaute mich düster an.

»Es ist und bleibt aber ein gutes Motiv, Karim. Findest du nicht? So viel Geld – und du willst doch hier raus und ein Geschäft eröffnen.«

Er schlug die Augen nieder und rieb erneut an der feuchten Stelle seiner Livree.

»Ich frage mich nur, wieso du keinem davon erzählt hast. Das hättest du doch tun können. Er war schließlich dein bester Freund. Und dann läßt du die Erinnerung an ihn durch diese Selbstmordgeschichte trüben. Das verstehe ich nicht.«

Er zuckte zurück, als versetzte ihm jedes Wort einen Schlag. Mir war das gleich. Er ekelte mich an. Ich wandte mich von ihm ab.

»Ach komm, wisch dir doch die Tränen ab, Karim«, sagte ich. »Ihre Majestät bekommt Gäste.«

»Was hast du vor?« fragte er mich mit erstickter Stimme.

Mich packte die kalte Wut. »Weiß ich nicht!« stieß ich hervor und knallte die Türe hinter mir zu.

Es war kurz vor Mittag, und ich befand mich in hellem Aufruhr. Karim war so ein mieser Kerl. Ich war nicht überzeugt davon, daß er, vielleicht im Verbund mit W-Dez, Robin nicht doch umgebracht haben könnte. Alle beide hatten mit Sicherheit viel zu gewinnen. Ich stürmte auf mein Zimmer zu, als mir plötzlich bewußt wurde, daß etwas fehlte.

Nach meinem ständigen Hin und Her zwischen den Schlafzimmern auf dem Dachboden und Karims Zimmer war mir entgangen, daß ich mein Staubtuch im 1844er Saal vergessen hatte.

Ach du liebe Güte, dachte ich. Der Harbottle stünde Schaum vor dem Mund, wenn herauskäme, daß die Queen ihre Gäste in den Saal führte, um dort einen Schmutzlumpen auf der »Negress-Head«-Uhr thronen zu sehen, denn genau dort hatte ich ihn liegengelassen.

Ich raste die Treppen zum Erdgeschoß hinab in der Hoffnung, den 1844er Saal zu erreichen, bevor dort eine Inspektion stattfand. Der Palast wirkte seltsam ruhig: die Ruhe vor dem Sturm des Staatsbesuchs. Ich umging den Prunkeingang, sprang die wenigen Treppen zur Marmorhalle hoch und war Augenblicke später im 1844er Saal. Und da war auch das Staubtuch und hing, wie erwartet, wie eine große, schmutzige Wolke über dem Gesicht der »Negress Head«. Ich riß es herunter und stopfte es mir in eine Uniformtasche. Das war knapp gewesen.

Ich blieb noch einen Moment dort stehen, um die Erleichterung zu genießen. Dann überlegte ich, was als nächstes anstand. Irgendwie hatte ich das Gefühl, daß höchste Eile angebracht war, konnte mich aber auf gar nichts konzentrieren. Derart zerstreut, trat ich auf die Tür zum Runderkergemach zu, um dort mit einem Blick auf den Tisch festzustellen, ob alles für das Mittagessen gerichtet war.

Es war merkwürdig. Kaum hattte ich die Verbindungstür geöffnet, als mich auch schon das plötzliche Gefühl überkam, etwas zu tun, was ich nicht tun sollte; mir kam es vor, als verunreinigte ich geradezu einen Raum, dessen frisches, bezauberndes Wesen zuallererst der Queen und ihren königlichen Gästen vor Augen kommen sollte. Trotzdem stahl ich mich hinein und blieb im Schatten einer Säule kurz stehen, um den Glanz des Schauplatzes zu genießen. Intensives Sonnenlicht strömte durch die Gewölbefenster herein, wie London es seit Wochen nicht erlebt hatte. Die weiße Tischwäsche glänzte, und das Minton-Service und die Glaswaren schimmerten. Kleine Blumenarrangements saugten das Licht geradezu in sich auf. Sicher, es war nicht so prächtig wie der Ballsaal, in dem das Staatsbankett später am Abend seinen Verlauf nehmen würde, doch es war fraglos wunderschön und sehr friedlich. Meine Besorgnis schwand.

Jedenfalls, bis ich ein leises Rascheln hörte. Aufgeschreckt und zunächst nicht in der Lage, die Geräuschquelle auszumachen, trat ich zurück in den Schatten der Säule. Das Tischtuch bauschte sich am Rand, und ich bemerkte einen Fehler im Arrangement, der mir zuvor entgangen war: eine winzige Abweichung in der Anordnung der Stühle, eine vollkommen unentschuldbare Sünde in der Kunst des königlichen Tischdeckens. Plötzlich und wie von selbst rückte der Stuhl sogar noch weiter aus seiner Anordnung heraus und stieß mit einem sanften Knacks gegen den Nachbarstuhl. Bevor ich noch den Atem anhalten konnte, kam von unter dem Tisch her eine Figur zum Vorschein, langsam, vorsichtig, wie ein Baby, das nur zögernd das Licht der Welt erblicken will. Doch das hier war kein Neugeborenes. Es war jemand sehr Bekanntes. Alarmiert und verwirrt wich ich weiter in den Schatten zurück. Ich sah, wie die Figur sich erhob, den Stuhl wieder in seine ursprüngliche Position brachte, einen Moment lang das Gedeck betrachtete und sich dann daran machte, den Saal zu verlassen. Nicht hierher, schrie ich innerlich. Doch ich konnte mich glücklich schätzen. Hinaus ging es durch den gegenüberliegenden 1855er Saal.

Mein Herz klopfte wie rasend, und ich war vollkommen durcheinander. Was ging hier vor? Ein seltsam vertrauter Geruch war von Beginn an zu mir gedrungen, ein süßlicher, künstlicher, geradezu widerwärtiger Duft. Kaugummi! Natürlich! Plötzlich kamen die fehlenden Teile des Puzzlespiels herbeigewirbelt und legten sich auf die richtige Stelle. Jetzt wußte ich, wer es gewesen war. Und ich ahnte auch, warum.

Wie angewurzelt blieb ich noch eine Zeitlang stehen und führte mir die verschiedenen Ereignisse der vergangenen elf Tage noch einmal vor Augen. Was zuvor so verworren oder zufällig gewirkt hatte, war nun völlig klar. Wie hatte ich das nur übersehen können? Wie hatte ich nur so dumm sein können? Und dann ging mir die Warnung der Queen durch den Kopf, die sie erst gestern ausgesprochen hatte: *Sie müssen mich sofort unterrichten, wenn etwas geschieht.*

Aber wie?

Mit hämmerndem Herzen ging ich durch den 1844er Saal zurück in die Marmorhalle. Eine Gruppe von Menschen stand hinten in der Galerie nahe beim Queen's Entrance. Ich ging auf sie zu, so schnell ich das konnte, ohne dabei den Eindruck zu erwecken, vor einem Buschfeuer zu fliehen. Es waren die Leute vom Film, darunter auch Neil. Noch nie war ich so froh gewesen, jemand Vertrautes zu sehen.

»Ist die Queen schon nach Victoria unterwegs?« rief ich.

»Du siehst ja völlig erschöpft aus. Ist alles in Ordnung mit dir?«

»Ja«, keuchte ich außer Atem, jedoch eher durch den Schock als durch das Laufen. »Sag's mir: Ist sie nach Victoria Station unterwegs?«

»Ja, ja, sie ist gerade weg ...«

»Mein Gott ...!«

»Was ist denn los?«

»Nichts.«

»Warte doch mal ...«, rief er mir hinterher, als ich mich abwandte und die Galerie hinunterlief.

»Es ist nichts«, rief ich ihm über die Schulter zu.

Doch wo wollte ich hin? Und was sollte ich tun? Die Polizei rufen? Den Sicherheitsdienst? Und wo steckten die? Die meisten mußten sich in der Nähe der Queen aufhalten, oder in Victoria Station auf sie und den König warten. Ich befand mich jetzt am Wachhäuschen des Sicherheitsdienstes am Seitenportal, doch der Bobby war mit seinem Handy zugange. Er sah mich desinteressiert an und sprach weiter. *Sie müssen mich sofort unterrichten,* hatte sie gesagt. *Sie müssen mich unterrichten.*

»Mich.«

Versuchen mußte ich es. Was blieb mir denn übrig? In weniger als einer Stunde fuhr sie im Staatslandauer mit dem RamaLama vor Tausenden von Menschen zurück zum Palast. Während der offiziellen Vorstellungen war sie umgeben von hochrangigen Mitgliedern der königlichen Hofhaltung, und dann folgte das Mittagessen. Soweit mir bekannt war, standen zeremonielle Amtspflichten für den Nachmittag an, bevor dann am Abend das Staatsbankett stattfand. Und dann konnte es schon zu spät sein. Also sauste ich zum zweiten Mal an diesem Tag hinaus auf die Buckingham Palace Road, dieses Mal in Richtung Victoria Station. Ich hatte noch immer meine weiße Uniform und meine schwarzen Schuhe mit flachen Absätzen an. Ich muß wie ein Ladenmädchen ausgesehen habe, das den Verstand verloren hat, als ich die beglückte Menge durchschnitt, die an diesem schönen Tag einen Blick auf Ihre Majestät erheischen wollte. Während ich an Queen's Gallery und dann an Royal Mews vorbeikam, zermarterte ich mir das Gehirn darüber, wie ich in die Nähe der Queen kommen konnte. Der Sicherheitsdienst! Die Menge! Und selbst wenn es mir gelingen sollte, zu ihr zu stoßen, ohne vorher getötet zu werden, wie konnte ich dann mit ihr sprechen, ohne Aufsehen zu erregen? Welche Worte konnte ich benutzen, ohne einen übertriebenen Sicherheitsalarm auszulösen?

Und dann hatte ich eine Idee. Blumen. Wenn die Queen ein Bad in der Menge nahm, gaben ihr die Leute ständig Blumen. Ich konnte einen Zettel zwischen den Blumen verbergen und ihr den Strauß überreichen. Falls sie mich in der Menge entdeckte, würde ihr klar sein, daß ich etwas auf dem Herzen hatte. Sie würde schon wissen, was zu tun war. Mir fiel ein, daß es weiter unten auf der Straße, direkt hinter Eaton Lane, einen neuen Blumenladen gab.

Aber ich hatte doch überhaupt kein Geld bei mir! Ich war ohne einen Penny aus dem Palast gerannt. Mein Gott! Ich konnte doch nicht stehenbleiben und um Geld betteln. Am Straßenrand gab es auch keine Blumen, die ich hätte pflücken und als meine eigenen überreichen können, und die Blumen in den Blumenkästen der nahegelegenen Shakespeare Taverne waren schon lange verdorrt. Dann aber, gegenüber vom Lower Grosvenor Place, sah ich einen Straßenmusikanten, zweifellos ermutigt vom schönen Wetter und den an diesem Tag so zahlreichen Menschen, die unterwegs waren. Er wirkte schmal und dünn und war außerdem beladen mit einer über die Schultern gebundenen Gitarre und einer Mundharmonika, die er sich mit Draht vor dem Mund befestigt hatte. Ich hörte eine leise, knarrende Folkmelodie, die Art Musik, die meine Mutter mochte. Ich konnte nicht fassen, was ich jetzt gleich tun würde.

Als ich an ihm vorbeikam, griff ich mit einer eleganten Verbeugung in seinen Gitarrenkoffer und holte eine einzelne Fünf-Pfund-Note heraus, die von ein paar Fünfzig-Pence-Münzen beschwert war. Die Münzen fielen klimpernd auf den Boden, und die Musik brach ab.

»Hey!«

»Ich geb's zurück«, rief ich. »Wirklich!«

Und weg war ich. Niemand rannte hinter mir her. Falls außer dem Straßenmusiker jemand meinen ersten wirklichen Diebstahl beobachtet hatte, dann scherte er sich nicht darum.

Wenig später war ich im Blumenladen, die fünf Pfund fest umklammernd, und trat unruhig von einem Bein aufs andere, während ein gertenschlanker Mann in meinem Alter noch eine andere Kundin bediente.

»Nun mach doch«, murmelte ich vor mich hin.

Die andere Kundin, eine ältere Dame, deren Kleidung farblich vom Hut bis zu den Schuhen aufeinander abgestimmt war, erhielt ihr Wechselgeld. Sie sah mich kühl an, als sie aus dem Laden hinausging.

»Was kann ich für Sie tun, Miss?« fragte der Mann ruhig.

»Ich brauch' ein paar Blumen.«

»Also, da hätten wir ein paar wunderschöne...«

»Spielt keine Rolle, ich hab' fünf Pfund. Geben Sie mir für fünf Pfund irgendwelche Blumen... Ach ja, und kein Drahtgebinde«, fügte ich hinzu, weil ich mich daran erinnerte, irgendwo gelesen zu haben, daß die Queen nicht gerne mit Draht gebundene Sträuße bekommt, weil sie fürchtet, sich daran zu schneiden.

»Äh, also, wie wäre es dann mit Mauerpfeffer, Tausendschönchen, ein bißchen Gypsophila dazu? Sie passen gut zu...«

»Ist gut, ist gut.« Ich drehte am Ständer mit Grußkarten. »Fünf Pfund inklusive Mehrwertsteuer«, stammelte ich und nahm einen Stift vom Ladentisch.

Schön ruhig bleiben, Jane, dachte ich. Sammel deine Gedanken. Auf der Karte war nicht viel Platz, und eine große konnte ich ja wohl schlecht in den Strauß hineinstecken, also mußte ich mich kurz und bündig fassen. So ruhig es mir meine zitternde Hand erlaubte, schrieb ich einen einzigen Namen und eine einzige Warnung auf die Karte.

»Hier bitte«, sagte der Mann, sein Werk bewundernd. Nach etwas Großartigem sah es für meine Begriffe gar nicht aus; ich hatte vergessen, wie teuer Blumen sind. »Das macht dann fünf Pfund und einundzwanzig Pence.«

»Ich hab' doch gesagt, ich hab' bloß fünf Pfund!« schrie ich ihn gellend an.

»Also, diese rote Dahlie hat so schön ausgesehen, da habe ich gedacht...«

»Nehmen Sie ihre blöde Dahlie wieder raus.«

Er verzog die Lippen zu einer kleinen Schnute.

»Gut dann.« Er nahm die Blume heraus und wickelte die Blumen in grünes Papier. »Dann wären es vier Pfund und zweiundsiebzig . . .«

»Danke.«

»Ihr Wechselgeld«, sagte er verächtlich.

»Behalten Sie es«, giftete ich ihn an.

»Blöde Amerikanerin«, murmelte er vor sich hin, als ich die Tür aufmachte.

»KANADIERIN!« brüllte ich zurück.

Das tat gut. Kathartisch nennt man das wohl. In flottem Schritt marschierte ich die Buckingham Palace Road weiter hinab, jetzt fühlte ich mich wieder selbstsicherer; ich überquerte die Victoria Street, bog links ab zum Grosvenor Hotel und jagte dann, während in der Ferne Kanonendonner ertönte, an der Touristeninformation vorbei und stürzte geradewegs hinein in das pulsierende Leben von Victoria Station. Natürlich ist der Bahnhof riesengroß und laut, und zuerst hatte ich auch keine Ahnung, wo die Queen sich aufhalten könnte, doch dann verhieß mir eine Menschenmenge, die nicht aus Pendlern bestand, daß die Bahnsteige eins und zwei der richtige Ort sein könnten, um auf sie zu stoßen. Aus dieser Richtung ertönte nun auch die Hymne einer Militärkapelle. Ich bahnte mir den Weg dorthin – klein zu sein ist dabei durchaus von Vorteil – und stand mit einmal vor einer provisorischen Absperrung, die auf dem Mosaikfußboden zwischen Fahrkartendrehkreuz auf Bahnsteig zwei und dem großen Gewölbebogen des Haupteingangs von Victoria aufgestellt worden war. Von außen konnte ich den Staatslandauer, die Pferde und Davey erkennen.

»Hier ist kein Durchgang, Miss.« Mitleidig betrachtete ein Polizist erst mich und dann meine Blumen.

»Herrliche Blumen«, schwärmte eine hochgewachsene Frau mit weit auseinanderstehenden Zähnen neben mir, als fühlte sie sich genötigt, meine Dummheit zu verteidigen. »Was weiß der denn schon«, flüsterte sie mir zu, sich in einer Parfümwolke zu mir herabbeugend, nachdem der Polizist sich weiter hinten postiert hatte.

»Wo ist die Queen?« fragte ich. »Ich kann sie gar nicht sehen.«

»Schauen Sie, dort ist sie gerade.« Die Frau wies mit dem Kopf auf Bahnsteig zwei. Tatsächlich kam dort die Queen ins Blickfeld; sie trug einen weichen apfelgrünen Mantel und einen beigefarbenen Hut mit grünem Federbusch und wurde begleitet von einem dünnen, bläßlichen Mann in weißer, von Medaillen förmlich übersäter Uniform, dem RamaLama wahrscheinlich. In ihrem Gefolge war der Duke of Edinburgh und eine kleine rundliche Frau in einem leuchtend rosafarbenen Mantel, Mrs. RamaLama wahrscheinlich. Dann folgte eine Gruppe Menschen in verschiedenartigen Festkleidern oder im Stresemann.

»Ma'am!« rief ich laut, als die Queen sich näherte. Dabei kam ich mir ziemlich albern vor, denn alle anderen um mich herum waren eher zurückhaltend.

»Meine Güte!« stieß die Frau neben mir hervor.

Erstaunlicherweise mußte die Queen meine Stimme erkannt haben, denn sie trat, ohne aus dem Schritt zu kommen, auf die Menge zu. Ihre Beamten machten ein besorgtes Gesicht und ihre Gäste einen leicht verwirrten Eindruck. Plötzlich wurde es ein Bad in der Menge, Photoapparate feuerten ein schrilles Blitzlichtgewitter ab, und die Menge um mich herum stieß vor Freude ein regelrechtes Stöhnen aus. Nur wenige Meter von mir entfernt hörte ich, wie Ihre Majestät eine junge Mutter über das Baby befragte, das sie auf dem Arm trug; gleich danach stellte sie einem älteren Herrn mit dem Mohnblumenabzeichen des Volkstrauertags eine Frage über den Krieg. Schließlich kam sie zu mir, im Gesicht die vertraute, für die Öffentlichkeit bestimmte Maske freundlichen Interesses. Ihre leuchtend blauen Augen jedoch bohrten sich geradezu in meine hinein.

»Und von wo kommen Sie heute?« sagte sie.

»Aus Kanada, ursprünglich, Eure Majestät«, antwortete ich, machte einen Knicks vor ihr und reichte ihr den Blumenstrauß.

»Von so weit. Und bleiben Sie lange in London?«

»Ich arbeite hier, Ma'am. In einem Geschäft, das, äh, Stengel heißt. Es ist *dort unten* an der Downing Street.«

»Wie interessant.« Die Queen lächelte, und während ich ihr Lächeln erwiderte, bemerkte ich, wie zwei Finger ihrer behandschuhten Hand behutsam in den Strauß hineingriffen.

»Alles Gute für Sie«, sagte Ihre Majestät.

Sie ging weiter, doch die Art, in der sie ihren rechten Daumen abknickte, verhieß mir, daß sie meine Karte entdeckt hatte. Sie war geschickt wie eine Zauberin. Mein Blumenstrauß wanderte zu einer Hofdame.

Der Frau neben mir hatte es noch immer den Atem verschlagen, entweder, weil ich so dreist gewesen war, oder, weil sie der Queen so nah gekommen war, aber ich hielt mich nicht damit auf. Andere Mitglieder der offiziellen Gesellschaft hatten sich – leicht unglücklich wirkend – dem improvisierten Bad in der Menge angeschlossen, am verwirrtesten schien jedoch der RamaLama, der sich wohl mit der englischen Kultur und dem Bad in der Menge nicht so gut auskannte. Ich zwängte mich erleichtert durch die Masse hindurch zurück. Die Menschen strömten durcheinander, einige auf dem Weg zu ihrem Zug oder zur U-Bahn, andere in Richtung der Läden von Victoria Place, jenseits der Rolltreppen. Meine Aufmerksamkeit wurde auf eine Gruppe von Demonstranten gelenkt, die unter Polizeibeobachtung verdrossen Plakate hochhielten, auf denen sie das Ende der Monarchie forderten.

Genau in diesem Moment stieß ich auf Andrew Macgreevy.

18

Wie von Humphrey Cranston angewiesen, kam ich an diesem Nachmittag kurz vor halb fünf in den Thronsaal. Die Episode von Victoria Station war gerade drei Stunden her, und seitdem war ich furchtbar nervös. Wegen des nun unmittelbar bevorstehenden Staatsbanketts lief im Palast alles wie am Schnürchen, was auch daran lag, daß dieses eine Mal alle Bediensteten nüchtern waren. Es herrschte eine seltsame Spannung, und das hing nicht bloß mit dem Ereignis zusammen. Ohne daß die Mitarbeiter der unteren Dienstbereiche im Rummel des späten Vormittags davon etwas mitbekommen hatten, war die Frühausgabe der *Evening Gazette* mit einer Titelgeschichte in gewohnt fetten Lettern herausgekommen:

WELTSENSATION:
WIR HABEN
DEN ECHTEN
RIPPER!!

Weiter links auf der gleichen Seite stand der dazugehörige Artikel unter einer weiß auf schwarz gedruckten Schlagzeile:

RIPPER-ERBE
OPFER VON
MYSTERIÖSEM MORD
IM PALAST

Andrew Macgreevy hatte mir bereits vor einigen Stunden eine Ausgabe seines Käseblättchens gezeigt. Auf der Titelseite prangte eine riesige Schwarzweißabbildung aus dem neunzehnten Jahrhundert, die ein Gesicht zeigte, das Robin verblüffend ähnlich sah.

»Sie kommen ja richtig herum, nicht wahr, *Stella?*« sagte

er mit gespielter Fröhlichkeit, während ich mit sinkendem Mut die Schlagzeile überflog. »An einem Tag ist es der Anwalt Ihrer Majestät. Am nächsten überreichen Sie der Queen Blumen. Kriegen Sie von ihr im Buckingham-Palast denn nicht genug? Und dann kommen Sie an einem Herbsttag hier nach Victoria und haben noch nicht einmal einen Mantel an.«

»Den habe ich der Kleidersammlung gestiftet«, gab ich scharf zurück, kam mir aber nicht gerade geistreich dabei vor.

»Ich habe noch nie erlebt, daß die Queen ein ungeplantes Bad in der Menge nimmt. Haben Sie sich gut mit ihr unterhalten?«

»Ach, bloß das übliche. Die Fischpreise. Preise von Fischverpackungen.

Sein öliges Lächeln verließ ihn nicht. »Hier bitte«, sagte er und schob mir sein Exemplar in die Hand. »Darin können Sie einpacken, was Sie möchten. Ich nehme mal an, Sie haben sie gelesen. Oder etwa nicht?«

»Da wird gerade Ihr Zug ausgerufen, glaube ich, Mr. MacGreevy.«

»Langsam glaube ich, Sie haben sie wirklich noch nicht gelesen, Stella. Nehmen Sie sich doch einen Moment Zeit, um sie durchzusehen. Es wird sicher sehr interessant für Sie sein, davon bin ich überzeugt.«

»Das glaube ich kaum.«

»Wir sehen uns«, rief er mir durch den zunehmenden Lärm hindurch zu, als ich mich eilig davonmachte.

In der Hölle, dachte ich grimmig. Doch als ich Victoria Station verließ und die Buckingham Palace Road wieder hochstapfte, konnte ich nicht widerstehen, einen Blick auf das Zeug zu werfen, das in einer fortlaufenden Serie von »Exklusiv«-Artikeln einen Großteil der Seiten zwei und drei einnahm. Wie von der Queen mehr oder weniger vorhergesagt, hatten ein vielleicht bestochener Akademiker und eine schnatternde Schar von Ripper-Leihexperten ohne direkten Bezug auf das Tagebuch von King Edward VII. den fünften Earl of Ulverstone zum wahren Ripper erklärt, wobei sie mit leichter Hand die Anhaltspunkte umformten, die zuvor für den einen oder anderen traditionell Verdächtigen aus dem Verbrecheralbum gesprochen hatten. Natürlich wurden hinreichende Anspielungen eingestreut, die Stammlesern der *Gazette* deutlich machten, daß entscheidendes Beweismaterial auch in einem gewissen königlichen Tagebuch zu finden war, dessen Auszüge jedoch aus juristischen Gründen nicht abgedruckt werden durften.

Was Robin betraf, bestand der größte Teil des Gefasels im Artikel natürlich nur aus Andeutungen, doch ein Fünkchen Wahrheit steckte auch darin. Die Umstände seines Todes waren in groben Zügen wiedergegeben worden. Doch wo genau er im Buckingham Palast getötet worden war, stand nicht darin – nach meiner Einschätzung ein bedeutsames Detail –, und natürlich auch nicht das *Warum*, das wirkliche *Warum*. Interessanterweise spekulierte der Artikel gar nicht über Robins Depressionen, und der Autor schien auch nicht zu wissen, daß er HIV-positiv gewesen war, was ja auf Selbstmord hätte hindeuten können.

Statt dessen verknüpfte der Artikel Robins Tod mit der vermeintlichen Enthüllung, daß der fünfte Earl of Ulverstone Jack the Ripper gewesen war, als ob eben diese Enthüllung nun derart überwältigend war, daß Robin seinem Leben ein Ende setzen mußte! Ganz schön melodramatisch, fand ich, doch genau solche Dinge trieben eben die Auflagen in die Höhe.

Dann gab es noch einen Bericht über den gegenwärtigen Earl of Ulverstone, zumeist autobiographische Einzelheiten, durchsetzt mit den ausgewählten Kommentaren irgendwelcher Dorfmatadoren, die aussagten, sie hätten »immer schon« den Eindruck gehabt, mit dem Earl »stimme etwas nicht«. Selbstverständlich warf die Zeitung auch ein Schlaglicht auf die Tatsache, daß der Earl am Hof gewesen war und einmal als möglicher Heiratskandidat für King

Georges VI. älteste Tocher gegolten hatte, bis er den Hof unter »mysteriösen Begleitumständen« verlassen hatte.

WUSSTE ES DER KÖNIG? lautete eine andere Schlagzeile. Und dann die abschließende: SELBSTMORD ODER???, unter der der Verfasser Mutmaßungen darüber anstellte, warum Robins Tod verheimlicht worden war. Ferner äußerte er sich über den vermutlichen Abtransport der Leiche in einem Wäscherei-Lieferwagen, über das eiserne Schweigen des Palastes darüber und die außergewöhnliche Zurückhaltung »anderer Quellen« (etwa von seiten der Informanten aus den unteren Dienstbereichen, der Familie in Kanada, Scotland Yard und des für Todesfälle am Hof zuständigen Untersuchungsbeamten).

Im Thronsaal war es ruhig wie in einer Kirche und kalt wie in einer Kathedrale, als ich dort eintrat. Eine Reihe der vergoldeten, mit Samt überzogenen Lehnstühle mit seltsamen Tierbeinen, die normalerweise den Rand des Raums säumen, standen im Halbkreis vor dem Kamin. Ich war sofort davon angezogen. Der Raum lag zum Teil im Schatten; durch die Fenster drang nun am Spätnachmittag nur noch wenig Licht hinein, allerdings hatte jemand die Armleuchter auf dem Kaminsims angemacht, und sie warfen einen warmen, gelben Schein auf den Aubusson-Teppich. Die elektrische Heizung – die gleiche wie in meinem möblierten Zimmer im Earl's Court – war ebenfalls eingeschaltet. Ich drückte mich zwischen zwei Stühle, wandte meine Waden der Wärme zu und schaute mich um.

Vor Schreck sprang ich beinahe an die Decke, denn auf dem Thron saß jemand. Einen Augenblick und im Dämmerlicht dachte ich, es sei Na-wer-wohl: die einzige Person, die tatsächlich das Recht besaß, dort zu sitzen. Sie war es aber nicht. Die Figur saß dort mit den Ellbogen auf den Knien, den Kopf zwischen den Händen, als betrachte sie nachdenklich ihre Schuhe. Das Schimmern der roten Haare gab mir Aufschluß: Es war Nikki.

»Was *machst* du denn da!« rief ich durch den ganzen Raum. »Das ist doch der *Thron,* um Himmels willen!«

»Ich probier' ihn aus«, erwiderte sie.

»Was ist denn, wenn die Queen dich erwischt?«

»Wie will sie das machen? Sie ist doch mit dem Bankett beschäftigt. Was machst du denn überhaupt hier?«

»Das gleiche wie du, nehme ich an. Da lag ein ... Zettel in meinem Brieffach.«

»Aha! Mir hat die Harbottle das Kommando gegeben. Worum geht es denn?«

»Ich habe keine Ahnung.«

»Vielleicht haben wir beim Putzen etwas falsch gemacht. Merkwürdiger Ort für eine Verabredung. Der Thron ist nicht besonders gemütlich, falls dich das beruhigt. Ach, was ist das denn jetzt ...?«

Zögerlich öffneten sich die verspiegelten Türen, und Karim glitt in den Saal herein, in seiner scharlachroten und mit goldenen Tressen verzierten Livree. Er sah phantastisch aus, wirkte jedoch ausgesprochen besorgt; überrascht und dabei wenig erfreut schaute er mich an, als er mich am Kamin entdeckt hatte.

Ich zuckte die Achseln, als sei auch mir nicht klar, was hier vorging, dabei wußte ich es genau. Nach ihrem Mittagessen im Runderkergemach und nachdem sie sich mit besten Empfehlungen vorübergehend von ihren Gästen verabschiedet hatte, die die übliche Rundfahrt zur Westminster Abbey, St. James 's Palace und ins Clarence House zum Tee mit der Königinmutter unternahmen, hatten die Queen und ich uns erneut im königlichen Geheimzimmer getroffen. Zuerst hatte sie die noch fehlenden Puzzleteile im Himmel um Charles II. herum eingefügt – der Hersteller hatte ihr die fehlenden Teile nachgeliefert –, dann hatten wir uns den fehlenden Teilen in einem anderen Puzzle gewidmet. Es war ein gleichermaßen unerfreuliches wie befriedigendes Gespräch gewesen. Und die Sache war noch nicht vorbei.

»Ich dachte, hier geht's jetzt ums Saubermachen«, erklang die Stimme vom Thron.

Karim wirbelte herum.

»Wer ist das?« fragte er mit erstickter Stimme.

»Nikki«, gab ich zurück. »Sie spielt heute die Queen.«

»Wer hat dich hierhergeschickt?« wollte Nikki wissen.

»Der Oberste Leibgardist. Ich dachte, es wäre wegen heute abend ...«

Erneut ging die Tür auf, und Angie erschien.

»O je«, murmelte sie, als sie Karim sah. »Was ist denn hier los?«

»Eine Amtseinsetzung, Angie«, ertönte eine Stimme vom Thron. »Du wirst Herzogin von und zu Dienstmagd.«

Angie schaute hoch auf das Podium, zurück auf Karim und dann auf mich. Sie machte ein finsteres Gesicht und drehte sich um. »Also, das mache ich nicht mit, dieses ... Autsch!«

Sie war gegen Cyril gerannt.

»... und ich *soll* hier einen *Film* drehen. Autsch! Gehen Sie mir vom Leib. Was zum Teufel ist das hier ... Julian? Julian!«

Sir Julian bildete die Nachhut. Mißbilligend schaute er zu, wie Angie sich von Cyril löste, und nahm dann uns ins Visier. Unsere kleine Versammlung hatte durch die Gegenwart des Privatsekretärs eine neue, beunruhigende Dimension bekommen. Ich konnte den Schrecken ins Karims Augen erkennen, als er mich anschaute. Angie richtete sich ihre Uniform mit energischen, nervösen Bewegungen.

»Was um alles in der *Welt* geht hier vor?« fragte Cyril gereizt und stemmte die Hände in die Hüfte.

Und dann erblickte Julian Nikki.

»Verlassen Sie sofort den Thron!« bellte er.

Wir starrten alle auf die unbewegliche Figur unter dem burgundischen Baldachin.

»Ja«, drang da eine hohe eisige Stimme zu uns, »steigen Sie von meinem Thron herunter.«

Sofort schoß Nikki vom rotfarbenen Damast herunter. Wir anderen verfielen, um die Tür geschart, ungeschickt ins Knicksen, murmelten dabei etwas von »Eure Majestät« und rempelten uns bei dem Versuch, Platz zu machen, gegenseitig an.

Die Queen war offensichtlich nicht erfreut. Jemand hatte mir einmal gesagt, daß die Queen niemals auf Konfrontation aus sei, doch jetzt war sie es. Vielleicht hatte sie nach ihrem *annus horribilis* ihre Haltung geändert. Ihr Mund sah aus, als hätte sie ihre Lippen verschluckt. Selbst von meinem Standort konnte ich erkennen, daß ihre blauen Augen eisig blitzten.

»Setzen Sie sich, alle«, befahl sie mit ruhiger Stimme. »Sie auch, Julian«, fügte sie hinzu, als ihr Privatsekretär zögerte.

Halb hatte ich gehofft, die Queen käme in vollem Aufzug für das Staatsbankett – Schärpe, Ordensband, Juwelen und Tiara, die sie so besonders majestätisch aussehen ließen –, doch sie hatte die Kleidung, die sie beim Treffen mit dem RamaLama getragen hatte, gewechselt und trug jetzt eine ihrer praktischen Hemdblusen; diese war mit winzigen, mosaikartigen blauen, violetten, schwarzen und weißen Figuren bedruckt. Das Gesellschaftskleid zog sie wohl erst später an, sobald sie mit dem Haushofmeister den Ballsaal inspiziert hatte und das Abendprogramm seinen weiteren Verlauf nahm.

Ich setzte mich auf einen Stuhl rechts vom Kamin. Nikki saß neben mir, Karim direkt gegenüber dem Kamin, neben ihm Angie, während Cyril, ohne es beabsichtigt zu haben, zwischen Angie und Julian landete, letzterer besetzte den Stuhl gleich mir gegenüber. Ihre Majestät blieb stehen – nicht gerade die übliche Anordnung, doch hier waren ja auch die Begleitumstände ungewöhnlich. Alle rutschten unbehaglich hin und her und warfen sich gespannte Blicke zu.

Die Queen postierte sich am Kaminsims, die allgegenwärtige Handtasche hatte sie auf einem benachbarten Stuhl abgelegt. Zwei der Corgis tummelten sich ausgelassen zu ihren Füßen. Sie räusperte sich.

»Vor einer Woche«, begann sie förmlich, »wurde Robin Tukes, ein Lakai, tot aufgefunden – nicht in seinem Zimmer, wie manche von Ihnen glauben mögen, sondern in der Galerie direkt vor meinen Gemächern. Einige von Ihnen sind sich dessen möglicherweise nicht bewußt, doch ich war es, der ihn entdeckte.« Sie schaute mich an. »Es war kein erfreuliches Erlebnis«, fügte sie hinzu. Nachsichtig stupste sie einen Corgi mit dem Fuß an und fuhr dann fort. »Mir wurde sofort versichert, daß es sich um einen Selbstmord gehandelt habe. Ich hatte den Eindruck, daß dieser Schluß geradezu ungehörig übereilt gezogen wurde, doch hatte ich zu jener Zeit keinerlei Informationen, die auf etwas anderes hingedeutet hätten. Man erklärte mir, der junge Mann habe unter Depressionen gelitten, und später erfuhr ich, daß er schwer krank war oder doch in Gefahr, schwer krank zu werden – er war HIV-positiv.«

Angie holte tief Luft. Sowohl W-Dez als auch Sir Julian machten ein mißbilligendes Gesicht.

»Ja«, sagte Ihre Majestät zu Angie, »doch Sie brauchen sich keine Sorgen zu machen.«

»Also«, fuhr sie energisch fort, »das zusammen ergibt ein sehr überzeugendes Motiv für einen Selbstmord. Es schien mir zwar recht merkwürdig, sich das Leben auf solche Art zu nehmen, in einer Galerie des Palastes, in der Nähe Unserer Gemächer, doch erklärte man mir, daß der junge Mann zu theatralischen Auftritten geneigt habe. Außerdem wurde vermutet, daß er Grund dafür gehabt haben könnte, mich in Verlegenheit zu bringen oder meine besondere Aufmerksamkeit mit seinem so pointierten Tod hervorzurufen, der als eine Art ›Erklärung‹ hätte verstanden werden sollen. Es wäre ja auch nicht das erste Mal gewesen, daß jemand den Versuch unternommen hätte, Unsere Aufmerksamkeit zu erlangen, indem er sich selbst zur Schau stellte.« Sie stieß ein leises Seufzen hervor. »Trotzdem wurde mir nur wenig später ein anderer Standpunkt vorgebracht.«

Sir Julian löste den Blick von der Queen und wandte sich mir zu. Ich hielt seinem Blick stand und verzeichnete ein kleines Erfolgserlebnis, als er als erster wegschaute.

»Robin Tukes, so wurde vorgebracht, trug sich keinesfalls mit Selbstmordgedanken«, fuhr Ihre Majestät fort, und dabei richteten sich gleich eine ganze Reihe von Augenpaaren auf mich. »Seine Depressionen traten nur sporadisch auf und blieben unter Kontrolle. Er war am Theater interessiert, aber nicht ›theatralisch‹. Vor allem aber war er nicht in der Galerie, um dort seinen Tod in Szene zu setzen. Er versuchte schlicht und einfach, eine Begegnung mit mir zu arrangieren.«

»Aber Ma'am, er ist Ihnen doch oft genug im Palast begegnet«, warf Cyril ein.

»Wenn ich ›begegnen‹ sage, Mr. Wentworth-Desbourough, dann meine ich damit ›mit mir sprechen‹«, sagte die Queen gereizt. »Robin Tukes hatte vor, Uns privat zu begegnen. Das ist natürlich ausgesprochen ungewöhnlich. Es ist außerdem von besonderer Bedeutung, daß er dies auf gänzlich unüblichem Wege zu tun gedachte. Warum war ihm das so wichtig? Wir kommen gleich dazu.«

»Also ...« Die Queen hielt einen Augenblick inne, als sammelte sie ihre Gedanken. »Ich habe herausgefunden, daß Robin Tukes nicht von eigener Hand starb. Um es klar auszudrücken: Er wurde ermordet.«

»Unsinn!« dröhnte Sir Julian. Die ganze Versammlung wirkte schockiert, als das Wort »Mord« fiel. Und ich spürte mit einmal Nikkis Anspannung, als sie unbehaglich auf ihrem Stuhl hin- und herrutschte.

Die Queen warf Sir Julian einen eisigen Blick zu.

»Sicher«, fuhr sie ruhig fort, »warum sollte jemand einen noch so jungen Mann ermorden? Dafür gab es doch scheinbar gar kein Motiv. Und doch ist jemand, nicht einmal eine Stunde nach seinem Tod, auf sein Zimmer gegangen, um etwas zu suchen, das ihn unter Verdacht gebracht hätte – einen Brief.«

Karim senkte den Blick. Ich konnte seinen Gesichtsausdruck nicht erkennen, doch er hielt die Armlehnen derart umklammert, daß es den Anschein hatte, als wollte er die beiden dort als Verzierung angebrachten Katzenköpfe erdrosseln.

»Der Brief enthielt die Bitte eines Familienmitglieds um 25.000 Pfund, die der Empfänger des Briefs nicht besaß. Als einziger von Robins Freunden wußte er jedoch davon, daß Robin im Begriff stand, mit Erlangen der Volljährigkeit an seinem einundzwanzigsten Geburtstag eine beträchtliche Summe Geld zu erben, das dafür gedacht war, ein Geschäft zu finanzieren, das Robin und er geplant hatten. Robin hatte außerdem vor kurzem ein Testament aufgesetzt, scheinbar übervorsichtig in seinem Alter, doch nicht, wenn man seine unglückliche Diagnose kannte. Als Begünstigter im Testament wird Karim Agarwal namentlich aufgeführt.«

Die Queen sah Karim prüfend an. Er war in seiner Position erstarrt, das Kinn in den gestärkten weißen Hemdkragen versunken.

»Ma'am«, flüsterte er in Richtung seiner Livreeknöpfe, »ich wußte von keinem Testament.«

»Das behaupten Sie. Sie hatten jedoch nicht nur berufliche Pläne, die Geld erforderten, Sie waren auch wütend auf Robin, wegen einer Verbindung, die er mit einem meiner Hausmädchen eingegangen war. So wütend, daß Sie eine gefährliche Dosis eines bestimmten Medikaments in die Tasse mischten, aus der Robin trank.«

Karim begann zu zittern. »Aber Ma'am ...«, sagte er schwach.

»Ja, ich weiß, Sie hatten die Tasse für Angela vorgesehen. Das ist jedenfalls Ihre Aussage.«

Vor Schreck wich Angela von Karim zurück, um gleich danach, keine Notiz von der Queen nehmend, einen Satz nach vorne zu machen; sie schlug auf seinen Kopf ein und beschimpfte ihn wüst. Halbherzig erhob Karim eine Hand, um die Schläge abzuwehren. Die Augen hielt er zusammengepreßt, als wolle er nicht begreifen, was geschah. Ihre Majestät stieß einen Seufzer aus.

»Hören Sie sofort auf damit!« befahl Sir Julian.

»Dieser miese Kerl«, stieß Angie hervor und hatte sichtbar Mühe, sich zurückzuhalten. »O Gott, entschuldigen Sie, Ma'am«, schluckte sie schließlich, als ihr bewußt wurde, daß ihr Verhalten nicht dem einer Möchtegern-Aristokratin entsprach.

»Noch ein anderer profitierte finanziell von Robins Tod«, fuhr Ihre Majestät fort, ohne Angie Beachtung zu schenken. »Tatsächlich stand mehr auf dem Spiel als nur Geld. Wie wir alle heute morgen aus der *Gazette* erfahren haben, war Robin Tukes mutmaßlicher Erbe eines Grafentitels. Aus zuverlässigeren Quellen als der *Gazette* habe ich in Erfahrung gebracht, daß der gegenwärtige Earl schwer krank ist, keine Kinder hat und Robin daher sehr bald der Titel Earl of Ulverstone zugekommen wäre.«

»Nun hat es den Anschein, als habe Robin seinerseits einen direkten Erben gehabt, einen Sohn, der bei einer Heirat legitimer Erbe des Titels und des Vermögens geworden wäre, selbst wenn sein Vater tot und das Baby nur einen Tag alt gewesen wäre. Doch stürbe der Vater *vor* seiner Heirat, hätte ein Kind keinerlei Ansprüche auf den Titel. Der wäre in diesem Fall an einen anderen übergegangen. Im vorliegenden Fall wäre er an jemand übergegangen, der davon überzeugt war, daß Robin den Titel in keiner Weise verdient hatte: sein Cousin zweiten Grades, Cyril Wentworth-Desbourough.«

Bei diesen Worten Ihrer Majestät lief Cyril krebsrot an. Welches Gefühl er unterdrückte, war schwer zu erkennen, es mochte Wut, Verlegenheit oder Entrüstung sein. Einen seiner typischen Regisseursanfälle konnte er sich jedenfalls vor der Monarchin kaum erlauben.

»Bei allem Respekt, Ma'am«, ereiferte er sich, »ich habe nichts zu schaffen mit diesem … Mord, diesem Todesfall, meine ich. Ich …, also wirklich, ich muß zu meinem Film zurück …«

»… mit dem Sie, wie ich höre, finanziell in Bedrängnis geraten sind«, unterbrach ihn Ihre Majestät sanft. »Sie haben ein Motiv, Mr. Wentworth-Desbourough. Sie wollten nichts zu tun haben mit ihrem Cousin Robin Tukes. Sie waren immer gegen ihn, was Sie jedoch nicht davon abgehalten hat, ihn um finanzielle Mittel zu bitten, als Sie hörten, daß einige seiner Kollegen ihn mit einer Geburtstagsfeier überraschen wollten. Sie gingen mit Recht davon aus, daß er an diesem Tag zu Geld kommen würde, so wie es zu Ihrem einundzwanzigsten Geburtstag auch der Fall gewesen war. Sie sprachen ihn in der Poststelle an und appellierten an ihn, wie es Uns scheint, auf Grundlage Ihrer beider Blutsverwandtschaft. Aber er lehnte mit Fug und Recht ab, Sie finanziell zu unterstützen. Sie hatten sich vorher ihm gegenüber wenig freundschaftlich verhalten …«

»Aber …«

»… und als Sie keinen Erfolg damit hatten, kam Ihnen die andere Erbschaft in den Sinn. Sie waren wütend …«

»Eure Majestät, Ma'am, das ist ja … unglaublich!«

Die Queen warf ihm einen eisigen Blick zu.

»Und Ihnen bot sich eine Gelegenheit«, fuhr sie fort. »Tatsächlich bot sich Ihnen *allen* Gelegenheit. Robins Zimmer war leicht zugänglich. Jeder von Ihnen hätte hineingehen und das Medikament finden können …, sogar Sie, Julian«, fügte sie hinzu und hob den Finger, als ihr Privatsekretär den Mund aufmachte, um sie zu unterbrechen. »Ich bin von zuverlässiger Quelle darüber informiert worden, daß Sie sich während der Dreharbeiten vergangenen Dienstag in der Gesindestube aufgehalten haben. Nicht gerade Ihr gewöhnlicher Aufenthaltsort, nicht wahr?«

»Ma'am, ich wollte mich lediglich vom Fortschreiten des Films überzeugen. Seine Absicht ist ja, Eure Majestät in einer durch und durch positiven Art und Weise darzustellen.«

»Durchaus.«

Die Queen hatte einen abweisenden Gesichtsausdruck aufgesetzt.

»Julian, ich weiß von Ihrer Beziehung mit einer der jungen Damen hier im Raum. Es ist nichts, über das ich stillschweigend hinweggehen könnte. Wir können keinen leitenden Berater bei uns dulden – in Ihrem Fall sogar Chefberater –, der sich in einer Weise benimmt, die einen Skandal hervorrufen kann.«

»Ma'am, in Ihrer eigenen Familie ...«

»Ruhe!«

Noch nie hatte ich die Queen brüllen hören. Das hatte außerhalb meines Vorstellungsvermögens gelegen. Sie wirkte immer so kontrolliert. Doch jetzt brüllte sie, und wir drückten uns allesamt in unsere Stühle hinein. Selbst die Corgis erwachten aus ihrem Schlummer.

»Meine Familie ist nicht Thema dieses Gesprächs.«

Um eine solche Unverschämtheit aufzubringen, mußte Julian schon gewußt haben, daß seine Tage im Amt gezählt waren. Doch lag weder Bedauern noch Verlegenheit, sondern eher Überraschung in seiner Miene, als es zu diesem seltenen Wutanfall Ihrer Majestät kam.

Die Queen gewann ihre Beherrschung rasch wieder zurück. »Sie haben geglaubt, diskret vorgegangen zu sein. Doch war Ihr Interesse geschwunden. Sie hatten sich auf Balmoral als eine Art ›Abkühlungsphase‹ gefreut. Ist das richtig?«

»Wie Sie es sagen, Ma'am«, erwiderte Julian gelassen.

»Sie waren in Begleitung von Lady Dench. Dann stellten Sie fest, daß Angela eines der beiden Hausmädchen war, die aus London nach Balmoral mitkamen.«

»Das waren schlechte Nachrichten«, fuhr die Queen fort. »In Balmoral herrscht eine andere Atmosphäre. Alles ist enger. Hier diskret vorzugehen war schwierig. Sie sahen sich gezwungen, die Affäre zu beenden, damit sie nicht an mein Ohr drang, wie es unter diesen Umständen sehr leicht möglich gewesen wäre.«

Die Queen hielt einen Moment lang inne und sagte dann:

»Sie mögen ein Narr sein, Julian, aber kein kompletter Narr. Ihnen war bewußt, daß Angela sich in gutem Maße von Ihrem Titel, Ihrem Geld und Ihrem Einfluß angezogen fühlte, Dinge, die sie für sich selbst begehrte und vielleicht auch zu verdienen glaubte.«

»Man sagt mir«, richtete sie sich an Angie, »Sie sind der Meinung, wir beide seien in irgendeiner Form miteinander verwandt.«

Angie warf Nikki und mir wütende Blicke zu und antwortete dann mit kläglicher Stimme:

»Das ist eine Geschichte, die mir meine Großmutter erzählt hat, Ma'am.«

»Ich verstehe.«

Die Queen verschränkte die Arme.

»Bitte korrigieren Sie mich, falls ich mich täusche, Julian: Vor einiger Zeit, noch vor Balmoral, haben Sie Angela von Robin Tukes erzählt. Sie hatten das Tagebuch meines Urgroßvaters gelesen, und der Name Tukes war Ihnen vertraut vorgekommen. Sie schlugen im *Debrett's* nach und fanden heraus, daß ein junger Mann, den Sie nur als Lakai im Buckingham-Palast kannten, Erbe eines großen Titels werden würde. Mit Sicherheit haben Sie Erkundigungen eingezogen und dabei erfahren, daß der gegenwärtige Earl alt und krank war. All dies – jedoch nicht den unerfreulichen Teil über Mr. Ripper – erzählten Sie Angela unter dem Siegel der Verschwiegenheit, um ihr Interesse an diesem Mann zu wecken. Was folgte, muß für Sie ebenso überraschend wie erfreulich gewesen sein. Robin und sie beschlossen zu heiraten. Wir sind geneigt, dies als recht aussichtsreich für Sie zu betrachten.«

Wir warteten auf eine Reaktion von Angie und Sir Julian. Letzterer behielt seine Meinung für sich und bewegte kaum die Brauen, während Angie ihm fest ins Gesicht starrte.

»Du hast mich ausgenutzt, du Mistk ...«

»Angela!« bellte Sir Julian. »Muß ich Sie daran erinnern, daß Sie sich in Gegenwart Ihrer Majestät befinden.«

Angie schluckte und wandte sich dann wieder der Queen zu.

»Ma'am«, sagte sie zerknirscht, »Ich hatte es nicht geplant, wirklich nicht. Ich wußte von dem Titel und so, aber ich dachte, er würde ..., ich meine, er und Karim hier ...« Widerwillig blickte sie Karim an und murmelte: »Jedenfalls war alles Robins Idee.«

»Er hat sich für dich interessiert.«

»Nein, also ...«, wand sich Angie auf ihrem Stuhl. »... Es ist einfach so passiert. Julian hatte mir gesagt, daß alles vorbei sei. Mit uns, meine ich. Und das auch noch direkt vor dem Gillies' Ball, Ma'am. Ich fühlte mich elend, habe beim Tanz wohl etwas viel getrunken und bin dann ein bißchen spazieren gegangen. Dann bin ich in der Dee gelandet. Robin hat mich herausgefischt.«

»Wie romantisch«, meldete sich erstmals Nikki zu Wort. »Bist du versehentlich reingefallen oder mit Absicht?«

Angie schaute sie scharf an und wandte sich dann wie hilfesuchend an die Queen. Die Queen schwieg.

»Es war ein Unfall«, gab Angie schließlich entrüstet zurück. Ich hatte nicht vor, in den Fluß zu springen, falls du das hier andeuten willst. Ich war blau. Ich hätte ertrinken können!«

»Na, was für ein Glück aber auch, daß Robin gerade in der Nähe war«, warf Nikki aggressiv ein.

»Ich hatte doch gar keine Ahnung, daß er da war!«

»Robin Tukes hat Sie jedenfalls herausgefischt ...«, half ihr die Queen wieder auf die Sprünge.

»Robin hat mich herausgefischt und ..., also er hatte

wohl gerade über etwas nachgedacht. Deshalb war er nicht beim Ball. Jedenfalls hat er mir auf mein Zimmer geholfen. Ich war ganz naß und elendig und müde. Niemand sonst war da. Ihr wart ja alle im Ballsaal, also habe ich ihm eben alles erzählt. Mir war ganz gleich, was passieren würde. Ich war dir gegenüber nicht zum Schweigen verpflichtet, Julian«, explodierte sie und warf ihre blonde Mähne wütend zurück. »Ich war drauf und dran, zur Presse zu gehen. Das könnte ich immer noch tun!«

Ich bemerkte, wie die Queen leicht mit dem Fuß auf den Teppich pochte, ein Zeichen dafür, daß sie verärgert war. Nach wie vor jedoch blickte sie Angie gelassen an.

»Das wäre nicht klug«, sagte die Queen in einem mehr als ernsten Ton.

Angie schürzte die Lippen und schrumpfte in ihrem Stuhl zusammen. »Robin bot Ihnen die Lösung Ihrer Probleme«, fuhr die Queen fort.

»Ja, Ma'am«, antwortete Angie. »Er bot an, mich zu heiraten und das Kind als sein eigenes auszugeben.«

»Worauf du dich sofort eingelassen hast«, unterbrach Nikki erneut.

»Das habe ich nicht«, entgegnete Angie heftig. »Ich sagte ihm, ich müsse erst einmal darüber nachdenken.«

»Ach ja. Und hast du dich nicht gefragt, *warum* er es tun wollte?«

»*Deine* Fragen muß ich hier nicht beantworten!« Sie wandte sich hilfesuchend an die Queen. »Ma'am ...?«

»Die Frage ist berechtigt.«

Angie seufzte und antwortete widerwillig:

»Er sagte mir, er wolle sein Leben ordnen. Und er hat mir von dem Titel erzählt. Natürlich wußte ich davon schon ...«

»Und da konntest du nicht mehr widerstehen«, stichelte Nikki weiter.

»Ich wollte doch kein Kind mit dem Gehalt eines Lakaien aufziehen! Natürlich war es ... verlockend. Warum denn auch nicht? Was ich sagen will, ist aber, daß ich mich nicht so ohne weiteres darauf eingelassen habe. Die Vorstellung war ja schon merkwürdig, weil er wohl schwul war. Aber je länger ich darüber nachdachte...« Sie hob die Schultern und ließ sie wieder fallen. »Ich dachte: ›Warum denn nicht?‹«

»Er wollte verhindern, daß ich zum Erben wurde«, murmelte Cyril finster.

»Davon hat er nichts erwähnt. Er hat mir noch nicht einmal erzählt, daß Sie beide verwandt waren. Allerdings hat er mich später gefragt, ob ich wüßte, ob es ein Junge oder ein Mädchen sein würde. Ich sagte ihm, ich könne ja eine Untersuchung machen lassen...«

»Und das haben Sie dann auch getan?« fragte die Queen.

»Nein, Ma'am. Die Vorstellung gefiel mir nicht. Ich sagte ihm, es werde ein Junge, weil... ich dachte, daß er das hören wollte.«

»Vielleicht wollte er in Wirklichkeit nur wissen, ob das Baby gesund zur Welt kommen würde«, unterbrach ich. »Ich meine, vielleicht war ihm das wichtig, weil es ja nicht sein eigenes Baby war, biologisch jedenfalls nicht.«

»Vielleicht«, griff die Queen mein Stichwort auf. »Zweifellos haben Sie alle mittlerweile die *Evening Gazette* gelesen und kennen die Spekulationen darüber, daß Jack the Ripper kein anderer als der Earl of Ulverstone gewesen sein soll. Ich glaube, Robin wußte bereits von dieser These. Wir gehen davon aus, daß ihn dies auf erschreckende Weise darin bestärkt hat, in seiner Familie eine Veranlagung zu Geistesstörungen zu vermuten. Außerdem war Angela als Ehepartnerin attraktiv. Traurige Nachrichten hatten Robin in kurzer Zeit zu einem wesentlich ernsteren jungen Mann werden lassen...«

»... und mit dem Titel in der Hand und einem männlichen Erben konnte er Anerkennung bei seiner Schwester und seiner Mutter in Kanada erlangen«, griff ich eifrig den

Faden auf. »Gleichzeitig konnte er die biologische Kette durchbrechen, die ihm unheimlich erscheinen mußte...«

»Ja, durchaus möglich.« Die Queen sah mich vorwurfsvoll an, weil ich ihr ins Wort gefallen war. »Natürlich bleibt die Frage: Woher wußte Robin schon damals, was England heute erfahren hat? Es gibt nur eine Möglichkeit, Julian?«

»Ma'am?« erwiderte er gelassen, während sich alle Augen auf ihn richteten.

»Sie haben Robin von Einträgen in King Edwards Tagebuch berichtet.«

»Ma'am, ich habe ihm erzählt, daß ein altes Tagebuch ans Licht gekommen war, das eine unerfreuliche Beziehung zwischen seinem Vorfahren und dem Ripper herstellte. Aber ich habe ihm gegenüber nicht Seine verstorbene Majestät erwähnt. Damit wollte ich sicherstellen, daß Eurer Majestät keinerlei Schaden zugefügt werden könnte.«

»Ja, davon bin ich überzeugt«, erwiderte die Queen kühl. »Trotzdem hätte Robin überhaupt nicht davon in Kenntnis gesetzt zu werden müssen. Das brachte keinerlei Nutzen.«

»Ich bin da anderer Meinung, Ma'am.«

»Vielleicht haben Sie recht: Doch tatsächlich sind ja Sie es, der Nutzen daraus zog. Die Vereinbarung zwischen Robin und Angela löste auf geradezu wundersame Weise Ihr Problem. Nur eine Schwierigkeit blieb: Robin wußte von Ihrer Beziehung mit Angela. Und dieses Wissen stellte für Sie eine potentielle Bedrohung in Ihrer Position als mein Privatsekretär dar. Sie mußten die Dinge wieder ins Gleichgewicht bringen und hatten dabei auch schon eine Idee.

Wir könnten dahingehend spekulieren, daß Sie dem jungen Mann erzählt haben, es bestünde beträchtlicher Druck, das Tagebuch der Öffentlichkeit zugänglich zu machen. Sie als Verwalter des königlichen Archivs könnten jedoch dafür sorgen, daß es für sehr lange Zeit unter Verschluß blieb. Robin hatte keine Veranlassung, Ihnen nicht zu glauben, und ich bin auch überzeugt davon, daß er sich auf Sie eingelassen hätte.«

Julian hob leise zustimmend die Augenbrauen.

»Dann aber«, fuhr die Queen fort, »nicht lange nach der Rückkehr meiner Familie nach London, unternahm Robin den Versuch – nicht einmal, sondern gleich zweimal –, mich privat zu treffen. Wie wir mittlerweile wissen, wurde der erste Versuch von Karim zunichte gemacht. Die Begleitumstände dieses Abends, Robins Zustand und Unsere unglückliche Begegnung mit ihm wurden rasch bei Personal und Hof bekannt. Das ist ein wichtiges Detail, bedenkt man, wie wenig Zeugen es dabei gegeben hatte. Doch ich komme später noch darauf zurück.

Wie schon erwähnt, hatte Robin eine Privataudienz angestrebt. Das ist war ungewöhnlich, aber nicht unmöglich. Doch dafür hätte er ein förmliches Gesuch einreichen müssen, das wiederum eine Überprüfung durch meinen Privatsekretär erfordert hätte. Daß er sich gezwungen sah, das Protokoll zu umgehen, ist von äußerster Bedeutung.

Bei Ihnen, Julian, kam die ausgesprochen unerfreuliche Vorstellung auf, daß Robin mir schlicht und ergreifend von Ihren Aktivitäten berichten wollte. Vielleicht hatte er es sich ja anders überlegt, was seine bevorstehende Heirat anging, die schließlich mehr einen Pakt als eine Liebesheirat darstellte. Es beunruhigte Sie derart, daß Sie sich früh am Morgen in die Gesindestube begaben, noch vor Ihrer regulären Zusammenkunft mit mir.«

Ich merkte, wie schwer es Sir Julian fiel, seine Entrüstung zu unterdrücken. Doch er schwieg weiter.

»Doch warum hätte Robin jemand denunzieren wollen? Man hat mir glaubhaft versichert, daß er gar nicht der Typ Mensch war, der andere denunzieren oder eine Abmachung mißachten würde. Tatsächlich hat es den Anschein, als sei er ein sehr rechtschaffener junger Mann gewesen.« Sie schüttelte den Kopf. »Nein, wieder ging es um das Tagebuch meines Urgroßvaters, die einzige Quelle für den angeblichen Zusammenhang zwischen den Ulverstones und Jack the Ripper.«

»Aber Ma'am«, beharrte Sir Julian, »ich habe Robin doch nichts davon erzählt, daß das Tagebuch King Edward gehört hatte.«

»Nein«, meinte die Queen geduldig, »ich bin auch überzeugt davon, daß Sie die Wahrheit sagen.«

Ihre Majestät ließ den Blick über unsere Gesichter schweifen.

»Wie einige von Ihnen wissen, ist ein Tagebuch, das meinem Urgroßvater, King Edward VII., gehört hatte, nach dem Brand in Windsor ans Licht und kurze Zeit später wieder abhanden gekommen. Gegen den Widerstand von einigen Seiten entschloß ich mich, das Tagebuch, das meiner Meinung nach gestohlen worden war, wieder in meinen Besitz zu bringen. Zu diesem Zweck ließ ich eine Annonce in einer Zeitung aufgeben, die so gehalten war, daß sie nur für den verständlich war, der das Tagebuch in seiner Hand hielt. Ich wollte kein Aufsehen erregen. Das Tagebuch ist Privatbesitz meiner Familie. Und es war ausdrücklicher Wunsch des Königs, daß seine Tagebücher vernichtet werden sollten. Es lag in meiner Absicht, diesem Wunsch zu entsprechen.

Ich habe Grund zur Annahme, daß Robin die Anzeige nicht nur gelesen hat, sondern auch einer der wenigen war, die ihre Bedeutung zu entschlüsseln vermochten. Julian, Sie mögen auch befürchtet haben, daß Robin mich deshalb zu sprechen wünschte, weil Sie Ihr Versprechen ihm gegenüber gebrochen hatten, die Quelle unerfreulicher Informationen über seine Familie unter Verschluß zu halten.«

Sir Julian nickte kaum merklich.

»Dem war jedoch nicht so. Wer die Anzeige verstehen

wollte, hatte dafür nur eine Möglichkeit.« Hier ließ die Queen mit Absicht einen Moment verstreichen. *»Er oder sie mußte dafür das Tagebuch wirklich in den Händen gehalten haben.* Es ist unverwechselbar, aus dunkelrotem Leder, mit den Federn des Prince of Wales und einem eingearbeiteten ›E‹ und hat einen goldenen Schnappverschluß. Robin entzifferte die Anspielungen, weil er das Tagebuch gesehen hatte.«

Die letzten Worte ließ die Queen auf uns wirken.

»Aus diesem Grund wollte er mich sprechen.« Erneut wanderte ihr Blick über uns. »Es ist wirklich ganz einfach. Er hatte ein unverwechselbar aussehendes Buch in den Händen einer Person, die sich hier im Zimmer befindet, gesehen, und erst viel später, als er die Anzeige las, begriff er, daß es sich um das ›Tagebuch‹ handeln mußte, auf das Julian angespielt hatte. Ich bin überzeugt davon, Julian, daß er sich von Ihnen hintergangen fühlte.«

»Ma'am, wenn er den Eindruck hatte, daß etwas nicht stimmte, dann hätte er sich an die zuständigen Stellen wenden sollen.«

Doch Robin war ein netter Kerl, dachte ich traurig. Er war nett zu Angie gewesen, indem er ihr einen Ausweg aus ihrem Dilemma geboten hatte. Er war nett zu Karim gewesen, indem er ihm finanzielle Unterstützung geboten hatte. Er war einfach zu nett gewesen. Als er Sir Julians Spiel durchschaut hatte, hätte er sich wirklich an die Behörden wenden sollen. Ich schaute hoch zur Queen und merkte, daß ihre Augen auf mich geheftet waren. Wir tauschten einen verständnisvollen Blick aus.

»Robin«, wandte sie sich erneut Julian zu, »widerstand der Versuchung, weil er jemand schützen wollte.«

Schweigen legte sich über den Thronsaal. Es wurde nur vom leisen Knacken der Staubkörner unterbrochen, die an die elektrischen Heizrippen stießen. Ich konnte nicht umhin, die Löwenkopflehne meines Stuhls zu umklammern. Ich wußte, was nun geschehen würde, und es erfüllte mich gleichermaßen mit Angst und Traurigkeit.

»Robin kannte die Umstände des Todes seines Vaters, nicht wahr, Nikki?«

»Ja, Ma'am«, antwortete Nikki. Leise Überraschung lag in ihrer Stimme.

»Es waren Umstände, die Sie beide gemeinsam hatten. Beide haben Sie zu Beginn Ihrer Jugend auf schreckliche Art Ihren Vater verloren. Wir können uns vorstellen, daß er eine besondere Sympathie für Sie empfunden haben muß. Und als er begriff, daß Sie sich in etwas Ungesetzliches verstrickt hatten, beschloß er, Sie zu schützen.«

Plötzlich flammte Nikkis Gesicht auf. »Das hätte er sich sparen können«, sagte sie erregt. »Es ging ihn nichts an.«

»Das stimmt nicht ganz. Sicher, Robin machte sich große Sorgen darüber, welche Auswirkungen eine Veröffentlichung des Tagebuchs auf seine Familie haben könnte, doch mehr Sorgen noch machte er sich um Sie. Er wollte mit mir sprechen in der Hoffnung, ich könne dahingehend intervenieren, daß Ihnen eine Strafe erspart bliebe, die ein Gericht sicher verhängt hätte. Vielleicht spürte er so etwas wie eine Falle – daß die Anzeige möglicherweise nicht nur geschaltet worden war, um das Tagebuch wiederzuerlangen, sondern auch, um den Dieb zu überführen. Ganz falsch lag er damit im übrigen nicht.«

Alle Augen richteten sich forschend auf Nikki.

»Du warst es also, die das Tagebuch an sich genommen hat«, sagte Angie erstaunt. »Und was hast du in meinem Zimmer zu suchen gehabt?«

»Als wenn du nicht auch in meins kämst! Ich wollte mich in deinem blöden Drehspiegel anschauen, wenn du es genau wissen willst.«

»Aber ich hatte das Tagebuch doch in eine Schublade gesteckt.«

»Ich hatte eine neue Jeans und wollte sie mal mit einem deiner Gürtel anprobieren.«

Nikkis trotzige Haltung geriet nicht ins Wanken, noch nicht einmal in Gegenwart der Queen. Doch ich spürte, daß ihre Nerven zum Zerreißen gespannt waren.

»Du hattest da nichts verloren«, sagte Angie eingeschnappt.

»Darum geht es doch jetzt gar nicht«, warf Sir Julian ein.

Die Queen warf beiden strenge Blicke zu. »Der Tod deines Vaters war ein Unfall«, fuhr sie daraufhin Nikki zugewandt fort.

»Es war kein Unfall. Es gibt keine Unfälle.«

»Das Ergebnis der Untersuchung war eindeutig.«

Nikki schnaubte. »Ihr dreht alles so, wie es euch paßt.«

Es war der Tag der Majestätsbeleidigungen. Alle schwiegen betreten. Nichts im Gesicht der Monarchin wies jedoch darauf hin, daß sie beleidigt war. Unerschütterlich sagte sie:

»Meine Familie hat stets enge Beziehungen mit den Menschen auf Gut Sandringham unterhalten, und wir haben auch immer eine Verantwortung ihnen gegenüber verspürt. Was Ihre Mutter, Sie und Ihre Schwester betrifft, ist alles nur Erdenkliche unternommen worden, um Ihnen zu helfen. Es war Ihre Mutter, die sich entschieden hat, das Gut zu verlassen. Mir tat das leid. Mir ist zu Ohren gekommen, daß ihr Leben daraufhin mühsamer wurde.«

»Allerdings, das wurde es.« Nikkis Ton war barsch.

»Als Sie sich in der Folge um eine Einstellung in meinen Diensten bemühten, wurde die Bewerbung mir persönlich vorgelegt. Ein Mitglied meiner Hofhaltung erinnerte sich an Ihren Namen. Da Sie in Schwierigkeiten geraten waren, veranlaßte ich mit Freuden Ihre Einstellung in der Hoffnung, daß Ihnen dies zuhilfe käme. Nun weiß ich, daß Sie etwas anderes im Schilde geführt haben.«

Doch Nikki hatte sich mittlerweile mir zugewandt. Wut blitzte in ihren Augen.

»Sie und du, Ihr habt euch zusammengetan«, schnaubte sie.

»Jane hat sich sehr kooperativ verhalten«, sagte die Queen, bevor ich selbst reagieren konnte. »Und jetzt bitte ich um Ihre Aufmerksamkeit.«

Nikki hob den Kopf und sah Ihre Majestät mit beinahe grimmiger Entschlossenheit an.

»Robin hat Sie mit dem Tagebuch von King Edward gesehen«, sagte ihr die Queen.

Nikki blinzelte und drehte sich dann um, damit sie in unsere Gesichter schauen konnte, die sie erstaunt und empört anblickten. Schließlich wandte sie sich mir zu. Verbitterung verdunkelte ihr Gesicht, doch in ihrem Blick schimmerte Unsicherheit durch.

»Ja«, sagte sie dann. Es kam heraus wie ein Seufzer. »Aber ich wußte nichts davon. Erst später, als er die Anzeige gelesen und mir gezeigt hatte.«

»Während seiner Geburtstagsfeier?« wollte ich wissen.

»Ja«, erwiderte sie düster. »Während seiner Geburtstagsfeier. Er meinte, die Beschreibung erinnere ihn an ein Buch, das ich im McDonald's bei Victoria Station mal jemand übergeben hätte.« Sie hielt einen Moment inne und stieß dann hervor: »Ich hatte dem Dummkopf gesagt, er sollte es nicht aus der Tüte nehmen, doch zwei Sekunden, nachdem ich weg war, hat er genau das gemacht.«

»Wer denn?« fragte ich.

»Einfach irgendjemand. Das geht dich nichts an. Es geht niemand etwas an! Robin war auch da. Er hatte an einem Tisch hinter einer großen Pflanze gesessen. Ich hatte ihn nicht bemerkt.«

»Und er hat euer Gespräch mit angehört.«

»Das kann sein. Er hat mir erzählt, daß er aufgestanden sei, um sein Tablett zum Behälter zu bringen – nachdem ich gegangen war – und daß er gesehen hatte, wie mein ... Freund das Ding aus der Tüte nahm. Er konnte den Einband deutlich erkennen. Doch zunächst machte er sich keine Gedanken darüber, erst später, als er die Anzeige gelesen hat ...«

»... stellte er einen Zusammenhang her zu dem, was ihm Sir Julian berichtet hatte.«

»Ich nehme es an. Davon hat er mir nichts erzählt.«

»Das verstehe ich nicht«, warf Angie ein, die Stirn in Falten gezogen.

»Heißt das, du hast Robin ... *vergiftet,* nur wegen dieser albernen Sache mit dem Tagebuch? Das geht mir nicht in den Kopf.«

»Weil du strohdumm bist«, fuhr Nikki sie an, während Karim tiefer in den Stuhl sank, um weitere Schläge zu vermeiden.

»Sie werden sehen, daß Nikki Claypole keine typische Frau ihrer Generation ist«, warf die Queen ruhig ein. »Das hoffen Wir zumindest. Nein, das Tagebuch wurde gestohlen, um damit ein bestimmtes politisches Ziel zu verfolgen. Ist es nicht so, Nikki?«

Nikki wand sich auf ihrem Stuhl, gab jedoch keine Antwort.

»Und eine unerwartete Gefahr, die Gefahr der Enthüllung nämlich, veranlaßte sie dazu, das zu tun, was sie getan hat.

»Nikki erkannte schnell«, sagte uns die Queen, »daß das private Tagebuch eines Königs sehr viel Geld wert war – Geld, das dazu verwendet werden konnte, ein Ziel weiterzuverfolgen, an das sie hingebungsvoll glaubt. Ich gehe wohl recht in der Annahme, daß ihr Diebstahl jene anderen für sie einnahm, die gemeinsame Sache mit ihr machen. Eine Zugabe bestand dann noch dadurch, daß die *Gazette* letztendlich der Erwerber war, denn eine Veröffentlichung hätte Uns und Unsere Familie in große Verlegenheit gebracht.«

Der Blick Ihrer Majestät schweifte über ihre Zuhörer, als sie verkündete:

»Es wird mir sicher niemand widersprechen, wenn ich Ihnen mitteile, daß Nikki Claypole Mitglied der sogenannten Englisch-Republikanischen Armee ist.«

Allgemeines Luftholen setzte ein. Alle schauten Nikki mehr oder minder erstaunt an.

»Ich fürchte, die Angelegenheit ist nicht besonders ernstgenommen worden. Der Name verrät Ihnen, daß ihre Mitglieder sich eine andere terroristische Vereinigung zum Vorbild haben nehmen wollen. Obwohl sie die Verantwortung für eine Reihe von aktuellen Anschlägen in London übernommen haben, ist das nur mit Spott aufgenommen worden. Meine Informationen gehen beziehungsweise gingen dahin, daß die ERA eine kleine, unzusammenhängende Vereinigung von arbeitslosen Jugendlichen und unzufriedenen Intellektuellen sei und daß Wir, obwohl Uns Unsere gesellschaftliche Position zur potentiellen Zielscheibe für unzufriedene Menschen mit republikanischer Gesinnung macht, Uns nicht zu sorgen bräuchten.

Selbstverständlich habe ich dies auch nicht getan. Wenn ich mich wegen solcher Dinge sorgte, wäre ich nicht imstande, meiner Arbeit nachzugehen.

Heute morgen jedoch ist etwas geschehen, das mich veranlaßt hat, meine Meinung zu ändern.«

Bei diesen Worten sah die Queen wirklich erbittert aus. Wie zerknittertes Pergament zog sich ihr Gesicht um die Augen und den Mund herum in Falten. Ich wußte natürlich schon, was sie sagen würde, dennoch beschlich mich eine ungute Vorahnung.

»In den letzten Wochen hat sich, wie man mir berichtet, eine regelrechte Kaugummiepidemie auf den Teppichen in den Staatsgemächern verbreitet. Zunächst schien es, als handele es sich um eine außergewöhnliche Form der Nachlässigkeit. Wir haben mitunter Gäste, die mit Unserer Etikette nicht recht vertraut sind. Darüber hinaus stellte ich die Überlegung an, Mr. Wentworth-Desbourough, ob möglicherweise eine Reihe von Mitgliedern Ihrer Filmcrew nicht achtsam dabei waren, wo sie sich aufhielten.«

»Ma'am, ich ...«

»Mittlerweile weiß ich, daß es sich nicht um Ihre Leute gehandelt hat. Es kam zu häufig vor. Jemand wollte mit Absicht die Teppiche ruinieren und provozieren. Das war das Motiv für diese Taten, die im dunkeln blieben, wobei Wir Uns zunächst nur schwer vorstellen konnten, daß eine echte Gefahr damit verbunden sein könnte. Ja, Julian, Gefahr«, fügte sie mit einer ungeduldigen Bewegung hinzu, als ihr Privatsekretär sie ungläubig anstarrte.

»Bei einem dieser Vorfälle wurden gestern Glassplitter im Kaugummi gefunden. Das hätte bereits ein Hinweis darauf sein müssen, daß es sich hier um mehr als nur einen bösen Spaß handelte, doch die Einzelheiten des Vorfalls drangen nur bis zur Haushälterin, die angesichts des bevorstehenden Staatsbanketts entschied, daß andere Dinge wichtiger waren.

Heute morgen wollte sie sich eigenhändig davon überzeugen, daß nichts Unangenehmes auf den Teppichen der Räume lag, in denen sich meine Gäste und ich aufhalten würden, doch dachte sie nicht daran, auch unter dem Lunchtisch des Runderkergemachs nachzuschauen.«

Von diesem Moment an richtete sich der Blick Ihrer Majestät ausschließlich auf Nikki, wobei sie sie mit einer merkwürdigen Gleichgültigkeit betrachtete, die man schon kaltblütig nennen konnte. Nikki hielt ihrem Blick nicht stand. Statt dessen huschten ihre Augen zur Türe der Gemäldegalerie, und mit den Händen umklammerte sie die geschnitzten Köpfe ihrer Armlehne derart fest, daß ihre Knöchel zu harten weißen Knöpfen wurden.

Plötzlich gab es einen heftigen Schlag. Nikki war mit einer solchen Geschwindigkeit hochgefahren, daß der schwere Stuhl umgekippt und das antike Holz auf der vergoldeten Rückseite gesplittert war. Sie raste auf den Grünen Salon zu, packte den verzierten Türknauf und rüttelte wie wild daran. Die Tür war verschlossen. Sir Julian sprang von seinem Stuhl auf, doch wir anderen waren zu überrascht, um etwas zu unternehmen. Nur die Queen, deren Gesichtsausdruck ich erkennen konnte, als ich den Kopf in Richtung des anderen Zimmerendes zurückriß, schaute sich die Vorstellung mit professioneller Gleichgültigkeit an. Gegenüber Sir Julian hob sie warnend die Hand. Im gedämpften Licht des Thronsaals erkannte ich Nikkis schemenartiges Gesicht in der verspiegelten Oberfläche der Tür. Es war zu einer angstvollen, verzweifelten Maske verzerrt.

»Was wäre es beim nächsten Mal gewesen?« erkundigte sich die Queen, als Nikki sich auf ein Sofa zubewegte, das unterhalb eines Porträts der Herzogin von Brunswick aus dem achtzehnten Jahrhundert stand.

Es kam keine Antwort. Mit neuer Energie rannte Nikki vielmehr auf die Flügeltür zur Gemäldegalerie los, und stemmte sich diesmal, ein Hoffnungsfunken in ihren Augen, mit ihrem ganzen Gewicht dagegen. Ein Lichtstrahl aus der Gemäldegalerie drängte herein und mit ihm zwei uniformierte Beamte, die Nikki fest bei den Armen griffen und sie wie ein aufsässiges Kind aus unserem Blickfeld räumten. Ein kurzer, scharfer Schrei ertönte, dann das Geräusch eines Kampfes, Fluchen und schließlich Stille, als unsichtbare Hände die Türen schlossen und uns das Halbdunkel wieder einhüllte.

Wir saßen wie betäubt da. Selbst ich, die ich gewußt hatte, was kommen würde, fühlte mich seltsam nachdenklich dadurch gestimmt, daß sich hier vor meinen Augen jemand, den ich zu meinen Freundinnen gezählt hatte, in eine um sich schlagende Furie verwandelt hatte. Die Queen schien in Gedanken versunken, doch unerschütterlich wie eh und je. Sir Julian, der wachsam stehengeblieben war, durchbrach das Schweigen.

»Ma'am? Was wollten Sie gerade sagen?«

Ihre Majestät zog die Brauen hoch.

»Dieses Mal war es Tränengas. Sie hatte ein Fläschchen Tränengas mit Kaugummi umhüllt.«

»O mein Gott!« intonierte Cyril über das Gemurmel der anderen. »Ist es ...?«

»Nein, es wurde noch rechtzeitig entdeckt.«

Die Queen schenkte mir ein hauchdünnes, kaum vernehmliches Lächeln. Eine Zeitlang schien jeder einzelne mit seinen Gedanken beschäftigt. Schließlich sagte Karim mit düsterer Stimme:

»Es war wegen mir, nicht wahr?«

»Nein, nicht wirklich, Karim«, sagte ich ihm. »Aber du hast sie auf die Idee gebracht. Robin hatte sie an dem Tag bereits damit konfrontiert, daß er Kenntnis von dem Tagebuch hatte. Und dann bemerkte sie diesen ... *Ausdruck* in deinem Gesicht während des Trinkspruchs für die Verlobung von Robin und Angie. Sie begriff sofort, daß etwas fürchterlich schiefgelaufen war. Als Robin dann auf die Uhr schaute und ganz plötzlich ging, folgte sie ihm. Wohl einfach, um zu sehen, was nun passieren würde. Dann begriff sie, was er vorhatte.

Es muß ganz schnell gegangen sein. Ihre Majestät kam aus dem Lift, als Robin gerade im Pagenvestibül angekommen war. Nikki versteckte sich im Schatten des Antichambres und beobachtete ..., also ...« Ich warf einen zögernden Blick auf die Queen.

»Beobachtete den Unfall«, sagte sie. »Das ist schon Allgemeinwissen, Jane.«

»Ja, natürlich, Ma'am. Auf alle Fälle hat Nikki die Geschichte verbreitet. Und es war auch Nikki, die das Gerücht vom Selbstmord in Umlauf brachte. Man muß nur erzählen, jemand anderes habe einem etwas erzählt, und dann kann man die Geschichte nach Belieben ausschmükken. Natürlich«, ergänzte ich finster, »war dies ein Gerücht, das einer Reihe anderer Leute nützte.«

Die Sitzenden betrachten mich mehr oder minder feindselig.

»Nikki schmiedete rasch einen Plan«, fuhr ich fort. »Sie wußte, daß Robin noch einmal versuchen würde, Ihre

Majestät zu sprechen. Sie hatte keine Mühe, das Medikament in Robins Zimmer zu finden, zermahlte es und wartete auf eine Gelegenheit. Die bot sich Dienstagmorgen in der Gesindestube.«

»Das war ein großes Risiko«, murmelte Cyril. Er betrachtete mich zu meiner Freude äußerst respektvoll.

»Das kann sein. Doch sie hatte das Fundament ja bereits gelegt. Niemand wäre allzu überrascht, wenn jemand, der versucht hatte, sich umzubringen, es noch einmal probieren würde. Angie gab mir den Hinweis.«

»Ich *sagte* dir doch, daß sie Robins Kaffee eingeschenkt hat.«

»Ich weiß, ich weiß. Wahrscheinlich wollte ich es einfach nicht verstehen. Das Motiv fehlte. Schlimmer noch: Sie hatte es ein paar Tage zuvor beinahe vermasselt, und ich kam trotzdem nicht darauf. Angeblich war Robin ja in seinem Zimmer gestorben. Nur wenige wußten, daß er in Wirklichkeit gleich vor den Privatgemächern Ihrer Majestät gestorben ist, und alle hatten Grund, den Mund zu halten. Letzten Mittwochabend machte Nikki deutlich, daß sie wußte, wo Robin gestorben war. Zu diesem Zeitpunkt dachte ich noch, es habe sich eben herumgesprochen. Allerdings fiel mir heute auf, daß niemand sonst darüber gesprochen hatte. Das hätte doch ein Gesprächsthema sein müssen, genau wie beim ersten Mal.

»Aber Nikki ist Robin gar nicht gefolgt«, protestierte Karim. »Sie wußte nicht, wohin er gehen würde. Sie war bei uns in der Gesindestube.«

»Sie wußte aber, was er vorhatte. Sie sah die Ausgabe der *Times,* die er bei sich hatte. Sie kannte den Tagesablauf Ihrer Majestät. So konnte sie darauf schließen, wohin Robin steuerte. Ich möchte euch etwas fragen: Nachdem Robin an diesem Morgen so plötzlich aufgebrochen ist, als ihr fertig mit dem Essen wart, wer hat dann die schmutzigen Teller und Tassen abgeräumt und das Tablett in das Tablettregal gestellt?«

Angie und Karim schauten sich an.

»Nikki«, sagten sie wie aus einem Munde.

»Und damit war der Beweis durch das Spülwasser gegangen, bevor jemand Zeit gehabt hätte, Untersuchungen anzustellen.«

Erneut legte sich Stille über uns. Im Thronsaal war es dunkel geworden, die Gesichter der anderen waren im flackernden Kerzenschein der Armleuchter nur noch flüchtig zu erkennen.

Plötzlich klopfte es an den Verbindungstüren zur Gemäldegalerie. Noch bevor jemand reagieren konnte, trat eine Figur in den Raum, deren scharlachrot-goldene Livree im einfallenden Licht schimmerte.

»Mein Gott!« sagte eine Stimme. »Wo ist denn hier der Lichtschalter? Ach hier!« rief die Person, nachdem sie sie gefunden hatte.

Die fünf Kronleuchter über uns strahlten mit einmal wie Diamantenwälder.

»Huuuh!«

Es war Davey Pye. Verkrampft hielt er die Tresse um seinen Hals herum festgeklammert und starrte uns mit offenem Mund an, während wir wiederum argwöhnisch in seine Richtung blickten.

»Warum seid Ihr ...?«

In diesem Moment bemerkte er die Queen und machte eine hastige Verbeugung.

»Oh! Eure Majestät! Ich ... Sie ...«

»Ja, David. Ich komme gleich. Sie können dem Haushofmeister sagen, daß ich soweit bin, den Tisch zu inspizieren. Sie können gehen.«

Davey zögerte und ließ noch einmal einen erstaunten Blick über uns gleiten.

»Äh ...«

Es war schön, ihn auch einmal sprachlos zu erleben.

»Sie können gehen«, wiederholte die Queen freundlich.

»Ma'am«, erwiderte Davey, langsam seine Fassung zurückgewinnend. Er verbeugte sich und verließ hastig den Raum, allerdings nicht, ohne mir vorher noch rasch einen neugierigen Blick zuzuwerfen.

Die Queen griff nach ihrer Handtasche und hängte sie sich um den Arm. Diesmal war es mehr eine beruhigende Geste, eine Rückkehr zur Normalität, als das Signal dafür, daß unsere merkwürdige Audienz beendet war. Die Corgis zu ihren Füßen erhoben sich.

»Ich danke Ihnen, daß Sie gekommen sind«, sagte sie. »Ich glaube, mein Mann und ich haben nun noch eine Verabredung zum Abendessen.«

Epilog

Natürlich wurde Nikki Claypole vor Gericht gestellt. Sie bekannte sich schuldig, was mich zu Anfang ziemlich überraschte. Sicher war sie schuldig, doch ich hatte vermutet, sie würde auf nicht schuldig plädieren, um das Gericht zu einem Tribunal umzufunktionieren. Sie bekam notwendigerweise lebenslänglich, doch der Richter sprach die Empfehlung aus, daß sie fünfzehn Jahre davon in Haft bleiben und dann auf Bewährung entlassen werden sollte. Alles deutete darauf hin, daß sie sich auf eine Vereinbarung eingelassen hatte: Sich schuldig zu bekennen und eine verlokkende Bewährung zu bekommen und im Gegenzug Namen zu nennen. Die Englisch-Republikanische Armee löste sich danach in Luft auf.

Ich ging zur Verhandlung. Sie war im folgenden Februar spätnachmittags an einem Tag angesetzt, an dem am Morgen ein Schneesturm die ganze Stadt lahmlegte. Lässig überholte ich zu Fuß die Autos, die die Buckingham Palace Road entlangkrochen, und ging zu Victoria Station. Als ich aus der U-Bahn-Station St. Paul's trat, war die Luft voll von einer weißen herumwirbelnden erfrischenden Masse, die einen Moment lang Heimweh in mir aufkeimen ließ. Heimweh nach den fürchterlichen Schneefällen, die Charlottetown über Nacht unter sich begruben und einen einschlossen und eine Zeitlang von der Arbeit oder Schule befreiten.

Ich wünschte, ich könnte nun sagen, daß ich Nikki gesehen und das Verfahren im Old Bailey verfolgt hätte, doch das stimmt nicht. Daß das Wetter die Presse nicht abschreckte, überrascht nicht weiter, doch leider hielt es auch eine schnatternde Schar von Prozeßtouristen nicht ab, ein exzentrisch aussehender Haufen, der sich die wenigen Stühle bereits geschnappt hatte, die der Öffentlichkeit zur Verfügung standen. Das ließ mich im wahrsten Sinne des Wortes außen vor. Es war eine Enttäuschung. Ich hatte Ihrer Majestät einen Bericht versprochen.

Als ich mich dem schneebedeckten U-Bahn-Eingang in der Newgate Street näherte, trat eine gewisse Person auf mich zu, als hätte sie gewußt, daß ich hierherkam. Es war Andrew Macgreeve von der *Evening Gazette;* seine Haare glitzerten vor Schmelzwasser und Schneeflocken, seine Miene gleichermaßen mißtrauisch und amüsiert. Meine Weigerung zu plaudern – denn natürlich hatte er nach Nikkis Verhaftung verschiedentlich versucht, von mir einen Beitrag für eines ihrer »Exklusiv-Interviews« zu bekommen – hatte mir wohl plötzlich Respekt bei ihm verschafft. Zumindest aber war ich für ihn eine größere Herausforderung geworden. An diesem Morgen verlief unser Gespräch jedoch nur stockend. Vielleicht lag es ja am Wetter. Oder Macgreevy hatte nicht anständig gefrühstückt. Er trug sich mit allen möglichen Verdachtsmomenten herum, war aber nicht erfolgreicher darin, einen neuen Aspekt zu entdekken, als seine abgebrühteren Kollegen der anderen Zeitungen.

Die Berichterstattung in den Zeitungen brauche ich hier nicht in allen Einzelheiten wiederzugeben. Es reicht wohl, wenn ich sage, daß die Presse nur die wesentlichen Anhaltspunkte besaß: eine Mörderin, die verzweifelt versuchte, sich ihre Rolle in einer republikanischen Verschwörung zu sichern. Von der anderen Intrige bekamen sie nie Wind. Sie erfuhren nie etwas von den Unannehmlichkeiten unter dem Lunchtisch im Runderkergemach. Und erst recht nicht von der Rolle, die die Queen (und ich) bei der Aufdeckung des Falls gespielt hatten. Niemand von denen, die vor dem Kamin im Thronsaal gesessen hatten, fühlte sich veranlaßt, sich der Presse zu offenbaren.

Sir Julian Dench trat erst einige Zeit nach dem Ereignissen zurück, so daß niemand eine Verbindung ziehen konnte. Parlament und Presse erhitzten sich über die Sicherheitsvorkehrungen, die zu jener Zeit im Palast getroffen worden waren, doch es wurde kein Bezug zur Position und Kündigung des Privatsekretärs hergestellt.

Immerhin war die Queen ihn nun endlich los. Dieser Wunsch war sicher für sie ein großer Teil der Motivation gewesen, sich überhaupt auf die Ermittlungen einzulassen. Sir Julian jedoch schien ohne Schaden aus der Affäre herauszukommen. Von Zeit zu Zeit lese ich seinen Namen in der Zeitung. Und er ist immer noch verheiratet, auf dem Papier jedenfalls.

Angie hat den Palast verlassen und ein Baby zur Welt gebracht, ein Mädchen, dem sie allen Ernstes den Namen Beatrice Eugenie gegeben hat. Einmal bin ich ihr begegnet, als sie gerade mit dem Baby aus Victoria Station herauskam; ich wünschte, ich könnte behaupten, daß Baby wäre Sir Julian wie aus dem Gesicht geschnitten, doch es sah eher aus, wie Margret Thatcher als kleines Kind ausgesehen haben muß: Sie hatte Augen wie eine Wahnsinnige und ein wenig liebenswürdiges Stirnrunzeln. Es stellte sich heraus, daß ihre Großmutter schließlich doch Verständnis aufbrachte für Angies Status als unverheiratete Mutter, was mich in der Ansicht bestärkt, daß Großeltern sich ihren Enkelkindern gegenüber ganz anders verhalten als gegenüber ihren eigenen Kindern. Sie lebte zu der Zeit bei ihrer Oma, aber nur vorübergehend. Wohin sie ziehen würde, wollte sie mir nicht verraten. Und sie sah umwerfend aus, für einen Dienstagnachmittag im Sommer bestens ausstaffiert mit einem sündhaft teuer wirkenden Kleid, was mich vermuten ließ, daß es zu einem bestimmten Zeitpunkt einmal von Sir Julians Bankkonto eine Überweisung gegeben haben dürfte. Danach begegnete ich ihr nie wieder.

Karim treffe ich ab und zu, ich habe allerdings immer den Eindruck, daß ihn dies nicht sonderlich erfreut. Mit Robins Nachlaß hat er den Laden eröffnet, den er nach seinen Worten gemeinsam mit Robin geplant hatte. Er verkauft allen möglichen interessanten Krimskrams, Schnickschnack und Bücher, die mit Theater zu tun haben. Weil der Laden sich im Covent Garden befindet, liegt er manchmal auf meinem Weg. Doch Karim wechselt immer nur ein paar Worte mit mir und findet dann stets einen Grund, sich zurückzuziehen. Meist rede ich mit seiner Schwester Meena. Karim gelang es tatsächlich, sie aus den Klauen ihres Beinah-Ehegatten zu befreien. Mir ist nicht ganz klar, wieviel sie weiß, denn sie redet nie darüber. Und ich tue es auch nicht.

Cyril Wentworth-Desbourough bekam sein Geld und stellte seinen Film fertig, *Hausschlampen und Lakaienferkel* oder *The Queen's House,* wie er letzlich hieß, bezugnehmend auf den Namen der Residenz des Duke of Buckingham, als King George sie 1762 für seine Frau, Queen Charlotte, erwarb. Die Dokumentation lief in Kanada auf CBC, und im Anschluß daran riefen mich unzählige Freunde und Bekannte aus Übersee an. Eine längere Einstellung darin zeigte mich, wie ich in der Gemäldegalerie einen Staubsauger vor mir herschob, während der Erzähler irgendeinen Unsinn über die Pflichten eines Hausmädchens redete und wie unsere Arbeitspläne aussehen und so weiter. Mein Vater amüsierte sich köstlich darüber, wie früh ich morgens aufstehen mußte. Von Neil, mit dem ich mich nach wie vor manchmal treffe, habe ich erfahren, daß Cyrils nächstes Filmprojekt das House of Lords sein wird. Das war keine Überraschung, denn jetzt ist er ja Mitglied. Der Earl of Ulverstone segnete schließlich das Zeitliche, ausgerechnet an Heiligabend, und W-Dez bekam den Titel. Er investiert im übrigen Zeit und Geld, um den Beweis dafür zu erbringen, daß es keine Verbindung zwischen den Ulverstones und Jack the Ripper gegeben hat. Er geht sehr energisch an die Sache heran. Es war sogar ein Buch in Arbeit. Die Ripperologie setzt sich fort.

Die Tukes, Katherine und ihre Mutter, hielten sich aus der ganzen Sache völlig heraus. Es gab weder Interviews noch Zitate in irgendeiner Zeitung; nur einmal fiel mir ein Bild auf, ein kleines Photo der beiden Frauen auf der Innenseite einer Tageszeitung. Sie kamen gerade aus einem Gedenkgottesdienst in London, Ontario, und

Katherine Tukes schaute grimmig in die Kamera, während sie eine gebrechlich wirkende Frau im Arm hielt, sicherlich ihre Mutter.

Davey Pye bleibt wie ich weiter im Palast, und obwohl er Zeuge unser letzten Zusammenkunft war, hat er Mutter nie betrogen, wie er sich ausdrückt, und wird es auch nie tun. Mutter, die Queen also, tut selbstverständlich nach wie vor das, was eine Queen zu tun hat: Gesetzesentwürfe abzeichnen, das Parlament eröffnen, Staatsoberhäupter unterhalten, sich Dienstagabends mit dem Premierminister besprechen, reisen, um zu sehen und gesehen zu werden, Ratschläge erteilen, Mut machen und Warnungen aussprechen. Sie hatte sogar Gelegenheit dazu, mir erneut Ratschläge zu erteilen, Mut zu machen und Warnungen auszusprechen. Etwas mehr als ein Jahr später, im Winter, geschah etwas in Sandringham, ihrem Landhaus in Norfolk. Wir erlebten noch einmal ein Abenteuer miteinander. Aber das schreibe ich ein anderes Mal auf.

Ach, und was den Straßenmusikanten angeht, dem ich 5 Pfund gestohlen hatte, um Blumen für die Queen zu kaufen: Einmal im Sommer, ich stieg gerade in der U-Bahn-Station Tottenham Court Road um, stand er plötzlich vor mir; unten an einer Rolltreppe klimperte er auf seiner Gitarre herum. Ich holte einen Fünf-Pfund-Schein aus der Tasche, bückte mich und ließ ihn in seinen offenen Gitarrenkoffer fallen. Er schaute noch nicht einmal auf.

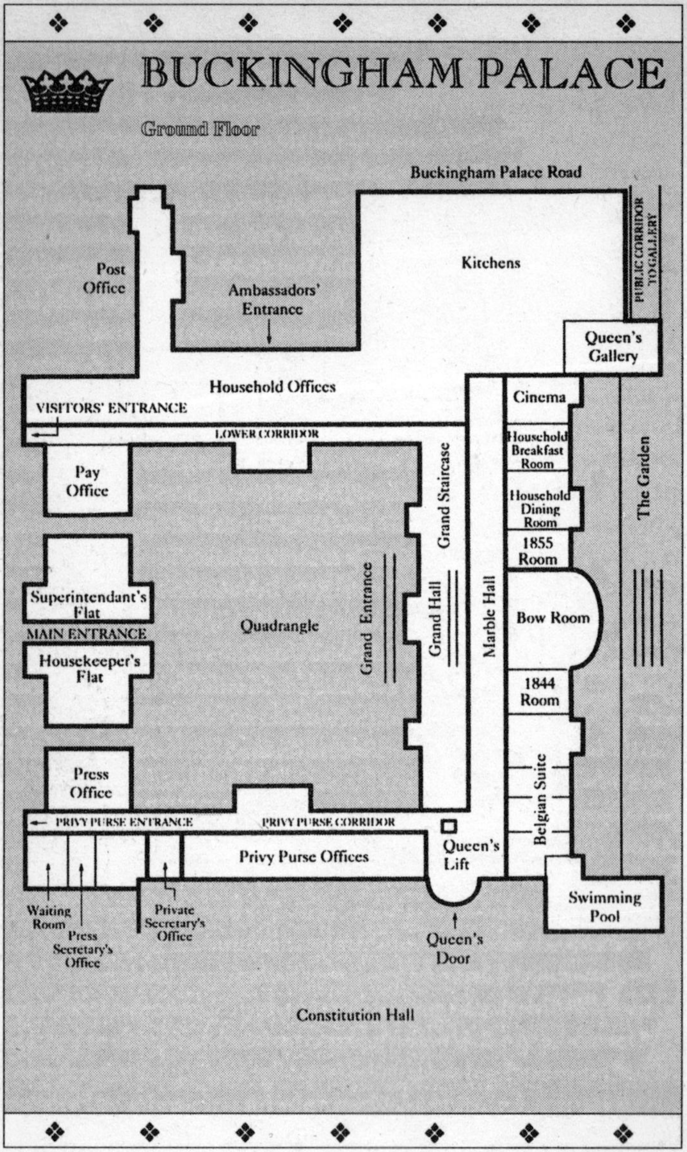
BUCKINGHAM PALACE
Ground Floor
Buckingham Palace Road
PUBLIC CORRIDOR TO GALLERY
Post Office
Ambassadors' Entrance
Kitchens
Queen's Gallery
Household Offices
VISITORS' ENTRANCE
LOWER CORRIDOR
Cinema
Household Breakfast Room
Household Dining Room
1855 Room
Pay Office
Grand Staircase
The Garden
Superintendant's Flat
MAIN ENTRANCE
Housekeeper's Flat
Quadrangle
Grand Entrance
Grand Hall
Marble Hall
Bow Room
1844 Room
Belgian Suite
Press Office
PRIVY PURSE ENTRANCE
PRIVY PURSE CORRIDOR
Privy Purse Offices
Queen's Lift
Swimming Pool
Waiting Room
Press Secretary's Office
Private Secretary's Office
Queen's Door
Constitution Hall

BUCKINGHAM PALACE

Principal Floor

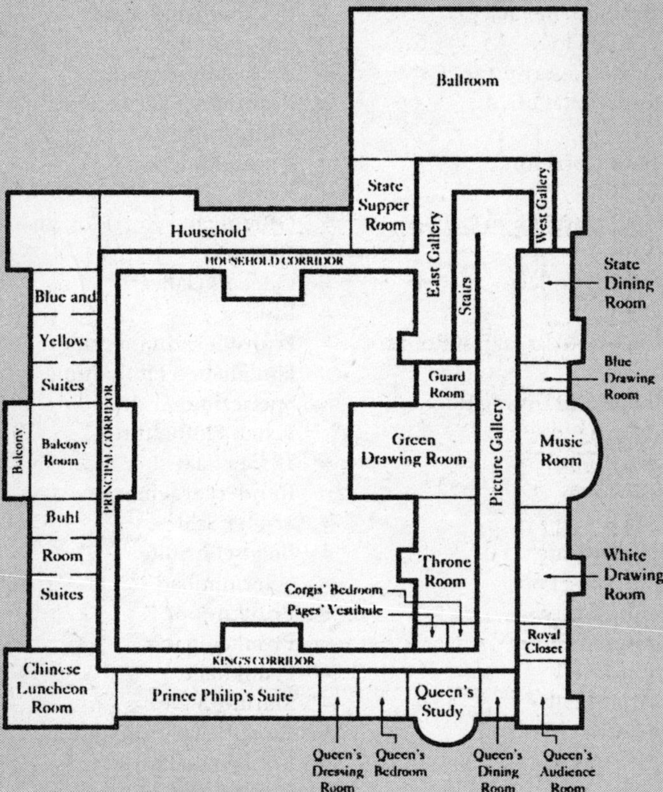

Lageplan (linke Seite)

Buckingham Palace	=	Buckingham-Palast
Ground Floor	=	Erdgeschoß
Ambassadors Entrance	=	Botschaftereingang
Household Offices	=	Büroräume der königlichen Hofhaltung
Lower Corridors	=	Untere Galerien
Kitchens	=	Küche
Public Corridor to Gallery	=	Öffentlicher Korridor zur Galerie
Queen's Gallery	=	Queen's Gallery
Cinema	=	Kino
Household Breakfast Room	=	Frühstückszimmer der königlichen Hofhaltung
Household Dining Room	=	Speisezimmer der königlichen Hofhaltung
1855 Room	=	1855er Saal
Bow Room	=	Runderkergemach
1844 Room	=	1844er Saal
Belgian Suite	=	Belgische Suite
Swimming Pool	=	Schwimmbad
Grand Staircase	=	Prunktreppe
Grand Entrance	=	Prunkeingang
Grand Hall	=	Prunkhalle
Marble Hall	=	Marmorhalle
Queen's Lift	=	Königlicher Fahrstuhl
Queen's Door	=	Königliche Pforte
Constitution Hill	=	Constitution Hill
Privy Purse Offices	=	Büroräume der königlichen Privatschatulle
Privy Purse Corridor	=	Galerie der königlichen Privatschatulle
Quadrangle	=	Innenhof

Private Secretary's Office	=	Büro des Privatsekretärs
Press Secretary's Office	=	Büro des Pressereferenten
Waiting Room	=	Wartezimmer
Privy Purse Entrance	=	Eingang der königlichen Privatschatulle
Housekeeper's Flat	=	Wohnung der Haushälterin
Main Entrance	=	Haupteingang
Superintendant's Flat	=	Wohnung des Oberaufsehers
Pay Office	=	Lohnbüro
Visitor's Entrance	=	Besuchereingang
Post office	=	Poststelle

Lageplan (rechte Seite)

Buckingham Palast	=	Buckingham-Palast
Principal Floor	=	Hauptgeschoß
Ballroom	=	Ballsaal
State supper room	=	Prunkspeisesaal
East Gallery	=	Ostgalerie
West Gallery	=	Westgalerie
Stairs	=	Treppenhaus
State dining room	=	Prunkspeisesaal
Guard Room	=	Wachstube
Blue Drawing Room	=	Blauer Salon
Music room	=	Musiksalon
Green Drawing Room	=	Grüner Salon
Picture Gallery	=	Gemäldegalerie
Throne Room	=	Thronsaal
White Drawing Room	=	Weißer Salon
Corgis Bedroom	=	Schlafzimmer der Corgis
Pages Vestibule	=	Pagenvestibül
Royal Closet	=	Königliches Geheimzimmer
Queen's Audience Room	=	Königliches Audienzzimmer
Queen's Dining Room	=	Königlicher Speisesaal
Queen's Bedroom	=	Königliches Schlafgemach
Queen's Dressing Room	=	Königliches Ankleidezimmer
Prince Philip's Suite	=	Prinz Philips Suite
King's Corridor	=	Königliche Galerie
Chinese Luncheon Room	=	Chinesischer Lunchsalon
Buhl Room Suites	=	Suiten
Balcony	=	Balkon
Balcony Room	=	Balkonzimmer
Principal Corridor	=	Hauptgalerie

Blue and Yellow Suites	=	Blaue und Gelbe Suiten
Household	=	Königliche Hofhaltung
Household Corridor	=	Galerie der königlichen Hofhaltung